“Why people are getting married?”

Yasuyuki Okamura

岡村靖幸

結婚への道

僕は結婚が何かを知りたいと思った。

「もうすぐ僕は47歳の誕生日を迎える。立派なアラフィーである。だがいまだ独り身。過去に結婚をしたことはないし、予定も前兆もまだない。結婚がイヤなわけではない。否定するわけでもない。ジョン・レノンにおけるオノ・ヨーコのような、尊敬できる女性と出会って結婚を、と思う。だがいかんせん、昔から僕は結婚の意味がよくわからない。そもそも人間はなぜ結婚するのか、したいのか。結婚とは何ぞや。僕には大きな謎だ。はたして僕は『結婚への道』とやらを進めるのだろうか」

（『GINZA』2012年9月号「結婚への道」第1回より）

雑誌『GINZA』で「結婚への道」という連載が始まったのは、いまからちょうど3年前。編集長N氏と担当S氏に「結婚についての連載をしませんか?」と言われたのがキッカケである。

僕はずっと結婚に興味がある。男と女が出会い、恋に落ち、結婚し、やがて、子どもをもち、家庭を築く。社会生活を営む人間が、子孫をつなぎ、社会を繁栄させるために確立したカタチであり、現代を生きる人間にとって、それは「あたりまえ」とされるカタチである。僕もいずれはハマるのだろう、いつかはそういうときがくるのだろう、若い頃はただ漠然とそんなふうに考えていた。しかし、いつまでたってもそんな時機はやってこない。人間五十年、織田信長が一生を覚悟した年齢にさしかかってもめぐってこない。チャンスを逃したと言われれば、そうだったのかもしれないけれど。

結婚したい、してみたい。経験がないからなおさら思う。しかし、そもそも僕は、結婚を渇望したことがない。理想が高すぎるんでしょうと言われるが、容姿端麗で家事をこなせて云々などといった条件は一切ない。やさしい人。僕の理想はただそれだけ。でもなかなか出会わない。一方で、結婚について考えようとすると、ふと立ち止まり、「いや、待て。一体全体、結婚って何なんだ？」という疑問が頭を渦巻いてしまう。「なぜこのまま愛し合ってるだけじゃダメなんだ？　なぜ人は結婚するんだ？」。しかもいま、3組に1組は離婚する時代だという。離婚経験者はみな口をそろえていう。「離婚は結婚の何百倍も大変です」。じゃあなぜ結婚したのか？　なぜまた結婚するのか？　結婚に絶望はしないのか？

「結婚への道」の連載が始まった当初、まずは、世の中の結婚事情を調査することから始めてみた。僕の結婚運を占ってもらったり、結婚相談所へ足を運んでみたり、男性が通う料理教室へ行ってみたり、男性のためのエステを体験してみたり、婚活に励む20代30代の女性たちの話を聞いたりもした。

結果、多くの人にとって、「結婚」と「安定」は同義である、ということがなんとなくわかってきた。しかし、「恋愛感情」と「安定」は、アンビバレントなものではないだろうか。ゆえに、人は、「恋愛と結婚は違う」とも言う。あなたを愛し抜きたい、その結果として結婚がある、そう考えていた僕は、だんだん混乱してきてしまった。わからない。やっぱり僕には、結婚が何かがわからない。

そこで、いろんな人の話を聞いてみることにした。結婚して幸せな人、離婚してしまった人、結婚・離婚を繰り返している人、子どものいる人、結婚をしない人。さまざまな人に「結婚とは何か？」をインタビューし、「結婚への道」の道程に、その先に何があるのか、クエストしようと考えたのである。

この本はその記録である。結婚をしている人、していない人、してたけどやめた人、何度もした人、したくない人。いろんな人にとって、「結婚とは何か？」を考えるきっかけになればうれしい。

岡村靖幸

岡村靖幸　結婚への道

目次

〈初出〉
本書は『GINZA』2013年2月号～2015年8月号に掲載された連載『岡村靖幸 結婚への道』
『岡村靖幸 結婚への道 2nd season』をもとに若干の加筆・訂正をいたしました。
日付、年号、年齢などは雑誌発売時のものをそのまま掲載しています。

Styling:
Yoshiyuki Shimazu

Photo:
Masahiro Shoda (D-CORD/cover, color photo),
Erina Fujiwara (STEP UP01~04, 10~30, P.285, okamura profile photo),
Kentaro Oshio (STEP UP05~09)

Hair&Make-up:
Harumi Masuda (M-FLAGS)

Text&Edit:
Izumi Karashima

Edit:
Kazuyoshi Saito (GINZA MAGAZINE), Toshiko Nakashima (GINZA MAGAZINE)

Art Direction:
Nobuo Sekiguchi (PLUG-IN GRAPHIC)

Design:
Kumiko Hoshino (PLUG-IN GRAPHIC)

Proofreading:
Haruko Takeuchi, Masako knack Nishimura (3355)

Management:
Masanobu Kondo (V4)

Cooperation:
Yohji Yamamoto, DIET BUTCHER SLIM SKIN

STEP UP
(01)

結婚は何回してもOKなんです。

VS 内田春菊

『私たちは繁殖している』『南くんの恋人』『ファザーファッカー』……。内田春菊さんは性をテーマにした漫画や小説を数多く執筆している。僕は昔から彼女の著書を愛読しているが、女優としての彼女もユニークである。なかでも『ビジターQ』という三池崇史監督のカルト映画で演じた「母乳を飛ばす女」は忘れられない。その強烈さゆえ「エキセントリックな女性」のイメージを勝手にもっている。聞くところによると、彼女自身には複数回の結婚歴があり、父親の違う4人の子どもも育てているという。彼女は一体どんな結婚観をもっているのだろう。話を聞きたいと、彼女の自宅へ赴いた。

うちだ・しゅんぎく≫ 1959年長崎県生まれ。漫画家、小説家、エッセイスト、女優。84年、漫画家デビュー。主な漫画に『私たちは繁殖している』『南くんの恋人』『目を閉じて抱いて』など多数。近年は映画監督としても活躍している。

「春菊さんはなぜ何度も結婚するの？　結婚に絶望しないの？」岡村

内田　ホントに思ってます？　結婚したいって。

岡村　思ってますよ。めちゃくちゃ思ってる。

内田　でも、人はなぜ結婚をするのか、まだ全然ピンときてないんでしょ？

岡村　きてない。だから、さまざまな人に結婚にまつわるいろんな話を聞いてみることにしたんです。今回は、春菊さんにお聞きしたい。結婚とは何なのかを。

内田　でも、私に聞くのは失敗かもしれない。3回結婚して3回離婚してますからね（笑）。

岡村　それを知りたいんです。結婚を繰り返す理由を知りたい。

「奔放な女」じゃありません！

内田　最初の結婚は、ついウッカリだったんです。ハタチのときで。まだ漫画家にもなってない頃。「いろいろやってる君を応援したいから」って言われて。それを真に受けて籍を入れたんですけど、3カ月で「あ、ダマされた」って（笑）。暴力をふるわれたり、「この仕事はいいけど、これはダメ」とか口出しされたり。1年8カ月はガマンしたんですけど、荷物持って出ちゃいました。

岡村　現実は違っていた、と。

内田　それですっかり懲りて。その後、付き合っても籍は入れないようにしようって思ってたけど（笑）。

岡村　女性の場合、社会的、経済的に安定したくて結婚する人も多いじゃないですか。でも、春菊さんは漫画家として自立しているし経済的な不安もない。だけど、同棲ではなく結婚というシステムを選んでますよね。それはなぜなんですか？

内田　やっぱり、自分が育った環境が嫌だったというのが大きくて。別の家庭を、自分の家族をもちたいという気持ちが強いのかもしれません。

岡村　でも、生い立ちが厳しいと、そもそも家を信用しませんよね？　家族なんて幻想だって思いません？　それとも、結婚は理屈じゃないって感じですか？　もっと動物的というか、女性の生理的なもので、理論的に考えて結婚に至るのではないと？

内田　最初の結婚は、「籍を入れよう」と言われてすごくうれしかったし、2度目は結婚に懲りてたから籍を入れるつもりはなかったけれど根負けしてしまったし、3度目もやっぱり「結婚しよう」って言われてうれしくて……って感じなんですね。

岡村　じゃあわりと直感的に？

内田　結婚するときは「この人と一緒にずっと」って思うんですよ、もちろん。でも、結婚は当人同士だけじゃなく、その親もくっついてくる。そこが厄介で。3度目の結婚のこじれ始めの原因はそれなんです。親って、「自分たちには〝親という権力〟がある」と思い込んでいる人ってわりと多いんです。それでつまずいてしまって、結局、別れました。

岡村 嫁姑《よめしゅうとめ》問題ですか。

内田 私の場合は舅《しゅうと》。舅のセクハラとか、舅がアポイントなしで突然家にやって来ちゃうとか。最初はなんとか付き合ってたんです。夫のことを立てて、舅ともうまくいくようにしようと気を使って。でも、だんだんと難しくなってしまった。そういう人って多いんです。私の友人のところなんて、姑さんがヨメの収入をアテにしていろんな計画を勝手に進めたりするんですよ！

岡村 わ〜。

内田 ヨメのものはその夫のもの、夫のものはその親のもの。それを阻止する人がいない。女の側からいえばそういうことです。

岡村 キツいっすね。

内田 でしょ。私、なかなか結婚が続かないから「こらえ性のない女」みたいに思われてますけど、私は私なりに努力してるんです、いつも。

岡村 春菊さんって、失礼ですけど、そんなことで悩む方だとは思ってなかった。もっと奔放な女性かと。

内田 みんなそう言うんですよぉ！ 「奔放な女」だって。違うんですってばあ！ 全然そんなんじゃないんですよぉ！

岡村 「アタシぃ、やっぱ女だからぁ」みたいな(笑)。

内田 「女全開」で「なにひとつ人の言うことを聞かない女」って？ だから違うんです！ 全然！

岡村 「好きになっちゃったの。ゴメンねぇ」タイプだと(笑)。

内田 そういう部分はなきにしもあらずですが(笑)。でもやっぱり、女が自立してバリバリ稼いで働いてると、それだけで「すごく激しいキャラに違いない」って思われてしまうんですよね。

尊敬する男とは恋愛できません

岡村 よく、「結婚の条件は？」って聞くと、男女ともに「尊敬できること」って答える人が多いんですね。春菊さんの場合はどうですか？

内田 本当に尊敬している人とはそういう関係にならないんです。逆に、ちょっとヌケてる部分があるとホッとするというか。たとえば、漫画家って若い頃は担当の編集さんとよく付き合ったりするのね。駆け出しの漫画家にとって編集者は尊敬や崇拝の対象だから。でも、私にはそれができなかった。１００％尊敬する人よりも、どこか脳天気な人と男女の関係に陥りやすいんですね。最初の尊敬の対象である父親がダメだったからじゃないかしら。

「『今日はデートがあるからよろしく』って子どもたちに言って出かけるんです」内田

「春菊さんは『私の子を生みたい』んだ。『あなたの子を生みたい』んじゃない」岡村

岡村　みうらじゅんさんとのツヤっぽい話がありましたよね。一晩過ごしたのに何もなかったって（笑）。

内田　みうらさんは、「あのときやらんでよかった」とか言っていらっしゃいますけれど（笑）。でも私は最初からそんな気はサラサラなく。真剣にみうらさんの仕事のアシスタントをしただけなんですよ。

岡村　ただ単に夜なべをしただけ？

内田　20年以上前の話です。まだ20代の頃。糸井重里さんのイベントに浴衣で遊びに行ったら、みうらさんも来ていて。その帰り、みうらさんが「締めきりがあるからこれから仕事しなくちゃいけない」って。当時、みうらさんは『週刊ヤングマガジン』で「見ぐるしいほど愛されたい」っていう漫画の連載をやっていて、カラートーンをたくさん貼らなくちゃというので、「手伝います！」って。私、人の原稿を手伝うのが大好きなんです。で、カラートーンを一生懸命に貼って。朝方、くたびれたから「横になりますか」って、毛布の端っこと端っこでちょっと横になって、そして、朝帰った、という話。みうらさんは、「寝返りうったら、春菊の浴衣がはだけてて」なんて話にしてますけど、ウソウソウソ（笑）。ていうか、みうらさんって、やさしくてすご〜くまじめな方。あのときも夜食を出してくれましたもん。取り分けてくれて「お食べなさい」って京都弁で（笑）。

岡村　じゃあ、みうらさんは尊敬する人で恋愛の対象ではなかったんだと。

内田　残念ながら（笑）。

「私の子ども」が欲しい！

岡村　春菊さんにはお子さんが4人いらっしゃるんですよね？

内田　はい。名前が、上から在波（アルファ）、紅多（ベータ）、紅甘（ガンマ＝ぐあま）、出誕（デルタ）。長男はもうハタチで京都にいて、その次が高校1年女子、中学1年女子、小学5年男子です。（注：対談が行われた2012年12月時点での年齢）

岡村　子育てと仕事の両立は大変ではないですか？　この家で執筆作業もなさってるんですか？

内田　ご覧の通りすごく騒がしい家ですが、仕事場は分けてないんです。脳科学者の池谷裕二さんの『海馬』という本の中に、「脳は中断されるほどよく働く」ってあって。私はそれをいいように解釈して、子どもに仕事を中断されるたびに、「次はもっといいアイデアが出てくるはず」って思い込むようにしたんです。

岡村　なるほど。漫画だとみんなで一緒にお風呂に入るほのぼのとしたエピソードも出てきますよね。

内田　ハタチの長男以外はまだみんな一緒に入ります。長男は、結婚とは関係なく生まれたんです。最初の結婚が終わって離婚したあと、その当時付き合っていた人の子を私生児として生んだんです。で、長女は2回目の結婚の最中に生まれて。3人目をつくろうと思ったら「子どもができるとあんたが働かなくなるからいらない」って言われてアタマにきて、別の人と子どもをつくったのが3回目の結婚になって、次女と次男は3回目の結婚の子です。

岡村　ん？　ちょっとわかんなくなりました（笑）。2度目の結婚の最中に別の人の子どもが？

内田　そう。私が生んで私が稼いで私が育てる私の子なのに、なぜ反対されるの？って意味わからなくて。

岡村　つまり、春菊さんは「私の子を生みたい」んだ。「あなたの子を生みたい」んじゃないんですね。

内田　「あなたの子」という感覚はまったくないです。もちろん、子どもをつくるくらい仲良しのときは、その人のことが大好きだし、最初から私生児を生みたいわけじゃない。結婚して生みたいんです。結婚して生むほうが社会的にラクなんです。でも、妊娠途中でうまくいかなくなることも多くて。とはいっても、子どもって授かりものなんだから、夫がいようがいまいが、「生める限り制限せずに生みたいな」って。

岡村　「この人の遺伝子を残したい」みたいなことを女性はよく言うじゃないですか。動物行動学的にも女性には優秀な遺伝子を宿そうとする本能がある、と言われているし。でも、春菊さんにはそれはない？

内田　遺伝子って両方合わせてシェイクするものなので、どこがどう出るかわからないし、自分が企画した通りにはいかないって思うんですよ。さらに、子の人生はすぐに子本人のものになりますから。

岡村　ということは、ご自身が自我も強いし表現者だから、結婚に対して「添い遂げたい」という気持ちはあまりないということですか。

内田　いや、もちろんあります。「添い遂げたい」と思うから結婚するんです。

岡村　ホントに？　自分の全部を捨てろと言われても？

内田　捨てない。全部は捨てないよ。そんなことしたら食べていけないから（笑）。

岡村　相手が大富豪でも？

内田　うーん、もともと男に養ってもらおうという感覚が私にはないんですね。そもそもそういう人とは出会わないですし（笑）。

岡村　いや、たとえばです。たとえば、めっちゃ稼いでいる人と恋

「私は落ち込むしヘコむし孤独にも弱い。だから支えてくれる人がほしくなるの」内田

「やっぱり、女の人の言うことはよく聞いてあげるのが大事だと思う」岡村

に落ちて、「この人と結婚すれば5代先まで大丈夫」となったら、仕事を全部投げ捨てて一緒になります？

内田　いまからそれを想像するのは難しいですけれど（笑）。でも、私の子どもたちも全員面倒見てくれてそばに置いてくれるというのなら、その大富豪が私にやってほしいことを優先させると思いますね。

岡村　へえ！　そうですか。

内田　私、料理も好きだし、洋服を縫うのもキライじゃない。それを優先させろというのならします。

岡村　へえ！　漫画を描いて、役者をやって、表現することに夢中になってきた人が、それをブツッと切ることができますか？

内田　でも、子どもと離れて生活するわけじゃないですよね？　子どもの面倒を見るのも創作活動の一種だと思うんですね。勝手に育ってくれるけど、そこに好きな食べ物を作ってあげるとか、相談に乗ってあげるとか、それも創作活動だなって。

岡村　じゃあ、それだけの価値のある人が出てきたら、漫画や役者などの創作活動からは退《ひ》いてもいいと。

内田　そうですね。

岡村　そうかあ！　意外だなあ。ものすごく意外です。春菊さんに対する考え方がガラッと変わりました。

男女は話し合いが大切です

岡村　山下達郎さんが、以前ラジオで「夫婦が長続きする秘訣は？」っていうリスナーからの質問に「話し合うしかない」っておっしゃってたんです。話して話して話す。でも、これってなかなかできないでしょう。忙しくてお互いのタイミングが合わなかったりするから、話すって、単純なようだけどなかなかできない作業。でも、やっぱりそれは大切なんだなと思ったんです。イライラしてることもぜんぶ話して、自分はこういうことでイライラしてるんだよ、こういう言葉に傷ついたんだよ、こういうことで嫌な気分になったんだよ、と。そこを省いて「アタマにきた！」って怒るんじゃなく、そこも含めて話すように努力しなくちゃいけないな、と。そのくらい君のことを思ってるんだよ、徹底的に話して、理解しあって平和的に解決したいんだよと。達郎さんの言葉を聞いてから、そう思いましたね。

内田　話して話して話す、かあ。

岡村　やっぱり、女の人の言うことはよく聞いてあげるのが大事だと思うんです。徹底的に聞いて、ここのメンタリティは僕と違うね、だったら、こういうところで思い合うようにしようね、と。実際にそれができるかどうかはわからないけれど、努力しようと

は思ってるんです。

内田　女の人の話って解決策を求めていないじゃないですか。そうすると、同じ話を何回も聞かなくちゃいけないけれど、それは大丈夫？

岡村　努力します。

内田　ホントに？

岡村　努力します。

内田　私、女友だちと話しててそういうふうになるのが苦手で。すぐに税理士とか弁護士とかを紹介するよって言ってしまうんです。

岡村　僕も苦手ですよ。でも、人間って完璧じゃないでしょ。生理とかもあるからイライラしたりする。それと付き合ってあげられるかどうかは大きいのかなって。「なんだよイライラして！」と言うのではなく、「イライラしてるみたいだけど何かあったの？」と聞いてあげるメンタリティをもっていたいな、って。

内田　えー!!　岡村さん、すんごくやさしいんですけど。え、なんで？　なんでそれで結婚できないの??

岡村　そうありたいな、という話です。実践できるかどうかはまた別の話。というか、それだけやさしくしてあげられる女性に出会えていないという根本的な問題があるわけで。

内田　うわあ、一挙に話が戻った。そうありたいけど相手は一体どこに（笑）。

男はプライドの高い生き物です

岡村　じゃあ、春菊さんは、自身が独立独歩しているから、養ってもらいたい、守ってもらいたいという気持ちはまったくないってことですか？

内田　もちろん精神的には守ってほしいです。でもね、経済的に余裕のある男性って、「養ってやってんだ」みたいな「オレ様感」がどうしてもあるから、私はそれがダメなんです。男って、稼いでいようがいまいが、プライドが高い生き物なんですよ、そもそもが（笑）。私の周囲の女性たち、たとえば、自分の才能でお金を稼いでる作家とか、どうしても夫より収入が多くなってしまう場合、すごく恐縮する人が多いんです。忙しすぎると、わざと仕事を減らして夫との収入が釣り合うようにしている人もいますし。男の人ってプライドが元気じゃないと生きていけない。だから、「オレのおかげ」っていう物語を作ってあげなくちゃいけない。そこを傷つけるとものすごくトラブルになるんです。

岡村　プライドですか。

内田　私の2番目の結婚相手なんて「道端に落ちてたようなのを

「岡村さんは、ジョン・レノンにとってのオノ・ヨーコみたいな人が欲しいの？」内田

「尊敬できて、イマジネーションの源になるような人がみつかるといいなと」岡村

オレがプロデューサーとして育ててやった」って絶対思ってると思う（笑）。私まだ慰謝料払ってるんですけれど。

岡村 ……え、慰謝料？

内田 うん、払ってます。

岡村 すいません、僕、ちゃんとわかってないんですが（笑）、2番目のお子さんって……。

内田 2番目の結婚をしていたとき、妊娠に気づいて。夫の子だと思ってたのに、離婚した後にDNA鑑定したらそのとき付き合っていたボーイフレンドの子だったとわかったんです（笑）。もちろん、子どもにはちゃんと話してありますよ。

岡村 うーん、やっぱりすごいなあ。

内田 私のこと、「性欲のカタマリだな」とかって思ってます？

岡村 性豪だなとは思います（笑）。

内田 確かに、53歳にしてようやく「性欲は弱いほうではないな、調子外れな部分があるな」というのはよくわかりましたけれど。

岡村 いまわかったんですか（笑）。

内田 でもね、私って、自然とドーパミンが出てるみたい。そういう体質でもあるんですよね（笑）。

結婚は「プレイ」？

岡村 僕、ジョン・レノンをすごく尊敬しているんですが、ジョンってすごく幸せそうだったじゃないですか、オノ・ヨーコと結婚して。ヨーコは命の源である、ヨーコは神であるとまで崇めて。そこまで夢中になれる人がいるのはすごく素敵なことだと思うし、結婚って素晴らしいものなんだなって、彼を見ているとよくそう思うんですね。

内田 つまり岡村さんは、ジョン・レノンにとってのオノ・ヨーコみたいな人が欲しいってこと？

岡村 そうそう、そうです。だから、尊敬できる人、イマジネーション、インスピレーションの源になるような人がみつかるといいなと思ってるんです。春菊さんはどうですか？ おすすめしますか、結婚は。

内田 お子さんをもたれるのでしたら、おすすめします。この国では、籍を入れずに子をもつことは、それはそれは大変なことなので。あとね、「プレイ」としてはいいと思いますよ（笑）。私、キッチン立つときに、割烹着をよく着るんですが、昔はエプロンすら恥ずかしくてイヤだった。だけどやっぱり、看護師さんの帽子のようなもので、それをつけると気合が入るんです。お茶を入れたりすることさえも楽しくなる。女の人が台所に立つ和みの風景はすごくいいものだなって思うんです。帰ってきたら、家に灯りがつ

いていて、「お帰り寒くなかった？」ってあったかいお茶を入れて。そのイメージばかり膨らむのも違うけど、でも、岡村さんは女性にやさしくしようという気持ちがすごくあるから、向いてるんじゃないかなと思うけれど。

岡村　じゃあ、「愛」とは？

内田　「愛」は「関心をもつこと」ですね。今日の愛と明日の愛は違うから、「愛してるからいいじゃん」っていう文脈は私にはないんです。

岡村　そういう甘えはイヤだと？

内田　そう。今日は調子悪かったり、寒かったり熱かったり、日々のその人に関心をもつことが「愛」だと。

岡村　それと恋愛は違いますか？

内田　基本的には同じですけれど、恋愛にはステージがあるんだと思うんです。結婚するとセックスレスになって恋愛感情が薄れるとかよく言われますけれど、それはたぶん「愛」が違うステージに移行するということだと私は思っているんです。

愛は、飽きていくものではなく、ステージが変わっていくものである。

STEP UP

(02)

トキメキを越え危機を越え、愛を見つけた。

VS ショコラ＆アキト

片寄《かたよせ》明《あき》人《と》さんとショコラさんは音楽業界一仲むつまじい夫婦として有名である。それぞれがミュージシャンとして活動しつつ、ショコラ&アキトというユニットも組んでいる。何年か前、ミュージシャンが集うSNSサイトで、僕のページに夫妻からのフレンド申請をいただいた。カップルで音楽活動をしていると知った僕は、「結婚っていいものですか?」という挨拶代わりのメッセージを送った。すると、即「結婚っていいものですよ!」という答えが返ってきたのだ。今回はその続きをお聞きしたい。じゃあ、喧嘩は?　倦怠期は?　音楽家同士お互いのエゴはぶつかったりしないの?

ショコラ≫ 1978年東京生まれ。ミュージシャン。2005年、パートナーである片寄明人とのユニット「ショコラ&アキト」を結成。
アキト≫ 片寄明人、1968年東京生まれ。ミュージシャン&プロデューサー。3ピースバンドGREAT3のヴォーカル&ギター。

岡村　結婚何年目ですか？

片寄　１９９８年に結婚したので今年で16年目ですね。そもそも出会ったのもその頃で、そのとき彼女はデビューしたばっかりの19歳で、僕は29歳。彼女がＭＣを務めたイベントにGREAT3（注：片寄さんのバンド）で出演して出会ったんです。「かわいいなあ」と思ってすぐに彼女の電話番号を聞き出して（笑）。で、その後、付き合うようになり、すぐに結婚もしてしまったという。

岡村　え、出会ってすぐに？

片寄　結婚したのは1年後、彼女がハタチになってからですが、結婚を決めたのはすぐです。出会って2～3カ月目で付き合って、半年目で一緒に住むようになりましたから。

岡村　へぇ～。

ショコラ　（ものすごくスローなしゃべり方で）私が父親に、「いずれは結婚したいんだけれど、一緒に住みたい人がいるんだけれど」という話をしたら、「一緒に住むんだったら籍を入れなさい」と。はい。

岡村　じゃあ、行きがかり上、お父さんに言われて結婚したのであり、練りに練って熟考に熟考を重ねて結婚したわけではないと。

片寄　そうなんです。しかも、それまでの僕は、「一生結婚なんてできない」って思ってたんです。僕、岡村さんの音楽が大好きで、歌詞にもすごく共感するからよく思うんですが、岡村さんって女性に対して「純粋さ」とか「処女性」のようなものを求めていたりしますよね。

岡村　ええ、ありますね。

片寄　僕もそういうタイプでした。でも、現実は、そううまくはいかないし、女性に裏切られることも多い。そうすると、女性に対する愛と憎しみがごちゃまぜになってしまって……。

岡村　不信感が生まれますよね。

片寄　そう。だから、女性に対して不信感のカタマリだったんです。でも反面、それが自分の創作意欲の源になっていたりもしたので、「結婚は一生ムリだな」と思ってたんです。この人と出会う前までは。

信じられる人に出会えた！

岡村　あの、片寄さんは「結婚してから人が変わった」と人づてに聞いたんですね。以前は全然違っていたのにと。僕の認識としても、わりと豪快なほうで、女性関係も華やかでという、なんと言いますか……。

片寄　ええ、悪名高き男でしたから（笑）。彼女の電話番号をゲットしたときも「大事なショコラがアイツの毒牙に！」と周囲が非

「アキトさんと出会ったのは19歳のとき。深く考えず結婚しちゃいました」ショコラ

「ショコラは漫画みたいなキャラだから日々爆笑なんです」片寄

常に落胆しましたからね。

岡村　あははは（笑）。

片寄　だから、女性に対して不信感のカタマリだった僕が、初めて信じることのできる女性がこの人だったんです。

岡村　すごいなあ～。

片寄　女性っていうのは「基本嘘つき」だし「嘘をつく生き物」だと。そういう僕も嘘つきだった。「嘘をつくんだったらオレもついてやるぞ」みたいなカンジだったんです。でもやっぱり、自分がそういう心持ちでいると、裏切られることも多いじゃないですか。因果応報ですよね。結局、心底女性を信頼できたことがなかった。でも、この人は違った。もちろん、出会ってすぐに信頼できたかというと、そうではなかった。けれど、裏表のない彼女のピュアな部分に惹かれてどんどん信頼が増していったんです。

岡村　いいなあ！　それ、すっごくいいじゃないですか！　めちゃくちゃうらやましい。そんな人に出会えたことが。

ショコラ　えへへへ（笑）。

岡村　え、ショコラさんは？　結婚することに迷いとかは？

ショコラ　なかったです。はい。

岡村　「大丈夫か、アタシ!?　デビューしたばっかりなのに」みたいなことは思わなかったんですか？

ショコラ　それはちっとも思わなかったんですよね。はい。

片寄　彼女、そもそもが変わってるんですよ。人間として何らかの大きな欠陥があるんじゃないかと思うぐらいの（笑）。なんだろう、純粋っていえば純粋なタイプなんですけれど、最初出会ったとき、「この子ってバカなのかなあ？」って。

岡村　あははは（笑）。

片寄　しゃべり方もこんなじゃないですか。スローテンポだし、なんかちょっとヘンじゃないですか。バカなのか天使なのか、紙一重というか。それはいまだに思いますけれど（笑）。

トキメキを超えて愛を知る

岡村　倦怠期は経験されました？

片寄　ドキドキ期間みたいなものは結構短かったと思うなあ。

ショコラ　トキメキはすぐ終わっちゃいましたからねえ。はい。

片寄　トキメキって恋愛のいちばんの醍醐味ですけど、その快楽って長くは続かないじゃないですか。そういう意味では、倦怠の時期もあったのかなあ、いま思えば。結婚して3年ぐらい経ったときだったかな。

ショコラ　そうですねえ。その頃、アキトさんのお仕事が大変な時期だったので、アキトさんの気持ちがこっちへ向かなくなったことは確かにあったと思います。はい。

岡村　じゃあ、そういった倦怠期的なものはどうやって乗り越えたんですか？

片寄　実は、２００３年の結婚6年目に経済危機が訪れたんですね。僕はその頃、レコード会社との契約が切れてしまい、所属していた事務所からも離れてしまったんです。すると、同時期に彼女は彼女でレコード会社の契約が切れてしまった。それまでは、月々給料をもらいながら好きな音楽がやれていたんです、お互いに。だから、それまでお金のことなんて考えたこともなく。でも、２人同時に契約が切れて突然給料もなくなってしまった。どうしよう、と。それまで住んでいた大きな家も出て行かなくちゃいけないし、ましてや、それまで音楽しかやっていなかったので、お金をどうやって稼げばいいのかもわからない。いまさらバイトとかいっても何をすればいいかもわからない。で、とりあえず、大きな家を引き払い、１ＬＤＫの小さな部屋に引っ越したんです。そうなると、どうしても気分が落ちるじゃないですか。この先どうすればいいだろう、将来どうしようという不安にも苛《さいな》まれて。でも、この人は、何にも変わらなかったんですね。いまと同じ明るい感じでいてくれたんです。

ショコラ　私、それまでとても恵まれていたから、節約なんてしたことがなくて。でも節約術の本を買ったりして、節約を楽しもう、貧乏さえも楽しんでしまえばいいんじゃないかなって思いまして。そうしたら、節約にハマってしまって、気付いたら、いつのまにかまた広い家に引っ越せるようになりました。はい。

岡村　あはははは（笑）。

片寄　ね、頼もしいでしょ、こんな人だけど（笑）。サラリーマンでいえばリストラをされた状態ですから、普通の家庭だったら、「アンタこれからどうすんのよ！」って奥さんに文句言われるじゃないですか。でも、彼女は一切僕を責めず、逆に明るく気持ちをもり立ててくれた。その後、当時は新人だったフジファブリックというバンドのプロデューサーとして、もう一度僕はシーンの前線に戻ることができたわけですが、そういう仕事を気持ち良くできたのも彼女のおかげでした。それまでは、年も10コ離れているし、彼女にいろんなことを教えて育てるんだと思っていたんですが、その時期から、彼女に対する気持ちが尊敬に変わったんです。この人って凄いなあって。ですから、それ以降は新婚当時以上に仲良くなったんですね。ショコラ＆アキトを始めたのもその頃だったですし。トキメキのその先にも愛があるんだというのを初めて知ったというか。

岡村　うわ、名言。「トキメキの先に愛がある」。すごくいい話。こ

「貧乏さえも楽しんでしまえばいいんじゃないかなって」ショコラ

「ね、頼もしいでしょ、こんな人だけど」片寄

ういうの、なんて言うんでしたっけ。夫唱婦随？　夫婦善哉《めおとぜんざい》？

片寄　まあ、雨降って地固まるじゃないですけれど。

岡村　うらやましい！　僕、かなり感激してますお二人の話に。

男は嫉妬深い生き物です

岡村　チューはするんですか？

片寄　さすがにチューは（笑）。

ショコラ　しませんねえ（笑）。

片寄　でも、一緒にくっついて寝るのは好きだし、そういうスキンシップは大好きです。僕ね、その6年目の危機を乗り越えたことで、初めて解放されたんです。性欲を超えた場所に行けたことで、生まれて初めて安心できた。それまで、愛欲的なものが自分の中ですごく重要だったんです。彼女が浮気したらどうしようとか、オレより他の男のほうがいいと思ってるんじゃないかとか。

岡村　ええ、すごくよくわかりますよ。

片寄　わかりますよね。そういうことが、いっつも頭の中をぐるぐるぐる巡ってて。そこから解放されたら、すっごく楽になった。夫婦関係もそこから安定したんです。

ショコラ　アキトさん、それ以前はすごく嫉妬深かったんで、私一人では出かけられなかったんです。

岡村　え、どういうこと？

ショコラ　アキトさん、嫉妬深すぎるから外に出かけるのが大変だったんです。1人でライヴを観に行くって言うと、「男に会いに行くのか？」って（笑）。

片寄　もう、妄想が膨らみすぎてしまって、「そいつはオレよりエエんか？」っていう（笑）。

ショコラ　「大丈夫、ただライヴを観に行くだけだから」って説得してようやく外出できるみたいな、そういうカンジだったんです。はい。

岡村　なんだかジョン・レノンみたい。ジョンもすごく嫉妬深くてオノ・ヨーコはすごく大変だったらしいですからね。

片寄　やっぱり女性を信用できなかった過去の蓄積が（笑）。岡村さんはどうですか、嫉妬したりします？

岡村　僕はそういった部分は必死に隠しますね。相手にぶつけない。自分の心の奥にしまい込んでモンモンとするタイプですよね。

片寄　そうかあ。でも、それを隠せる岡村さんは強い。僕はガマンできずにすぐぶつけちゃうんです。「いままで何人の男と付き合ってきたんだよ！」とか、よせばいいのに聞いちゃうんです。

岡村　あはははは（笑）。

片寄　で、聞いちゃってガクーンと落ちる。だからもう、若い頃な

んて、年表に書き起こすぐらいのイキオイでしたよ。ここでコイツと付き合って、こっからアイツで、オレはここか。え？　てことは、話食い違ってるじゃないか！　とか。

岡村　あはははは(笑)。

ショコラ　ねえ。もう面倒臭い人なんですよ、この人。

片寄　いまでこそ、過ぎたことに執着してもしょうがないっていうのは理解できるようになりましたけれど、昔はそこに対するこだわりがすごくあった。だから、そこをガマンできるという岡村さんは、強いし、ある意味やさしい。僕はやさしくない。

岡村　でも、たぶん、考えてることは同じですよ。外に出すか出さないかだけで。

片寄　心の中で年表は作ります？

岡村　いや、年表まではさすがに作りませんよ。

ショコラ　ですよねえ。

岡村　でも、ときには、そういったことが初期衝動となって作品に反映されることもありますから、モンモンとしたり嫉妬したりするのも必要かなって思うこともあります。でも、それって結局効率が悪い。燃費が悪いんです。モンモンが1日10分だったらいいですけれど、1時間、2時間、そのことで悩むのはどうなのかと。結局、そればかりに気を取られすぎて、「何やってんだオレは。こんな非生産的なことに時間かけてる場合じゃないぞ」と(笑)。そういうのは僕もあります。過去を振り返れば、生産性のないことに時間を使い過ぎたなって思いますし。だから、そこから解放されて楽になるというのはよくわかります。

片寄　やっぱり、肉欲って、いずれは枯れるものだし、そこにこだわっている限り永遠に幸せは来ないなって、僕はそう思ったんです。愛欲を超えたところに安住の地を見つけた、それがこの人と一緒にいられて良かったと思う部分ですね。

マイ菩薩を探せ！

岡村　喧嘩することはあるんですか？

片寄　しょっちゅうですよ。今日もここに来るときに喧嘩になりましたし。このしゃべり方からも想像がつくと思うんですけれど、この人、ものすごくノロマなんですよ(笑)。

ショコラ　なので、喧嘩っていうか、私がいつも一方的に怒られるんです。私は、のんびり、のんびり、彼はセッカチ。リズムがまるで合わないからアキトさんはすぐイライラ。怒られるんです。だから私、「叱られバー」って呼んでます。彼は「叱られバー」のマスターなんです。はい。

岡村　叱られバー⁇

「肉欲はいずれは枯れるものだし、そこにこだわる限り永遠に幸せは来ないなって」片寄

「癒やされたい、僕も。そしていじらしく健気でいてほしい」岡村

片寄　ほら、よく、厳しいマスターがいるバーってあるじゃないですか。マスターがお客さんを叱るバー。そういうバーの扉を開けたようだ、と。

ショコラ　気がついたらバーの席に座らされてるんです（笑）。

岡村　何かのプレイみたいだなあ。

ショコラ　今日も支度をしてただけなのに。悪気なんて一切ないのに。そんなに怒るともっとゆっくりになっちゃうよぉ！って。

片寄　「悪気はない」のが彼女の良いところなんですよ。悪気とか策略とか、この人、ホント一切ないんです。そこが人間としてちょっと足りない部分でもあるんですけど（笑）。

岡村　女の人って、実は強《したた》かな人って多いじゃないですか。強かに計算し、強かに物事を運び、ひ弱さを装いつつ実は策士って人いっぱいいるじゃないですか。

片寄　います。でもこの人は、「強かに生きる術」みたいなものがスッポリ抜けているので、芸能人としてはかなり「アウト」な人なんですよ。

ショコラ　のし上がれません、はい。

片寄　でも、一緒に暮らす相手としては、すごく癒やされますね。

岡村　（かなりクイ気味で）それです、それ！　それなんです！　癒やされたい、僕も。そしていじらしく健気《けなげ》でいてほしい。僕が女性に求める最大のポイントはそれなんです。もちろん、結婚し、家庭を大事にしながらいい音楽をつくるためには、「音楽」と並行して存在する「生活」を許容しなくてはダメで、それが苦手な僕は、まずはオンオフができる人間にならなくちゃいけない。じゃないと家庭はおろか結婚もできないというのはよくわかってるんです。でも、それも大事だけれど、僕がまず出会うべきは、癒やしを与えてくれる女性じゃないかと。そういう人を僕はず〜っと探してるんじゃないかなって。

片寄　だからたぶん、岡村さんにもこういったタイプの女性がいちばんしっくりくるんですよ、きっと。

岡村　ていうか、ショコラさん以外にいます？　こんな人、いままで見たことがないし、出会ったこともないですよ？

片寄　岡村さんは同業者と付き合うことは考えられますか？

岡村　うーん、そこはねえ……。すごく大変だと思います。虚栄心というか、負けないぞ感がぶつかり合っちゃって。

片寄　わかります。僕の場合、ショコラはデビュー当時、詞曲は誰かに書いてもらうスタイルで、途中から彼女自身が歌詞を書くようになって、２００７年ぐらいから曲も自分で書くようになったという経緯があるんです。音楽に関しては、僕のほうが先生のような立場だったし、エゴのぶつかり合いはなかったんですよね。

ショコラ　私は片寄先生の住み込みの弟子として音楽を学びましたから。はい。

片寄　でも、いまは、ホント面白い曲を書くし、音楽家としての彼女を僕はすごく尊敬しているんです。

岡村　音楽という同じ目標に向かうことができ、お互いの才能を尊敬し合える。理想型ですよね。すごくうらやましい。僕、ビートルズが大好きだからよく思うんですけど、ビートルズは、最初の頃はジョンが牽引していたわけですよね。詞曲ともに素晴らしいものを書いて。でも、中期以降からはポール・マッカートニーもどんどん腕を上げてヒット曲を連発した。ジョンはその頃、リーダーとしての自分の立場と、ポールがヒットを量産する、そのハザマで悩んでいたと思うんです。そこへ、ヨーコが現れて、別の視点を彼に与えた。思想だったりポリティカルなこと、アヴァンギャルドなアートだったり。ジョンが感銘を受けたヨーコの詩集『グレープフルーツ・ブック』(70年)は、ジョンの「イマジン」の世界そのものじゃないですか。だから、ジョンにとってヨーコはグルだったんじゃないかなと。同じように、ショコラさんにとって片寄さんは音楽の師で、片寄さんにとってもショコラさんはある意味精神的なグルですよね。

片寄　なんていうか、年を重ねるにつれ、彼女は独自の進化を遂げているんですよ。付き合い始めの頃は、女の子っぽく女性性もあったんですが、年々それが薄れてきて。時には少女のようだけど、おばあちゃんみたいに思えるときもあるし。

ショコラ　あのぉ、性別や年齢がなくなりつつあるのは私もよ〜く自覚しております。はい。

片寄　だから、彼女は人間的な欠陥があるとか、紙一重とかではなく、ひょっとして俗世から解脱してるのかもって。そのうち瀬戸内寂聴さんみたいになるんじゃないかなって(笑)。

岡村　じゃあ、ショコラさんは菩薩のような存在ですか。

片寄　かもしれない。拝みたくなるときさえありますから。

ホンモノの夫婦善哉を見せていただきました

Hair&Make-up: Naomi Kubota(chocolat_ARRABIA)

STEP UP

(03)

結婚とは権利なのです。

VS ピュ～ぴる

現代アーティストのピュ～ぴるさんをご存じだろうか。僕は、彼女の軌跡を追ったドキュメンタリー映画『ピュ～ぴる』でその存在を知った。ゲイであった「彼」が、肉体的にも少しずつ「彼女」へと変化し、クラバーから世界的な現代アーティストへと変貌していくドキュメンタリーである。ある男性に激しい恋心を抱きながら作品を作り上げるその姿は圧巻であった。あのあと彼女はどうなっただろう。調べてみると、その後、戸籍も女性に変え、愛する人と出会い、結婚したという。対談をオファーしてみると、彼女は旦那さんと一緒にやってきた。身長180cmの美男美女カップルで少々ビックリ。

ピュ～ぴる≫現代美術家。2003年、ニットで編んだコスチューム作品[PLANETARIA]を発表し注目を浴びる。07年には「モンスター」から「完全なる自分」へと変貌を遂げる肉体改造の軌跡と精神の変化を写真で表現した[SELF PORTRAIT]が話題に。

ピュ〜ぴる　私、普段は仙人みたいな生活をしてるんです。テレビも観ないから、世の中の流行にすごく疎くて。

岡村　でも、昔はパーティピープルだったでしょ。クラブの女王的な存在だったと聞きました。

ピュ〜ぴる　10代後半からクラブで夜遊びを始めて、23歳ぐらいまではかなり遊んでました。私は、服を作るのが大好きで、衣装はいつも自作してたんです。それをみんなに見せたくてクラブへ行ってた部分もあって。でも、あるとき、そういうのに疲れちゃったんです。一晩で１００人に会って「イエ〜イ！」ってやっても、結局誰のことも覚えてない。八方美人でいるのが自分でも苦しくなって。衣装も、私は「作品」のつもりでも、単なるコスチュームにしか見られなくてワインをひっかけられたりするんです。それも辛くなって。

岡村　クラブに行かなくなった？

ピュ〜ぴる　ライフ・イズ・クラブはやめたんです。その後、一人旅に出たんです。１９９６年ぐらいだったかな。バックパッカーとして海外へ行って。で、帰国して、服作りをもっと突き詰めてみようと。ニットで編む着ぐるみ作品などを作るようになったんです。ひとつの作品に1日10時間、3カ月ぐらいかけて。

岡村　それがアーティスト活動のキッカケになったと？

ピュ〜ぴる　アーティストを意識していたわけじゃないですが、それまで以上に作品に向き合ったら認めてもらえたんです。

ライフ・イズ・デート！

岡村　ピュ〜ぴるさんの作品って、ひとつひとつが手作りで、すごく手がこんでいて魂がこもってるなって思うんです。手編み作品もすごいし、横浜トリエンナーレでインスタレーションした金色の千羽鶴もスゴかった。何万羽と折ったでしょ。

ピュ〜ぴる　5万４０００羽折ったんです。やっぱり、自分の手を動かして作ると、作品に魂が宿るんです。作品を通じて、私が何を訴えたいのか、世界をどう変えたいと思っているのか、そういったことを感じてほしいし、私自身、言霊や情念を感じることのできないものに興味がない。だから、テレビを観たり雑誌を読んだり、そういう情報を積極的に取らなくなったというのもあるんです。人と会うことも、いまはめったにしませんし。

岡村　じゃあ、旦那さんとデートで映画を観るとか、巷で人気のレストランに行くとか、それもしない？

ピュ〜ぴる　私の中に「デート」って特別なものは存在しないんです。主人と一緒にいることが、1年３６５日デート。スペシャルな何かはいりません。普通の生活、あたりまえの日常で十分な

「岡村さんはストレートなの？ 女性と結婚したいの？ どんな人としたいの？」ピュ〜ぴる

「ノリが良くて策士じゃなくてけなげでいじらしい人と結婚したい！」岡村

んです。「おはよう」って起きて「おやすみ」って寝て。夢の中でも一緒ですから(笑)。

岡村　ライフ・イズ・デート(笑)。

ピュ〜ぴる　私、「時間がない」っていつも思ってるんです。幼い頃からずっと「時間がない」って。人生に残された時間は少ないんだって。

岡村　死に対する恐怖がある？

ピュ〜ぴる　うん、ある。

岡村　じゃあ、霊的なものは信じたりしてますか？　あの世とか輪廻転生とか。

ピュ〜ぴる　信じてない。人生は一度きりだと思ってるから。

岡村　スピリチュアル系は信じない？

ピュ〜ぴる　よく使われる言葉としては「大キライ」。私は現実的です。ですから、私がアーティストとして活動できるのが70歳ぐらいまでだとすれば、半分はもう過ぎている。なので「時間がない」と思うんです。「毎日がデート」も、「一緒にいられる時間は短い」というのを無意識の中で感じているからこそ、主人を「愛してる」ということを毎日感じていたいということなんです。

岡村　じゃあ、旦那さんとイチャイチャする時間は長いですか？

ピュ〜ぴる　……へっ??(赤面！)

岡村　いや、何が聞きたいかというと、イチャイチャしてるとモノは作れないじゃないですか。作品は集中しないとできないでしょ。僕が結婚できない理由のひとつに、音楽と生活の折り合いがうまくつけられるのだろうかという疑問があるんです。

ピュ〜ぴる　もちろん、作品を作るときはアトリエにこもりますから日常とは切り離します。私の場合、物理的なイチャイチャというよりも、意見が合致したとき、意思がピタッと通じ合ったとき、「だよね！」って、そうなったときにエロティシズムを感じちゃうほうなので、スキンシップがないと寂しいとか、そういうことはまったくないんですね。

岡村　結婚して何年ですか？

ピュ〜ぴる　2年です。でもその前に4年間交際していましたし、式やパーティといったイニシエーション的なことは何もしてなくて。結局、恋愛期間と地続きなんです。

岡村ちゃんは狩猟民族にあらず？

ピュ〜ぴる　ていうか、岡村さんはホントに結婚したいと思ってるんですか？

岡村　ええ、したいんです。だからこうしていろいろ聞くんです。

ピュ〜ぴる　ストレート？

「体も戸籍も女性になって結婚したいと思ったの」ピュ〜ぴる

岡村　ストレートです。

ピュ〜ぴる　女性と結婚がしたいんですね？

岡村　そうです。

ピュ〜ぴる　どんな人と？

岡村　（しばし考える）……ノリのいい女性がいいですね。

ピュ〜ぴる　ノリノリ？

岡村　積極的な女性は好きです。積極的だけどピュアな人。

ピュ〜ぴる　ピュアって？　可愛らしい人ってこと？

岡村　策士じゃない人。でもなかなかそういう人には出会えないんですよね。

ピュ〜ぴる　出会えないんだ。

岡村　というか、僕は、いままで付き合った女性の数が圧倒的に少ないんです。

ピュ〜ぴる　私だって主人がちゃんと付き合った初めての男性です。岡村さん、男性としての性本能というか、狩猟民族的な部分が少ないんじゃないですか？

岡村　そうかも（笑）。

ピュ〜ぴる　男性って、女性より性的に複雑な人の割合は多いかも。風俗に行きまくるような人もいれば、女性にまったく興味のない人、本人が自覚していない潜在的ゲイの人もいて……。でも、私の中ではもはや、男とか女とかの概念ってすごくファジーなんです。私自身がセクシュアルマイノリティで、でも、日本国内で結婚することができ、幸せに暮らし、なおかつ、好きなことをやって生きている。男と女の恋愛の基準みたいなものが、自分の中でもよくわからなくなっているんです。

人生の残り時間は少ないのです

岡村　突っ込んだ質問になるんですが、なぜ性別適合手術を受けたんですか？

ピュ〜ぴる　生きやすくすることが第一で、結果、愛する人と結婚する条件も整いますし。手術を決めたのは主人と出会う前。女性になることで「結婚の確率」を上げたかったんです。私は、心がもともと女の子。でも、自分の男性器に嫌悪感を抱くことはなかったし、自分を産んでくれた親に対して「なぜ？」なんて思ったこともない。でも、私は、好きになる人がストレートなんです。ゲイではないノンケの人。そういう人しか好きにならないんです。幼い頃からそうで、相手がストレートとわかっていて、拒否されるのも完全にわかっていながら好きになる。私は好きになるとその思いを必ず伝えます。伝えて、そして、ふられる。それを何度も経験するうちに、このままでは成就できる確率が限りなくゼロだなと。

「ピュ～ぴるさんのように勇気をもって行動を起こせる人はまだ少ないですよね」岡村

だったら、肉体も女に変えたほうが確率も上がるのかなって。さっきも言いましたが、人生の残り時間は少ない。その中で、どうすれば自分の求めている状況をつくることができるのかを考えると、心が女なら物理的にも女になってしまえばいいじゃないかと。要は、「チンコがついてるだけじゃん、おっぱいがないだけじゃん、だったらそれを変えればいいじゃん」って。でも、中途半端はイヤだったから、日本の法律でやれるところまでとことんやろうと決めたんです。そして、名前も戸籍上の性別も変えたんです。

岡村　でも、なぜ結婚を渇望したんです？　恋愛だけじゃだめなんですか？

ピュ～ぴる　幼い頃から、結婚を放棄していたんです。というか、あきらめてました。「僕はゲイだしオカマだし結婚なんてできない。パートナーや恋人が合間合間にできたとしても、一生一人で過ごすんだ」って。12歳の頃からそう思ってた。でも、２００４年に性同一性障害特例法が施行され、ちゃんと手続きを踏めば女性になれるとわかったとき、あきらめが希望に変わったんです。普通の女性と比較して、その10倍ぐらい「結婚したい！」欲が強くなって。あきらめていたものが手に入ると思って、そこへ猛進したただけのことだったのかもしれないけれど。でも、性別を変えるってホントに大変。法律的な手続きがものすごく煩雑で。２名以上の精神科医のところへ通わなくてはならないし、ぶ厚い書類の束を提出しなくてはならない。でも、「女になれば結婚できる」と思うとものすごいパワーが出たんです。

岡村　決定的な幸せを手にしたいと。

ピュ～ぴる　結婚することが決定的な幸せだとは思ってませんよ。

岡村　でも、どうしても手に入れたかったんでしょ、結婚は。

ピュ～ぴる　というか、憎しみがあったんです。世の中に対して。

岡村　リベンジ？

ピュ～ぴる　「いつか見てろよ」が、それまでの私の原動力でした。私のアート作品にしても、ジェンダーとライフが一体化したものなんですね。ゲイを受け入れない世の中、社会やシステムや法律や、「キモチ悪い」といじめられた子どもの頃のことも含めて「いつか見てろよ」という気持ちもあったんです。

岡村　あの、(部屋の隅で対談を見守っている旦那さんを見つけて)旦那さんにもちょっとお話をおうかがいしても？

ピュ～ぴる　どうぞ。

岡村　ピュ～ぴるさんとの出会いはどういうものだったんです？

旦那さん　共通の知人を通じてパーティで出会ったのが最初です。で、僕がひとめぼれしたんです。

岡村　彼女のことは知ってました？

旦那さん　知りませんでした。彼女、最初は年齢も名前もウソをついてたんですよ（笑）。でも、アーティストとして頑張っているんだと知って、彼女とデートしたいなと思ったとき、「ああ、彼女が好きなんだな」と。

岡村　彼女が男性であろうが女性であろうが気にならなかった？

旦那さん　正直、最初は気になりました。そういう人だというのはわかっていたし、僕にとって初めての経験でしたし。でも意外と大丈夫でした（笑）。

岡村　出会ったのは手術前だったんですよね？

旦那さん　ええ。手術が終わってから出会うより、手術前に出会っていたのは、2人の関係にも良かったなと、振り返ればそう思います。

岡村　なるほど。ていうか、旦那さん、背が高くてものすごく男前ですよね。あんなにカッコいいと心配になりません？　道歩いていて、彼がよそ見したりしたら妬《や》きません？

ピュ～ぴる　全然（笑）。それは私に自信があるからではなく、心の奥のすごく深い部分でつながっているってよくわかっているからなんです。しかも私はもともと男だったし、彼の気持ちもよくわかる。男と女ですけれど、どこか男と男のような部分があるのもいいのかなって。

岡村　うらやましい。いい関係だなあ。

ゲイに厳しい日本社会の現実

ピュ～ぴる　考えてみると、結婚って、私にとっては「権利を勝ち取ること」だったと思います。普通の人にとって、結婚ってすごく漠然としていると思うんです。だから、愛し合っているのなら結婚しなくていいじゃないか、縛り合わなくてもいいじゃないか、そういう意見もあると思います。でも、私たちセクシュアルマイノリティにとって、「結婚」は「権利」と結びついているんです。たとえば、長年連れ添ったパートナーが亡くなるとき。親族じゃないと病院の部屋に入れてもらえないし、最後を看取ることさえできないんです。遺産相続だってもちろんできない。結婚は、現代の社会の中で生きるにはとてもメリットのあるシステムなんです。セクシュアルマイノリティは、そういった普通の人たちが無意識に享受できることに対して、意識的にならざるを得ないんです。だからこそ、同性婚、ゲイマリッジは世界の潮流になっているんです。

岡村　アメリカやヨーロッパの国々ではものすごく盛り上がってますよね。

ピュ～ぴる　でも、日本では話題にのぼりません。ヨーロッパでは

「結婚って、私にとっては『権利を勝ち取ること』だったと思います」ピュ～ぴる

大きなトピックになっているのに、日本では議論さえ始まらない。日本のセクシュアルマイノリティは声に出して積極的にそれを要求しないんです。

岡村　そういったことに対する偏見がまだまだ根強いからなんでしょうね。こういう言い方をしては失礼かもしれないけれど、日本では、オネエ言葉をしゃべるアイドル的な人々だけが許容されているでしょ。ゲイのミュージシャン、アーティスト、デザイナー、実は日本にもすごくたくさんいる。でも、彼らのことを社会は許容しない。みんな怖いんです。アイドルでいる分には可愛いけれど、異能のゲイは脅威なんです。最近、ジョディ・フォスターがカミングアウトしたけれど、日本の俳優がそんなことを言うとたぶん仕事がなくなってしまいますよね。彼ら自身も拒絶されるのが怖くて言い出せないんだと思うんです。

ピュ～ぴる　でも、だからといって、私は黙っていたくない。声を上げたい。愛する者同士が結婚できる社会に向けて1㎝でも動かしたい。そのための歯車のひとつに私はなりたい。私みたいな人が日本にいることを知ってもらい、こういう人が生きていることを知ってもらえるだけでもいいと思ってるんです。だからこそ、結婚をして社会的に認められたいと強く思ったのかもしれません。

幸せから生まれる新たな表現

岡村　ピュ～ぴるさんはいますごく幸せでしょ。最上級の権利を勝ち取り、愛する人と結婚して。そうするとモノ作りのパワーが落ちません？

ピュ～ぴる　落ちました。どん底まで落ちたんです、実は。結婚後、ドーンと精神的に落ちてしまって鬱状態になったんです。12歳の頃から渇望していたことがかなえられてしまい虚無感を覚えて。アーティストとしての自分の世界が全部フラットになってしまったんです。最近、ようやく回復して、こうして表に出られるようになったんです。主人と、そして、子どもの代わりにと飼い始めた猫に助けられて……。愛するものがいることで生まれる作品もある。ようやくそう思えるようになったんです。主人の言葉には本当に助けられました。「何かしなよ」とは言わず、「ゆっくり寝てな」といつも言ってくれて。そういった日々の生活のささやかな言葉の積み重ねが、立ち直るきっかけになったんです。

岡村　そんなことがあったんですね。

ピュ～ぴる　以前の私は、憎しみとか、リベンジとか、そういった強いエナジーを源にモノ作りをしていましたし、幸せから作品は生まれないと否定していたんです。

「幸せな時間を過ごしながらも、新たな作品を生むことはできるんです」岡村

岡村　わかります。非常によくわかります。僕にもそういう面はあります。報われない思いや、マイナスの感情を自分のパワーにして作品として結実させる。安定や幸せに慣れ親しんでしまうと、モノ作りなんてできなくなるんじゃないかと。

ピュ～ぴる　でもね、そこであえて、幸せから生まれるクリエイションに、それはいままでの自分にはなかったものだけど、それもあるのかもしれないと、挑戦してみることにしたんです。ノートに向かい、自問自答して。いまようやく、個展に向けてモノ作りを始めたところです。それがいつ出来上がるかはまだわからないけれど。だから、結婚して計算外だったのはそこです。以前とは違う、まったく新しい表現の可能性を探るきっかけを与えてくれたのが主人との結婚生活だった。結婚っていいものだなって。心からそう思います。岡村さんにもオススメしますよ（笑）。

岡村　オススメされましたね（笑）。

ピュ～ぴる　やっぱり性分なんです。岡村さんもアーティストだからわかっていらっしゃると思うけれど、男とか女とか、結婚したしないじゃなく、単純に「モノを作る」「表現したい」という欲望は、性転換しようが結婚しようがなにしようが、結局は、「ピュ～ぴる」を表現したいという気持ち、そこなんです。魂が大事なんです。

岡村　ゴッホみたいに絵を描くことに人生を捧げ私生活をボロボロにし、死んでから名を残す人もいますけれど、でも、そうじゃなくても名作は残せる。彼とデートし、猫を愛《め》で、幸せの時間を過ごしながらも、そういった生活をも血や肉にし、そしてまた新たな作品が生まれるんです。

「結婚とは何かを探るのはライフワークだと思ってますから」岡村

ピュ～ぴる　ホントにそう。でも、そうなれるのかは自分次第なんですけれど。

岡村　なれます。絶対。これは僕自身への言葉でもあるけれど。

ピュ～ぴる　ていうか岡村さん、ホントは結婚になんてまったく興味ないんじゃない？

岡村　いや、そんなことないですよ。したいんです。ただ、なぜみんな結婚するのか、したいのかを知りたいんです。

ピュ～ぴる　でもね岡村さん、結婚って理屈じゃない。結婚するときはするんです。3年後かもしれないし明日かもしれない。いまのいまは、結婚したくないから理屈をつけちゃうんですよ。

岡村　そうなんですかねえ。でも、結婚とは何かを探るのはライフワークだと思ってますから。あと6年ぐらいはこの連載を続けるつもりなんですよ。「まだ結婚しねえのかよ！」ってあきれられるまでやり続けますから（笑）。

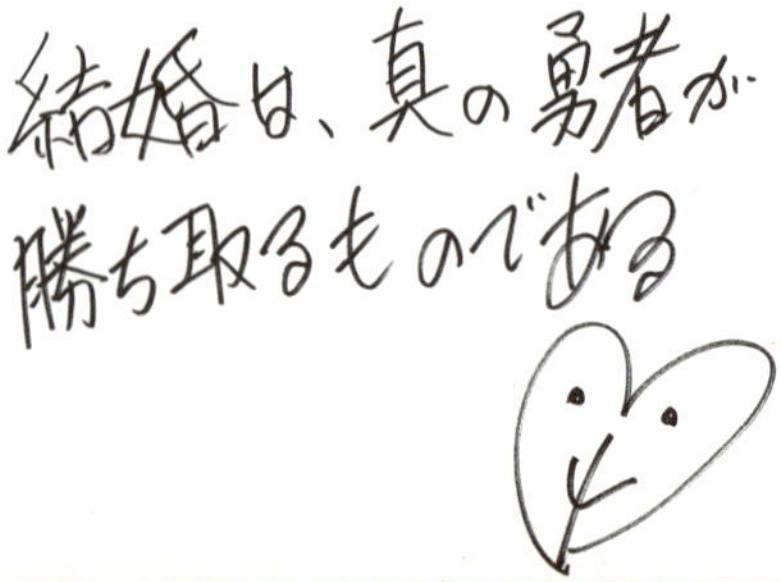

STEP UP

(04)

孤独を失ってはダメです。

VS 糸井重里

糸井重里さんはいつも時代の先端にいて、その豊かな感受性でカルチャーを牽引してきた人物である。僕にとっての糸井さんは作詞家のイメージも強い。なかでも僕のフェイバリットは矢野顕子さんとの曲の数々。肌ざわりがよくてやわらかくてあたたかくてうれしい気持ちになれる名曲ぞろい。糸井さんが編む言葉は示唆に富むものが多い。ささやかなものにもスポットライトを当て、ふだんは忘れがちなことを立ち止まって考えることの大切さを教えてくれる。そんな糸井さんに、「結婚とは?　夫婦とは?」と聞いてみたいと思う。糸井さんのパートナーは女優の樋口可南子さんである。

いとい・しげさと≫1948年生まれ。71年、コピーライターとしてデビュー。以後、多彩な分野で活躍。98年開設のウェブサイト『ほぼ日刊イトイ新聞』は1日150万PVを超え、シンプルでクォリティの高いグッズ開発で注目を集めている。

「結婚は『尊敬』が大切だとみんな言う。でも尊敬できる人に出会えないんです」岡村

岡村　今日は、僕がいま住んでいる町でいちばんおいしいと思われるパンをお土産で持ってきました（と、食パンやロールパンなどをどっさり糸井さんに渡す）。

糸井　あ！　このパン知ってる！　予約しないと買えない有名なパン屋さんだよね。ということは！　ちょっと待って（自分の机へイソイソ）。「マイあんこ」があるんですよ。

岡村　「マイあんこ」!?

あんこと結婚は通底しています

糸井　（小さな瓶を持ってくる）これつけて食べてみてください。

岡村　ご自分で作られたんですか？

糸井　そう、僕が煮て作ったあんこ。会社で食べようと思ってちょうど家から持ってきたところなんです。どうぞ、たっぷりつけて食べてみて。

岡村　はい、いただきます。（あんこをのせたパンをほおばって）うわぁ、おいしいっすねえ！

糸井　（あんこをのせたパンをほおばって）うん、いいね。パンもあんこもうまいね（笑）。

岡村　以前、糸井さんとお会いしたときもあんこの話で盛り上がりましたよね。「とらや」のあんこの話で。

糸井　そう、その「とらや」にあんこの作り方を教えてもらったんです。

岡村　僕、「とらや」の羊羹は〈夜の梅〉が大好きなんです。薄ぅ〜く切ってペロペロ食べるのが至福のひとときなんですね。

糸井　あははは（笑）。ペロペロ食べるんだ、犬のように。

岡村　「あんこっていいなあ」って思いながら。「あんこってなぜこんなにおいしいんだろう」って（笑）。

糸井　僕もあんこは昔から好きなんですが、〝憧れる〟ようになったのはわりと最近のことなんです。もともと僕は、暮れには必ず黒豆と小豆を煮るんです。黒豆はおせちに、小豆はぜんざいにしてお正月に食べるんだけど、「これは、あんこじゃないな」ってずっと思ってて。小豆を煮たものとあんこは違う。どこが違うんだろう、何が違うんだろうと。で、ふとしたことから「とらや」にあんこの作り方を教わって、その違いが明確にわかるようになった。それから、あんこに憧れを抱くようになったんですね。

岡村　糸井さんのあんこは、あんこジャムみたいな感じもします。

糸井　このあんこはパンに塗る用に作ったので、ちょっとあとを引かせるように黒蜜を加えてあるんです。

岡村　あ、黒蜜の味なんですね。

糸井　「とらや」のあんこはスカッとした甘さなんですが、パンに

「『尊敬』は解釈の問題です。僕は犬もあんこも尊敬してます」糸井

塗るときはちょっと引きずったほうがいいなと思って雑味を加えてみたんです。

岡村　研究は相当されましたか。

糸井　まったく（笑）。僕はオタクではないんです。深追いはせず、このくらいのゆるい距離感と湯加減で、あんこを楽しんでいたいんです。だって、「好きだ」って言うと、人って勝負に出たがるじゃないですか。たとえば、「岡村ちゃんが好き」って言うと、「じゃあ、○年のコンサートは観た？　え？　観てないの？　そんなことも知らないの？」っていう。僕、あれがすごく嫌いなんです。1回しか観たことがなくても、「好き」なのは「好き」なんです。でも、「好き」を売り物にする人って、結局「オレが偉い」っていう話になっちゃう。だから、小豆を追究するために、旅に出て、修業でもすれば、自慢できる要素は増えると思うけど、そんなことをすると、「うれしい気持ち」は消えちゃうんです。眉間《みけん》にシワ寄せて「あんこってのはなあ！」ってなるんです。ゆらゆらと機嫌良くいられる位置にいるというのが、「ああ、モノにできたな」と思えるんです。「半端だ」というのを恥じることなく、「あんこが好きだ」とやっと言えるようになったなあと。

岡村　僕もあんこを好きになったのはここ2〜3年です。僕はわりと凝り性なんで（笑）、それこそ、百均のものから「とらや」まで、いろいろ食べ比べて。このあいだは、吉祥寺のあんこの名店へ、朝行かないと買えないというから早起きして行って。

糸井　「小ざさ」の最中でしょう。

岡村　そう。めちゃくちゃおいしかったです。で、いろんなあんこを食べ比べて思うことは、「不思議な魔力があるな」と。たかだか小豆を砂糖で煮たものなのに。小豆だけではこんなに夢中にならないんですよ。でも、小豆に砂糖が足された瞬間、なぜこんなに夢中になってしまうんだろうと。……というのは、男と女、結婚の話とつながるのかなあと（笑）。

糸井　うん、あんこと結婚は通底してるよ、ホントに（笑）。

「尊敬」とは「憧れ」です

岡村　「人はなぜ結婚するのか」という疑問が僕にはずっとあるんです。結婚は、あんこを好きになるように、理屈じゃないんだよ、ということなのか、この人と一緒にいれば、人生設計においてメリットがある、相乗効果がある、結婚とはそういったポテンシャル込みでするものなのか。いまひとつわからないんです。糸井さんはどうですか。理屈じゃない派ですか？　それとも……。

糸井　あえて言えば、「理屈じゃねえんだよ」派ですよね。プロ野球選手がアナウンサーと結婚するのを見ると、「ああ、これは事業

「はて、結婚って何だろう？」って。結婚の決め手がわからないんです」岡村

体だなあ」と思いますけれども（笑）。

岡村　この連載を始めてから、いろんな人に結婚観を聞いているんですね。すると、男性と比べて女性は、「女としての幸せを成就したい」と言う人が意外と多いんです。何歳までに子どもを産み、何歳までに家を建てる、そういう人生設計を完遂したいと。そのためにお見合いパーティで好条件の人をゲットし、「幸せへの道」を邁進するんだと。それを聞くと、野球選手が大リーグへ行くにはどうすればいいかというのと同じに思えるんです。「TO DO その1」みたいな（笑）。「はて、結婚って何だろう？」と思ってしまうんです。

糸井　昔は、「ある年齢に達したら結婚するに決まってる」とみんな思っていたわけです。食べていく、生きていくことがもう少し難しかった時代、子どもをつくるということが「やらなくちゃいけないこと」だった時代は。戦前、戦後もそうでしょう。でも、昔ほどではないにせよ、いまの時代も「結婚はするもの」と考えている人はまだまだ多いわけです。だからまず、岡村さんのように「なぜ？」と疑問を抱く人は、「結婚をしない可能性」がわりと高いんじゃないかと思いますねえ。

岡村　ですかねえ。「結婚したいなあ」と思ってはいるんですが。

糸井　「結婚はするもの」と思う人にとってそれは、「歯を磨く」「風呂に入る」と同じなんです。そこに理屈はないんです。でも、「風呂に入りたいなあ」と思ってしまう人は、その「入りたいなあ」には「入らない」可能性も含まれてくるんですね。

岡村　あ、なるほど（笑）。あと、結婚した人にその理由を尋ねると、「相手を尊敬してるから」って必ずみんな言うんです。まず、それが僕にはハードルが高い。単に尊敬という部分にとらわれすぎているのかもしれませんが、尊敬できる人となかなか出会えないんです。

糸井　尊敬という言葉をどう解釈するかですよね。僕は、犬にも尊敬という言葉を使います。飼っている犬がときおり見せる態度を見て、「立派だな、尊敬できるな」って。僕にとって尊敬とは「カッコいいな」って思うことなんです。あんこの話じゃないですけれど、〝憧れる〟ときがあるんです。女の人って異性だし、体の構造も考え方も根本が全然違うから憧れるんです。人はそれを「尊敬」と言うんだと思うんです。

岡村　自分にないものを持っているということですよね。

糸井　そうそう。でも、その「カッコいいな」というのは、結婚の後でわかることじゃないのかな。

結婚は「するもの」だと思ってた

岡村　相手への尊敬が後でわかるものだとすれば、糸井さんの場合、結婚の決め手は何でしたか？　どうして「結婚しよう」と思ったわけですか？

糸井　僕は2度結婚してますから。1度目は「結婚するに決まってる」と思っていたから結婚したんです。

岡村　付き合えばその先には結婚があるからですか？

糸井　いや、そういう形式ではなく、そもそも「結婚をしたい」と思って生きていたし、どっかの時点から、「結婚をする」と思い込んで生きてましたよね。「結婚はするものだ」と。何の疑いもなく。それこそ「歯を磨く」ぐらいの感覚ですよね（笑）。

岡村　それはいくつのときですか？

糸井　23、24歳ぐらいの頃。最初の結婚は25歳になったときだったかな。友達も結婚していたし、家庭をつくるのはいいことだと思っていたし。もっとも、これから先、一人で生きていくのは難しそうだと感じていましたから。僕は大学を中退していましたから、安定に対する憧れもあったんじゃないかと思いますね。

岡村　いろんな女性と出会って、一期一会で成長して、一人の女性では僕は収まらないよ、みたいなものはなかったわけですか？

糸井　そんな全能感はまったくないです。モテなかったわけではないですが、そういう体験があるたびに、1回ずつ「お、ラッキー！」って思ってましたよね（笑）。こういう言い方をすると女性には失礼だけど、プロの漁師さんが魚を獲るのとは違うんです。僕はただの釣り人。1匹釣れるごとに、「うわ、やった！　いい魚釣っちゃった！」って（笑）。だから素人でした。モテようがモテまいが、まったくの素人。心がね。そこはだから、岡村さんのようなミュージシャンはプロの漁師さんですよ。投網漁、遠洋漁業みたいな（笑）。ステージに立っただけで「キャーッ！」だもん。普通の人はそういう暮らしはしてないですもん。

岡村　いやいやいや、糸井さんだって「キャーッ！」はあるじゃないですか（笑）。

糸井　僕が鉛筆持ったところで「キャーッ！」は誰も言わないもの（笑）。たぶん、ライヴで人の目の色が変わる様をステージから見ていると、自分をもうっとりさせるだろうし、自分の全能感みたいなものを感じるんじゃないかと思うんです。だから、岡村さんは、遠洋漁業に出過ぎたんじゃないですかねえ（笑）。

岡村　いやいや、ですから、僕はマグロ漁には出てないですって、ホントに（笑）。

結婚すると自由が増えるのです

岡村　趣味嗜好みたいなものは、夫婦でどのくらい共有していま

「だからね、結婚するかしないかは、運みたいなもんなんだよ、結局」糸井

「『イヤな結婚とは何か』を研究すると『いい結婚とは何か』が見えてくるのかも」糸井

すか？

糸井　僕は、いまの結婚をして20年以上になりますが、そういったことは「まずしてない」と思いながら生きてますよね。

岡村　あ、そうですか。

糸井　たとえば、カミさんが「アレがおいしかった」と言ったとします。「アレ」を知らない僕は「へえ」って言うんです。そのときの「へえ」は「へえ」にしかすぎないんです。恋愛中であれば、「それは知らなかった。オレも食べてみたい」と積極的に思うし、彼女がそれを好きと言うのなら、彼女以上にそのことを知って与えたいと思う。恋愛中は相手が他人だからそこは大事にしようとするんです。でも、結婚して生活を共にすると、相手は自分の体の一部みたいになってしまうから「へえ」なんです。右手が何を考えてたか、みたいなことなんです。だから、最初は「へえ」。でも、もう一度、「アレはおいしい」と同じ話を聞いたりすると、「え？」と思うんです。そして、「へえ」の次の興味に移るんです。で、食べてみる。うまかった。「オマエが言ってたアレはおいしいなあ」とブーメランのようにかえして、「じゃあ、アレを一緒に食べに行こうよ」となるんです。

岡村　いい夫婦じゃないですか！

糸井　だから、夫婦ってディスコミュニケーションがスタートなんです。長年家族をやっていると、そうなるんです。いま僕の例で話しましたけども、カミさんの場合はもっとひどい（笑）。たとえば僕が、「アレは面白かったぞぉ！」って興奮して言ったとしても、たいがい「ふーん」。あの「ふーん」はホントに「ふーん」でしかないんですよ。でも、「いままでの例からすると、そのうちふーんじゃなくなるかもしれない、でも、ふーんのままでもいいや」って思うんです。そこは自由なんです。結果はどこへ転がろうが自由。つまり、自分の好きなものを好きになってくれてもいいし、嫌いなままでもいいし、興味を持たなくてもいいし、っていう。それはものすごく自由なんです。一人でいるときには、そういう自由はないんです。だから実は、夫婦のほうが自由は増えるんです。妻という他人がいることで、選べるもの、チョイスの分量が一人でいるときよりも多くなる。そして、「それを選ばない」経験もたくさんできるわけなんです。

岡村　逆転の発想だ。そういう考えは僕にはまったくなかった。

糸井　もっといえば、妻に捨てられる自由もある。僕だって、85歳になったときに捨てられるかもしれないわけだから（笑）。

岡村　定年退職した途端の「おいとまします」（笑）。

糸井　相当ビックリすると思うんですけれど、「ない」と思ってる人が間違ってるんです。相手を見くびってますよね。他人の心を小さく見積もりすぎです。だから、僕は心のどこかで、捨てられるかも、逃げられるかも、というのは、お互いに「ある」と思ってますよね。それってすごく寂しいことだけど、人って、もともとそのくらい寂しく生まれてきているんです。人間、やっぱり孤独は失っちゃいけないと思うんです。

岡村　うわ〜、深いなあ。

糸井　なんか僕、すごいこと言ってる。あんこの話をしてたのに。

岡村ちゃんの理想像（ヨーコ主義）が崩壊！

岡村　じゃあ、家庭での夫婦の会話って、糸井家ではどういうことが中心なんですか？

糸井　「今日は何を食べたいか」みたいなことを、お互いに言わせて、手の内にあるカードを出し合うっていう（笑）。「何食べる？」って言うと、たいがい、「何でもいい」って両方が言いますよね、まず。「じゃあ○○に行こうか」「うーん、ちょっと違うなあ」「何でもいいって言ったじゃねえかよぉ！」っていう。

岡村　落語みたいな夫婦ですね。

糸井　どこの夫婦もそんなもんだと思います。「何でもいい」の連続なんです。だから、「何でもいい」の中には「何でもよくない」も含まれてるんです。ひとつのカードの裏表裏表の出し合いなんですよね。

岡村　僕、「何でもいい」なんて言われたら、「挙げて挙げて！」って言いますね。「ついでにテンションもアゲて！」って（笑）。僕は一緒に盛り上がりたいんです。「うわ〜！　行きた〜い！　食べた〜い！　ワ〜オ！　チュ〜！」みたいな。

糸井　あはははは（笑）。若い頃はそうだけど、だんだんと、そういうことのつまんなさも知るでしょう。

岡村　ええ、わかりますよ。でもね、結婚して家庭をもっても、そうやって盛り上がって楽しくしたいなという願望があるんです。いま僕は下町に住んでいて、近辺の歴史をいろいろと調べているんです。名店といわれる店をリサーチし、店のいわれや歴史、それについての本を読み、人に聞き。僕はそういうことを知るのが大好きなんです。で、それを女性とも共有したい。江戸時代から積み重ねられた歴史の上にその食べ物がいまここに存在している、その奇跡を一緒に感動してほしいのよ、と（笑）。

糸井　それはもう男同士の世界ですよ。「で、おいしいの？　高いの？　安いの？」でしょう、女性は。

岡村　そうなんでしょうね。僕はもう、そういう江戸時代の風景がオーバーラップしてしまって、思いを馳せてしまうんです。髪を結った着物姿の人たちがここを往来していたのかと思うとたま

「医者だって健康の研究じゃなくて、病気の研究をしてるでしょ」糸井

「でもね、結婚しても盛り上がって楽しくしたいという願望があるんです、僕は」岡村

らなくなるんですよ。

糸井　そういった物語を共有できる女性って、表現の世界に生きている人だと思うんです。自分でも物語を語れる女性。だから、最初はすごく楽しいかもしれない。でも、そのうち両方の物語がぶつかってしまって、「オレの世界に合わせてくれ」「いや私に」となっちゃいますよね。

岡村　僕、ずっとオノ・ヨーコみたいな人がいいと思ってたんです。ヨーコはジョン・レノンのグルのような存在だったでしょう。結婚するなら、そういうイマジネーションの源になるような人がいいと。でも、糸井さんと話していて思いましたが……疲れそうですね、そういう女性は。

糸井　あははは（笑）。僕、ヨーコさんにはお会いしたことはないのですが、実はものすごくお母さんぽい人なんじゃないかと想像するんです。巨乳でナイス・ボディだし、みんなが見てないところで、ものすごくバブバブだったと思うんだな、ジョンは。ヨーコさんは一切理屈とか言わずに、「そうね、ジョン」って言っていたと思うんです。しかもそれは全部芝居だったんじゃないかなと。全裸のジョンが胎児みたいなかっこうでヨーコさんに寄り添ってる写真があるじゃないですか。

岡村　アニー・リーボヴィッツが撮影した有名な写真ですよね。

糸井　あれはまさに母の芝居ですよね。表現者は基本的に男なんです。表現をするということは、つまり、違和感を出すということなんです。女は存在そのものが違和感ですが、その違和感を表現するのが男なんです。だから、女性の表現者は女を演じる男なんですよ。だからたぶん、岡村さんにヨーコ的な女性は違うと思うなあ。ナイス・ボディの部分は当たってるかもしれないけれど。

岡村　そうかあ、なるほどねえ。いままで描いてきた僕の理想の結婚像が崩れ落ちました（笑）。

幸せになるのは
義務じゃないよ。
結婚式で
ぼくがよく言うことば。

糸井重里

STEP UP

(05)

結婚とは自分の基地をつくること。

VS 手塚るみ子

1965年、昭和40年生まれの僕は、手塚治虫が大好きだ。手塚漫画はリアルタイムで読んでいたし、手塚アニメも観ていた。最初に観たのはアニメ『リボンの騎士』。小学生の頃は、少年漫画誌で連載されていた「ブラック・ジャック」や「三つ目がとおる」に夢中になった。手塚治虫は60年の人生の中で700あまりの作品を残し、10万枚以上の原稿を描いたという。そんな「漫画の神様」は、どんな結婚生活を送り、どんな家庭を築いたのだろう。手塚先生の長女・手塚るみ子さんに話を伺う。るみ子さんは、手塚治虫のスピリットを後世に伝える活動をするプランニングプロデューサーである。

てづか・るみこ≫ 1964年東京生まれ。プランニングプロデューサー。広告代理店勤務を経て独立。『私のアトム展』など手塚作品をもとにした企画のプロデュースを数多く手がけ、執筆、ラジオのパーソナリティなど、幅広いジャンルで活動中。

「父は医者に結婚を勧められて。母は画家と結婚したかったんです」手塚

岡村 （手塚治虫夫妻の写真を見ながら）奥さまの悦子さんは手塚先生が描く女性によく似てますよね。

手塚 よく言われます。父が母を意識して描いていたかどうかはわかりませんが、漫画家さんってわりとみなさん女性を描くと奥さんに似てしまうそうなんです。

岡村 るみ子さんは（「ブラック・ジャック」の）ピノコによく似てらっしゃる。

手塚 それもよく言われるんですが、私がモデルだったかどうか、父には聞いてないんです。でも、性格とか、似てる部分はすごくあるように思います。

岡村 今日は、るみ子さんに、手塚先生ご夫妻のお話をお伺いしたいと思っているのですが。まず、ご両親の出会いを教えていただけますか。

手塚治虫夫妻の波瀾万丈物語

手塚 父と母は、血のつながらない遠縁のいとこ同士だったんです。2人とも出身は大阪の豊中市。幼い頃は交流があったようですが、父は5歳の頃に宝塚（兵庫県）へ引っ越したので、ずっと疎遠だったんです。その後、父は17歳で漫画家デビューして、あっという間に売れっ子になり、25歳ぐらいの頃には漫画家の中で長者番付1位になってしまったんです。そのとき、母は新聞でそのニュースを見て、「あれ？ この人手塚さんちのオサムちゃんじゃない？」と初めて気がついた、と。

岡村 ああ、じゃあ、漫画界のトップになって以降の出会いなんですね。ひと間のボロアパートでつましい生活を経て、みたいなことじゃないんだ。

手塚 苦労は結婚してからなんですね（笑）。そもそものキッカケはお見合いなんです。父はデビューしてからずっと忙しかったというのもあるんですが、もともと結婚にはあまり興味がなかったらしいんです。でも、30歳を目前にしたとき、さいとう・たかを、水木しげる、そういった漫画家さんたちの人気が出てきて、貸本漫画で劇画が登場しはじめたんです。で、「手塚治虫なんてもう面白くないよ。子ども用の漫画ばっかり描いて」とも言われはじめてしまって。ファンが遠のき時代も遠のいてく。父はものすごく焦ったらしいんです。

岡村 それ知ってます。僕らのような手塚先生マニアの間ではものすごく有名なエピソードです。

手塚 で、ノイローゼになり、精神科へ行ったんです。そうしたら、お医者さまが、「結婚したら？ 仕事ばっかりしてちゃダメですよ」と。周りも、「そういえば先生、結婚してなかった」となって。父曰

く「医者が言うから結婚した」と(笑)。

岡村　そうかあ。あのスランプの頃だったんだ。へえ〜！

手塚　年代的には１９５０年代後半、昭和30年代初め頃です。で、いくつかお見合いをしたらしいんですが、忙しいのでなかなか決まらなくて。そんなとき、たまたま母がまだ独身だったので、「お見合いをしましょう」ということになったんです。

岡村　ほ〜お。

手塚　母は、もともと絵が好きで、女学生時代には絵を描いていたんです。なので、結婚をするなら、画家とかギャラリーの人とか、絵に関する仕事をしている人がいいと思っていたようなんです。で、「遠縁のいとこのオサムちゃん」に母方の家族がお見合いをもちかけたんです。母も『少女クラブ』で「リボンの騎士」を読んでいたし、漫画家も画家の一種ですから、「会ってみましょう」とお見合いをして。そして、「結婚を前提にお付き合いを」と。ただ、父は東京で仕事をしていましたし、母は大阪に住んでいたので、結婚するまでに会った回数は2〜3回だったと父は言っていました。母は4〜5回だったと言いますが(笑)。最初のデートは、父は1時間遅刻して、映画を観に行ったのですが、「忙しいから」って途中で東京へ帰ってしまったそうなんです。2回目は、父が母をフグ屋さんに誘い、「おごってあげましょう」といいところを見せようとしたらしいんですが、調子に乗ってお酒をたくさん飲み過ぎて、2軒目の喫茶店でグーグー寝てしまい、母はじっと待っていたという(笑)。

岡村　微笑ましい。手塚先生らしいエピソードですね。

手塚　デートの約束をしても父がドタキャンしたり、すっぽかすこともしょっちゅうで、そのうち、大阪に来なくなってしまって。「この結婚は一体どうなるの？」と。しょうがないので、母が一人、東京の父の仕事場まで行ったそうなんです。「結婚の意思を聞きに来ました」と。

岡村　お母さんは行動力がありますね。

手塚　「あなたが直接行って聞いてらっしゃい」と家の人に送り出されたらしいんです。でも、父はなかなか捕まらない。父の部屋で一晩待って、翌朝、ようやく父が帰ってきて。父は「じゃあ、銀ブラでも」と母を銀座へ連れて行き、香水を買ってあげたそうなんです。母は箱入り娘の乙女だったのでそれがすごくうれしかったそうなんです。で、父がようやく、「結婚しましょう」と。でも、結納の日も父は締め切りがあるから来られず、結婚式の披露宴も、始まる1時間前まで原稿を描いていたそうで、「式の時間なのに新郎が来ない！」と大騒ぎになって(笑)。

岡村　すごいなあ。

「常に新しい才能にライバル心を抱く手塚先生。孤高のワーカホリックですよね」岡村

「私が小学3年生の頃、家が借金の抵当で取られて無一文になっちゃったんです」手塚

手塚　いざ結婚してみれば、新婚初日から父は仕事場に缶詰めになって帰ってこず、母は何日も帰りを待ち続けて。「とんでもない人に嫁いでしまった」と（笑）。新婚当初、「結婚生活が楽しいと思ったことは一度もなかった」と母は言ってました。

岡村　それでもお母さんが我慢できたのは、「絵を描く人」という憧れの職業の人と結婚できたからなんでしょうか。

手塚　というか、そんなことを考えるヒマもなく、母の結婚生活は大変なものになってしまったんです。まず、父の面倒を見るだけではなく、父以外の人の面倒も見なくてはならなかったんです。アシスタントさんや編集者さん、父の仕事場に出入りするすべての人の面倒を見ていたんです。みんなのごはんを作って、仕事が忙しいときは彩色なども手伝って。

岡村　まるで相撲部屋ですね（笑）。

手塚　しかも、「アニメーションをやりたい！」と、父は虫プロダクションを設立したんです。「鉄腕アトム」などの手塚漫画をアニメ化するんですが、制作に莫大な費用がかかってしまい経営難に陥り、私が小学3年生の頃には倒産してしまい、家が借金の抵当で取られて無一文になっちゃったんです（笑）。

岡村　長者番付1位から無一文に！

手塚　母はロクな目に遭ってないんです。でも、「この人の仕事を邪魔してはいけない」という思いが強く、自分の幸せを考える人ではないので、我慢していたんでしょうね。それは、父が亡くなるまでそうでした。「手塚治虫のために、手塚治虫の作品のために」。それが自分の義務、自分の役割だと思っていたので、母は常に、父の仕事の邪魔にならないように、自分は家庭をしっかりと守り、

周囲に気を配り、スムーズに仕事が運ぶように気を使っていたんです。

岡村　そういった美徳っていまの時代は絶滅してますよね。妻であり母である前に女、女の幸せを追求する、それがいまの女性の生き方のスタンダードで、お母さんのような「待ちの人生」はあり得ないですもん。

手塚　だから、母が報われたなと思ったのは、父が亡くなったあと、母がいろんな会に呼ばれるようになってからなんです。「先生の代わりに」と、いろんな式典や海外のコンベンションに呼ばれたりするようになって、それまで人前でしゃべるなんてできるような人ではなかったのに、スポットライトが当たり、スピーチをして。それまで日陰の身だった母の努力が、手塚治虫に添い遂げたただ一人の女性、オンリーワンの存在としてそこでようやく認められたように思ったんです。母の「女の人生」が報われて良かったなって。

手塚治虫の理想はサファイア!

岡村　手塚先生は、男として夫としてはどんな人でしたか?

手塚　おおらかな方ですよね、とみなさん言われますけれど、「女は男の仕事に口を出すな」という、時代もそうだったと思うのですが、父も若い頃はわりとそういった男尊女卑的なところはありました。母に聞くと、新婚当初は、「こんな漫画を描いたんだよ」と原稿を見せて、「どう思う?」なんて母の助言を求めていたそうなんです。で、母が「ここはもうちょっとこうしたほうがいいんじゃない?」なんて言うと、その通りに手直ししたりしたそうなんです。

岡村　意外ですね。

手塚　父は女性的な感性をもっていますし、ロマンチストな部分も大いにある人なんです。でも、虫プロの経営が難しくなったとき、働きづめの父の体を心配した母が、「アニメはやめて漫画だけに専念したら」と言ったんです。すると、父はすごく怒ったんです。「女のくせに男の仕事に口出しするんじゃない!」と。ただ、無一文になってからは、父は、自分があまりにもお金のことに疎すぎることが身に染みてわかったので、お金の面では母に相談するようになったみたいなんです。その頃から、少しずつ母の意見も、父は尊重するようになっていって。そこは、結婚生活で学んだ部分だと思います。

岡村　手塚先生はもともとどういう女性が好きなんでしょう。

手塚　父の理想は、「リボンの騎士」のサファイアなんですね。

岡村　ああ!　僕も好きです。大好き(笑)。

「ああ!　サファイアは僕も好きです。大好き」岡村

「お父さんは大好きだけど、手塚治虫はめんどくさいと」手塚

手塚　男をたて、おしとやかでロマンチックでありながらも、芯の強さがあって、いざというときは男のように闘ってくれる。そういう女性が好きなんです。だから、父との結婚生活の中で、母は限りなくその理想へと近づいていったと思います。

娘としてのコンプレックス

岡村　るみ子さんはそんなお父さんをどう思ってました？

手塚　大好きでした。みんなが大好きな漫画を描くお父さん、人気者で有名なお父さん。それはもう私の自慢で、誇らしかった。

岡村　でも、誇らしいけれど、国の宝のような人の家庭じゃないですか。有名税というか、家庭がみんなに注目されてイヤな思いはしませんでしたか？

手塚　思春期になると、とても複雑な心境になりました。漫画を描いたりすると、「手塚治虫の子どもだもんね」なんて言われるのが「ウザいな」と。お父さんは大好きだけど、手塚治虫はめんどくさいと（笑）。

岡村　そうだったんですか。

手塚　思春期になると、親と少し距離を置くようになるじゃないですか。私も、手塚治虫とは関係のない自分でありたい、という自我に目覚めたんです。でも、何をどうあがいても「手塚治虫」がつきまとってしまう。

岡村　プレッシャーですよね。

手塚　早く家を出たい、早く自分の家庭をつくりたいと思ってました。

岡村　じゃあ、結婚願望が強かった？

手塚　というより、自分の家を持ちたい、という願望ですね。とにかく、手塚家には自分の居場所がないと思っていたんです。

岡村　るみ子さんの過去のインタビューで、大学を出たあとに広告代理店に勤められて、そこで好きな人ができた、という話を読んだんですが。

手塚　そうですね、はい（笑）。

岡村　で、「その人と結婚をしたかった」とあったのですが。

手塚　もともと、学生の頃からボーイフレンドができるたびに「家を出たい」といつも思ってたんです。だから、私にとっての「結婚」は手塚家を出る「手段」だったんですね。

岡村　るみ子さんのお兄さん（手塚眞／ヴィジュアリスト）はどうだったんですか？

手塚　兄は、父に対するコンプレックスがまったくなかったんです。兄は私の3つ上で、早くから父の仕事場に出入りして、大人たちと交流をしていたので、子どもの頃からマセていたんです。

中学の頃から映画関係の仕事を目指していましたし、父がハリウッドの映画スタジオの見学に行くときは、兄を連れて行ったりしていました。父は兄がクリエイティブな道へ進むことにすごく賛成していましたし、兄は高校生で映画を撮って注目を浴びるようになったのですが、そんな兄に対して父はライバル心をもって接していました。

岡村　へえ～。

手塚　ですから、兄は、手塚治虫を父というより、この世界の大先輩であるという尊敬が先にあったと思います。私はどうしても「お父さん」が先にあるので、そこが愛憎になり、こじらせてしまったんです。

岡村　お兄さんはお父さんと対等に話をし仕事も認められている、私もお父さんに認められたい、でも、居場所のない手塚家は出たい。それって、すごくアンビバレントですよね。

手塚　そうなんです。当時はそんなことは意識していなくて、父が亡くなってからそのアンビバレントな感情に気づいたんです。思春期の頃からずっと手塚治虫からは距離を置き、就職も、出版社とかそういった父に近い仕事を避け、手塚治虫の娘ではないところでやっていきたいと少し離れた職に就いて。でも、結局は、無意識のうちに、どこか父の仕事にひっかかる職業を選んでいたんです。父が亡くなって、なぜこんなにも複雑なコンプレックスを抱いていたんだろう、なぜもっと父のそばにいなかったんだろう、と後悔しました。

岡村　興味深い話ですね。とっても。

手塚　だから、「こんな旦那さんを連れてきました」というのは、父に認められるための一種のコマなんです。兄のように映画を撮って褒められるようなことは、私にはできなかったので、別の次元で褒められたい。娘なりの認められ方を、無意識に選んでいたんでしょうね。

岡村　それって、ファザコンですよね、明らかに(笑)。

手塚　ボーイフレンドたちにもよく言われました(笑)。父は、私のやることを認めてはいませんでしたが、「るみ子は好きなことをやればいい」と言い続けていたんです。なので、私は私なりに、父と話ができるようになりたいと思いつつ、音楽やら何やらやりたい放題やって、もがきながらも自分の世界を築こうとして。でも、痛い思いをしたり困ったときは「お父さん♡」って頼りにする。その関係性がすごく心地良かったんです。ですから、男性とお付き合いをすると、それと同じ関係性を求めてしまうんです。「好きにいろいろやらせてください。でも、困ったときは助けてください」と(笑)。

「僕も親に認められたいという、ファザコン、マザコン的な感覚はどこかにあって」岡村

「私の中に父は2人いる。漫画家・手塚治虫と、わがままな私を見守るお父さん」手塚

岡村　結局、父性ですね、求めているのは。ていうか、わがままですよね（笑）。

手塚　そうなんです（笑）。だから、ボーイフレンドと結婚すると言い出したときも、母は反対したんですが、父は、「僕は反対しない。一度家を出て一緒に住んでみなさい。それでうまくいくようだったら結婚しなさい。そのときは僕がお母さんを説得しよう」と。父は常に私を見ていてくれる、そういう安心感があったんです。それも亡くなったあとに気づいたことですけれど。

岡村　でも、結婚されませんでしたよね、そのボーイフレンドと。

手塚　家を出たあとに父が亡くなって。別れてしまったんです。

岡村　それは、お父さんに認められて結婚したかったから？

手塚　そうかもしれません。

岡村　でもね、そういったコンプレックス、実は僕にもあるんです。僕もミュージシャンになることを親に大反対されたので、親に認められたいという、ファザコン、マザコン的な感覚は常にどこかにあって。だから、僕はすごくよくわかるんです。じゃあ、るみ子さんのアンビバレントな感情っていうのは、いまは？

手塚　父の作品とのコラボレーション・アルバムを作ったとき、ひとつ昇華したように思います。それまで、父の世界に自分を入れようとしていたんですが、それは才能のない私には無理だったんです。でも、コラボを作って、自分の好きな世界に父を入れればいいんだと気づいたんです。父の知らないロックの世界、父の知らないテクノの世界、こんな世界があるのよと父を引き込んだことで、ひとつクリアしたように思うんです。いまもさまざまな形で父の作品に関わる仕事をやり続けているのは、「どうですか？」と父に問うためのようにも思います。「るみ子も頑張ったな」と言われたいなって。

手塚治虫を知らない夫

岡村　いま、ご自身の結婚についてはどう思われています？

手塚　私は、10年ほど前に結婚しましたが、結局、求めているのは自分の居場所だったんです。自分の「基地」をつくりたい。そこだけは思春期の頃からずっと変わってないなと思います。

岡村　たとえば、お母さんのように、旦那さんをサポートするために、クリエイティブなことをすべてやめて添い遂げたい、そういう気持ちになることってありますか？

手塚　主人はサポートを必要とするタイプではないのですが、もしも相手がそういう人であれば、そうなってもいいと思っています。何より、もし、父がいま生きていたら、私は父のマネージャーをやりたいんですよ。

岡村　ほお！

手塚　私の中には、「表現の場がほしい」という父譲りのクリエイティブ欲と、「支えたい」という母の遺伝子の2種類があるんです。でも、たまたま出会った人が、支えを必要とする人ではないので、結婚生活が自分の基地になっているんです。

岡村　るみ子さんのご主人はどんな方ですか？

手塚　一言でいえば、手塚漫画をまったく読んだことのない人。

岡村　えー！　外国の方なんですか？

手塚　いえ、日本人です（笑）。でも、漫画を知らない、アニメを知らない。

岡村　そんな日本人、います？

手塚　いるんですよ（笑）。本屋さんに手塚治虫コーナーがあると、「おい、キミのお父さんのコーナーができてるぞ！」ってビックリする人なんです。アトムもブラック・ジャックもよく知らない。というか、まったく興味ないんです。

岡村　そんな人いるんだあ！

手塚　だから基地なんです。基地に入れば、私は手塚治虫の娘でもなんでもない女性になれるんです。

結婚は、自分の基地作りである

手塚るみ子談

結婚とは絶対愛なのです。

VS 松田美由紀

女優、写真家、アートディレクター、プロデューサー……。松田美由紀さんにはクリエイティブな肩書がたくさんあるのだが、初対面の僕にとって、彼女は伝説の俳優・松田優作の妻であるという印象が非常に強い。それはもう、カリスマに愛された女性なのだから、ジョン・レノンにおけるオノ・ヨーコのような部類のもので、松田優作に一生を捧げた、少々神がかったような、近寄りがたい女性……。そんなイメージを勝手に抱いていた。でも、お会いしてみるとオープンマインドで非常に気さくな人である。抱いていた印象と少々違っていた。まずはカルアミルクで乾杯である。

まつだ・みゆき≫1961年東京生まれ。女優、写真家。モデル活動を経て、79年、映画デビュー。以後、多数の映画やドラマに出演。松田優作とは18歳のときドラマ『探偵物語』で出会い恋に落ち結婚。10年ほど前から写真家としても活動中。

松田　かんぱーい！（ガチーン☆）

岡村　かんぱーい！（ゴチーン☆）

松田　と言いつつ、私、ほとんどお酒が飲めないんです。

岡村　ええっ！

松田　からっきしダメなんです。ビールだったらショットグラス1杯、ウィスキーとか日本酒とかはキャップ1杯で限界（笑）。

岡村　僕も以前は全然飲めなかったんです。なんだこれ！　マズい！って（笑）。でも最近飲めるようになりました。

松田　そうなんだ。じゃあ、私も飲めるようになるかしら？

岡村　飲めるようになりたい？

松田　お酒の味は好きだから、もう少し飲めるようになりたい。ゆっくりと、お水と一緒に飲めば大丈夫だよって言われて、いま少しずつ練習してるところなんです。

岡村　お酒っていいものなんだなって、飲むようになってからよく思いますね。気分がリラックスできるし、異性と飲むのもとても楽しい。

松田　そうなのよね。

岡村　こんなに楽しいものだったのか。いままで損してたなって。

松田　このお酒は？

岡村　カルアミルクです。コーヒー牛乳みたいな味のカクテルだから、全然飲めると思いますよ。

松田　でも、酔いそう。このあとお話できなくなっちゃう。

岡村　酔うとどうなるんです？

松田　早送りになるって言われてます。おしゃべりも動作も2倍速になるって（笑）。

岡村　意外だなあ。

松田　相当強いほうだと思ってたんじゃないですか？

岡村　はい、思ってました（笑）。

私〝ドM〟なんです

松田　みんなそう思うんです。でも見た目と違うんです、私。〝ドS〟って思われるんですけど、実は〝ドM〟なんです（笑）。

岡村　ドM！

松田　外見と中身が全然違うんです。初めて会う人は、私にすごくキツいイメージがあるらしくって、緊張される方が多いんですよ。全然そんなことないのに。でも、Sっぽく見られるのはキライじゃないです（笑）。

岡村　実は僕もそんなイメージを抱いていました。でも、今日こうしてお会いして、フランクでオープンな方だというのはすぐわかりました。人を好きになると自分から告白するタイプじゃない

「いますごく恋したい！ 最近姉が書道の先生と結婚したの」松田

「書道の先生！ いいなあ。僕も習い事をしようかな。出会いがあるかも（笑）」岡村

ですか？

松田 まあ、そうですね。

岡村 それができない人は、お酒の力を借りると言いますけれど。

松田 だからこそ、私、告白するタイプになったんじゃないかと思います。飲めないし酔えないから、逆に。だって、酔って口説くって、それはちょっとウソな気がする。正攻法で「好きです」って言いたい、私は。

岡村 潔いですね。

松田 岡村さんってシャイですか？

岡村 シャイです。すごく。

松田 だからお酒がいいのかも。でも、私も本当はシャイなんです。シャイっていうことも悟られたくない本格的なシャイだから、そこを見せまいとしてオープンな感じになってるのかもしれない。

岡村 照れ隠しかもしれませんね。

ポジティブに前だけを向いて

岡村 美由紀さんにはお子さんがいらっしゃいますね。

松田 はい。俳優をしている息子たち（松田龍平、松田翔太）と、一番下に娘もいます。彼女は音楽を作っています（Young Juvenile YouthのシンガーYuki）。

岡村 クリエイティブな一家ですね。

松田 姉も女優ですし（熊谷真実）、そうですね。

岡村 今日はそんな美由紀さんの結婚観をお伺いしたいんです。

松田 結婚の話、タイムリーです。私も結婚が何か知りたい。岡村さんは、結婚のどういうところが疑問だったりするの？

岡村 たとえば、結婚すると、恋愛でもそうですが、最初はラブラブなのにだんだんと倦怠期に陥るじゃないですか。そうなった場合、みんなどうするのかなあとか。

松田 それが心配で結婚できない？

岡村 そういうわけではないんですけど。でも、倦怠期って結婚したらまず乗り越えなくちゃいけない壁なのかなって思うんです。

松田 私は基本、浮気しないと鮮度が保てない人ってクリエイティブじゃないと思ってます。やっぱり、夫婦生活もクリエイティブの場だと思うから、想像したり工夫したりするものだと思うんです。だから、どんなことも楽しめるイマジネーション豊かな人なら倦怠期とかないんじゃないかなって。岡村さんはミュージシャンだし、クリエイティブな方だから大丈夫だと思いますけど。

岡村 美由紀さんは今後結婚するつもりはあるんですか？

松田 ありますよ。最近うちの姉も結婚したので、いいなあって。

岡村 お姉さんはすごく若い方と結婚されたんですよね。

松田　18歳下だったかな。

岡村　でも美由紀さんの場合、恋愛すること自体がちょっと難しかったりしませんか？

松田　どうしてですか？　旦那さんが有名だからですか？

岡村　ジョン・レノンのオノ・ヨーコみたいなもので、旦那さんがカリスマで有名な人だと、恋愛が難しそうだなって思うんです。

松田　うん、確かに、相手の立場になるとプレッシャーがあるのかなとは思います。だからよく言われるんです。よっぽどのすごい人か、何も知らない人じゃないと美由紀には近づかないよって。私、全然そんなことないのに。ドアはいつも開けっ放しなのに誰も寄ってきてくれない（笑）。

岡村　2タイプいますよね。オノ・ヨーコのように夫のイメージを死守しようとするタイプと、ジャクリーン・ケネディのようにすぐに次の人へと乗り換えるタイプと。

松田　私はまだ生きていますからね。女性としての人生も大事だなって思うんです。

岡村　ズバリお聞きしますけど、優作さんが亡くなられて以降、男性との出会いはどうだったんですか？　別の人を好きになって結婚したいと思ったことはないんですか？

松田　うーん。28歳でひとりになりましたから、結婚というところまではないですが、出会いや恋のようなものはありました。

岡村　そうですよね。恋愛して当たり前だと思うんです。でも僕は、というか、大多数の人がそうだと思いますが、美由紀さんは松田優作のイメージを守っていかなければならない存在だと思い込んでましたから。実際、優作さんに関するドキュメンタリー映画や本などをプロデュースなさったりしてるし。

松田　それはもちろん、表現者としての優作を心底リスペクトしているからなんです。でも、それと「家の電球を替えてほしい」というのは違うんです。

岡村　家の電球を替えてほしい？

松田　はい（笑）。家の電球を替えてくれる、現実的な恋人のことです。それはどんな人も必要ですよね。でも、特に男の人は、私を祀《まつ》り立ててしまうんです。「堪え忍ぶ女」みたいな偶像を。

岡村　みんなそう思ってます。

松田　それは、差別ですね。もちろん、私が優作に捧げている部分はあります。でもそれはまた別次元の愛なんです。子どもへの愛はもちろんだけど、誰かを愛する喜びも感じたい。それは女として普通の感情じゃないですか？

岡村　女性の場合、恋をするとホルモン分泌もよくなりますし、心の安定のためにも好きな人がいたほうがいいって言いますよね。

「ひと目ぼれはしません。男は見た目より中身。プレイボーイは苦手なの」松田

「女性も外見じゃない。面白い人であること、心がピュアであること、そこが大切」岡村

松田　28歳でひとりになったとき、子どもたちは6歳、4歳、2歳でした。自分のこれからの人生を考えると新しい恋もあるだろうから、子どもたちには自分の気持ちを正直に伝えなくちゃと思ったんです。「もしかしたら、お母さんは、お父さん以外の人を好きになるかもしれないし、お父さん以外の人と結婚するかもしれないんだよ」って。晩ごはんを食べてるときに言ったんです。そしたら、全員がお茶碗を落としたの。マンガみたいに(笑)。

岡村　あはははは(笑)。

松田　そうやって、事あるごとに自分の気持ちを子どもたちには正直に話してきました。

岡村　でも、嫌がりませんでしたか？　男って、何歳になっても母親の女の部分は見たくない。一生避けて通りたいですから。

松田　そうみたいですね。でも、親子といえど、私の人生は私の人生。子どもたちが一生責任とってくれるワケじゃないですから。

好きになると奉仕力が増します

岡村　美由紀さんにとっての結婚ってどういうものですか？

松田　結婚は、子どもを産んで育てるための契約だと思ってました。だから、私にはもう3人の子どもがいるし、再び結婚する必要はないなって。

岡村　じゃあ、ひとりで子育てするのは大変だから、結婚して助けてもらいたいなあと思ったことは？

松田　まったくないです。私、経済的に誰かに頼りたいとか、期待するとか、そういうことを思ったことが一度もないんです。10代でこの世界に入って経済的に自立してましたし、男の人に奢《おご》って

「好きになると奉仕力が出るの。この人にできる限りのことをしてあげたいって」松田

もらうとか、何か買ってもらうとか、お金を出してもらうとか、そんな観念がまずなかったし。そういうことが恥ずかしいことだとさえ思ってました。だから、優作と結婚したときも、彼は私に家にいてほしかったみたいだけど、私は「養われる」みたいな状態がイヤだったから、夫婦であってもフェアな立場でいたいといつも思っていました。

岡村　少数派ですね、それは。

松田　そう？

岡村　女性の大多数は、そこを依存したいから結婚したいんだと思うんです。だから、お金持ちと結婚したい、安定した職業の人と結婚したい、安心して子育てをしたい。それが大多数の女性の願望だと思うんです。別にそういう女性を非難しているわけじゃなく、それが現実だと思うし、そう考えるのもわかりますし。

松田　まあ、自分でやっていける経済力や才能がないと、女性が自立するというのは確かに大変ですから。

岡村　美由紀さんは、女優以外にも写真を撮られたりして多方面で才能を発揮されていますね。

松田　最近はいろいろやりすぎて。それが私の欠点かなって。だから、男の人がよりつかないのかもしれないなって（笑）。

岡村　それ欠点ですか？

松田　男からすれば、何かしてあげたい、守ってあげたい、そういう欲求をかき立てられないんだと思うんです。人に期待せず、料理も、掃除も、子育ても、全部ひとりでやる。仕事もそう。女優の仕事もする、写真も撮る。映像監督やったり、アートディレクター、執筆、いくつもの仕事をもって、思いたったら何でもやってしまう。そうすると、男の人はつまらなく思うみたい。それに最近気づきました（笑）。

岡村　僕は尊敬しますけど。

松田　ずっと、なんでもやるのがいいことだと思ってたんです。そう思って生きてきましたから。本当にすごい努力家なので、なんでも一生懸命頑張るんです。主婦をやるときは主婦。料理も勉強するし練習する。旦那さんに奉仕する。なんでもとにかく頑張るんです。

岡村　ほお。

松田　私、ドMだから（笑）。好きになると奉仕力がぶわ～っと出るの。この人にできる限りのことをしてあげたいってすごく思う。それは仕事に対してもそう。写真が好きだと思えば、すごく努力をして勉強する。超がつくほどまじめなんです、私。でも、モテるために、ただ甘えるだけにしようかしら（笑）。

「なぜ同棲じゃだめなのかなって。なぜ女性は結婚しないと安心できないんだろう」岡村

家族は「絶対愛」なんです

岡村　自分から告白するタイプとおっしゃいましたけど。いままでの恋も全部自分からですか？

松田　というか、駆け引きとか、そういった恋愛ゲームがそもそも好きじゃないんです。この人のことが好きだな、と思うと、「好き好き！」って態度に出ちゃう（笑）。そういうことです。単純なんです。

岡村　いい話聞いたなあ（笑）。

松田　私は、「好き」と決めてからのほうが長いと思ってるんです。好きかどうか気持ちを探り合う時間も楽しいけれど、「好き」を早く確かめて、次のステージに行きましょうよって。お互いに信頼し、誠実に向き合って、長い道のりを一緒に歩くのか、どう工夫して楽しい時間を過ごすのか、そういうことを考えるのが楽しいし、それが恋愛だと思うんです。だから、「好き」を決めるまでに時間をかけてどうするの、って思っちゃう。信じられる、信じられないを繰り返して足踏みしていても始まらない。どうなるかはわからないけど信じ合おう。一緒に行ってみよう。山に登ってみよう。谷を下りてみよう。川を泳いでみよう。それが恋愛の道。だから、私は早めに「好き！」って言っちゃうんです。始まらなくちゃ楽しくならないから。

岡村　それは結婚の道にもつながる話ですよね。

松田　私、思うんです。女性から告白するほうが案外うまくいくんじゃないかなって。アフリカのどこかの村では、女の人が「この人と結婚する！」って決めるんですって。

岡村　そうそう。僕は動物行動学者の竹内久美子さんの本で読みました。男は女の結婚の申し出を断れないって。

松田　それって私たちの社会では無理ですけど、でも一理あるのかなって。女の人は直感がすごいから、女から「好き」って言ったほうがうまくいくんじゃないかなって。多くの女性は見た目ではなく目に見えない何かで判断する。だから、女が先に好きになるとその後もうまくいくケースが多いのかなって。

岡村　アフリカの村の場合、一見すると一夫多妻で男に都合良く思えるけれど、男には何十人も受け入れる度量がないとダメだし、女は「この人がいい」と思ったら、妻がいようが関係ない。妥協しなくていい。女が男を好きに選べるんですよね。

松田　岡村さんは、自ら選んだほうが多かった？

岡村　いや、全然。僕、積極的な女性のほうが好きなんです。付き合った女性もそういったタイプがわりと多かったですし。

松田　じゃあ、なぜいままで結婚しなかったんですか？

「年を重ねて思うのは、人を信用したいなってことなんです」松田

岡村　僕は、結婚して2人の関係が社会的に認められることで相手が安心する、それが結婚かなと思ってました。男の立場として、相手の親御さんを安心させてあげたいな、相手の友達や周囲を喜ばせてあげたいな、子どものこととか女性の適齢期の面でも安心させてあげたいな、だから結婚するべきだな、と。いままでそういう経験が一度もなかったわけではありません。でも、なかなかね。うまくいかないんだなって。

松田　じゃあ、岡村さんにとっての結婚は社会的な意味がある？

岡村　結婚と同棲の違いってそこしかないように思うんです。そうなると、なぜ同棲じゃだめなのかな、って逆に思うんです。なぜ女性は社会的に認められないと安心できないんだろうと。そんなことを考えてると、結婚とは何かがわからなくなってきて。美由紀さんは、結婚は子どもを育てる契約であるとおっしゃった。

松田　そう思ってたの。昔はね。

岡村　でも、いまは結婚したいともおっしゃる。

松田　年を重ねて思うのは、人を信用したいなってことなんです。世の中って他人だらけでしょ。でも家族は違う。何が起ころうと私は子どもたちのことは愛し続ける。それは「絶対愛」なんです。絶対的信用の愛なんです。でも、他人にはなかなかそういう「絶対愛」を抱けない。でも、結婚して家族というユニットになれば、「絶対愛」を抱くことができるって思うんです。だから、最近は、結婚するのもいいのかなって。他人にしてあげられることって、限りがあるでしょ。でも、限りがくるまでできるだけのことはしてあげたい、してほしい。そういう間柄に私はなりたいし、付き合うというのはそういうことだと私は思う。だから、私の場合、お付き合いするとすぐに家族的になるんですけれど、意外とみんなそうじゃないでしょ。それが寂しいんです。だから、結婚して家族になれればいいのかな、って。

岡村　絶対愛か。『ベティ・ブルー』(86年/ジャン=ジャック・ベネックス監督)っていうフランス映画観たことあります？　ものすごく激しい愛の映画。

松田　うん、昔観た。

岡村　若い頃は、仕事も何もかもかなぐりすてて激しい恋に染まるみたいな、そういったものに憧れもしましたけれど、でも、40代にもなってくると、責任は大きいじゃないですか。たとえば、僕はひとりで仕事をしてるわけじゃない。スタッフもいるし、僕を支えてくれるバンドメンバーもいる。そう考えると、『ベティ・ブルー』みたいな恋愛をしてちゃダメだなって(笑)。仕事そっちのけの逃避行とか、この年齢になると、そういう相手ではなく、仕事をしていても気持ちいい、家庭に帰ってきても落ち着ける、そうい

「早く恋しなきゃ！ 私の年齢になると恋をしてるかしてないかは天と地の差！」松田

う相手にめぐり逢いたいなって。

松田 えー？ そう？ 私、『ベティ・ブルー』やりたいな！

岡村 でしょ。女性って何歳になってもそうなんですよ。待ってくれぇぇぇ！みたいなのは僕はもうこりごりなんですけど（笑）。

松田 いやいや、朝から晩まで好きな人のことばっかり考えるってやってみたーい！

岡村 ボロボロになっちゃいますよ。

松田 ひゃあーボロボロ、全然楽しいでしょ!? それは確かに年齢が高くなっての恋は難しいと思うけど。お互いに仕事もあれば、家族がいる場合もあるわけだし。でも、結局、関係ないんじゃない？ 自分が好きであればそれでいい。あーあ、いいなあ。楽しい恋がしたいなあ。恋人募集中です！ 私とデートしたい方は、フェイスブックにメッセージを送って！ なんちゃって（笑）。

岡村 応募殺到しますよ（笑）。

本当の愛が知りたい。
自分が生まれてきた意味とか
地球がどんなに素晴しいとか
それを一緒に旅してくれるパートナーがいる
なんてすてき!! なんだろう。
それが結婚。

松田美由紀

STEP UP

(07)

結婚はマンネリとの戦いです。

vs 川上未映子

作家の川上未映子さんは作家の阿部和重さんと夫婦である。アーティスト同士の夫婦というのは僕の憧れる形のひとつであり、実際にどういう生活を送っているのか非常に気になる。先日、川上さんが出演されていたテレビの鼎談番組をたまたま観た。そこでの川上さんの発言がすごく印象に残っている。内容はこんな具合だった。「私は結婚して子どもをつくるという選択をしてしまったので、結婚しないで子どもを持たない人の視点を失ってしまった」。ゆえに「結婚をしない、子どもをつくらない人特有の磨き抜かれた思考回路を私はもう持つことができない」と。僕は深く頷《うなず》いたのだが……。

かわかみ・みえこ≫1976年大阪府生まれ。小説家。2007年「わたくし率 イン 歯ー、または世界」で早稲田大学坪内逍遙大賞奨励賞を受賞し小説家デビュー。08年「乳《ちち》と卵《らん》」で芥川賞、10年『ヘヴン』で芸術選奨文部科学大臣新人賞や紫式部文学賞を受賞。

「出会うかどうかもわからない運命の人を待ってるの？」川上

川上 岡村さん、結婚したいってホントに思ってますか？

岡村 それはいっつも聞かれますけど、結婚したいんです。ホントです。マジメなんです。

川上 じゃあ、なにも問題はないじゃないですか！

岡村 そうなんです。そうなんですが、「でも」って思ってしまうんです。たとえば、結婚って一生に一度のことでしょ。結果そうじゃなくても、一生この人と添い遂げる、そう思って結婚するし、契約を交わす。それは人生の大決定だと思うんです。

川上 じゃあ、その大決定をするための何かが足りないと？

岡村 簡単に言えばそうですね。

川上 私、2回結婚してるんです。1回目は深く考えずに入籍して。で、1回目の結婚が破綻したとき、「もう二度と入籍なんてしない」って思ったんです。離婚がすごく辛かったし、再び結婚する必要も感じてなかったし。でもまたしたんですよね。

岡村 複数回結婚される方はみなさんそうおっしゃいます（笑）。川上さんはホレっぽい性分ですか？

川上 全然。私は異性に対してそんなに興味がないんです。だから、恋愛経験もいまの結婚を含めて数回しかないんです。そもそも男の人のことをよく見てないし、街を歩いていても異性の顔は視界に入らない。だから、イケメンの定義もよくわからなくて。美しい女性はわかるんですね。素敵なお洋服、素敵な靴、素敵なフリルには敏感なんです（笑）。

ファムファタールを探してます

岡村 じゃあ、アイドルに夢中になったこととかは？

川上 ないんです。みんな思春期になると好きなアイドルのポスターを部屋に貼るじゃないですか。でも、私は貼れない。貼ったはいいけれど、それをいつはがすんだろうと思うと貼れないんです。いつかはがすときってくるでしょ。それは一体いつなのか、好きじゃなくなったらはがすのか、じゃあ、どうなったときに好きじゃなくなるのか。それを考えると貼れなくて。家を壊さない限りはがせない気がしてしまうんです。

岡村 ならば、2回の結婚の決定打って何だったんですか？

川上 正直、相手に押し切られて入籍した部分があったんですね。逆に、岡村さんは？　なぜいままで結婚しなかったんですか？

岡村 ファムファタールっていうじゃないですか。宿命の人、運命の女性。僕はそういう人に出会いたいんです。「待ちすぎだぞ」とは自分でもわかってはいるんですけど（笑）。

川上 出会うかどうかわからない運命の女性をず〜っと待ってるの？　というか、岡村さんにとってのファムファタールって？

岡村　知的でエロチックで、僕の創造の泉のような人。で、僕を翻弄するような人。「一日中きみのことを考えて仕事も手につかないよ」と。「きみに夢中だよ」と。そういう人に振り回されたいという願望があるんです。でもそれは健康的ではないと最近思うようになりました(笑)。

川上　でもね、どんなファムファタールと出会ったとしても、結婚してしまえば「生活」が入ってきて、ファムファタール性って薄まりますよ。その人の個性ではなく生物的に。いつもドーパミンが出てる状態だと生活ができなくなっちゃうから。

岡村　だけど、ジョン・レノンとオノ・ヨーコの場合、ジョンは年がら年中「ヨーコ、ヨーコ」言ってたでしょ。それはジョンにとってヨーコがファムファタールであり、アイデアの泉であり、インスピレーションの源だったからだと思うんです。そういう意味でいえば、川上さんご夫婦はそういう部類だと僕は思うんです。いまの旦那さんは川上さんと同じ職業でいらっしゃるし。

川上　お互いに小説家ですね。

岡村　それはジョンとヨーコのように刺激し合える関係でもあるのかなって。僕はそれがうらやましいなと思うんです。僕もできればそういう人に出会いたいなって。

川上　なるほど。音楽家がいい？

岡村　音楽じゃなくてもいいです。

川上　芸術家？

岡村　ステキですね。

川上　実業家？

岡村　いいですねえ。

川上　でも、岡村さんにはそういう出会いがたくさんありそう。

岡村　最近は増えました。毎月こうして対談のお仕事を2誌やらせてもらっているので。でも僕、阿川佐和子さん状態なんです。せっかく出会っても聞いてばかりなんです(笑)。

川上　「聞く力」ですか(笑)。

結婚に性生活は大事です

岡村　あるご夫婦が、結婚すると肉体的な快楽や刺激はなくなるけれどそこを乗り越えてさらに仲良くなった、とおっしゃっていて。なるほどなと思ったんです。僕には、それに対する強迫観念のようなものがあるんです。刺激が摩耗してしまった場合、結婚生活を続けられるのかと。

川上　思想家のカール・マルクスは、「これまでの社会のすべての歴史は階級闘争の歴史である」と言いましたが、私は、「夫婦のすべての歴史はマンネリズム闘争の歴史である」と思うんです。だ

「そう。ファムファタールを待ってる。待ちすぎなのは自分でもわかってるけど」岡村

「毎日ごはんを一緒に食べて家族団欒の要素が増えていくとセックスは遠のきます」川上

から夫婦間でもマンネリズムは非常に大きな問題だと思います。諸悪の根源ですね。

岡村　その通りだと思います。

川上　でも、人間って、恋愛の刺激に耐えられるのは、残念ながら、よくて半年、もって3年……。さらに子どもができると結婚は生活そのものになってしまう。するとどうしても恋愛はなくなりますね。でも、相性はあるから、中には、老人になっても最後の最後までちゃんとセックスがあるというカップルもいると思う。というか、「この人だったらそれができる」と思うからみんな結婚するんだと思うんです。でも、私はそれに対しては楽観的には考えてなくて。ほとんどのカップルがその意味では敗退するのではないでしょうか。

岡村　結婚に性生活は大事ですか？

川上　大事だと思う。70歳くらいになればお茶を一緒に飲むくらいで大丈夫だけど。でも、30代40代はもちろん60代でも女性は悩みます。『婦人公論』を読むとすごくディープ。そういう悩みばっかりだもの。セックスって、一瞬頭がヘンにならないとできない行為でしょ。フィクションを作り上げないとできない。でも、毎日ごはんを一緒に食べて家族団欒《だんらん》の要素が増えていくとフィクションはなくなって、セックスは遠のきます。どちらかが、いつまでもよそ行きの面をもち続けていれば、フィクションは作り出せると思うんですけれど。

岡村　じゃあ、そんな倦怠生活が待っているとわかりきっているのに、人はなぜ結婚するんだと思います？

川上　幻想がその認識を上回る時期があるからだと思う。あとは恋愛以外の充実感や安定を求める気持ちの強さかな。

日本の婚姻制度に異議アリ！

岡村　川上さんは、相手に押し切られて入籍したとおっしゃいましたけれども。最初のご結婚は？

川上　私に「結婚をしない理由」がなかったからだと思います。結果、安定した幸せな気持ちにはなりましたけれど、すれ違いが多くなってしまって4年で破綻してしまったんです。でも、相手とは本当の家族のようになっていたから離婚するときはすごく辛くてしんどくて。

岡村　じゃあ2回目は？

川上　だから、離婚をしたとき、結婚はもう二度としないって思ったんです。でも、阿部さんと出会って子どもをつくったの。で、またもや相手の強い意見に押し切られてしまいました。「入籍は絶対にしなければならない」と。

岡村　え、なんで？

川上　それは、すごく話し合ったんですね。私はそもそも戸籍制度に疑問があるんです。戸籍制度があるから、最高の愛の証明が「結婚」、つまり「入籍」ということになる。それは大いに問題だと思っていて。

岡村　フランスでは事実婚が多いですよね。夫婦の半分以上が事実婚やPACS《パックス》婚であると。

川上　そう。だから、婚外子も圧倒的に多いんです。でも日本は、先進国の中でも婚外子の数がすごく少ない。だから私は事実婚でいいと思っているんです。エッセイでも「戸籍制度をやめろ！」なんて書いているし。なので、半年ほど話し合いをして。結局、私が根負けしたんです。阿部さん曰く、「日本社会で市民として暮らすためには、いろんな義務がある。出生届出すとか住民登録をするとか転居届を出すとか。そういう部分には従い国の恩恵を受けているのに、戸籍制度だけを排除する積極的な理由はない」。

岡村　なるほどね。

川上　私が抵抗感を覚えるのは、婚姻制度が異性間結婚しか範疇《はんちゅう》にしてないところなんです。異性同士で結婚して、国のお墨付きをもらった人たちだけが国の社会保障を受けられる、そこに嫌悪を感じるんです。セクシュアルマイノリティにも同等の権利が与えられ、社会保障が受けられるようにならないと。そもそも、ほぼ無意味な戸籍制度を採用しているのは、香港と台湾と日本だけ。これが見直されれば、いろんなことがすっきりすると思います。

「日本の婚姻制度に抵抗感を覚えるのは、異性間結婚しか範疇にしてないところ」川上

表現者はマッドサイエンティスト

岡村　お子さんはいまおいくつに？

川上　ちょうど1歳になりました。（注：対談が行われた2013年6月時点での年齢）

岡村　川上さんは、以前のインタビューで、小説を書くときは「自分の中から言葉があふれてくる」とおっしゃっていましたよね。お子さんをつくられて、そういった部分は変わりました？　変わってませんか？

川上　やっぱり圧倒的に書く量は減ってしまいました。あふれ出るものが枯渇したわけではなく、物理的な時間がないのが正直なところなんです。やはり、表現をする人間として、文章を書いて世に問うてるわけだから、自分も常に問われているわけで、私自身がどういう環境で生活していても、それに答えられる自分でいなくちゃならない。常にアップしてなくちゃいけないわけです。でも、そういった表現者としての自分と子育ては、やっぱり正反対なんですね。いまはそこといかに折り合いをつけるのか、闘いの

「子育てにより、その時間でできたはずのことは永遠にできないんです」川上

真っ最中なんです。

岡村　もしも、万が一、何かのきっかけで書けなくなることが起こった場合、それは焦りますか？　それともケセラセラとしていられますか？

川上　焦ると思います。私、破水しても仕事をしていたくらい、小説を書かずにはいられないんです。ボーッとすることさえもできないんです。でも、いまの状態はそれに近いんです。子育てと執筆と、その時間をなんとかマネージメントしてやりくりはしていますが、これがまったく書けなくなると非常に焦りますね。

岡村　じゃあ、それが両立できれば素敵な人生ですよね。

川上　両立……。女性誌とかでみんなよく言うじゃないですか。「ママになっても輝く」みたいなことを。それはやっぱり美化されていると思う。子育てにより、その時間でできたはずのことは永遠にできないんです。だから、本当の意味での「両立」はあり得ない。でも、人間って、自然にあきらめることができるでしょ。あきらめたこともわからないくらい自然にあきらめられる。

岡村　ありますね。

川上　それが、人によっては子育てかもしれないし、加齢による体力的なことかもしれないですよね。岡村さんは子どもへのご興味はあるんですか？

岡村　あります。でも、興味がある反面、子どもがいることで全能感を得て、満たされてしまうと表現に対してハングリーでなくなってしまうんじゃないかとも思うんです。自分の遺伝子が引き継がれることで自身の孤独感が薄まれば永続的な安心感を得ることもできますよね。そうすると危機感や不安感も減る。その状態

で、はたして表現の世界でがんばれるのかなと思ってしまうんですね。

川上　でもね、「子どもって表現以上のものをくれるな」とうっかり思ってしまう瞬間もあるんです。こんなふうに言うと、「子どもをもって私の可能性は無限に広がったわ」みたいな非常に月並みでコンサバティブな発言に思われますけれど（笑）。でも、確かにそういったポジティブな面があるのも事実だと実感したんです。岡村さんにとって創作のモチベーションは何ですか？

岡村　いまは変わりましたが、昔は満たされない気持ちが創作の根源でした。

川上　満たされないのは自分自身？　それとも社会的な自分が？

岡村　僕個人が。満たされないこと、なんともうまくいかないこと、そういった思いを伝えたい。単にそれをアジるのではなく、自分の中で熟成させて、みんなに喜んでもらえるようなメロディやグルーヴに乗せて、聴いて気持ち良くなるようなポップな服を着せて世に送り出す。昔はそういうやり方だったんです。それこそ、マッドサイエンティストみたいに、それだけに執着していたんです。それさえできれば僕はそれでいい。いい曲、いい歌詞さえ作ればほかのことはどうでもいい。見た目も生活もどうでもいいと。そうしたら、年を重ねるうちに、それではもう無理だと気づいたんです。まず、体力的に続かない（笑）。何をするにもまず健康が必要。見た目もきちんとしないと説得力がない。加えて、こうやって人と触れ合ってコミュニケーションをとることで刺激や影響を受けることもものを作り出す上で必要になってくるし、スタッフに助けてもらうことも必要だし。昔はそんなことは一切考えなかったんです。

川上　それは表現者の自分としては悪いことなの？

岡村　音楽を作る面では昔と何も変わってないんです。昔以上に進化している部分もありますし。ただ、言葉を紡ぐことに関しては熟考に熟考を重ねるようになりましたね。それこそ以前は、川上さんのようにわーっと言葉があふれ出ていたんです。でも、その頃の僕は、それができるくらい孤独だったし、張り詰めていたし、こんなふうに人に会って話をすることもなく完全に自分を閉ざしていたんです。もう、マッドサイエンティストそのものだったんです。

川上　なるほど。私も以前は1日24時間文筆家で、そのフィールドで生き死にが決まってもいいと思ってた。でも、子どもができると物理的にそれは無理になってしまって、自分のクリエイターではない部分が明るみに出てしまった。だからある意味、私も岡村さんと同じ状態かもしれません。子どもを産んでから長編小説

「満たされてしまうと表現に対してハングリーでなくなってしまうんじゃないかと」岡村

「議論になると、相手が何を言おうとしてその言葉を置いたかの読み合いになります」川上

は発表していませんし。それは、さっきも言いましたが、心が満たされてしまったからということではなく、物理的にパソコンの前にいけないからなんです。しかも、夫も家で執筆をしていますから、その兼ね合いもあるんですね。

岡村　夫婦同じ部屋で執筆していらっしゃるんでしょ？

川上　はい。同じ部屋で仕事をするというとみなさんビックリするんですけれど、小説家2人というのは、すごく緊張感があって刺激的でとても面白いんです。でも、私はいま、出産と子育てで少々そのスピードが落ちてしまって満足に書くことができていないんです。「でもこれは決定的な変化ではない、あと3年もすれば元にもどる、絶対に変えられる」とは思ってます。自分への言い訳ではあるんですけれど。

岡村　じゃあ、ご夫婦としては、仕事の上ではお互いがよい刺激になっていると。

川上　たとえば、NHKの『クローズアップ現代』を観てその後5時間ぐらい議論になったりするんです（笑）。このあいだの橋下市長の発言（注：慰安婦問題をめぐる発言）については3日間ぐらい議論になってしまいましたし。

岡村　へえ！

川上　私たちは話し合いがすごく好きなんですね。だから、面白いんですが、疲れるんです（笑）。午前中にそれが始まると、午後には声が枯れてきてしまって。

岡村　それがヒートアップしてケンカになったりとかは？

川上　なりますなります。特に、フェミニズムに関わる話題になると私はすごく緊張して話をするので、議論が白熱して大ゲンカになりますね。ただやっぱり、議論になると、お互いに小説家だから、相手が何を言おうとしてその言葉を置いたかという読み合いになるんですね。

岡村　将棋みたいだなあ（笑）。三手先を読むみたいな。

川上　そうなの。だから、全部の言葉が桂馬みたいな動きになって。結果、一体何の議論をしていたのかわからなくなっちゃうんです。

運命の人が南米にいるかも？

岡村　川上さんは、運命の男と出会いたいと思いません？　伺ってると、恋愛も結婚もわりと受け身じゃないですか。もっと自分から積極的に出会いたいとは思いません？　世界は広いんです。世界のどこかに自分にピッタリの人がいるかもしれない。革命的なイメージを与えてくれる人がいるかもしれない。南米とかに。

川上　ホセとかですか（笑）。

岡村　そう、アタシのオムファタールのホセ（笑）。「アタシ、女でよかった！」って思える少年ホセが南米にいるかもしれないじゃないですか。どうですか！

川上　そうね。確かに、そういうビジョンをもっと楽しいかも。

岡村　僕は浮気を勧めているわけじゃないんです。そういう人に出会うだけでも楽しいんじゃないかということです。世界を旅して心が触れ合うだけでもいいんじゃないかって。

川上　うん、私もそういうの大好き。

岡村　僕ね、こうしていろんな人と出会って話をする生活を始めてから、心を通わせるのはすごく楽しいことだなと思うようになったんです。恋愛に発展しなくても、こうしてうぶ毛をなでる程度のコミュニケーションで十分楽しい。世界にはいろんな面白い人がいるのだから、僕もいつかは世界中を旅して出会いたいんです。兼高かおるさんみたいに（笑）。

川上　ふふふ（笑）。私も笑ってるけれど、でも、それは本当に心から素敵なことだと思いますよ！

孤独の最小単位は
ひとりじゃなくて ふたりなのかも。
でも、ふたりでいるからこそ
みえるもの、きこえるものがあって、
それに向かってゆくちからを
くれるのが結婚、かも…
川上未映子

Hair&Make-up: Mieko Yoshioka(kawakami)

STEP UP

(08)

結婚生活は人生の学びの場です。

vs YOU

僕はYOUさんの活動を長年にわたりずっと見ている。フェアチャイルドのヴォーカルとしての彼女、『ダウンタウンのごっつええ感じ』のコメディエンヌとしての彼女、映画女優としての彼女、バラエティ番組で的を射た鋭いコメントを述べる彼女。そこで感じるのは、それぞれの仕事に対するポテンシャルの高さと強烈なプロフェッショナリズムである。ボケもうまい、ツッコミもうまい、独特の歌声は唯一無二、女優としても素晴らしい。非常に稀有な存在のタレントであると僕は思う。そんなYOUさんと初対面した。彼女の第一声は「私に結婚について聞くなんてキテレツ」であった。

ゆう≫ 東京生まれ。タレント、女優、歌手。1988年、バンドFAIRCHIRDを結成しヴォーカルと作詞を担当。91年より『ダウンタウンのごっつええ感じ』(フジテレビ系)にレギュラー出演。以降、バラエティ番組やドラマ、CM、映画などマルチに活躍。

YOU　結婚したい岡村さん？

岡村　はい、結婚したいです。

YOU　私がこの対談のゲストだなんて。なんか真逆じゃない？

岡村　ぜひともYOUさんとお話しさせていただきたかったんです。そもそも僕、YOUさんの活動をずっと見てるんです。バンド時代もコント時代も近年の映画作品も。なかでも僕はダウンタウンが大好きで、「ごっつ」は毎週欠かさず観ていて。

YOU　うれしい。ありがとう♡

ダウンタウンは大好きな上司です

岡村　「ごっつ」のコントのYOUさんといえば、強烈に覚えているのは、「フーさん」っていうコントで。包丁を持った松本（人志）さんが、今田（耕司）さんとYOUさんに突然大喜利のお題を出して、「答えが面白くなかったらオマエを殺す！」って脅すやつですよ。覚えてます？

YOU　うわ、全然覚えてないっ。

岡村　あのときのYOUさん、回答が冴えまくってて。「ヤクザ5人のグループがデビュー。そのグループ名とは？」って松本さんのお題に、YOUさんの返しが「5本指」って（笑）。うわ、この人は天才だなって思ったんです。

YOU　ホント、みなさんよくそう言ってくれるんだけど、私、な〜んにも覚えてなくて（笑）。あの頃の私、ホントにもう必死だったんです。毎週ガッチガチに緊張してて。

岡村　やっぱ、ああいう現場ってピリピリするものですか？

YOU　ダウンタウンさんの現場は特別なんですね。普段の私は、なにをやってても現場で緊張したりしないんです。バンドもバラエティも映画も。ホント自分でもずうずうしいなと思うんですけど、緊張しない。それはもう子どものときからそうで、発表会とかも全然緊張しなくて。それは自分に自信があるからではなく、自分に対して何の期待もしてないし、自分に都合良くあきらめてるからなんです。でも、「ごっつ」は違った。当時のダウンタウンさんは鬼気迫る怖さがあったから、私も神経をすり減らしてやってたんです。いまは、やさしいおじいちゃんみたいになってて、ちょっとハラが立つんだけど（笑）。

岡村　YOUさん、過去のインタビューでも「あの頃はコントに命をかけてた」とおっしゃってましたよね。

YOU　ホント命縮めてた。胃潰瘍になったこともあったし。でも私、ずっと体育会系の部活をやってたから、タテ社会的なものに慣れているというか、どっちかというとそういうほうが好きで。上司を見つけるのが上手いんです。上司にピタッて巻かれるのが

「『結婚』と『YOUさん』は相いれないものに感じたんです」岡村

「真逆だからね」ＹＯＵ

好きっていう（笑）。だから、年をとってもいちばん上にいきたくない。ずっと子分気質で、親分に対していい働きを見せたいんです。それが好き。それが趣味かもってぐらい好き。だから、ダウンタウンさんは、私にとってうってつけの上司。昔も今も。

岡村　とはいえ、ＹＯＵさんはもともと音楽の人じゃないですか。あの現場でよくああいうパフォーマンスができたなって、ホント感心するんです。だいたいみんな添え物になるでしょ、キレイどころって。なのに、ガッツリとプロフェッショナル根性を出してやられてたのがすごいなって。

ＹＯＵ　そういう意味では、（篠原）涼子もすごかった。涼子も根性が入ってるから。でもやっぱり、あの時代、あの現場がそうさせちゃったんですよねえ……というダウンタウン話を始めるとこのまま3日間くらいしゃべり続けちゃうけど（笑）。

仕事と結婚と子育てのハザマで

岡村　プロ意識の非常に強いＹＯＵさんだからこそ、ベクトルがまったく違う仕事を何でもできるんだと思うんですが。でも、そういったときに、「結婚」と「ＹＯＵさん」は相いれないものに感じたんですね。

ＹＯＵ　真逆だからね。

岡村　というのも、結婚って、「譲り合い」じゃないですか。相手によっては、自分のやりたいことをセーブしなきゃいけないだろうし、相手のサポートにまわらなくてはならないこともあるだろうし、子どもができれば家庭を守らなきゃいけないだろうし。それは女性だけではなく男性にもそういう部分はありますが、どうしても女性への負荷はかかる。だからこそ、男性並みに、というと語弊はありますが、プロフェッショナリズムの強いＹＯＵさんが、どういった気持ちで結婚されたのかなと。

ＹＯＵ　私、2回結婚してるんです、うっかり（笑）。1回目は26歳だったんだけど、相手に「結婚しよう」って言われて、「じゃあ、しとこうかな」って。30過ぎたらモテないし、チャンスもうないかもしれないなって。

岡村　え？　そうですか？

ＹＯＵ　岡村さんは私とほぼ同世代だからわかると思うけど、私たちが20代の頃ってそういう時代だったじゃないですか。女は30過ぎるとちょっと……みたいな。いまは30過ぎの独身女子は普通だけど、当時はまだそういう風潮で。

岡村　でもＹＯＵさんは、そんなことにひるむ人には思えない。

ＹＯＵ　私、謙虚なんですよ（笑）。ていうか、30過ぎたら女子はモテなくなるって思い込んでたんです。「そう言ってくれる人がいるうちが華だから、結婚しちゃおう」って。「これ以上楽しいことはもうないんじゃないか」とも思ったし。

岡村　それは仕事の面でですか？　最初の結婚って、まだバンド活動が中心の頃だったでしょ？

YOU　でも結局、蓋をあけてみたら、自分が未熟だっただけなんです。結婚してからやりたいことがどんどん見つかって。どんどん仕事をしてたらどんどん楽しくなっちゃって。そしたら、どんどん相手とすれ違っちゃって。で、結婚をやめたんです。

岡村　なるほど。

YOU　それで、32歳のとき、2回目のダンナと知り合って。そのときはぶっちゃけ、まわりが結婚ブームだったんですね。親しい友だちがみんな家族をつくり始めて。連鎖反応のようにみんな同時期に妊娠して。で、「私も子どもが欲しいなあ」って。家族熱っていうか、結婚熱っていうか、夫婦熱っていうか。

岡村　じゃあ、結婚して仕事をセーブしようみたいなことは？

YOU　2回目のときは、「家に入ってもいい」くらいなカンジはありました。瞬間風速的には。

岡村　え、「家庭に入る」というチョイスもあり得たんですか？

YOU　うん、あり得た。ちょうど「ごっつ」の4年目ぐらいで妊娠したんですね。あの頃、コント以外にとんでもないこともやっていて。「チームファイト」っていうのを。

岡村　覚えてます。体力勝負のコーナー。罰ゲームノリの。

YOU　そう。プールに落とされるわ、頭は叩かれるわ、宙づりにされるわでもうむちゃくちゃ。それをやってると流産しちゃうと思ったから「やめまーす」って。で、「ごっつ」をやめたんです。

岡村　それも覚えてます。

YOU　で、出産前後2年ぐらいはなーんにもやってなかったんですね。子どもが生まれる前は、朝から晩までずーっとダンナと一緒にいて。で、子どもを産んで。産んでからもしばらくはずーっと家にいて。ホントなんにもやってなかった。で、息子が1歳になるかならないかくらいの頃からちらほらと仕事を再開して。再開してみたら、バラエティにちょこちょこ呼んでいただくようになって。で、「芸人さんでもないのにお仕事いただけてありがとうございますぅ」って受け始めたら、ふわーっと仕事が増えていって。それこそ、ダンナさんは、「あれ？　仕事やめたんじゃなかったの？」って。私は、「うん、ちょっとやったらやめるぅ」って言ってるうちにガンガン忙しくなっちゃって(笑)。で、結局また、どんどんすれ違っていっちゃった……。そんなカンジ。

岡村　そうだったんですか。

YOU　やっぱり、ダンナさんは私に家にいてほしかったんです

「妊娠してから2年間はずっと家にいて、この幸せが永遠に続けばなあって」YOU

「仕事大好きのYOUさんでも家庭に入る選択もあり得たんですね」岡村

よね。でも、それは正論。いまでもそれはそう思います。男性も、時代とともに考え方が変わってきてるとはいうけれど。でも、やっぱりそこはね。

岡村 それはそうでしょうね。

YOU でも私、若い頃はダメだった。30代の頃は、「人のことよりも」っていうのがあったんです、正直。

岡村 つまり、家庭のことより自分の仕事が中心だったと？

YOU もちろん、息子のことは特別です。息子をほったらかして仕事をしてたわけじゃなく。かといってベッタリだったわけでもなく。ごく普通に愛情をもって子育てをしてました。ただ、ダンナさんのことにまで気が回っていたかというと、そうじゃなかったかもしれない。いまようやくこの年になって落ち着いてきたかも。子どもも育ちましたから。

岡村 息子さんはいまおいくつに？

YOU 高校1年生になりました。（注：対談が行われた2013年7月時点での年齢）……でもね、いま話してて思い出したけど、妊娠してからの3年、4年くらいは「このまま何も起こらなければいいのに」って思ってたかも。「この状態が永遠に続けばいいのに」って。ものすごく幸せだったんでしょうね。後にも先にもそんなことを思ったのはその時期だけですね。

母親プレイを楽しんでます

岡村 仕事を終えて家に帰ったりすると、オンとオフってすぐに切り替えられるほうですか？ スーッと家のモードに、母親モードになれますか？

YOU 仕事終わりは必ずお酒を飲むんです。飲むとクリアになるし。引きずらないっていうか。やっぱ、バラエティの現場って、緊張しないとはいっても、神経をすごく使っているから、飲んで、しゃべって、酔っぱらって帰るとスッキリする。で、母親的な部分は、わりと「コスプレ」的なカンジで……。

岡村 コスプレ？ 母親を演じるってことですか？

YOU 「母親プレイ」を楽しんでるカンジなんです。なんていうか、みなさんの私に対するイメージって、いまも昔もキテレツ風なものがあると思うんですが、子どもを産んだら、ちょっと株が上がるっていうか、「わりと常識人じゃん」みたいなイメージがつきだして。「じゃあ〝子どもも育てる大人な私〟プレイを楽しんじゃおう」って（笑）。だから、「ママ友」の集まりもすごく楽しい。息子の学校の役員とかも積極的にやったりしてますし。

岡村 意外ですねえ。

YOU PTA活動も楽しいんです、すごく。そういうのも「プレイ」に近い感覚をずっともってるから楽しめるのかもしれない。
岡村　なるほど。じゃあ、恋愛のほうはどうです？　好きな人には自分からガンガン行くタイプですか？
YOU　行かないですね。
岡村　じゃあ、待つタイプ？
YOU　待つっていうか、すぐバレるっていうか。たとえば、大勢で一緒にいるのに、その人のことだけ見てたり、その人にだけ飲み物をついだりするタイプなんで（笑）。
岡村　か〜わいいなあ（笑）。
YOU　だから、まわりからすると「出たよ！」ってカンジみたい。私にはその自覚がまったくないけど。
岡村　どういうタイプが好きです？　ルックスは重視します？
YOU　うーん、傾向でみると……「肌が合う合わない」かなあ。職業はなんでもよくて、稼いでいようがいまいが、やってる仕事が好きな人、仕事に夢中な人がいいですね。
岡村　ユーモアのセンスとかは？
YOU　あー、それはもう全然なくていい。ていうか、笑いに関して妙なこだわりがあったりすると意見がぶつかるから、笑いのセンスなんてまったくないほうがいい。
岡村　へえー！
YOU　私は日本でいちばん面白い人たちと仕事をしているので、ユーモアのセンスは項目にはないんです。そういうのが全然わかってないほうが、逆に「受けるぅ!!」って（笑）。だから、私のボーイフレンドってつまんない人が多いんですよ。みんな、「え？　なんでこの人なの？」っていう感性の人ばっかです。
岡村　へえー！
YOU　やっぱ、好きな人のことは積極的に褒めたいし自分も褒められたい。でも、自分と同じような場所にいる人と褒め合うのは、お互いに辛くなるんじゃないかなって。
岡村　なるほどね。
YOU　だから、できるだけ、違う表現者のほうがラク。立ち位置が近いとなかなか素直になれないんですよね、この年になっても。

やさしくなりたい！

岡村　結婚生活ってYOUさんにとってはどういうものですか？
YOU　失敗してるのにエラそうに言うのもなんですけど、「学びの場」だと思いますね。うれしいことも、つまんないことも、いっぱいある。人生の学びの場ってカンジかな。
岡村　結婚はオススメします？
YOU　したことのない人には勧めます。岡村さんは、結婚しそ

「私のボーイフレンドってつまんない人が多いんですよ」YOU

「やさしさを見いだす経験を積ませるために、神様は私に子どもを授けたんだと思う」YOU

うになったことはないの？

岡村　ないんです。いままで結婚したいと言われたことがなかったというのもあるんですが、なぜ同棲じゃだめなのかなって思ってしまったりして。

YOU　「子どもができました」って言われたら入籍する？

岡村　します。入籍します。

YOU　じゃあ答え見つかったじゃん。妊娠させよう、誰かを。

岡村　え！

YOU　妊娠させちゃえばいいじゃん（笑）。ていうか、岡村さんはどういう女性が好き？　現時点では。

岡村　最近お酒を飲むようになったので、お酒が飲める人がいいなと思います。で、僕は、ユーモアのセンスがある人がいいです。あとは、なんだろう、理屈抜きで一緒にいると楽しい、ということでしょうかねえ。

YOU　あれは？　〝負〟の部分は必要？　たとえば、私が詞を書いていた頃は、〝負〟の部分がおいしいっていうか、それをネタにするっていうか。いまの私は、自分で制作とかクリエイティブなことをしていないので、それはもうないんだけど、そういう部分ってやっぱありますか？

岡村　年齢的なことが大きいんですけど、最近はもうやさしい気持ちになりたいです。

YOU　あははは（笑）。

岡村　昔はこう、「勝ち負け」みたいな部分があって。「負けてたまるか！」みたいな。いまはもうやさしくなりたいです。

YOU　あははは（笑）。思い出した思い出した！　そう、そうなの。20代の頃って「勝ち負け」だった。仕事も恋愛も。だから、私がバンドをやってた頃、同じようにバンドやってる子と付き合ってたんだけど、「てめえのバンドより売れてやる！」とかって思ってたもん。「○○賞もらったよ！」って言われて、「良かったねー！　おめでとー！」って言いつつ、お腹の底では「チッ！」って。彼氏までもライバル視。挙げ句、彼氏の失態を待ち望んだりして。

岡村　あははは（笑）。

YOU　酷《むご》いでしょ。20代の私は酷かった。でも、もうこの年になると、やさしくなりたいのよね。わかる。すごくよくわかる。

岡村　ささやかなことでもいいんです。「今日は花を買ってきたよ、ダーリン」みたいな。

YOU　あははははははは（笑）。ゴメン、大笑いしちゃった。でも、正しい。岡村さんは正しい。そういうことで言えば、やさしさを見いだす経験を積ませるために、神様は私に子どもを授けたんじゃないかって思うんです。

「今日は花を買ってきたよダーリンってそんなやさしさが必要だなって」岡村

岡村　子育ては試練だったと？

YOU　そう。そのくらい若い頃の私はやさしくなかった。しかも、男の子が生まれたのは、私が男の子にやさしくなかったからだと思うんです。たとえば、ボーイフレンドに「風邪ひいた」って言われると、「私と同じ状態なのに、あなただけ風邪をひくのは自己管理ができてないからじゃん」って思ってしまってた。もちろん、「大丈夫？」って言ってあげるけど、心底心配してなかった。でも、男の子を育ててみて、男の子の生態がいろいろわかったんです。（小声で）ああ、生まれたときからバカなんだ……。

岡村　あはははは（笑）。

YOU　だから、男の子にやさしくなりました。たとえば、相手が「洗い物しようか？」って言ってきたら、「じゃお願いね」って。「ついでにごはんも作ってほしいなあ」って。本音は、片付けも料理も「自分でやったほうが早いんだけどぉ」。そこは「彼女コスプレ」で（笑）。男の子は、褒めてあげると頑張る。褒めてあげないと頑張れない。そこは学んだんです。男の子を育てて。

岡村　あのね、僕の家にはルンバ君がいるんですよ。

YOU　お掃除ロボットの？

岡村　そう。ここ何日かルンバ君が仕事をしてくれなくて。あんなに毎日仕事してくれていたのに、「どうした、ルンバ君！」って。で、ルンバ君のフィルターの掃除をしてあげたり、ブラシに絡みついたゴミをとってあげたり、いろいろメンテナンスをしてあげて。で、ここのところ、ルンバ君に頼りすぎだったと反省して、トイレ掃除とか風呂掃除とか洗濯物とかを一挙にガーッてやったんです。で、ふと思い出した。昔、ガールフレンドにあたったこと

「この年になると人にやさしくしたいって心から思うようになるのよね」YOU

があったなと。仕事でピリピリしているときに、掃除とか家事を全然してくれなくて、「今日、時間あったじゃん。なんでしてくれないの?」って。

YOU　ルンバ君と彼女が重なって。

岡村　あのときもこうやって自分でやればよかったじゃん。そんなことで愛を失うのなら掃除ぐらいなんてことないじゃん。結果、この僕に残ったのは孤独なのかと(笑)。動かなくなったルンバ君を見てそう思ったんです。

YOU　ルンバ君、家出もするんだよね。私のオカマの友だちのルンバ君さ、ある日、家出て行っちゃって帰ってこないって(笑)。もう大騒ぎだもの。

岡村　僕んちのルンバ君、お風呂場にこもってることはよくあります。いろんなものを吸いこんで身動きできなくなっちゃって。「どうしたんだ、ルンバ君!」(笑)。

YOU　私は子育てでやさしさを見いだして、岡村さんはルンバ君でやさしさを見いだすのね。

岡村　やさしくなるって、単純なことだけどすごく大事なことだなってあらためて思いますよ。

優しくなれて お互いよかったよね!!
では 子供をこしらえて、
もっと優く大きくなって下さい。
でも…… お歌の時のキテレツ
面白くて大好きです!!
コンサート楽しみにしてます!!
Youxoxo

Hair&Make-up: Masako Ide(YOU_AIR NOTES)

STEP UP

(09)

70歳が結婚適齢期だったんです。

VS 菊池武夫

菊池武夫さんは日本のファッションシーンを50年以上にわたり牽引し続けているデザイナーである。なかでも、1974年、ショーケンこと萩原健一主演のドラマ『傷だらけの天使』で衣装を担当し、菊池さんのブランド〈メンズビギ〉が当時の若者の憧れとなったのは有名な話である。そんなファッション・レジェンドである菊池さんは、東京っ子らしい粋な「遊び人」であると聞く。原宿にある〈タケオキクチ〉のアトリエへ行くと、ツイードのジャケットでキメたダンディな菊池さんが出迎えてくれた。俳優のようにカッコいい“タケ先生”。相当なモテ人生を送ってきたと推察するのだが。

きくち・たけお≫ 1939年東京生まれ。70年、大楠裕二、稲葉賀恵とともにファッションブランド〈BIGI〉を設立。75年には〈MEN'S BIGI〉を設立。84年に〈TAKEO KIKUCHI〉をスタート。2005年、大人の男性を意識した〈40CARATS&525〉を発表。

「結婚はケジメだと思ってますから」菊池

岡村　先生の自伝（『菊池武夫の本』）、拝読させていただきました。すごく面白かった。特に70年代、〈BIGI〉設立の頃の話や、ショーケン（萩原健一）さんや矢沢永吉さんとの交流の話がものすごく興味深くて。

菊池　本を書きませんかと言われて、「昔のことなんてなんにも覚えてないや」と思ったんですが、いざ書き始めてみると、「こんなことがあった」「あんなこともあった」と思い出しましてね。74年も生きているといろいろあるんですよ（笑）。

岡村　ショーケンさんが先生の服を着ていたのは有名な話ですが、ブルース・リーも愛用していたというのは知らなかった。（注：73年『燃えよドラゴン』で〈BIGI〉のスリーピース・スーツを着用していた）

菊池　香港のセレクトショップに僕の服を卸していたんです。その店のオーナーがブルース・リーと知り合いで、リーは僕の洋服を気に入ってたくさん買っていたそうなんです。

岡村　言われてみれば、あれは確かに先生のスーツだなって。

菊池　そう。襟幅が太くて、シャツの襟も妙にデカくてね。

岡村　先生は、おしゃれでダンディなのはもちろんですが、背筋もピンとされていてスタイルが非常にいい。70代とはとても思えないんですが、ワークアウトとかなさってます？

菊池　昔は週3日ぐらいジムに通ってましたが、いまはまったく。ただ、毎日歩きますね。目黒の家からここ（原宿）まで約6㎞、1時間くらいかけて歩いてきて、また歩いて帰る。たまに、目黒から銀座まで（注：約8・7㎞！）歩いたりもね。

岡村　体力ありますねえ！　すごいなあ。僕もこれから歩くようにしようかな。

結婚3回目にして初婚の気分です

岡村　クリエイターの結婚に興味があるのでお聞きしたいんですが、人はなぜ結婚するんだと思いますか？　なぜ同棲ではだめなんでしょうか？

菊池　いままでありとあらゆるインタビューを受けてきましたが、結婚について聞かれるなんて初めてですよ。というか、僕、結婚の話がいちばん苦手なんですけれど（笑）。

岡村　恐縮です（笑）。

菊池　でも、あらためてそう問われると……なぜだろう（笑）。3回結婚している僕が言っても説得力はありませんが、「同棲」か「結婚」かに関しては、非常に道徳的に考えますね。結婚はケジメだと思ってますから。

岡村　相手の立場を思いやる、大切に考える、ということですか。

「あまりにも自由すぎるとその自由を謳歌している気分になれないんです」菊池

菊池　そう。その表現のひとつじゃないかなと思いますね。

岡村　でも僕は、クリエイティビティと結婚生活は相いれないものに感じてしまうんです。まず、結婚の相手は刺激を受ける相手じゃないと面白くないだろうし、刺激的な相手だとしても、僕自身が集中してアイデアを思いつくための自分だけの時間は必要で、そうすると、相手を十分にケアできなくなってしまう。クリエイティブ活動と家庭のバランスをとるのは大変じゃないかなと。

菊池　それはあなたが大変になるのではなく、相手やその周囲のほうが大変なんだと思います。おっしゃるように、僕もクリエイトするときは一人孤立して集中します。しかもデザイナーですから、絶えず新鮮なものに触れたいし感じたい。だから、本を読んだり、絵を観たり、映画を観たり、音楽を聴いたり、いろんな方法でイマジネーションを膨らませ試行錯誤する。すると、周囲のことは何も考えなくなる。そういったクリエイティブ活動と結婚生活の現実は、もちろん結びつきません。でも、僕自身は、そこに矛盾を感じたことはないんです。だから3回も結婚したんだと思うんですね(笑)。

岡村　最初のご結婚は、同じファッションデザイナーの……。

菊池　稲葉賀恵《よしえ》さんです。彼女は一緒に仕事をしていた仲間なんです。いまでもよく会いますよ。息子もいますしね。でも会うんですけれど、「あなたは、こうして仕事で付き合うのはいいけれど、結婚して家庭で付き合うのは向いてなかった」とはよく言われますね(笑)。

岡村　そうですか(笑)。

菊池　僕はそういうふうには思ってないんだけれど。男ってのはやっぱり身勝手なんでしょうね。

岡村　先生のことを端から見ていると、ダンディでグラマラスな生活が良い刺激になり、クリエイティブにつながっているんだなという印象を受けるんですね。でも、家庭はそういう刺激とは真逆にありますよね。

菊池　相反しています。平穏、安定、それが家庭ですね。

岡村　でも、3回結婚されたということは、相手へのケジメの気持ちがあるとおっしゃいましたが、家庭が必要だと感じられたからでもありますよね。というか、結婚なんかせずに自由に遊んで、ということは考えなかったんですか?

菊池　これもまた勝手な言い分ですが、自由って、あまりにも自由すぎるとその自由を謳歌している気分になれないんです。不自由だからこそ、自由が欲しくなる、ないものを欲求することがエネルギーになる。だから、「遊ぶのが楽しい」というのは、結婚しているからこそ感じることだったりするんです。

「いまは結婚生活を楽しみながら、クリエイトもできるという最高の環境です」菊池

岡村　本にも書かれていましたけれど、先生は、ナイトライフをすごく楽しんでいらっしゃった時期があったと。昼に出社して、仕事をして、夜になると飲みに行き、クラブへ出かけ、朝帰りをして、少し寝て、また昼頃に出社すると。

菊池　そうそうそう(笑)。

岡村　家庭とは真逆の生活ですよね。

菊池　なんのために家庭があるのかよくわかりませんよね(笑)。でも、若いときって、安定よりも生活を楽しむために結婚をするでしょう。僕もそうだった。稲葉さんとは、学生の頃からの友だちなんです。卒業後もファッションという同じ道に進みましたから、遊ぶときもずっと一緒だったんです。男女の分け隔てもなく、いろんな人と一緒に、もちろん彼女も一緒に、仲間みんなで夜遊びをする。結婚後もしばらくはそういった生活は続いていたし成立していた。でも、子どもができるとガラッと彼女の生活が変わってしまったんです。そこに僕は合わせることができなかった。家庭をつくり子どもをもったなら普通にしなくてはならないことを僕はできなかった。それが離婚の原因だったと思いますね。

岡村　結婚生活は何年ぐらい続いたんですか?

菊池　1961年、22歳で結婚して、離婚したのは73年頃。ということは、約12年間ですね。でも、学生時代からの付き合いだから、そこから含めるとすごく長い間一緒にいたわけです。でも、家庭に生きることができない自分がいる。結婚を続けたいなら、その生活を第一と考え、それ以外の遊びは第二と考えなくてはならない。でも若い僕にはできなかった。本来は結婚には向いていない、結婚すべきではない男だったんです。

岡村　結婚に背くことで自由を感じる、それを優先してしまった。

菊池　そういう人生を送ってきたからこそ失敗してきたんです。でも、最近は違う。遊びが全然面白くなくて、逆に結婚生活のほうが面白いんです。しかも、いまは、結婚生活を楽しみながら、クリエイトもできる環境なんです。だから、いまが初婚のような気分なんですね。

岡村　素晴らしいなあ!　いまの結婚はいつ頃されましたか?

菊池　入籍は4年前ですが、付き合いは20年になります。3回の中で、もういちばん長くなりましたね。

岡村　いまが最高の環境だと。

菊池　年だからだと思うんです。年を取ると制約が出てきて幅がなくなるんです。体もそうだし、性欲もそう。そうなると、結婚は非常に僕に適しているなと。3回目にしてようやくその境地に至りました(笑)。

60歳過ぎたら落ち着きました

岡村 どんな女性が好きですか？　映画女優でたとえると？

菊池 この人、という強固なイメージはないんですが、子どもの頃から映画が大好きだったので、好きな女優さんはいます。ジーナ・ロロブリジーダ（注：イタリアの映画女優）とかヒッチコックの『めまい』に出ていたキム・ノヴァクとか。他の女優さんとは違い、とても神秘的な存在に感じるんです。顔もわりと好きなタイプですし。僕、ファッションアイコン的な女性はタイプじゃないんです。モデルみたいに痩せてる人はダメなんです。

岡村 肉感的な女性が好き？

菊池 そう。

岡村 ソフィア・ローレンは？

菊池 トゥー・マッチ。肉感的すぎるのもまたダメなんです。見ただけでお腹いっぱいになるのはね（笑）。日本の女優さんでいえば、若尾文子さん。昔、クラブで若尾さんをお見かけしたことがあるんです。背中のすごくあいたドレスを着ていてね。「きれいな人だなあ」って。ああいう顔立ちはすごく好きです。いまだと、綾瀬はるかさんや北川景子さんも好きですね。

岡村 凛としたタイプが好きということですね。妖艶じゃなく。

「僕はソフィア・ローレンが好きなんです。じゃあ合コンではタイプが被りませんね」岡村

菊池 妖艶な人はダメですねえ。

岡村 じゃあ、合コンになったら僕とタイプがぶつからないです。僕はソフィア・ローレンみたいな人が好きなんですよ。

菊池 濃いタイプがいいんだ。全然ぶつからないねえ（笑）。

岡村 尽くす女性はどうですか？

菊池 それもダメ。基本、自分をしっかりもってる女性が好きなので、「私は私」という人が好きなんですよ。どうですか？

岡村 尽くされるのは好きですね。

菊池 やっぱりタイプが全然違うんだね（笑）。

岡村 じゃあ、女性をナンパするのは得意ですか？

菊池 僕はわりと得意だと思いますねえ。いま声をかけないとダメだと思えばすぐに声をかけますから。そういうのは勤勉（笑）。でも、僕も完全に落ち着きました。年齢ですね。60過ぎたら落ち着きました。それまではフワフワフワフワ。仕事は一筋ですが、こと女性に関しては（笑）。

岡村 というか、綾瀬はるかさんや北川景子さんの名前が出てきましたけれど、先生はテレビを観るんですか？

菊池 観る。大好き。ドラマも観るし、お笑いも観る。ドラマは福山（雅治）君の『ガリレオ』とか、『相棒』とか、そういった推理サスペンスものが好き。で、お笑いはだるーいのが好き。『リンカー

「報われない気持ちがいい作品を生むということもあるんです」岡村

ン』ね。

岡村 あははは(笑)。『リンカーン』は僕も観てます。

菊池 松本(人志)さんは天才だと思ってるんだけど、『リンカーン』の松本さんがいちばん面白いよね。

岡村 その感性、若いなあ!

菊池 若いっていうか、変わってないの、精神構造が。70過ぎてもずっと同じ。

妻と一緒にいるのが面白い!

岡村 先生のフェイスブックを拝見すると、海外によく行かれていますよね。仕事で訪れることもあると思いますが、一人旅もされますか?

菊池 いや、全部妻と一緒です。

岡村 そうなんですか!

菊池 いま、妻が仕事のサポートもしてくれているので、四六時中妻と一緒にいて。でも、全然平気。というか、楽しい。それが面白くて仕方がない。だからいまようやく結婚に適した人格になれたと思いますね。

岡村 うらやましいなあ! 奥さまはどういう方ですか?

菊池 元インテリアデザイナーなんです。だから、彼女もクリエイターだったので、ものを作る姿勢、美しいと思うことの基準、そういうところが僕と共通している。すごくラクですね。そこがピタッと合っているというのは重要だと思いますね。

岡村 やっぱり、クリエイターにはクリエイターの伴侶がいいんでしょうか?

菊池 ファッションと音楽は違うので、一概にそうとはいえませんけれど。でも、根幹で共有できるものが一緒というのは大事じゃないかなあ。ミュージシャンって、好きな女性のためにクリエイトするみたいな部分もあったりするでしょう。

岡村 ありますね。あと、報われない気持ちがいい作品を生むということもあるんです。女性をはべらかしてるとロクな作品ができませんから(笑)。

菊池 そりゃそうだよね。報われないから頑張るんだもんね。

岡村 みんながひれ伏すような曲を作ってやるぜ! 覚えてろ! みたいなね。かといって、ひれ伏すような曲で思い通りの女性を獲得できてしまうとそこで安心してしまう……それはそれでまたダメなんです、結局。

菊池 なるほど。難しいですね。

岡村 でも、ミック・ジャガーは違うんです。過去４０００人の女性と寝たと本で読んだんですが、彼はモテまくりながらもクリエイトをし続けることができているんです。

菊池　ミック・ジャガーは、そのモテてるカンジが音楽にも出てますよ。でも4000人はすごいなあ。いまあの人って何歳？　70歳か。それを4000人で割ったら……（笑）。

岡村　僕はそれとは正反対の、全然モテない男なので、昔は、「英雄色を好む」みたいな、ミック・ジャガーのような男は「うらやましいな」と思ってました。でも、いまはもう、そういうことに憧れはしませんね。

いまは対話の時代です

菊池　それはなぜ？　何かキッカケでもあったんですか？

岡村　いや、何かあったわけじゃないんです。最近特に思うんです、「ささやかでいいな」って。女性とのコミュニケーションも食事も喜びも。いい仕事さえできれば、望むものはささやかでいい。それはやっぱり年齢だと思いますね。40代後半ですし。若い頃は虚栄心もありましたが、そういうものも一切なくなりましたし、物欲も減りました。そういうことではなく、もっとささやかなことに幸せを見いだしたいなと。変わりましたね、すごく。

菊池　じゃあ、それにより、仕事も変化してるわけですか？

岡村　変化してますね。以前はスタッフに頼ることをしなかったんです。何から何まで全部自分一人でやらなくちゃ気が済まなかった。でも、いまは違うんです。周囲のスタッフに委ねることが心地良いし、それによりクォリティの高いものができるということを、この年になってようやくわかってきたんです。

菊池　すごい変化だ、それは。

岡村　そうなんです。とにかくいまは、人と接するのが楽しい。こうして賢者の方々に教えを請うのは、自分の血なり肉なりになっていると思いますし、一期一会が楽しいんです。

菊池　一緒だ。僕もいまそんなカンジなんです、実は。僕は、岡村さんのようにわがままに仕事をしてきたという自覚は一切ない。でも、僕のことをよく知る人から言わせると、「菊池はここ数年で人間っぽくなった」と。僕自身は変化したとは思ってない。でも、昔は、非常に非人間的に思われていたようなんですね。それこそ、昔の岡村さんと同じで、人のことをあまり考えてなかったんでしょう。自覚はないんですけれど。でも、振り返れば、人と本音で語り合うことをしてなかったし、仕事の現場でとことん話し合った記憶もない。判断はするんです。これはいい、これはダメ、そういう判断はしてきたけれど、コミュニケーションはしてなかったんです。でも、最近はそうじゃない。そこが人から見れば、「人間味が出てきた」ということになるんだと思うんですね。

「最近特に思うんです、『ささやかでいいな』って」岡村

「仕事もプライベートも四六時中妻と一緒にいます。でも、それが楽しくて面白い」菊池

岡村　僕と似てますね、非常に。

菊池　年齢は違いますけどね（笑）。でも、こうも思うんです。時代で価値観が変わったのかもしれないなと。それってありませんか？　僕も変わった、岡村さんも変わった、でもそれって、実は周り全体が変わったのかもしれないと。表現することに対する感じ方がみんな変わってきたからかもしれないなと。

岡村　なるほど。

菊池　いまは対話の時代なんじゃないかと思うんです。たとえば30年前、80年代のバブルの頃なんて、クラブで友だちに会っても「どもども！」ってうわべだけの挨拶をするだけで、たいした話もしなかったじゃない。

岡村　確かに（笑）。

菊池　会話の記憶なんて皆無ですよ。コミュニケーションなんてほとんどなかった。でも、それで良かった。あの時代はそれが楽しかった。

岡村　それから30年経ち、社会全体が変わったと。

菊池　そう。だから、いまの時代がそうさせているんじゃないかとも思いますね。対話をしようよ、と。

おしゃれで大事なのは収納です

岡村　最後に質問があります。おしゃれって、着こなすこともそうですが、それをいかに収納するかも含めての「おしゃれ」じゃないですか。そう考えると、僕は到底おしゃれではないなと。つまり、素敵な服を買っても丁寧に扱えないんです。収納もつい適当になってしまうし、洗っていいのか、クリーニングに出すのかも悩んでしまう。結果、「おしゃれな服はめんどくさい！」と。先生、服はどう管理すればいいんでしょう。

菊池　あははは（笑）。なるほど。理想をいえば、グレート・ギャツビーみたいに、すべての服がビシッと収納できる巨大なワードローブがあることですよ（笑）。そんなことって普通はできないけれど。

岡村　あのぉ……シャツってどうすればいいんですか？

菊池　シャツ？　シャツは掛けますよ、ハンガーに。

岡村　あ、あれは全部掛ける？

菊池　そうですよ。シャツや上着類は畳むと折りジワができてしまうでしょ。シワがついたものを着て出かけるのは無粋です。だから、畳んでいいのはジーパンとかですね。

岡村　Tシャツは？

菊池　Tシャツも畳んで大丈夫。着たらすぐにシワがとれるから。

岡村　なるほど。収納は大事だなあ。

菊池 大事ですよ。おしゃれでいちばん大事でしょうね。

岡村 洋服の管理は奥さまが？

菊池 いや、自分です。われわれの業界は「自分の服は自分で管理」が基本。やっぱり洋服が好きだからTシャツを畳むのも苦じゃないんです。

岡村 先生のようにラフにジャケットを着こなせる粋な男になりたいと常々思っていますけれど……道のりは遠そうです（笑）。そういえば、先生のお店には浴衣もあるんですね。

菊池 あ、着物似合うんじゃない？

岡村 似合いますかね？

菊池 着物が似合う顔してるもん。うん、似合うよ、絶対に。

女性は究極、
どんな女性でも本質は
あまり違いが無いもの。
でもやはり人は様々で、
自分にぴったりの人もいる事に
気がつきます。
でもそれは結婚しないと
分かりません。

STEP UP
(10)

結婚は人間力を試されます。

VS 内田也哉子

お父さんはロックミュージシャンの内田裕也さん、お母さんは女優の樹木希林さん、夫は俳優の本木雅弘さん。内田也哉子さんを取り巻く家庭環境は非常にユニークである。彼女自身も本木さんと19歳で結婚するという非凡な人生を選択し、3人の子どもを育てながら執筆や音楽、ときには女優などクリエイティブな活動も積極的に行っている。聞けば、彼女の若くしての結婚は、母希林さんの後押しもあったからだという。「若いうちに結婚して子どもを産んで、女としての人生を先にいろいろ済ませて、30代40代になってから自分の好きなことを思う存分やってもいいんじゃない?」と。

うちだ・ややこ≫1976年東京生まれ。学生時代を東京、ニューヨーク、ジュネーヴ、パリなどで過ごす。19歳のとき俳優本木雅弘と結婚。主な著書に『ペーパームービー』『会見記』『BROOCH』など。翻訳絵本に『たいせつなこと』『岸辺のふたり』など。

岡村　也哉子さんはいまイギリスにお住まいだそうですね。
内田　長女がイギリスの学校へ、しかも女子校に通いたいと言いだしたので、家族みんなでイギリスに引っ越して。いま1年経ったところです。
岡村　本木（雅弘）さんも一緒に？
内田　ダンナさんは仕事があるので、東京とイギリスを行ったり来たり。長男は、スイスのボーディングスクールに通っていたのですが、バスケットボールを真剣にやりたいとアメリカの学校へ転校して。なので、イギリスは、私と長女と3歳になる次男、そしてときどきダンナさん。
岡村　国際的なご一家ですね。
内田　家族全員で世界中を漂流しているんです。
岡村　東京の家はお母さん（樹木希林）と二世帯住宅ですよね。
内田　よくご存じで（笑）。
岡村　インタビュー前にいろいろ資料を読んできましたから。
内田　でも、「勝手にしててくれ」という母なので、私たち一家は好き勝手にさせてもらっています。
岡村　お父さん（内田裕也）は？
内田　父は私の人生でも、濃度はあっても数えられるほどしか、登場回数がありません（笑）。

「家族全員で世界中を漂流しているんです」内田

17歳でプロポーズされました

岡村　ご結婚されて何年ですか？
内田　今年で19年目です。
岡村　もうそんなに経つんですね。
内田　私が15歳のときに出会って、17歳で結婚の話が出て、19歳で結婚して。私はいま37歳で、本木さんは私よりちょうど10歳上。うちのダンナさん、岡村さんと同い年なんです。
岡村　え？　昭和40年生まれ？
内田　1965年、巳年です。
岡村　モックんさん、同じ学年なんだ。知らなかった。おふたりの出会いって、どういうものだったんです？
内田　最初の出会いは、実は父が関係してるんです。
岡村　登場回数の少ないお父さんが。
内田　私と父は、基本、年に1度、父の日にしか会わない関係でした。とある父の日、映画の撮影の後かなにかで「いま六本木にいるから来い！」と連絡があって。前日に約束をすっぽかしたくせに、悪いと思ったのか突然連絡が来たんです。行ってみたら、大勢の人たちの中に本木さんがいて。私が中3のときでした。
岡村　中3！　そうか15歳は中3か。で、本木さんを素敵だなと

「彼の〝無性性〟みたいなものに安心感とトキメキを覚えたんだと思います」内田

思ったんですか？

内田　いいえ、特には（笑）。私はそもそも本木さんのことをよく知らなかったんです。役者さんだろうな、くらいにしか思わなくて。本木さんも後に、「若いのか老けているのかわからないアンバランスな15歳だった」と感想を述べたくらいです。

岡村　そこからどう発展を？

内田　その後、私はスイスの高校へ進学して。そこから少々月日が経って16歳のとき。日本でアメリカのアカデミー賞を生中継する番組が作られることになって、本木さんがキャスターとしてロスへ行くことになったんです。そしたら、私にも「アシスタントとして行ってみる？」って話がきたんです。貴重な体験だし、裏方として私も1週間ロスに滞在して。そこで初めて本木さんといろいろ話をしたんです。そこから文通が始まりました。

岡村　ほお、文通ですか。

内田　私、本木さんがいたジャニーズのアイドルグループのことは後に「懐かしの〜」的な番組でちゃんと知りました（笑）。テレビをあまり観ないというのもありますが、日本でもインターナショナルスクールに通っていたので洋楽ばかり聴いていましたし。

岡村　「あのモッくんが！」というカンジではなかったんですね。

内田　全然違うんです。出会ったときはすでに役者さんという印象でした。本木さんは、五社英雄監督の映画『226』（89）への出演を皮切りに映画のお仕事が増えていったそうなんです。私は、アイドルから映画界へ活動の場をシフトしていった、その転換期に出会ったんですね。

岡村　じゃあ、本木さんのどこに惹かれたんですか？

内田　男臭くない部分だと思います。私は、父がああいう人で、異性が身近にいない家庭に育ったので、潜在的に親近感を求めていたのかもしれません。当時の本木さんは、いまよりもっとフェミニンで、お洋服も、ときにはあえて女性ものを着ちゃうような自由で独特な人でした。だから、「面白いことをいっぱい知ってるお姉ちゃん」という存在だったんです。異性というよりも。

岡村　中性的な部分がいいと？

内田　そうなんです。私はそういった恋愛ごとに慣れてなかったし、マセてもいなかった。ある種、彼の〝無性性《むせいせい》〟みたいなものに安心感とトキメキを覚えたんだと思います。そして、男性に対する理想も妄想も現実も何も知らないまま、「結婚しよう」と誘われて。恋愛すらままならない、結婚の「ケ」の字もなにもない17歳のときに言われました。「私には白髪のあなたが想像できるし、そういうあなたが愛おしいと思える気がする。今すぐじゃなくても、いつか結婚という選択肢が現れたとき、私もそこに入れてください」と。

岡村　素晴らしいプロポーズですね。

内田　でも、最初にそれを言われたときはショックだった。まだ10代の若い私の先が見えるってどういうことなのよって(笑)。

岡村　そのときは遠距離でのお付き合いだったわけですよね。

内田　本木さんは日本、私はスイスでずっと文通を続けていて。あるとき、彼がスイスへ遊びに来ることになったんです。そのときはまだ正式にお付き合いしているわけでもなかったので、母に電話をかけたんです。「本木さんが会いにくるっていうんだけど」って。そしたら母が、「大丈夫。あの人はゲイだから」(笑)。

岡村　ゲイ！

内田　当時、彼は「ゲイ」という噂があったみたい。実際は、「好きなテイストがゲイ的」ということだったんですが(笑)。

結婚の理想と現実の葛藤

岡村　そして、19歳で結婚を。もっといろんな経験を積んでから結婚すればよかったとか、後悔したことはありませんでした？

内田　結婚した直後にカルチャーショックに陥りました。それまで日本で同じ時間を過ごしていないのに、結婚した翌日からいきなり共同生活を始めて。ものすごいクライシスが起こったんです。自分危機。理想と現実のギャップに苦しんで荒れ果てました。ありとあらゆることを全部本木さんにぶつけたんです。10歳年上だし、先輩だから引き受けてくれると思って。でも、その頃の彼はとても忙しく、一緒に生活しているのに会うことすらままならなかった。「もっと向き合いたい！」と私は言ったんです。「結婚生活ってこういうものではないはずだし、そもそも自分の思い描いていた恋愛とも違う！」と。で、結婚生活2年目に入ってから、本木さんが3カ月の休みを取ったんです。彼にとっても初めての長い休暇を。「新婚旅行も兼ねて、アメリカの東海岸から西海岸へ移動する旅に出てみようよ」と。

岡村　素敵な旅じゃないですか。

内田　そんな甘いものではなかったんです。初めて真正面から向き合った結果、私がもっと爆発しちゃって。本木さんも感情をあらわにするタイプじゃないのに、私があまりにもわがままを言って感情を剥き出しにするから、それを上回るくらいキレてしまったんです。で、「このままじゃお互いに死ぬな」と(笑)。

岡村　旅先で結婚が破綻しかけたと。

内田　私と本木さんの個性があまりにも違いすぎたんです。もちろん、似ている部分もあるんだけれど、違う部分がはるかに大きい。その違いを掘り下げても仕方がないところまで掘り下げてし

「結婚した直後にカルチャーショックに陥りました」内田

「『和を以て貴しとなす』みたいなことは、僕も40過ぎてから実感しましたから」岡村

まったんです。で、3カ月かけて西海岸までたどり着いたとき、「日本に帰ったら別れよう」と。「残念だけどこれはもう続かない。これじゃお互いにもたないね」って。そして、本木さんは一足先に帰国して、私は2週間後に帰国して。家に帰ったら本木さんがいたんです。ドアを開けた途端、彼が「あれ？　顔変わったね」。私はなんの自覚症状もなかったのに、「もしかして妊娠してない？」って。私はもう別れるつもりで帰国したので「え？」って。で、検査したら妊娠していて。「あんなに激しく戦ったのになぜ？」って（笑）。「ならば、せっかく授かった命なんだからふたりで育ててみようよ」と。

岡村　でも、噛み合わなかったのは、若かったからというのもあるでしょうね。若い頃って、自分が正しいと思えばそうとしか思えないし、相手が間違ってると思えば果てしなく相手が間違ってると思ってしまう。「和を以《もっ》て貴しとなす」みたいなことは、僕も40過ぎてからようやく思うようになりましたから。

内田　私はハタチそこそこで、本木さんも30そこそこ。お互いに未熟だったんでしょうね。だからある意味、子どもがいるということは、単に問題が紛れただけで、なんの解決にもなっていないし、逃げであったのかもしれない。でも、それ以上に、「子ども」や「子育て」という共通の趣味が私たちには必要だったんです。もちろん、向き合ってもめることは19年経ったいまもまだあるんです。なんでも話し合う夫婦なので、ちょっとしたもめごとはすごく多いんです。でも、あの最初の2年間の濃密なやりとりがあったおかげで、お互いの違いは何なのか、そこを把握することができたし、ふたりきりで向き合うよりも、3人の子どもという家族がいることでいい距離感がもてるようになったと思います。

夫婦はお互いに孤独です

岡村　本木さんとは、どんなところが決定的に違いますか？

内田　私はパッションを表現するほうなんです。おいしいものを食べたら「おいしいね！」、美しいものを見たら「なんとまあ！」って大げさにみんなで盛り上がりたい。そのほうがライヴ感があって楽しいんです。でも、本木さんにはそれが逆効果。感動をシェアすると、周りと同調することに意識がとられ、自分の本当の感情の盛り上がりが紛れてしまう、だから喜びはひっそり噛みしめたい、そういうタイプみたいです。

岡村　じゃあ、映画を一緒に観て、「面白かったねー！」みたいなことにはならないんですか。

内田　映画はしょっちゅう一緒に観に行きますが、たいがい私から突っかかりますね（笑）。たとえば、私が「あのシーンに感動し

た！」って言うと、ダンナさんは「自分はそうでもない、むしろこっちのほうが」って反論する。喜ぶポイントが違うんです。彼は、視点の違いを楽しみながらも、いつかふと共感する瞬間があったらより感動が深くなるよね、と期待もするみたい。

岡村　僕もどちらかというと共感を求めてしまいがちです。

内田　でも、最近になってようやくわかってきたのは、「人は違うからこそ求め合う」ということなんです。違うのは至極当然。同じだったらひとりでいるのと変わりません。だから、「いつも共感」より、「ときどき純度の高い共感」がいいなって。

岡村　ケンカするとき、本木さんは理論的に攻めてきますか？

内田　必ず最後は、私が全部間違ってました、と思ってしまうくらい、すごく理論的に説得されてしまいます。「いまあなたが○○なのは△△が××だから」みたいな（笑）。私は感情論で揺らぎ、ダンナさんは筋がブレないんです。

岡村　それは愛があるからですよね。愛がなかったら説得なんてしませんもん。強力に説得したい相手だし、すごく理解してもらいたいからだと思うんです。ダライ・ラマがこんなことを言ってたんです。「こっち側の国から見る平和と、あっち側の国から見る平和は違う。でも見ているのは同じ平和。そこに気づくのが大切だ」と。男女間にもその視点は大事なんだと僕は気づいたんです。ダライ・ラマありがとうって（笑）。

内田　確かにそう。だから、「人間は孤独である」ということを噛みしめた上で、「ああ、隣にも孤独を噛みしめている奥さんがいた」、そういう本木さん独特の距離感が、私も37歳にしてやっとわかってきたのかな。私は私で勝手に盛り上がり、それをダンナさ

「最近ようやくわかってきたのは、『人は違うからこそ求め合う』ということ」内田

「だから、『いつも共感』より、『ときどき純度の高い共感』がいいなって」内田

んが見て微笑む、そういう距離感。すべてを共感できなくても、家庭を共有している。私たちはそういうバランス感覚の夫婦なんだなって。

岡村 本木さんは子育てや家事は積極的に参加されますか？

内田 すごく家庭的な人です。料理も育児も掃除も洗濯も、家のことをするのが得意な人。家庭のことは、むしろ私が彼からいろいろ教わってきました。最初は恋愛する男女の関係を望んでいたけれど、いまはもう、「小姑《こじゅうと》」って呼んでますけど（笑）、やっぱり最初に出会ったときからずっと変わってないんです。いろんなことを教えてくれて、いろいろと一緒に楽しむことのできる「目上の同志」。しかも、唯一の友だちが私なんじゃないかって心配なくらい、休みの日はずっと一緒にいますし（笑）。もともと、友だちと遊ぶよりひとりで街中をふらつきたいタチみたいですね。

日本一の不思議な夫婦の話

岡村 世の中いろんな夫婦がいますけれど、也哉子さんのご両親はかなり不思議なご夫婦だと思うんです。娘として、結婚している立場として、ご両親の関係はどう思いますか？

内田 私は、家にお父さんがいないのは当たり前、家にいるのが異質だと思って育ったんです。だから、小さい頃は、「也哉ちゃんはかわいそう。お父さんが家にいなくて」なんてよく言われたんですが、父親がいないことがなぜかわいそうなのか、まったく意味がわからなかった。でも、自分が結婚して、父親がいる子どもたちを育てていると、なんて私は欠落した人間だったんだろうと、初めてそこでさみしさを味わったんです。ああ、私にはこれが足りなかったんだなって。お父さんがいる家ってこんなに違うんだなって。

岡村 でも、お母さんは離婚しませんよね。法律上の夫婦をずっと続けていらっしゃる。

内田 父に裁判まで起こされたのにハンコを押さなかったんです。そこは私も最大のミステリー（笑）。しかも、それが世間で言われるような妻としての意地とか、夫への仕返しや意地悪であるとか、そういうことではまったくないんです。これは私の想像でしかないけれど、母は究極のロマンチストじゃないかと思うんです。そして、性がない。ある意味、中性的な人で、男女のことを俯瞰して見ているというか。すごく若い頃から哲学書や宗教書などを読みあさり、いわゆる「欲」を超えたところへ行くことは、彼女自身が望んでいたことだったと思うんです。

岡村 それは裕也さんとの結婚生活がそうさせたんでしょうか？

内田 いえ、そういう境地に至ったのは父に出会う前だったのか

もしれません。実は母は2回結婚しているんです。最初の結婚相手はとてもいい人だったんです。すごくやさしくて、何の不自由もない人。でも、「これ以上の閉塞感はない」と母は思ったと言うんです。穏やかで平和でこれ以上にない幸せな結婚生活が「絶望に思えてしまった」と。

岡村　平和でいることが絶望だと。

内田　そうなんです。で、その人とは別れ、結婚に興味をもつこともなくなっていたところへ、父というめちゃくちゃな男性が現れた。「この人と一緒になれば、絶望を忘れるぐらい紛らわしてくれるだろう」と思ったそうなんです。いまだに紛らわされていると思いますけど(笑)。

岡村　以前、裕也さんが映画を作ったとき、希林さんがコメントを求められてすごく誇らしげにしている姿をテレビで観たことがあるんです。いろいろあるけれど、希林さんは裕也さんのことを心底尊敬していらっしゃるんだなと僕は思ったんです。

内田　母はよくこんなことを言うんです。「99・99999%汚いものに覆われているかもしれないけれど、0・00001%でもキラッと光ったらそれで十分なのよ」と。

岡村　すごい！

内田　でも、それは誰にも見えない輝きかもしれないし、母にもそれがいつも見えているかどうかわかりません。でも、母は無邪気なんです。「かすかな小さな光が見える」って。

岡村　也哉子さんは自分が親に似てると思う部分はありますか？

内田　やっぱり、パッションの部分は父親譲りなんです。共感してもらいたくて、寂しがり屋で。あと、手のカタチも父と一緒(笑)。ヘンなところがすごくよく似てるんです。もっとデンとした母親の遺伝子を引き継ぎたいと思うのに。

岡村　裕也さんと希林さんは仲良くハグをしたりするようなこととかあったりするんですか？

内田　年を取ってから、家族みんなで温泉へ行ったり、海外旅行へ出かけるようになったりしているんです。そういうとき、足元がおぼつかないとふたりで腕を組んで歩いたりするんです。だから私、「逆仮面夫婦」って呼んでます。なんなのって(笑)。

結婚は死ぬまで続く修行です

岡村　結婚はオススメしますか？

内田　結婚という枠に一度は入ってみる価値はあると思う。とにかく、他人と生活を共にするのは至難の業。相手のすべてを見て、知って、共有して、それでもなお愛せるかというのは、究極の修行なのかもしれない。しかも、その修行を積んだところで、優勝もな

「希林さんは裕也さんのことを心底尊敬していらっしゃるんだなと」岡村

「私、『逆仮面夫婦』って呼んでます。なんなのって(笑)」内田

ければゴールがあるわけでもない。子どもをつくれば不自由なことも多くなる。結局、人間力を試すのが結婚なのかもしれないって思うんです。なにより、自分自身を知る旅になる。期間限定でもなく一生添い遂げる気持ちで挑戦する。それが結婚の醍醐味かなって。

岡村　死がふたりを分かつまで。

内田　血のつながらない他人同士が出会い、命が生まれ、新たな人生が始まる。そんなふたりが死ぬまで添い遂げることができたら一体どんな景色が見えるだろう。それが楽しみだなって思うんです。

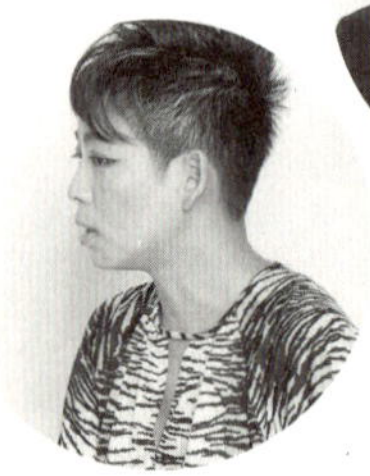

面倒だらけの日常の醍醐味を知り
いつしか人生の頼もしい共犯者を得た
歓びに湧く瞬間がやってくる?!!
結婚は自分と世界を知る
小さな風穴です。yayako

Hair&Make-up: Izumi Okada(uchida_KiKi inc.)

STEP UP

(11)

死後から結婚を始めよう。

VS 園 子温

園子温監督は、自身の実体験や自己を投影した作品を撮り続けている人だ。『地獄でなぜ悪い』もそう。暴力団の娘に手を出したと勘違いされその親分に脅されるという特異な体験が元になっている。園監督は、詩人でもあり、最近は、水道橋博士とユニットを組み「カント君」という名で芸人修業も積んでいる。とらえどころのない不思議な人だが、僕は、彼のさまざまな表現を見るにつけ、強力なナルシシズムと強力なシャイネスを感じ、そこにものすごくシンパシーを感じてしまうのである。そんな園監督は、2011年、女優の神楽坂恵さんと結婚。「50歳での決断」を聞いてみたい。

その・しおん≫1961年愛知県生まれ。87年『男の花道』でPFF(ぴあフィルムフェスティバル)グランプリを受賞。以後、旺盛に作品を発表し続けている。自殺サークルやレンタル家族、新興宗教、実際の殺人事件などをテーマにした衝撃作も数多く製作。

「お互いどこまで見せられるかという線引きはなかなか難しい部分ですよね」岡村

岡村　今日はですね、園さんの結婚についていろいろお伺いしたいなと。質問を用意してきたんですよ（iPhoneを取り出す）。まずは……（iPhoneのメモを見ながら）、なぜ結婚しようと思ったのか、その理由が知りたいですね。

園　うっ……（笑）。

岡村　たとえばね、フランスのようなPACS（≒事実婚）とか、結婚というシステムをとらない人もいるでしょ。園さんはなぜ結婚をチョイスしたんですか？

園　事情聴取みたいだなあ（笑）。

岡村　聴取します、どんどん（笑）。

園　妻の実家が岡山で、わりと古いタイプの家なんですよ。いまっぽいフリーなスタイルを推し進めることもできたかもしれないけれど、でも、結婚というスタイルのほうが、妻も妻の実家も満足しそうだなと。

岡村　彼女を喜ばせたいと？

園　安心させるということですよね。

岡村　いまの結婚以前に、結婚を考えたことはありましたか？

園　それはしょっちゅう思ってたんです。付き合うたびに。でも、なんだろう、グズグズしてたんでしょうねえ。だから今回は「やっちゃえ！」って気分もあったと思います。

人生最悪のときに出会った恋

岡村　神楽坂さんとお知り合いになったのはいつ頃でしたか？

園　聴取するなぁ（笑）。えーっとね、『冷たい熱帯魚』（10年）を撮る前だったかな。クランクインのほんの少し前、友だちに呼ばれて居酒屋へ行ったら、そこに彼女もいたんです。ホント、フツーの出会いでした。

岡村　すぐに恋に落ちました？　それとも時間をかけて？

園　すぐに恋に……フフフ（照れる）、すぐに恋には落ちてないです。ただ、普段言わないことを彼女には言ったんです。会った瞬間、「あなた、僕の次の映画に出なさい」と。

岡村　やっぱ、映画監督って「僕の映画に出なさい」が口説き文句なんですか？

園　いやいや、僕は普段そういうことは一切言わないんです。でも、彼女と会ったときは言ってしまった。何かを感じたんだと思うんです。それが何かは僕にもわからないけど。

岡村　ほお。

園　実はね、いちばんヤサグレていた時期だったんですよ。『愛のむきだし』（08年）を撮ったあと、付き合ってた人と別れちゃって。その人とは同棲していたし結婚も間近だったんです。向こうの親にも会ったりしましたし。でも、いろいろあって、彼女が出て行ってしまった。僕の家から家財道具が全部なくなって、真っ白な部屋になっちゃった。で、だんだん気分が荒《すさ》んできて、どんどん精神的にヤバくなった。あるとき、街を歩いてて、「このままだと通り魔になってしまう」と思ったから、おまわりさんに声をかけたんです。「いますぐ僕を逮捕してください」

岡村　えぇっ！

園　そしたら、おまわりさんが「なぜですか？」って。「何かしでかしそうです」と言ったら、「しでかしてないから無理です」って言われて（笑）。

岡村　相当なショックだったわけですか、その人との別れが。

園　直後はそんなことはなかったんです。あとからジワジワときて。そんなのは慣れてるはずだし、いつものことだと思ってたんだけど。なんでだろう、あとからガツンとキたんですよね。一人の時間とか、一人の空間とか、あらゆる空白を埋められなくて。生活は荒んで、女はとっかえひっかえ。で、アタマがおかしくなりそうだったんでボクシングを始めて。毎日ジムに通ってすべてをボクシングに叩き込んで。当時47だったけど、「オレ、ボクサーになれるんじゃないか？」って（笑）、それくらい夢をもって打ち込んで。そんなときに妻と出会ったんです。だから、すぐにそういう関係にはならず、しばらくは、いいお話し相手でしたね。

岡村　そうだったんですか。

園　セックスをしないというのも珍しくてね。オレ、安《やっす》いんで（笑）、すぐセックスに至るんですよ。でも妻に関してはそうはならなかった。「こういうのも珍しいな」というのもあって結婚したのかもしれないな。

岡村　園さんの著書（『けもの道を笑って歩け』）を読んで思ったんですけど、年齢と経験を重ねて、仕事の上でのフレキシビリティもちょうどいい具合に熟成されて、そういうタイミングだから結婚なさったのかな、と僕は思ったんですが。

園　それもあるでしょうね。映画の世界って、数少ない人間しか生活が安定しないんですよ。常に「明日からホームレスになるかも」という恐怖が僕にはずっとあったし。でも、それはいらん心配だったなと、いまとなっては思うけどね。

生活は追いかけてきます

岡村　結婚生活はいいものですか？

園　人によりけりだけど、やっぱり、逃避としての結婚は勧められないな。

岡村　園さんは本でもおっしゃっていましたね。「けもの道をひと

「結婚して残念だなと思ったのはほぼ全裸で生活できなくなったことかな」園

「父とそっくりな男になったらイヤだなと。だから、家庭をつくるのが怖かった」園

りで生きられないからと駆け込み乗車をするくらいなら結婚するな」。「空欄を埋めるための結婚はするな」と。

園　たとえば、高校に行かないとみんなに白い目で見られるから行こうって考えるじゃない。で、やっぱり、世間体も考えて大学も行こうかとなる。結婚もそのルートで考えてしまうと悲しい結末になると思うんです。「30になったから結婚しないと」とかなってしまうのはね。

岡村　震災以降、不安に駆られて結婚する人が増えましたよね。

園　911のときもアメリカ人は結婚に走りましたよね。結婚に走る瞬間はみんな気持ちいいんです。『卒業』(67年)って有名な映画があるじゃない。ダスティン・ホフマンとキャサリン・ロスの。ベン(ホフマン)が教会に駆けつけてエレーン(ロス)が別の人と結婚しようとするその時、奪還するという。教会から逃げて駆け落ちするところは「やったー!」って喜ぶわけですが、バスに乗り込みしばらくすると、2人がシュンとして、ずいぶん深刻な顔つきでバスに揺られる。あのラストシーンが素晴らしいなと思っていて。日本映画の場合、走り去る2人の後ろ姿とかで映画は終わるんです。めでたしめでたしで。でも、あの映画は、結婚式が終わると生活が始まるんだぞ、という現実まで描いている。生活から逃げても生活が追いついてくるというリアルを描いているんです。

岡村　熱狂を超えてから家庭生活が始まるんだと。

園　だから、結婚がいいものかと問われると、いいか悪いかは、それ以前の、結婚以前の自分の生活がいいものだったか、ってことなんです。それがまあまあいいものだったら、結婚もまあまあいいものなんです。それまでの自分の生活がすごくイヤだと思って結婚に走ってしまうと、結局結婚生活も良くはならないし続かない。楽しさは永遠に続くものではないからね。だからといって結婚を勧めないかというと、そうじゃない。ピカソみたいに次から次へと結婚するのもありだと思う。そういう人がいい加減だとは僕は思わない。その人が心底楽しんで幸せでいる限り、その人の周囲はイビツにはならないと僕は信じているんです。

逃れられない父親の呪縛

岡村　つまり、結婚生活が幸せだと心底思わなければその人の周囲はイビツに、不幸になってしまうと?

園　「お父さんと一緒にいて幸せよ」なんて言っても、幸せじゃなかったら子どもはちゃんと見抜くんです。演技してるなって。僕の家庭がそうだった。結婚が遅れた理由のひとつに、僕の父がめちゃくちゃ厳しい人だった、というのもあるんですね。

岡村　ものすごく厳格なお父さんだったんですよね。大学の先生

「僕の父親もすごく厳格でした」岡村

で、勉強が大好きな人だったと。

園　口を開けば「勉強しなさい」しか言いませんし、ものすごく古いタイプの、男たるもの台所に立つなという、そういう人だったんです。父が白と言えば黒くても白。そこに立ち入るスキはまったくないんです。

岡村　友だちにお父さんを見てほしくて家に連れてきたエピソードが本にありましたよね（笑）。

園　うちのお父さんはこんなにヒドい、厳しすぎる、そういう話をすると「嘘つけ！」って言われるから、見せてやろうと思ってね。で、連れてったら案の定、「だからお前らはダメなんだ」と論破されちゃって。2時間もすると、友だちが吐き気をもよおしたという（笑）。そういう家庭で10年以上育ちましたから。しかも自分はそういう父親のDNAを受け継いでいる。いつしかそのDNAが芽を出し、いつのまにか父とそっくりな男になっていた、そういうのはイヤだなと。だから、家庭をつくるのが怖かったし、結婚はずっと踏みとどまっていたんです。

岡村　そういういかんともしがたい家族の呪縛ってありますよね。実は僕も園さんとよく似てるんです。僕の父親もすごく厳格で、「チッ！」って舌打ちするのがクセだったんです。僕がなにかするたびに、「チッチッチッチッ!!!」。それがものすごくイヤだった。でもね、最近気づいたんです。僕も自分の気に障ることがあったりなんかすると、「チッ！」ってやってるんですよ（笑）。

園　へえ！　その話、興味あるなあ。岡村さんのお父さんも厳しかったんだ。

岡村　厳しかったです。まず全否定。僕の全否定から入ってくる。

園　うわー、うちの父と一緒だ。

岡村　あと、プライドがすごく高い。

園　似てる。同じだ。わかる。そういう家庭をつくって、父親はまあまあ気分よくいるんでしょうけど、周りが悲しい思いをするんだよね。じゃあ、岡村さんの「セックス」って歌に、お父さん「チッ！」ってなってない？

岡村　なってるでしょうね（笑）。僕も、世間にありがちな父と子の断絶のようなものがあったりしましたから。とはいえ、父も70代後半なので、お互いの距離感が少しずつ近くなったらいいなとは思っています。最終的にはうまくいったなと。

園　わかる。ポール・トーマス・アンダーソンの『マグノリア』（99年）って映画があるじゃない。

岡村　観ました。確執があって疎遠になっていた父と息子が、父の死に際に再会して和解する話ですよね。

園　そうそうそう。僕も観て感動したんだけど、でもあり得ねぇ

「実際問題、セックスの持続ってすごく大変なんだよね」園

なって思うわけ。お父さんが死に際に「ごめん」って息子に言うじゃない。現実にはあり得ないでしょう。そこまで身勝手に生きてきた男が最期に「ごめん」はあり得ないよ(笑)。

岡村　確かに。

園　いまの若い表現者って、「紅白に出て親孝行したい」とか「これで親に喜ばれる映画が撮れた」とかフザけたことよく言うじゃない。表現って、それこそビートルズの時代から「親に嫌われてこそ」な部分があるわけですよ。岡村さんみたいに「セックス」で舌打ちされるみたいな、だからこその「表現」なのであって。そこで岡村さんが急に、「お父さんありがとう」なんて歌い出したりしたらヘンじゃない。

岡村　あははは(笑)。

園　そういう攻め方もありますけども。お父さんへの愛を歌ってそれで和解するっていうね(笑)。

岡村　園さんは和解できました?

園　もう亡くなってしまったんでね。亡くなってから、『ちゃんと伝える』(09年)という映画で、そういう部分はちょろっと出しました。でも実際のところ、親を愛していたかどうかはわからない。じゃあ、和気あいあいできる親だったなら愛せたのかというと、それもわからない。でも、人間ってゲンキンなもので、結婚して子どもができれば、子どもには愛されたいと思ってしまうんだよ。

セックスよりも心で溶け合え!

岡村　倦怠期の不安ってあります?

園　結婚において性生活は大切だと言うけれど、実際問題、セッ

「だから、家族もスクランブル交差点のように衝突し合ったほうがいいと」岡村

クスの持続ってすごく大変なんだよね。結婚すると80％から90％の人はセックスが終わると言いますからね。

岡村　夫婦間の幸せのためよりも、「家族の幸せのために習慣的なセックスを自分に課している」という人が僕の知人でいますけれども。

園　歯を磨くくらいセックスを習慣化しないとどうしても忘れていくものだから。1回でも放りだしてしまうとなくなってしまうんです。そこはなんとかキープしなきゃいけないなと僕は思っていますけれどもね。以前、映画の取材で究極のヘンタイに出会ったことがあるんです。家族の幸せを守るために、月イチで家族旅行にでかけるんですが、4人家族みんなでセックスをするんだと。

岡村　え、家族全員でセックスを？

園　それで家族の絆を深めるんだと。ヘンタイ家族ですよ（笑）。

岡村　僕も以前、取材でスワッピング夫婦に会いました。もともとスワッピングの趣味をもっていたダンナさんが、奥さんにスワッピングの手ほどきをしていくうちに、2人にとっての最大の楽しみがスワッピングになり、スワッピングをするためのホテルを建て、毎日スワッピングを楽しむようになったと。夫婦の最大の関心事や最大の楽しみが同じになったので、毎日が楽しくてしょうがないと。そう言ってましたけどね。

園　ただ、そっちの〝けもの道〟だけになってしまうとさびしいよね。やっぱり、セックスは永遠に持続できるものではないから、夫婦間でセックスを持続させることが最重要課題だと思わないほうがいいと思う。セックスがなくなってしまったとき、お互いが心で溶け合っているかどうかが大切なんだと思いますね。それすらないんだったら、もうキッパリと別れたほうがいいと思うし。

岡村　本でもおっしゃってましたよね。家族の団欒《だんらん》をつくるのが難しくなってきたいまの世の中で、家族であること、夫婦であることの意義は問い直されているんだと。

園　自分たちの幸せを追求するためだけに結婚して子どもをつくる。いま、そういう夫婦があふれかえってると思うんです。2人のセックスが重要な時期があって、そこに倦怠が入ったなら、今度は子どもに関心が寄っていく。自分よりもいいポジションにつけたい、いい学歴になってほしい、それを押しつけられた子どもはたまったもんじゃないですからね。

岡村　だから、家族もスクランブル交差点のように衝突し合ったほうがいいと、園さんは本でおっしゃっていて。同じDNAを持つ家族同士でも気が合う合わないの相性はあるし、趣味嗜好が違えば軋轢《あつれき》も起こる。でも、だからといって、核家族となり、それぞれの部屋にこもるのではなく、ぶつかり合うことで、最終的には

「『結婚したから』と自分を囲うことで、貯蓄するとか思いも寄らない考えが出てきて」園

溶け合えるし、家族らしくなれると。確かにその通りだなって。

園　だから乱交やってる場合じゃないんだよ（笑）。お互いに本当のことを言い合って、ぶつかり合って、絆を深めて。いちばん難しいことではあるけれど、それはできるはずだと僕は思ってるから。たとえば、それを歌で発表してもいいと思うよ。

岡村　いいですねぇ（笑）。

園　週に一度、家族で、お互いにどう思ってるかを歌にして発表し合う。スピリチュアル乱交ですよ（笑）。岡村さんもどう、お父さんの歌を。

岡村　歌いますか（笑）。

結婚は墓石から始めよう

園　僕は結婚に際してやろうと思ってできなかったことがあって。岡村さんが結婚するときは、ぜひ、最初のデートで墓石を決めてほしいです。

岡村　墓石？

園　墓石。墓に入るならどこがいいかを決めにいくデートをまずするわけです。霊園に行って「この辺が日当たりがいいよね」とか話し合う。

岡村　あはははは（笑）。

園　そうやって、死後からさかのぼっていくのが面白いと思うんだ。まずはエンディングから始める。で、食事をしつつ「へえ、そんな中高年ライフを考えてるんだ」とか話し合う。

岡村　面白いなあ。

園　結婚に向けてどんどんさかのぼるわけ。で、結婚してからようやく「ディズニーランドに行こうか」と。

岡村　確かに。相手がどんな老後を考えてるのか、あらかじめ知っておいたほうがいいですよね。

園　結婚するときって無鉄砲にいまのことしか考えてないから、みんな。ここはホントに声を大にして言いたい。死後まで考えたほうがいいよ！

岡村　あはははは（笑）。そういえば、園さんは50で結婚されましたが、年齢的な部分も決め手になりました？

園　残りの人生で経験したことのないことをいろいろ経験したいというのはありましたね。結婚もなかったし、子づくりもない。やったことのないことは、これから全部体験してみたいなと。それで芸人修業をしようって部分もあって（笑）。芸人にもなってみたいし、ロックミュージシャンにもなってみたいんです。

岡村　そうそう、園さんってキーボードがすごく上手いですよね。

園　僕はもともとミュージシャンになるのが夢だったんです。だ

から、今回の『地獄でなぜ悪い』の音楽も80％ぐらい自分で作曲してるんです。

岡村　アレハンドロ・ホドロフスキーみたい。映画も撮って音楽も作る。

園　50になって思うのは、自分のホントの天職は何なのか、もう一度、洗い直してもいいのかなって。

岡村　そういう園さんの気持ち、実によくわかります。僕はいま48ですが、あるときから、人生は有限だなと思ったんです。それからは変わりました。苦手な一人旅から、女性への告白、結婚ももちろんだけど、時間が許す限り全部経験したいなと思いますね。お稽古事も。陶芸教室とかにも通ってみたいし(笑)。

園　残りの人生、やったことのないことは全部やっとかないとね。死んでも死にきれない。てか、映画監督って街角でナンパできる職業じゃないんですよ。芸人やロッカーだったら、女をナンパしても言い訳ができるじゃない。だから「芸人兼ミュージシャンです」って言えば結婚しててもナンパが許されるかなと。かすかな希望ですけども(笑)。

質より量！

園子温

STEP UP

(12)

結婚は共同幻想なのです。

VS 柳 美里

僕は柳美里さんの本の愛読者だ。なかでも、『命』『魂』『生《いきる》』『声』の4部作は非常に感銘を受けた。自身の生い立ちや家族のこと、恋愛のこと、子どものこと、すべてをさらけ出して書く彼女のスタイルに、僕はぐいぐいと引き込まれてしまう。ドロドロとした内容であろうと、素晴らしい筆致に面白さを感じるのだ。柳さんは現在鎌倉に在住で、中学生の息子さん、15歳下のパートナーとともに穏やかな生活を送っているという（注：2015年現在は福島県南相馬市に移住。息子さんは高校生に）。彼女と僕はデビューがほぼ同時期だ。同世代の女性の、そのユニークな結婚観を聞きたい。

ゆう・みり≫ 1968年神奈川県生まれ。高校中退後、東由多加率いる劇団「東京キッドブラザース」に入団。女優・演出助手を経て演劇ユニット「青春五月党」を結成。93年、『魚の祭』で岸田國士戯曲賞を受賞。97年、『家族シネマ』で芥川賞を受賞。

柳　岡村ちゃん……あ、すみません、いつも家では〝岡村ちゃん〟って呼んでるのでつい（笑）。

岡村　全然構わないですよ。

柳　私、ずっと昔からの岡村ちゃんファンなので、お会いできてうれしい。岡村ちゃんの曲って風圧が強いじゃないですか。軽い内容でも音楽は風圧が強い。重く情念みたいなものを押しつけてくるのではなく、軽くて風圧が強いのは岡村ちゃんだけというか。いろんなときに聴きます。私はランニングをやっているので、走る前とか、いまから立ち向かうぞというときに聴きますね。道を歩いてるときに口ずさむことも多いですし。

岡村　ありがとうございます。僕も柳さんの本はずっと愛読してるんですよ。

柳　ありがとうございます。

結婚したいと思ったことがないです

岡村　で、今日は結婚の話をね。

柳　結婚の話ですか。

柳＆岡村　……結婚。

柳　ハモっちゃいましたけど（笑）。結婚ってとっても難しいテーマですよね。

岡村　なぜ人は結婚するのか。妻を愛で子どもを愛で、なぜ人は家庭を築くのか。謎を解明したいんです。

柳　私、結婚したいとか、ウェディングドレスを着たいとか、みんな言うじゃないですか、女の子って。私は女子校に通っていたんですが、当時は〝3高〟（注：80年代、「高身長、高収入、高学歴」が結婚の条件と言われていた）の時代で、いいダンナをみつけて玉《たま》の輿《こし》に乗るぞ！って周囲はそういう雰囲気だったんです。でも、私にはそれがすごく違和感があって。自分が結婚する、というイメージをもったことがないんです。

岡村　柳さんは、幼少の頃や、思春期の頃にいろいろとハードな体験をされてトラウマを抱え、書かずにはいられなかったと著書やインタビューでも度々おっしゃっていますね。書くことで救われ、書くことしか私には手段がなかったと。そのくらい強い気持ちで小説を書かれていたと。

柳　はい。

岡村　そして男性にも夢中になった。

柳　なりました（笑）。

岡村　柳さんにとって、書くことが柳さんのアイデンティティであり柳さんたらしめているので、それをすべて捨て、一人の男性に

「気づいたら岡村ちゃんのファンでした。よく口ずさみます。ぶーしゃからかぶー」柳

「僕も柳さんのデビュー作から同世代の作家として愛読しています」岡村

尽くすとか捧げるとかサポートするとか、そういった、いわゆる一般的な結婚観とは違うのかなとは思うんです。

柳　それはできません。だから、サポートという意味では「お嫁さんが欲しい」と思いますし。ただ、恋に落ちると、書けなくなってしまいます。2カ月間くらいは。書こうとしても書けなくなる。好きになったら夢中になってしまうんです。

岡村　その人のことで頭がいっぱいに？

柳　なるし、四六時中一緒にいてしまう。だから、その2カ月間というのは、お互いに不幸かもしれません。

岡村　よくわかります。クリエイティビティというのは、自分と対峙するという、ある意味、孤独な作業でなければならないので、「あの人が気になってしょうがない」という状態になると、自分と対峙しなくなり、創作できなくなってしまいますよね。

柳　岡村ちゃんは、恋愛をテーマにした名曲をいくつも生み出されていますけれど、ああいうのを書くときは、恋人なり、好きな人なり、誰かを想定して書いてるわけですか？

岡村　練りに練りますね、わりと。

柳　じゃ、ふわっとは出てこない？

岡村　全然ふわっとしてません。小説家っぽく言うなら、物語を構築し推敲を重ねて書く感じですね。だから、恋が盛り上がってイチャイチャしてるときは僕も書けないんです。エッセイだったら書けるけど（笑）。

柳　そっかあ！　同じなんですね。ですから、長いものを書くときは、10代、20代の頃ですけども、ワープロを持って山籠《やまご》もりをしてたんです。書き終わるまで山を下りないと決めて。その間、恋人とも音信不通です。終わって山から下りるとウワーッ！っとなって、その後2〜3カ月は恋人とベッタリみたいな（笑）。

岡村　じゃあ、書くときは、物理的にも恋愛を断つんですね。

柳　私の場合、主人公が14歳の少年だったりすることもあるので、恋愛をしている自分が邪魔なんです。違和感がある。肉体的には無理だけど気持ち的には14歳の少年でいたいので。だから、その間は修行のようです。『シャイニング』（80年／スタンリー・キューブリック監督）のジャック・ニコルソンみたいな（笑）。

好きになるのはお金のない人

岡村　この連載でいろんな女性とお会いしましたが、「結婚に興味がない」と断言したのは柳さんが初めて。

柳　そうですか？

岡村　失敗した方も多いですが、「一度は結婚の型にハマろうとした」と、みなさんおっしゃいます。一般的な結婚のカタチがありま

「恋に落ちると書けなくなるんです。その人のことで頭がいっぱいで」柳

すよね。お互いの親同士が会ってみたいな。

柳　それ、絶対イヤですよね。

岡村　あはははは(笑)。

柳　結婚って、もとは2人の恋愛から始まっているのに、そこに国家や法律や相手の両親や親族が関わってくるのが気持ち悪いんです。私はイヤです。受け入れられない。恋愛しているときは燃え上がるわけじゃないですか。四六時中一緒にいたくて、くっついていたくて。でも、その先に、結婚があって、家族があって、老後がある、それを一直線上には考えられないんです。恋愛は恋愛だし。

岡村　それはたぶん、柳さんがインディペンデントだからだと思うんです。経済的にも十分自立しているから。一般的に、特に女性は、親や世間のプレッシャーがあったり、経済的な不安も大きい。ひとりでいることに恐怖があったりするわけです。

柳　もちろん、私もひとりでいるのが好きということではないんです。暮らしの中には誰かがいたほうがいいと思ってるんです。でも、私が好きになる人って、みんなお金のない人たちだから(笑)。以前のパートナーの東さん(注：劇作家の故東由多加氏。「東京キッドブラザース」主宰)も経済的な部分では私が支えていましたし。東さんと私は、お互いに付き合ってる人が他にいたんですが、わりと一緒にいたんです。お風呂に一緒に入ったり、しゃべってるときに、相手がトイレに入ってしまったら、話を中断するのがイヤだから、トイレのドアを開けて話を続けたり。とにかく話が尽きなかった。

岡村　それはつまり、事実婚の状態だったということですよね。

柳　現在のパートナーもそうなんです。外から見れば結婚しているようなものなんです。法的にいえば内縁関係なんですね。だから、結婚って、ある部分、「暮らす」ことだとは思うんです。生活を共にするようになると、いつの頃からか、恋愛をしている感じも薄れてしまい、家族みたいなもの、家族のようなものになってくる。でも、家族ですか？　と言われるとちょっと怯《ひる》む。この人は家族なのか？　と。家族とは何か？　というのはまた別の難しい問題ですね。

もっと話したいから一緒に暮らす

岡村　どういう男性が好きですか？　経済的には厳しい人ばかりを好きになったとおっしゃいましたが、人としてはどんな人が好きですか？

柳　いままでの人は……ザッと思い返してみても、友だちに紹介すると、「えー、やめなよそんな人」っていう人が多かったように

「僕も一緒。イチャイチャしてるときはロクな曲が書けませんよ」岡村

思いますね（笑）。

岡村　じゃあ、才能に惚れるってことですか？　東さんの場合はそうでしょ。

柳　彼はもともとアル中で、それが原因で亡くなってしまったんですが、最初に稽古で会ったとき、飲み過ぎて溝にハマってたんです、ドロドロになって（笑）。でも、劇団員の人たちはそれを放って帰ってしまった。私は、「これはどうにかしなくちゃ」と。最初はそういう気持ちでしたね。

岡村　私がなんとかしてあげないと。

柳　そうです。だから、岡村ちゃんは「結婚には尊敬が必要ではないか」とよくおっしゃっていますが、私が東さんを尊敬していたかというと、そういうことではないなと。ただ、さっきも言いましたけれど、東さんとは話が尽きることがなかった。話していたい。もっともっと話したい。その延長線上で暮らしていたんです。だから私は、「暮らす＝結婚」ではなく、「暮らす＝話す」。

岡村　なるほどね。

柳　私は「暮らす」のが苦手なところがあるんです。店で支払いをするとか、そういうことが苦手なんです。たとえば、喫茶店でコーヒーを飲んで支払いをしますよね。で、「ありがとうございます」ってお店の人に言われる。すると私はすごくドキドキしてしまうんです。私も「ありがとうございます」って返してしまったり（笑）、とんでもない言葉が出てしまったりするんです。だからパートナーにはそういうことをすべてお願いするんです。

岡村　すごくセンシティブですね。

柳　電話も出られないんです。電話がかかってくると、緊張して何をしゃべればいいかわからなくなる。ていうか、岡村ちゃんはそういったことはできるんですか？　ちゃんと「暮らし」ができるんですか？

岡村　（ホトケ様のような顔で）僕は変わったんですよ。

柳　えー！　変わったの？　ホントに？　電話も出られるし、お金も払えるし、電車も乗れるの？

岡村　柳さんのそういう部分、よーくわかるんです。僕も以前はそっちの部類でしたから。

柳　ですよねえ（笑）。

岡村　でも、変わったんです。あるとき、人生にはリミットがあると思ったんです。48歳にもなると、もうもどってこないことがあったりします。記憶力、体力、視力とかもそうかもしれないし、歯だって削ったり欠けたりすればもどってはきませんね。いつまでもあると思っていたものが、二度ともどってこないと気づいたとき、だったら、残りの人生、やったことのないことをやりたいし、

会ってみたい人に会いたい。そういうふうに考えを変えて社交的になってからは、暮らしやすくなりました。

柳　で、結婚もしてみたいな、と。

岡村　「結婚したいと思う人に出会いたい」ということです、結局のところは。

柳　じゃあ、結婚するのは、70歳とか80歳になってからでもよくありません？　私、『旅路の果て』(39年／ジュリアン・デュヴィヴィエ監督)という古いフランス映画が好きなんです。俳優だけが集まってる養老院が舞台で、そこで、白髪の男女が結婚するんです。お互いに子どももいて孫もいるんですが、それまで結婚ということにならなかった2人が結婚する。たくさんの孫に見守られて結婚するんです。これはいいな、って私は思ったんです。若いときに結婚して縛り合うのではなく、残りの人生死ぬまでこの人と一緒にいる、というのがわかってから誓い合う。余生数年しかないときにバージンロードを歩くというのは素敵だなって。

岡村　それは究極にロマンチックかもしれないですね。

スウェーデンの結婚事情

柳　私、2週間ほど前に仕事でスウェーデンへ行って、そこでストックホルム在住の日本人女性と出会ったんですね。ユダヤ系スウェーデン人と結婚をした60代後半の女性。彼女にランチに誘われたので行ってみたら、スウェーデン人と結婚をした60代の日本人男女を2人連れていらっしゃって。彼らがとても興味深い話をしてくれたんです。まず、誘ってくれた60代後半の女性は、いわゆるできちゃった婚だったそうなんです。「子どもができたから結婚する」と言ったら、スウェーデン人たちに「なぜ子どもができたら結婚するの？」と言われたと。それがスウェーデン人の大半の人の感覚だったと。

岡村　欧米ってそうですよね。シングルマザーもごく普通ですし。

柳　そうなんです。で、男性は、60代後半なんですが、スウェーデン人の妻がいるんだけど、途中でフィンランド人女性と浮気をして子どもをもうけたと。でも、その女性は子どもを産んだら失踪してしまい、男性は赤ちゃんを抱えてスウェーデン人妻のところに戻り一緒に育てたと。

岡村　すごいなあ！

柳　そして、もうひとりの60代の女性は、4カ月前にスウェーデン人と結婚したばかりだと。いまはとってもアツアツだそうで、60代だけどセックスもちゃんとしていると。ランチをしながらあけすけに語っていて(笑)。所変われば、じゃないけれど、結婚のカタチも、やっぱりいろいろあるんだなって。

「最近、携帯電話を解約したんです。ネットにつながらないようにするために」柳

「つながりから切れることも大事。作家は孤独になる時間が大切だと思うんです」柳

岡村　そういう話を聞くと、日本はフォーマットにとらわれすぎていると思うし、結婚なんてそもそも共同幻想にすぎないなって思いますね。

夢の話を聞いてくれるパートナー

岡村　柳さんの現在のパートナーはどうやって出会いましたか？

柳　ネットで知り合ったんです。チャットでやりとりをしていて。

岡村　ほお。

柳　最初は同じぐらいの年かと思ったら15歳年下で。何してるの？って聞いたら、ローソンの店員だと。じゃあ、会いに行くよって、神戸のローソンまで会いに行って。

岡村　ホントに？　神戸まで？

柳　行きました。

岡村　なぜ行こうと思ったんですか。

柳　興味深かったんです。会ってみようかなって。で、ローソンの外で仕事が終わるのを待って。しばらくしたら、彼が出てきて。いろいろ話をして。じゃあ、うちに来ればって。

岡村　で、いまに至る？

柳　そうですね。

岡村　彼はどういう人ですか？

柳　私は自分を放置してくれる人がいいんですね。どこ行くの？　なんで？　って聞いたり止めたりしない人。彼はそういう人です。

岡村　いってらっしゃい、と。

柳　わがままなんです、私。構わないでいてほしいときは放っておいてもらいたいし、話をしたいときは話し相手になってほしい。落ち込んでるときは理由を聞かないでほしい。

岡村　趣味は合いますか？

柳　映画を観るのが好きだとか、そういう部分は合いますね。彼も岡村ちゃんの大ファンだし。新曲もいちはやく買ってきましたよ（笑）。そういう趣味は合いますね。

岡村　じゃあ、どういうところにいちばんピンときましたか。

柳　どういう……照れますね（笑）。出会ったのが10年ぐらい前だったんですが、当時、私は精神的に最悪だったんです。人間不信に陥って家に籠もりっきり。当時、息子は幼稚園生だったんですが、幼稚園の送り迎えにも行けない状態になってしまって。そういう、私のいちばん最悪のときを知ってる人なんですね。だから、出会いも、「好き！」って情熱的なものではなく、彼にとっては介護みたいな感じだったと思います。……私、毎日夢を見るんですね。今朝も岡村ちゃんと会う夢を見て。

岡村　ほお。

柳　対談場所に来てみたらコタツだったんですよ。

岡村　コタツ（笑）。

柳　岡村ちゃんはまだ来てなくて、コタツに足を突っ込んでしばらく待っていたら、岡村ちゃんは来たんですが、忙しそうで隣の部屋で新曲の打ち合わせを始めてしまって。私はひとり、対談部屋のコタツに入ってじっと待ってて。これは、どのくらい待ったら岡村ちゃんはこっちの部屋に来るんだろうか、果たして対談はしてくれるのだろうかと。

岡村　面白い！

柳　そういう夢を毎日見るんです。なので、目が覚めたら、まず彼に夢の話をするんですね。「今日こんな夢見たんだけど。岡村ちゃんの対談、大丈夫かなあ」って（笑）。

岡村　彼はなんと言いました？

柳　「コタツじゃないと思うよ」

岡村　あははは（笑）。

柳　出来損ないの小説みたいな夢ばかり見るんです。それを買い物に行く道すがら延々と彼に話したりするんです。それは、端から見れば、「少しアタマのおかしい女性とその世話をしている若い男の人」というふうに見えるらしく。「そういう人がいるなと思ったら、柳さんだった」って知り合いに言われました（笑）。

いま、息子が私を守ってくれる

柳　子どもは欲しいですか？

岡村　欲しい。いつかは。

柳　私は、授かってしまったから産もうという感じだったんですが、やっぱり、子どもとの時間はかけがえのないものだなと思うんです。私の場合、男の子なので、私とはまったく別の世界をもっているんです。趣味も考え方も。それは作家としてもすごく良い体験だなと思いますね。

岡村　作家としての深みが増したと。

柳　単純に、自分の知らない世界を教えてくれるから面白いんです。子どもの関心が、幼稚園のときは鉄道オタクだったんですが、そのうち軍事専門雑誌の『丸』を読み出して軍事オタクになって（笑）。いまは、植物採集にも凝ってるんです。しかもシダ限定。ハネカクシという小さな甲虫にも凝っていて、「ハネカクシ談話会」にも入ってるんです。

岡村　楽しそうだなあ。

柳　自分の世界が広がるという点で、恋人よりも子どものほうが思いがけない方向のドアを開けてくれます。

岡村　息子さんはいまおいくつに？

「結局、ひとりぼっちじゃないと創造はできないんです」岡村

「孤独になって自分と対峙して初めて気づくことがあるんです」岡村

柳　14歳です（注：対談が行われた2013年12月時点での年齢）。思春期。友だちのような会話もできるようになりました。私、よく切符をなくすんですね。切符も苦手なんです（笑）。息子と一緒に電車に乗ると、すぐに私から切符をとりあげて、なくさないように管理をしてくれるんです。ホームを歩けば、「ママ、落ちる！」って私の手をギュッと引き寄せてくれたり。

岡村　紳士ですねえ！

柳　だから、結婚して「夫に守ってもらう」みたいなことは、いま、息子がその役割をしてくれているんです。「ママはダメな人だから」って。

岡村　いい親子関係ですね。

柳　子どもはオススメ。結婚よりも。

岡村　頑張ってみようかなあ（笑）。

尊敬よりも
共感の方が…
長くつづくかもしれない
柳美里

Hair&Make-up: Keiji Kitajima (yu_SASHU)

STEP UP

(13)

結婚してもモテ期はやって来るんです。

VS 藤井フミヤ

「藤井フミヤは僕が知るなかで究極にモテる男」。いつだっただろう、秋元康さんがテレビでそうおっしゃっているのを観たことがある。事実、1980年代にチェッカーズでデビューしたフミヤさんは、アイドル的人気を誇っていたし、結婚後も女性誌の「いい男ランキング」の上位常連でもあった。僕の想像を絶するような「究極のモテ」を体験されてきた人である。でもフミヤさんは、家族を愛するよき家庭人であるとも聞く。究極のモテ男であることと家庭人であること。それを両立させるフミヤさんの結婚は一体どういうものなのだろうか。モテの秘密とともに解明してみたいのだが。

ふじい・ふみや≫ 1962年福岡県生まれ。83年、チェッカーズとしてデビュー。93年以降はソロアーティストとして活動。「TRUE LOVE」や「Another Orion」などミリオンヒットを世に送りだす。2013年には、デビュー30周年&ソロデビュー20周年を迎えた。

「僕は結婚できるんでしょうか？　一体どんな人と結婚すればいいでしょうかね？」岡村

藤井　この連載、僕で何回目なの？

岡村　18回目です。こうして結婚経験者の方々に対談形式でインタビューするようになってからは、フミヤさんで13人目。

藤井　それだけ回数を重ね、人の話を聞いたりしてるのに、岡村君、まだ結婚を決意できないんだ。

岡村　どんどん迷宮にハマってますね。

藤井　てかさ、この連載が終わるとき、「結局、結婚できませんでした」ってのはヒドいよ(笑)。

岡村　それは重々わかってるんです。しかし、結婚の謎はますます深まるばかりなんです、困ったことに。

フミヤさんの結婚前夜

岡村　フミヤさんって、おいくつで結婚されましたっけ？　確かまだ20代とかでしたよね。

藤井　28ぐらいだったかな。

岡村　なんでですか？　なんで結婚しようと思ったんですか？

藤井　いい加減、責任を取ろうと思ったんですよ。もういいかなって。しかも、当時、僕らのようなアイドルって誰も結婚してなかったじゃない。だからあえて、というのもあった。先頭切って結婚したからね。

岡村　すごくおモテになったでしょ。次から次へと女性が出てきて。実際、いろんな方々と、真意はわかりませんが、いろいろ噂もありましたし。なのに、なんと言いますか、なぜ……。

藤井　そこに決め込んだのか(笑)。

岡村　そうです。なぜ地元(注：フミヤさん夫妻は福岡県久留米時代の同級生)のガールフレンドと結婚されたのか、そこが知りたいんです。

藤井　もう歴史があったから、そこには。あと、彼女の親に対する責任感もあったし。そこはキッチリしなければならないと思ってたし。だからなんだろう、バンジージャンプじゃないけれど、「えいっ！」って。あんま考えすぎると飛べなくなるじゃない。岡村君みたいにさ(笑)。だから、意外と脳天気に結婚したんですよ。先のこととか深く考えずに。

岡村　でも、まだ30前だったでしょ？　このあともっとゴージャスな、より自分にピッタリの女性が登場するんじゃないかとかそういうことは思いませんでした？

藤井　まったく考えなかった。

岡村　そうなんですか。僕、いまだにそういう幻想を抱いてしまいがちなんですよね……。

藤井　あははは(笑)。

「岡村君は海外ブランドのプレスの子とかいいんじゃない？　気が強そうな子」藤井

岡村　だから僕、フミヤさんが結婚されたとき、すごく不思議に思ったんです。なぜここで落ち着いてしまうのだろうと。これから30代に入ってますますモテる人生が待っているだろうに、どうしてサッサと結婚してしまうんだろうって。しかも、できちゃった結婚ではなかったでしょ。

藤井　できちゃったじゃないよ。ちゃんとした結婚だったからね。「ちゃんとした」って言い方もナンだけど（笑）。ていうか、あの時点で、彼女と付き合ってもう10年経ってたんですよ。１９８０年にチェッカーズ（注：フミヤさんと武内享さんが中心となり結成）っていうバンドを組んだときからずっと一緒だもん。

岡村　長い長い歴史があったと。

藤井　そう。しかも、彼女のほうが先に東京へ行っちゃったの。東京の大学へ進学したから。僕は、それを追いかけるように上京したんです。だから、行きたくてしょうがなかった。なんだって良かった、東京に行ければ。結局、キッカケはチェッカーズだったけれど、「この町を出られるなら、なんでもいいや」って。

岡村　彼女も行ってしまったし。

藤井　そう。

岡村　だから、フミヤさんは、「木綿のハンカチーフ」（注：75年発売、太田裕美のヒット曲。都会に住む彼と田舎に残った彼女の悲恋の歌。松本隆作詞、筒美京平作曲）にはならなかったんですよ。都会の色に染まりいろんな人と付き合い地元の彼女のところへ戻らない、じゃなくて、戻った。「木綿のハンカチーフ」はやらないんだって。それが強烈に印象に残ってるんです。

藤井　まあ、2人で東京に出てきたようなものだったし。彼女が大学を卒業したぐらいの頃に、僕が東京に出たのかな。だから、向こうから言わせれば、「来るって約束だったでしょ！」ってことで。「ちゃんと来てよね」って言われてたし。

岡村　へえ～。

藤井　そういうカンジだった。だから、普通の田舎のお兄ちゃんだったわけですよ、僕は。それが、突然アイドルになってしまっただけなの。

岡村　でもね、普通の田舎のお兄ちゃんは、スポットライトを浴びようものなら、そりゃもう浮ついてしまうわけです。モデルと出会い、アイドルと出会い、女優と出会ったりなんかすれば、たとえフミヤさんのように長い付き合いの彼女がいたとしても、「ごめんなさい」をしてしまうんです。弱いんです、男は。

藤井　そういう人はいっぱいいるよね。

岡村　でも、フミヤさんは違った。しかも、結婚された後も相当モテてたでしょ。そこがまたフミヤさんのすごいところなんですが、

「僕、いつか自分にピッタリの女性が出てくるはずだと思ってるんですよね」岡村

あの子からも告白されるわ、この子からも連絡来るわで、「うーん、結婚早まったかな」とか思いませんでした？

藤井 まったく思わない。ていうか、結婚してるのにモテるのは、ラクだったんだよ（笑）。

岡村 はぁぁぁぁぁぁぁぁぁ……。

藤井 別に自慢するわけじゃないんだけど（笑）、結婚したあとに第2モテ期がやってきたんですよ。第1モテ期がチェッカーズ。第2モテ期が結婚後、ソロ活動を始めて、「TRUE LOVE」（93年）がヒットした頃。そのときにはもう子どももいたんだけどね。

岡村 あの曲のときにはもうお子さんが。

藤井 そう。で、『アンアン』の「抱かれたい男」的なものによく選ばれてたんです、な～ぜだか（笑）。

岡村 ふわぁぁぁぁぁぁぁ……。なんかもう、タメ息しか出ませんよ。二の句が継げないというのはこういうことですよ。

藤井 これ、よくする笑い話なんだけど、当時、オレの後ろに福山（雅治）君とか木村（拓哉）君とかがいたわけですよ。竹槍で戦車と戦うのか！っていう、そんな状況でオレはよく頑張ってたよ、って（笑）。

平凡なことに幸せを感じる

岡村 たとえば、作品を作るとき、曲や詞を書くときって、いろんな人と出会い、さまざまな想いを抱くことで、それが作品に反映される部分ってあったりするじゃないですか。でも、早めに結婚して落ち着いてしまうと、感受性が鈍ってしまい作品づくりに影響するんじゃないかとか、そういう心配はなかったですか？

藤井 結婚してしまうとアーティスティックになれないんじゃないかってこと？

岡村 そうです。

藤井 30代の頃は、夜中の1時前には家に帰らないって決めてましたね。土日は帰るけど、月～金は帰らないぞっていう（笑）。

岡村 両立していたわけですか。家庭生活も楽しむし、感受性を磨くためにはナイトライフも楽しむ。

藤井 元気良かったからね（笑）。ていうか、当時、90年代は、外に遊びにいくのが普通だったじゃない。いまみたいにネットが身近なものでもないから、とにかく出かけないと始まらない。遊ぶことで情報収集をしていたというか。しかも、ソロになってちょっとお金も入ってきたんで、年下連中を連れては奢《おご》りまくって。

岡村 奥さんは怒りませんでした？

藤井 一切文句を言わなかった。その分、僕は、土日はちゃんと家のことをやっていたし。でも、40を過ぎたあたりで、そういう生活

も飽きてきちゃった。遊び仲間も年下連中も、みんなどんどん結婚して落ち着いていったというのもあったけれど、だんだんと家に帰るようになったんだよね。やっぱ家がいいわって(笑)。

岡村　家はいいものですか？

藤井　昔は、ツアーとかもしょっちゅうだったし、2週間帰らないとかもザラだった。カミさんには、「2週間以上は絶対ダメ」ってよく言われてたけど(笑)。いま考えると、よくポンポン2週間も家空けてたなって。子どもだって2人もいるのに。いまは、1週間も家を空けると「うわ、帰りてぇ」って思うもん。最近はすぐ家に帰りたくなるから。

岡村　なぜですか？

藤井　なんかね、すごく平凡なことに幸せを感じるというか。「おっ、今日は家族全員いるじゃん！」とか「家族全員で飯食ってるじゃん！」みたいな、そういうことにものすごく幸せを感じるんですよ。

岡村　お子さんはいまおいくつで？

藤井　息子が22歳、娘が20歳。

岡村　もう大人ですね。

藤井　一緒に飲んだりできるから楽しい。まだ学生だけどね。

フミヤさんと岡村ちゃんの80年代

岡村　話ガラッと変わりますけれど。夢中になったミュージシャンって誰ですか？

藤井　それこそ、岡村君も好きなプリンスとかにも夢中になったし。でも、神のように崇める人はいないかなあ。もちろん、僕は13歳からバンドを始めたわけで、そのキッカケはキャロル(注：矢沢永吉のロックバンド。72〜75年)だから、矢沢さんがいなければいまの僕もいないかなというのはあるけれど。

岡村　僕は、『ザ・ベストテン』(注：70年代から80年代にかけて人気を誇った歌番組。司会は黒柳徹子と久米宏)が根源だったりするんです。ジュリー(沢田研二)の人気が爆発して、歌謡曲の世界に、サザンオールスターズやツイスト(世良公則&ツイスト)のようなロックバンドが乗り込んできて、原田真二さんのようなシンガー・ソングライターも出てきた。そういう時代(注：70年代半ばから80年代初頭にかけて)の『ザ・ベストテン』。僕は熱心に観てたんで、めちゃくちゃ影響を受けてるんです。フミヤさんも世代的にはその世代ですよね？

藤井　観てた。でも、やっぱさ、九州で観てたから遠いんだよ(笑)。あの番組に自分が出られるとか考えもしなかったし。たとえば、

「そんな、ずっと待ってると年を取っていくだけだよ。結婚に飛び込んでみようよ」藤井

「昔はさんざんモノを買い集めて散財したけど、いまはもうしない」藤井

『スター誕生！』（注：山口百恵など昭和のアイドルが多数輩出したオーディション番組）ってあったでしょ。あれも出ようと思えば誰でも出られたじゃない。応募すればいいわけだから。でも「出られる」とは思わなかった。「どうやったら出れんの？」って。

岡村　リアリティがない。

藤井　まったくなかった。とにかく東京が遠かった。東京は外国。だから、東京に出るってときは一大決心。故郷を捨てる覚悟だったからね。

岡村　当時、プロのミュージシャンになるには、「イーストウェスト」か「ポプコン（ヤマハ・ポピュラーソングコンテスト）」に出るしかなかったじゃないですか。

藤井　そうそう。デビューするにはそれしか方法がなかった。

岡村　ロック系は「イーストウェスト」、フォーク系は「ポプコン」、そのどちらかのコンテストに出るのが登竜門。で、当時、「ポプコン」と「イーストウェスト」の決勝を合体して、「合歓《ねむ》の郷《さと》」（三重県志摩市）っていう場所で、「ヤマハ・ライト・ミュージック・コンテスト」っていう最後の大決勝大会が開催されていて。その模様が毎年レコード化されて出てたんですよ。それで、フミヤさんのチェッカーズはその大会に出てたから（注：81年）、レコードにも収録されていて。僕、買いましたもん。

藤井　うわ、持ってたんだ（笑）。

岡村　当時、僕は高校生で、プロのミュージシャンになりたかった。だからそのレコードを教科書にして、「傾向と対策」を練っていたわけです。こういうバンドが決勝に残るんだ、こういう曲をやれば審査員にウケるんだと。

藤井　このあいだ、（武内）享が、そのレコードを持ってるって話になって。だけど、「残念ながらオマエのヴォーカルが入ってないよ」って。

岡村　ホントに？

藤井　録音スタッフのミスでリードヴォーカルのフェーダーが落ちてたんですよ。両サイドのハモりしか入ってなかったという。

岡村　チェッカーズはグランプリを獲りましたもんね。

藤井　ジュニア部門でグランプリになって、シニア部門で審査員特別賞をもらって。当時はホント、それしかコンテストがなかったから、どんなジャンルのバンドだろうが出てたんだよね。僕らのドゥ・ワップもそうだったけど、パンクだろうが、ハードロックだろうが、フォークだろうがみんな一緒。岡村君も出た？

岡村　出ました。地方の決勝大会までいきました。

藤井　バンドで？

岡村　いえ、ソロで。

藤井　「イーストウェスト」？

岡村　「ポプコン」ですね。

藤井　シンガー・ソングライターの場合は、ロックをやってても「ポプコン」なんだよね。カバー曲をやる場合は「イーストウェスト」。中島みゆきさんも「ポプコン」出身でね。

岡村　佐野元春さんもそう。だから、チェッカーズが後にデビューしたときは（注：83年「ギザギザハートの子守唄」でデビュー）、当然だなと思いました。でも、コンテストではドゥ・ワップでリーゼントで硬派なロックンローラースタイルだったのに、デビューは、髪形とファッションをドンッと180度変えて出てきたから驚きました。

藤井　あのまま出ていたら、シャネルズ（現ラッツ&スター）の弟版みたいな、そういうカンジだったかもしれない。だから、デビューするとき、周囲のオトナたちがいろいろと考えてくれたんだよね。

岡村　そこに従ったと。

藤井　意外と僕はそこを面白がってた。カミさんが服飾系の学校だったから、カミさんの友だち連中とクラブとかに遊びに行くと、みんなとんでもなくトンガった格好をしていて、それがすごく面白かった。だから、チェッカーズのとっぴなファッションにはまったく違和感がなかった。

岡村　シングルごとに髪形やファッションを変えてましたもんね。

藤井　僕ら、ヘアメイクやスタイリストをつけた最初の世代なんです。当時、芸能界でそんなことをする人は誰もいなかった。僕らとか小泉（今日子）が最初だったんだよね。

岡村　ほー！

藤井　当時のアイドルって、いまじゃ考えらんないけど、衣装は自分で持ち回ってメイクも自分が基本。でも、僕らの場合は、デビューの頃からプロの人たちがヴィジュアルを担当してくれた。スタイリングは、それこそ、マガジンハウスの雑誌で活躍してる人が担当で。いちばん最初のスタイリストは水谷美香。で、秋山道男（注：クリエイティブディレクター。当時、チェッカーズのブレーンとして活躍していた）が堀越絹衣を連れてきて、チェックの衣装を作ってくれたのね。髪形は、ヘアサロン「Bijin」の本多（三記夫）さん。本多さんはYMOのテクノカットを生みだした人で、テクノカットの次はチェッカーズカットを生みだしたという（笑）。ジャケットのアートディレクションは奥村靫正《ゆきまさ》さんだったし。だから、ブレーンが一緒なの、YMOとチェッカーズは。アイドルだったけれど、その実、アンダーグラウンドで先鋭的なクリエイターとのつながりがすごく濃かった。雑誌系というか、マガジ

「『本屋や美術館に全部置いてある』って考えたらモノなんていらなくなっちゃった」藤井

「僕も街でカッコいいクルマを見かけても、うらやましいなんて全然思わなくなった」岡村

ンハウス系のね。

岡村　刺激的でしたか。

藤井　すごく刺激的。だから、僕はクリエイターにものすごく憧れた。ミュージシャンよりもクリエイターになりたいなって。そっちのほうがカッコ良く見えたんだよね。音楽はあまりにも身近にあり過ぎて、よく見えなくなっていたのかもしれない。40代の中盤あたりで、ようやくわかった。「やっぱオレはミュージシャンだ」って（笑）。結局、音楽という柱があるからこその僕で、ステージで歌うことこそが藤井フミヤなんだと。……ものすごく結婚の話からズレてるけど、いいのかな？

僕の結婚は「勝ち組」です（笑）

岡村　では話を戻しまして。奥さんとのコミュニケーションってどうですか。20年以上も夫婦でいると、ハグをするとか、キスをするとか、そういう軽いスキンシップみたいなものも減ってしまうものですか。

藤井　僕は減らないですね。

岡村　おお！

藤井　減る夫婦、減らない夫婦、そこは完全にきっぱり分かれると思う。うちは仲いいほうだと思うよ。2人で食事とかにもよく行くし。年がら年中2人で食事に行く。2人で旅行にも出るし。スキンシップのない夫婦は「2人だと何しゃべっていいかわからない」ってよく言う。「子どもがいないと間がもたない」って。

岡村　へえ～。じゃあ、喧嘩は？

藤井　するする。喧嘩はよくする。大喧嘩になると僕が出ていく。出ていって一晩ラブホに泊まる（笑）。

岡村　フミヤさんが出ていくんだ。

藤井　カミさんが出ていったら心配でしょうがないもん。「せっかくだから超高級ホテルのスイートルームに泊まっちゃえ！」なんてやられたら最悪じゃん（笑）。まあ、僕は、2時間も外で飲めば頭が冷えるから家に帰るし。カミさんもケロッとしてるから「あ、お帰り」ってなるし。

岡村　いい夫婦だなあ。

藤井　もし、結婚に「勝ち負け」があるとするならば、僕の結婚は「勝ち組」（笑）。そこは自信もって言えるかな。

岡村　そうか、勝ち組なんだ。どうですか、僕も「勝てる」結婚はできますか？

藤井　うん、いいパートナーさえ見つかれば。岡村君には、そうだなあ、文化的な子っていうか、おしゃれな子が合うと思うなあ。外資系ブランドのプレスルームの女の子とかいいんじゃない？　そ

ういう職場でキビキビ働いてる、ちょっと気が強いぐらいの女の子がいいんじゃない？

岡村　気の強い女性は好きですが、性格のいい人じゃないと……。

藤井　性格の善し悪しは、親との仲を見ればすぐわかるよ。親兄弟と仲いいコはやさしい子が多いから。

岡村　結婚したら、他の女性と仲良くしたらダメなものですか？

藤井　それは結婚した相手の女性によるよね。すっごくヤキモチを妬《や》く子はダメだろうけど。

岡村　フミヤさんの奥さんは？

藤井　ヤキモチは妬くけど、放し飼い。でも、浮気なんてしようもんならってところはキッチリ押さえられてる（笑）。要はさじ加減ですよ。僕、女の子にいつも言うんだけど、「男にずっと鎖をつけてたら、鎖の届く範囲のモンしか獲ってこないよ。放し飼いにしてないといいモン獲ってこないから。でも、放し飼いにしていても、必ず戻ってくるように仕込むのは女だからね」って。

岡村　さすが、名言！

えいっ！っと
飛んでみる
藤井フミヤ

結婚制度に疑問をもつべきです。

VS 坂本龍一

教授こと坂本龍一さんである。坂本さんと細野晴臣さんと高橋幸宏さんによるYMO（1978年結成）は、僕が中高生の頃に世界を席巻したテクノミュージックバンド。僕が東京で音楽活動を開始した頃、YMOはまだ“散開”前だったと記憶している。僕がデビューした頃は、坂本さんの姿を西麻布のバーでお見受けすることもあった。坂本さんの活動を長年に渡り見続けていた僕ではあるが、ちゃんと知り合い、一緒に仕事をするようになったのは、つい最近のこと。坂本さんの恋愛観や結婚観をぜひお聞きしたいと対談をオファーしたところ、二つ返事でOKが。どんな話が聞けるだろうか。

さかもと・りゅういち≫ 1952年東京生まれ。音楽家。78年のデビュー以後音楽・映画・出版・広告などメディアを超えて活動。90年よりアメリカ・ニューヨーク州在住。「教授」というニックネームは、東京藝術大学大学院修士課程修了という学歴に由来。

岡村　「結婚」がここのところの僕の最大の課題なんです。今日は教授にいろいろとお伺いしたいなと思って、質問事項をいろいろと書き出してきたんですよ。（とiPhoneを取り出す）

坂本　調査されましたか（笑）。

岡村　はい。

坂本　調査は楽しいよね。僕もよく調査をするんだけど。岡村君も調査好きですか？

岡村　「結婚」もそうですが、ひとつのことに引っ掛かると、それについてガーッと調べるタイプなんです。先日も、本屋さんで『世界史を変えた50の動物』という図鑑を見つけて、「なんて面白いタイトルの本なんだ！」って即買いしたんです。でも、買ったことに満足しちゃってその後一度も開いてないんですよね。

坂本　そういうことは僕もよくありますよ。アマゾンでクリックして買うじゃないですか。その瞬間はそれに関心があっても、2〜3日して届いたときにはもう別のことに興味が移ってる。「あれ、なんでこれを買ったんだろう」って（笑）。

「結婚」に国家の認定は不要です

岡村　単刀直入にお聞きします。坂本さんは、結婚についてどうお考えですか？　人間にとって結婚は大事なシステムだと思っていますか？

坂本　「制度」としての結婚は大事だとは思いません。

岡村　結婚は必要ではない。

坂本　「制度」としてはね。地球上の生物にはオスとメスが存在していますよね。中には、性別の区別のないもの、あるときまではオスで途中からメスに変わるもの、そういった生物さえもいますが、人類の場合にはオスとメスがいるわけです。で、オスとメスがペアとなり、子どもをつくり、ファミリーとして暮らす。それは、約20万年前、地球上にホモ・サピエンスが出現した頃から延々と続いている自然の営みなんです。それと、国家が、「あなたたちは正式なペアです」と認める「制度」というのは、まったく別のものです。だから、個人と個人の結びつきを、国家に認定してもらう必要はない、と僕は常々思っているわけです。

岡村　つまり、人間本来の自然の摂理のままに、入籍をしない結婚があってもいいじゃないかと。フランス人のような「事実婚」が主流の社会でもいいじゃないかと。

坂本　１９６８年、世界各地で学生運動が起こりました。変革を求め、学生たちが中心となり社会運動が盛り上がったわけですが、その中で、結婚制度についても見直すべきだと、主に先進国でそういった運動が起こったわけです。そのとき、フランスでは、それ

「結婚するべきか、しないべきか。それが僕の問題なんです」岡村

「結婚について考えるのであれば、人類20万年の歴史にまず思いを馳せるべきです」坂本

までの結婚制度が崩壊しました。国家に認定を求めない、事実婚のカップルが急増し、行政は、入籍しないカップルも、事実上は入籍したカップルと同等とみなして保証する（ＰＡＣＳ婚）、そういった方向へとシフトしていった。それが現在のフランスの状態なんです。

岡村　なるほど。

坂本　文明が誕生したのがいまから数千年前。古代ローマで都市国家ができはじめたのが紀元前８００〜７００年頃。国家は、人類の歴史からすれば「たかだか３０００年」です。それ以前の、人類が出現して19万年以上は、国家なんてなくても人間はちゃんと生きてきたわけで、結婚制度なんてなくても、つがいとなり家族をもち子孫をつなげてきたわけです。もちろん大昔にも、一生つがいのカップルはいたでしょうし、女から女へと渡り歩き家族を顧みない男もいたでしょう。そういう女もいたでしょう。それはいまも同じだと思うんです。でも、それと、国家の認証はまた別です。しかも、いまの日本では、認証のないカップルやその子どもは、いろいろな保証を受けることができないし差別も生じる。極めて不公平な制度です。律令制から連綿と続く戸籍制度と対になった困った制度だと僕は思うわけです。

岡村　そういった制度としての結婚は許容できないと。

坂本　僕個人としては、役所に紙を出す必要はまったくないと思っています。

岡村　でも、戸籍制度の悪しき部分はあるにせよ、世の中には、単純に、認証で安心する人たちがいますよね。特に女性の場合は、それを願う人たちが大多数だと思うんです。

坂本　それはもちろんそうです。ただ、現行の制度はヘンだと僕は思うわけです。たとえば、同性愛者の場合。生涯の伴侶はこの人だと同性のパートナーと一緒に生活を始めます。カップルとして社会に認められたい、社会に貢献をしたい、だから、結婚をします、婚姻届を出します、そういっても、いまの日本では受け入れてもらえません。なぜ男同士じゃだめなんですか、なぜ女同士じゃだめなんですか、と僕は思うんです。

岡村　では、昨今の「婚活ブーム」はどう思われますか？「おひとり様」を回避するためだけに、恋愛感情とは別に、結婚が目的となってしまっている人も多いわけですが。

坂本　やっぱり、人間はひとりでいるのは淋しい。誰かと一緒にいたい。結局、人と人が生活を共にするということは、恋愛感情があるから一緒になる人もいれば、人生設計を考えて誰かと一緒になる人もいる。恋愛ではないけれど、お互いに嫌いではないし、好感がもてる、目的も同じだ、老後が心配だし一緒に暮らしましょ

う、そういったプラクティカルな理由で結婚する、そういう関係もあっていいとは思います。僕は推奨はしませんが(笑)。ただ、面白いなと思うのは、2001年の9・11以降、フランスでは入籍するカップルが増えたというんです。11年の3・11以降、日本でも結婚は増えましたよね。一緒にいるだけでなく、絆を深めたいということなんでしょうね。

責任を果たすための「結婚」

岡村　坂本さんは、現在のパートナーの方とは事実婚ですが、過去には2度、制度としての結婚を経験されていらっしゃいますね。

坂本　ねえ。いままで僕が語ったこととまったく矛盾しているんですよ(笑)。思えば、役所に届ける必要はなかったんですけど。

岡村　なぜ届け出を？

坂本　さっき岡村君が言ったように、女性の立場からすれば、そうすることで安心するだろうと。そういう気持ちが強かったのは確かです。ずるい言い方になってしまいますが、僕が望んだ、というより、相手のためというか。ある意味、「対他的な結婚」というのかな。自分の気持ちを言うなら責任感というか。

岡村　2人の関係を公のものにすることで「落とし前をつける」ということですか。

坂本　自然のままに、愛し合う女性と男性がくっついて、結果、子どもができればそれで構わない、と僕はずっと思っているわけです。でも、実際、いまの日本の社会では、何の保証もなければそれは相手を不安に陥れてしまうだけです。相手のことを思うのならば、少しでも安心させてあげたい、そういう気持ちが生じてしまうのも事実です。

岡村　じゃあ、責任という名のもとに結婚をされたと。

坂本　そうです。だから、恋愛映画のように、手に手を取って婚姻届にサインをして、やったー！　みたいな、そういう気持ちはまったくないです。そういったことにロマンはまったく感じませんから。

20代30代は乱暴に生きていました

岡村　これはすごく聞きたかったことなんですが、誰かと結婚することで、坂本さん的には「パートナーシップを結んで家庭をもつ」ということになりますが、そうすることで、ご自身のクリエイティビティに何か影響はあったりしますか？

坂本　結婚については、そこに意味は何もないと僕は思っているから、結婚で変わることは何もないけれど、恋愛は絶対的にエネルギーになるとは思いますよね。

「教授は口説けるタイプですか？　僕は全然できないタイプなんですが」岡村

「無理そうな人にはアタックしません。これはイケそうと思う人にはいきます」坂本

岡村　クリエイティブのエネルギーになる。恋愛することでものすごくいいフレーズが浮かんだりするわけですか？　教授のあの数々の名曲は恋愛をパワーに生み出されたと？

坂本　う……ん？　待てよ（笑）。冷静に自分の曲を振り返ってみると……。そうか。恋愛感情があったからいい曲が書けた、とはいえないか。でも、キッカケにはなるでしょう。自分はその気にはなりますからね。

岡村　そうなんです、その気にはなるんです。でも、真逆のこともあるじゃないですか。孤独であること、報われないこと、そういった不敵なパワーがクリエイティビティにつながることが。僕は、どっちかというとそういった部分が強いんです。もちろん、好きな女性と交際したりすると幸せだし、「ああ、人生万歳！」ってなります。仕事をしていても楽しいですし、ライヴをしていても好きな人が観ていてくれると思うとパワーにもなりますし。

坂本　それは確実にパワーになるね。

岡村　でも、クリエイティビティの側面だけで考えた場合、恋愛は本当にプラスになっているのかな、というのはよく思うことなんです。

坂本　恋をすると、その人の目があるので、カッコつけてしまうじゃない、どうしても。すると、自分ではなくなってしまう部分があるわけで。そういうことを突き詰めていくと、孤独でいるほうがクリエイティビティにはいいのかも。どうしても自分を見つめざるを得ないわけだから。

岡村　そうなんです。だから、彼女がいるとしますね。恋が始まったばかりの彼女がいる。彼女とデートの約束をしたとしましょう。

ファンシーなレストランで待ち合わせです。でも、スタジオでの作業がなかなか終わらない。さて、彼女を待たせてスタジオで粘れるか、って話です。

坂本　粘れないな（笑）。どうしても彼女に時間を使ってしまいますよ。音楽はおろそかになるな、たぶん。

岡村　教授でさえも恋には抗えないんですね（笑）。

坂本　そりゃ完全にそうですよ。

岡村　やっぱり、生きていかなくちゃいけませんからね。恋もしなくちゃいけないし、食事もしなくちゃいけないし、健康管理もしなくちゃいけないし、ありとあらゆることに好奇心をもってアンテナを張ってなくちゃいけない。結局、音楽を作るということに、生活が全部つながっているわけじゃないですか。だから、音楽だけに特化する生き方も難しい。若い頃はそれだけをやっていればよかった部分はあるんですが、年を重ねるごとに、そういう生き方はできなくなったように思いますね。

坂本　あのね、僕は、本当に乱暴に生きていたんです。20代30代の頃は。38歳でニューヨークへ移住したんですが、その手前の30代いっぱいまでは、ほとんど寝た記憶がないんです。ものすごく遊んでものすごく仕事をして。昼の12時から夜の12時過ぎまで仕事をして、それから朝まで遊ぶ。「寝てる時間なんてない！」なんてよく言ってました。当時の僕は、馬並みの体力があって（笑）。事務所の人やレコード会社の人が僕に付き合っていると体がもたないってバタバタと倒れていって。「坂本には毒を盛って眠らせたほうがいい」なんて言われて。そういったエネルギーが充満していた頃は、自分を見つめる必要もなく、何も考えず、とにかくワーッとやってるだけだったんです。「面白い、面白い」って遊ぶのとあまり変わらないテンションでワーッと音楽を作り、ワーッと飲みに行き、翌日もその勢いのままワーッと出かけて仕事をする。そのワーッがずーっと続いていたんですね。

岡村　僕、お見かけしました、その頃。朝の5時頃でした。西麻布のバー「レッドシューズ」で。ちょっと声をかけるのをためらっちゃいました（笑）。

坂本　それまだ僕が30代の頃ですね。

岡村　レジェンダリーな時代です。86年ぐらいだったと思います。僕はデビューして間もない頃でしたから。

坂本　当時、誰と一緒にいたの？

岡村　吉川（晃司）とか尾崎（豊）とか、仲良かったのはその辺でしたね。

坂本　え、「レッドシューズ」の前はどこの店で遊んでたの？　細かい話だけど（笑）。

「これまでいろんなものに夢中になったけど、長く続いたのはグリーンランドブーム」坂本

「ポコッポコッと浮いてる氷山が愛おしくて。『風の谷のナウシカ』の王蟲《オーム》みたいで」坂本

岡村　西麻布の、なんだっけ……。

坂本　「トゥールズバー」?

岡村　そうそう、「トゥールズバー」。あそこもよく行きました。

坂本　「P.PICASSO」とか?

岡村　行きました、行きました。なんだか真っ暗なクラブで。

坂本　「328」とかね。

岡村　なつかしいなあ(笑)。

坂本　それ、ぜんぶ霞町(注:西麻布付近の旧地名)界隈でしょ。

岡村　西麻布交差点界隈ですよね。

坂本　当時、「霞クラブ」っていうのを仲間内でつくっててさ。毎晩あの界隈にあるクラブを全部まわらないと気が済まなかったの(笑)。バカだよねえ。よくもまあ、あんなに毎晩飲めたと思う。体も壊さずに。

岡村　当時あの界隈は、坂本さんを筆頭に、ヒップな人がたくさん集っていましたもんね。

坂本　バブル前夜、東京がいちばん面白かった時代。霞町にはまだカルチュラルな雰囲気があったんですよ。バブルとともにすべてはお金に変わってしまい、カルチャーは消えてなくなってしまったけれど。

岡村　じゃあ、当時のご家庭は?

坂本　もう、顧みずですよ(笑)。朝、酒臭くなって帰ってきて、ちょっと寝て、シャワーを浴びて、また飛び出していく。「よし、みんな元気だな」ってチラ見するぐらいで。

岡村　家族からクレームはありませんでした?

坂本　「よく遊んでるな」とあきれられていたと思います(笑)。だから、子どもたちには、彼らが大人になってから謝りました。「お前たちのことを構ってやらなくてごめん」と。

岡村　反応はどうでしたか。

坂本　「なに、いまさら?」って(笑)。

パートナーとは「陰陽」の関係

岡村　坂本さんには、ミュージシャンの坂本美雨さんなど4人のお子さんがいらっしゃいますよね。

坂本　最初の結婚のときに娘が1人、2度目の結婚のときに息子と娘の2人、そして、現在のパートナーとの間に息子が1人です。

岡村　以前は同じミュージシャンの矢野顕子さんとご結婚されていましたが、最初のご結婚というのは……。

坂本　ハタチの頃です。当時、僕は東京藝大の学生で、相手も同じ藝大生。ハタチなんてただの子どもですから、双方の親にすごく反対されました。だから、そのときの結婚が、責任感という部分で

はいちばん頑張った結婚だったと思いますね。

岡村　学生結婚だったと。

坂本　いわゆる「できちゃった婚」です。僕は「受けて立たねば」という性格なので、意地になって結婚へと突き進んだ部分はありましたね。

岡村　お付き合いをする相手って、知的好奇心が合うとか、趣味が合うとか、そういうことが重要ですか？　それとも、セクシュアルなことのほうが重要だったりしますか？

坂本　僕は完全に前者です。どんなに美人だとしても話が合わないと付き合えません。ルックスよりも考え方や興味やセンスが似ていることが僕には重要なんです。絵を観て、「いいよね」という感覚が共有できる、何も言わなくてもわかってくれる、そういう人が好きですね。

岡村　ジョン・レノンとオノ・ヨーコはどう思いますか？　ジョンにとってヨーコは、アイデアの源であり、ビジネスパートナーであり、恋人であり、母であり。いい意味で依存し合い、クリエイティビティを共有できる夫婦。僕にとっては究極のカップルだったりするんですが。

坂本　いいなあと思います。でも、なかなか、そういう人と出会うのは難しい。ともに才能があって、ともに同じくらいハイパーなエネルギーがあって、それがペアとなってうまくいく、それは非常に難しいことですね。だから、ある意味、「陰陽」のほうがうまくいくと僕は思います。

岡村　坂本さんのパートナーの方は、クリエイティブでも刺激されるお相手ですか？

坂本　そこはもう、完全に「陰陽」です。彼女は表に出ないオノ・ヨーコみたいな人なので。

岡村　うわ！　素晴らしい！

坂本　なので、いろいろな面で頼り切っているんですよ。

岡村　どんな面で頼ってます？

坂本　すべてです。新しい曲が出来上がると、「ちょっと聴いてよ」って最初に聴いてもらうのが彼女です。まず批評をしてもらうんです。で、自分はよくできたと思うから、いいことを言ってもらえると期待していると、「ちょっと甘いわね」と一喝されてガックリくるという（笑）。

岡村　ほお！

坂本　その瞬間、彼女を嫌いになったりするんですよ（笑）。でも、冷静になって考えれば、彼女の意見が正しい。そうやって音楽の面でも厳しい批評をしてくれるし、もっと個人的な部分でも、たとえば、いま僕は能や浄瑠璃にすごくハマってるんですが、そう

「お寺の断食道場にハマったことがあります。いろんな人が集まってくるのが面白くて」岡村

「女優、癌の人、スナック菓子依存症の人、鬱病の人。世の中いろんな人がいるなって」岡村

いったことも一緒に関心をもってくれる。一方では、契約のことやお金のこと、そういった僕が一切わからないマネージメント的な部分もすべて担ってくれますし。

岡村　完璧なパートナーですね。

坂本　ですから、彼女がいなくなったら僕は何もできない。もう終わりなんですよ(笑)。

子育てはおすすめします

岡村　結局、坂本さんは、僕に結婚はおすすめ……

坂本　しません(笑)。制度としての結婚はおすすめしません。事実婚で十分。ただ、子どもは別。子どもができたら、社会的な不利益を被らないようにしなければなりません。

岡村　子どもはいいものですか?

坂本　子どもはおすすめ。つくったほうがいいと思います。子どもを育てることで自分も一緒に成長できますし、ある意味、自分を生き直せるんです。でも、子どもは一個の他人ですから、責任をもって、子どもが20歳になるまでちゃんと育てなくてはなりません。そこに関して、僕はすごく強い責任感をもっているんです。僕の4番目の子どもは20歳を過ぎたので、やっと肩の荷が下りましたけれど。

岡村　そういえば、お子さん同士、みんな仲が良いとお聞きしましたが。

坂本　たまに僕を含めて全員で集まって食事をしたりするんです。それぞれ親の組み合わせが違う子どもたちですが、仲が良いのは、親として、とてもありがたいことですね。

結婚は紙一枚
離婚は……
坂本龍一

STEP UP

(15)

夫婦は一生の友だち。

VS ケラリーノ・サンドロヴィッチ

劇作家でミュージシャンのKERAことケラリーノ・サンドロヴィッチさんは、女優の緒川たまきさんと夫婦である。聞くところによると、音楽や映画などサブカルチャーに精通している緒川さんは、いわゆる文化系男子のマドンナだったといい、2人の結婚は、その方面に大きな衝撃を与えたという。僕はクリエイター同志のカップルにとても興味がある。劇作家と女優がどのように出会い結びついたのか、お互いのクリエイティブにどんな刺激があるのか、それを知りたい。ところで、KERAさんご夫妻をとあるバーでお見かけしたことがある。それはそれは仲むつまじいお2人であった。

ケラリーノ・サンドロヴィッチ≫1963年東京生まれ。劇作家、演出家、映画監督、ミュージシャン。80年代より音楽活動と演劇活動を開始。93年、劇団「ナイロン100℃」を始動。99年、戯曲『フローズン・ビーチ』で第43回岸田國士戯曲賞を受賞。

「20年ぐらい前に岡村君の隣にいたあのコとの結婚は考えなかったの?」KERA

岡村　ご結婚されて何年ですか?

KERA　5年です。結婚は2009年。緒川さんと知り合ったのは07年。僕の舞台(KERAが主宰する劇団「ナイロン100℃」の公演)に出てもらったのが最初です。

岡村　舞台を通して出会ったと。

KERA　そう。そもそも僕は、一生結婚しないんじゃないかなと思っていたんですよ。だから、いつかは結婚するだろうとか、人生のひとつのゴールとして結婚を見据えるとか、そういうことをまったく考えずに生きてきたのね。周りからも結婚しないのが似合ってると言われてたし。じゃあ、しないのかなって。

岡村　でも出会って2年で結婚を。

KERA　わりとアッサリ(笑)。

一緒に仕事したくて結婚しました

KERA　とにかく、彼女とはずっと一緒に仕事をしていきたいと思ったんですね。たとえば、故・伊丹十三さん宮本信子さんご夫妻のように(注:伊丹十三は映画監督として宮本信子主演の映画を撮り続けていた)、緒川さんと一緒に〝ものづくり〟を継続できる環境をつくりたかったんです。

岡村　夫婦で舞台を創造するんだと。

KERA　結婚すると逆に仕事がやりにくくなるんじゃないかという意見もあったんですよ。確かに、周りを見渡すと、結婚後パッタリと共同の仕事をやらなくなる夫婦も多いんですよ。でも、僕と緒川さんは、仕事がやりにくくなったりはしないという確信があった。というのも、趣味がすごく合うんですよ。映画も音楽もいろいろと。音楽に関していえば、アヴァンギャルドな音楽を彼女はよく知っていて、僕よりも知識が豊富。シリアルナンバーが入っているような海外の貴重なインディーズ盤とかいっぱい持ってるのよ。

岡村　へえー!

KERA　つい先週も、民族音楽のカセットテープを通販で買ったりして。それをムーンライダーズの鈴木慶一さんに教えたりしてるの(笑)。慶一さんは、緒川さんのことを「ミニ・クーパーDJ」って呼んですごく信頼を寄せているんですよ。

岡村　ほー!

KERA　僕はいま、慶一さんと一緒に音楽を作ってるんだけど、スタジオでの作業が終わると、緒川さんがミニ・クーパー(イギリスの名車だったが現行車種はBMW)で迎えに来てくれるのね。で、3人で帰るんだけど、緒川さん選曲の音楽が車内に流れる。聴いたことのない曲ばっかり。すると、慶一さんが、「これ何?

これ何？」って。

岡村　それは面白いなあ。

KERA　緒川さんと初めて出会ったのは岸田國士の戯曲の舞台（『犬は鎖につなぐべからず〜岸田國士一幕劇コレクション〜』）だったんだけど、彼女に出演をお願いしたのは、和装の芝居だったし、彼女は着物が似合う女優さんだからなのね。それ以外の他意は何もなく。なので、稽古のときも公演のときも一切私語は交わさなかった。彼女とは共通の話題なんて何もないと思い込んでいたから。で、打ち上げの席で初めて話をしたんですよ。とりあえず、「いちばん仲のいいお友だちは誰？」って聞いてみた。同世代の女優の名前が出るのかなと思ってたら、「あがた森魚さん」（笑）。意外な超ベテランミュージシャンの名前が出てビックリして、「えっ!? 音楽はどんなのが好きなの？」って聞いたら、「いちばん好きなのはPhew《フュー》」（日本の伝説的女性シンガー。79年デビュー。パンク・ニューウェイヴシーンで活躍）って。

岡村　凄いなあ〜！

KERA　Phewなんてさ、そこに同席してた人は、僕とみのすけ以外は誰もわかんないんだもん（笑）。面白い人だなあって思ったんだよね。

岡村　じゃあ、緒川さんと一緒にいると趣味や嗜好性も似ているし、楽しいなと。

KERA　たとえば、オリンピックには僕らまったく興味がないし、ゲームにも興味はゼロ。本と映画と音楽と猫がいればいい。ライフスタイルがピッタリなんです。

岡村　KERAさんのクリエイティビティの面ではどうですか？緒川さんの影響はありますか？

KERA　僕はいろんなタイプの戯曲を書くんだけど、ナンセンスものに関しては、彼女が関与する余地はないと思っています。つまり、「何が笑えるのか」ということの探究においては、僕からは意見を求めないし、彼女も何も言ってこない。一方、いわゆる「ドラマ」をやるときは、彼女の意見がとても参考になる。小説家もそうだと思うんだけど、ドラマって観客の意表をつくような、一見すると矛盾しているような、当たり前ではない、意外な展開をしつつも、「でも、そうかもしれないな」と思わせるテクニックが必要なんです。そういうとき、緒川さんは、ふっと提示してくれるんですよ。

岡村　なるほど。いいヒントを与えてくれるんですね。「その視点があったのか」とあらためて気づかせてくれるんだと。

KERA　だから、僕の作品づくりにおいては、彼女は非常に有能な秘書であり、ときには共作者です。目の前のことでいっぱい

「よくぞそんな大昔のことを覚えてますね（笑）」岡村

「あの日あの時あの場所で話しかけなかったら、いま僕は結婚してなかったかも」ＫＥＲＡ

いっぱいになっちゃって、「木を見て森を見ず」じゃないけれど、そういうときにすごく頼りになる存在なんです。

子どもはつくらないという選択

岡村　前回、坂本龍一さんと対談をして、坂本さんは、制度としての結婚は必要ではない、事実婚で十分とおっしゃっていて。ＫＥＲＡさんは、なぜ結婚を選択されましたか？

ＫＥＲＡ　めんどくさいからです。僕も、彼女とずっと一緒にいられれば、入籍しようがしまいが、そんなことはどっちでもよかった。でも、「一緒にいるのを見た」とか、いちいちそういうことを言われるのがめんどくさくなってきて。常に監視されてる感じがイヤだったんですね。

岡村　公認のカップルとなってしまえばめんどくさくないと。

ＫＥＲＡ　で、「結婚しよっか」。緒川さんも結婚に対する憧れや渇望をもたない人だったけれど、「しよう、しよう」って(笑)。

岡村　ほぉ〜。

ＫＥＲＡ　僕も高校生以来。結婚したいと思う人と出会ったのは。高校生のとき、結婚したいと思っていた人に大失恋して。以来、そこまでの人と出会ったことがなかったのね。

岡村　じゃあ、緒川さんと出会うまでは、結婚を考えたことは？

ＫＥＲＡ　だから、さっきも言ったけど、結婚なんて一生しないと思ってたんだよ。

岡村　子どもをつくって家族を築く、みたいなことは？

ＫＥＲＡ　結婚と同様に、若い頃から、子どもが欲しいとか、家族をつくろうとか、積極的に考えたことはなかったね。積極的な否定もしないけれど、とりわけ、渇望することもなかった。すごく漠然と、「いつか結婚することがあったなら、子どもができるのかもしれないな」とは考えていたと思う。ただ、年をとるにつれ、人間ってのは大人になっても子どものままなんだなって実感するようになるでしょ。すると、とてもじゃないけど、僕は人間を教育することはできないと思うようになって。冷めた言い方になってしまうけれど、子どもを教育することに自分の時間を費やすことはできないと。

岡村　膨大な時間が割かれますね。

ＫＥＲＡ　ならば、子育ては奥さんにまかせて自分は創作に励むのかというと、それは違う。多くの家庭はそれでダメになる。やっぱり子どもは第一義じゃないと子どもが不幸になるんです。で、だんだんと、「いつか結婚したとしても、子どもはいなくてもいいな」と思うようになって。もちろん、自分のＤＮＡをもった子どもを見てみたいとは思います。それはたぶん、緒川さんもそう思ってると思う。でも、そんな理由だけで子どもをつくるのは無責任だと思うんです。……どう思ってる？

岡村　僕は、子どもが欲しいと思ってます。いつかは。でも、KERAさんの気持ちもわかります。僕もすごく真剣に考えすぎちゃうんです。だから、「それじゃダメだ」とよく言われますね。「見る前に跳べ」と。「考えすぎると結婚もできないし、子どももつくれない」と。そういうものかなとは最近よく思いますね。

猫も食わぬケンカもします

岡村　夫婦ゲンカはしますか？

KERA　します。しょっちゅうではないけれど。世の中の夫婦がみんなそうであるように、ロクでもないことでしますよ（笑）。相手がイライラしているとき、ほっときゃいいのに、こっちも切っ羽詰まったりするとついつい。たとえば、僕は機械オンチなんですね。パソコンも不得意。だから、わかんないことがあると緒川さんに聞かなきゃいけない。いま聞いちゃマズいと思いつつ、こっちも焦ってるから、「これ、ダウンロードできないんだけどさあ！」って。そうするともうお互いのイライラがピークに達しちゃうっていう（笑）。

岡村　夫婦は何でも徹底的に話し合うべきと思いますか？　お互いに思っていることや我慢してることを全部さらけ出すほうがいいのか、それとも察してくれよと思いますか？

KERA　生理的に我慢できることならばわざわざ言いません。ただ、徹底的に言い合うこともあります。でも、そういうときも、やっぱり僕は演出家なんですね。「さっき君は○○と言ったけれど

「僕は気づかないうちにそのチャンスを逃しているだけなのかもしれないなあ」岡村

「僕は舞台ではナンセンスも下ネタもやるけれど、どこか上品さがないとイヤなんです」KERA

も、そのときのトーン、語尾が強くなかった？」（笑）。

岡村　あははは（笑）。

KERA　「語尾が強いと人はこういうふうに解釈するよね。誤解が生じるってことがわからないと、またそれを繰り返すよ」とかね。すると、向こうは向こうで、「でもその前に、あなたが××と言ったから私は○○と言わざるを得なくなったわけだから」とどんどんさかのぼる。するともう、なんの話をしてるんだかわからなくなるじゃない。しまいにはお互いの心理分析になってしまって、怒りではなくなっちゃう（笑）。

岡村　女性って男性とは時間軸が違いますよね。「え、そんな前のことをもちだしてくるんだ！」ってビックリすることがありますもん（笑）。

KERA　「今回の件とは関係ないじゃん」っていう（笑）。でも、ウチの場合、緒川さんは常に僕の状況を気にかけてくれているから、彼女が我慢してることのほうがずっと多いと思う。「この人はただでさえ締め切りに追われてるのに」って。だから、締め切りが過ぎてから言おうと思ううちに忘れちゃうみたいで、ずいぶん後になって、「あのとき言おうとしたんだけど忘れてた」って。

岡村ちゃんが見たKERA夫妻の光景

岡村　女優を妻にもつって、スペシャルなことですか？

KERA　よく訊《き》かれる質問なんだけれど、自分の仕事と接点がもてるというメリット以外は特に何もないです。仕事の相談はお互いにしますよ。こういう仕事が来たけどやったほうがいいかなあとか。演出家の妻が女優の場合、共演者にすごく嫉妬をするとか、そういう人もいると聞くけれど、僕らはまったくそういうのはない。ただ、彼女の歴史の中で、僕なんかよりもはるか昔からの知り合いとか、僕とは関係性の薄い人たちと接点をもっていたりすることもあるじゃない。それはそれで、「ハッ！」とすることはありますけどね。

岡村　あがた森魚さんとお友だちだったんだ的なことが（笑）。

KERA　そうそう。一部の文系カルチャーの中では、「緒川たまきはマドンナ的存在だ」みたいな部分があったらしく。だから、結婚直後は妬まれたりすることもあったみたいで。「KERAさん、刺されますよ」とか言われた（笑）。いまとなっては笑い話ですけどもね。

岡村　覚えてます？　以前、湯島のバーで偶然KERAさんとお会いしましたよね。

KERA　会いましたねぇ。

岡村　KERAさんと慶一さんと権藤知彦さん（サウンドプロデ

ューサー、バンド「アノニマス」と、そして緒川さん。それはそれはうらやましい光景でしたね。

KERA　そう？　どこが？

岡村　そりゃそうですよ。自分が面白いと思うこと、大事だと思うこと、それを奥さんも全部押さえてくれて、共有してくれて、自分の仕事仲間や先輩たちとも仲良くしてくれる。仲間たちもそんな奥さんを共有する。その姿をね、僕は物陰から見てました。うらやましい夫婦像だなと。

KERA　仕事の付き合いと奥さんの板挟みになる人って少なくないからね。ウチはそういったストレスはまったくないから、それは確かにステキなことだと思います。ただ、僕のことを彼女がなんでも共有してくれるのかというとそうではない部分はもちろんあって。緒川さんは興味がないことには一切興味がない(笑)。だから、触っても面白くないプロジェクトには一切触れてこない。音楽も全然違う趣味がありますし。たとえば、僕は、テクノ&ニューウェイヴが根源にあるからテクノ歌謡なんかも聴くんだけれど、彼女はそのあたりをあまり好まない。「おニャン子クラブ」を連想するらしいんだ(笑)。だから、触れたくないことには触れない。そういうのは彼女の留守中に聴くんです。

岡村　緒川さんは、KERAさんの活動を昔から好きだったりしたんですか？　有頂天（KERAが80年代にやっていた元祖インディーズバンド）が好きとか、舞台が好きとか。

KERA　ないない、全然ない。こっち側の匂いは好きだったかもしれないけれど、ファンじゃない。

岡村　そうでしたか。いや、もしファンだったなら、毎回舞台を観にきて、楽屋とかに顔を出して、「KERAさ～ん」って電話番号のひとつでも交換して、みたいな展開は……。

KERA　そういう人、すっごい苦手。引きます、そんなことをされると(笑)。

「妻」であるとともに「親友」です

岡村　緒川さんは、KERAさんの舞台によく出ていらっしゃって、4月の舞台も出演されますが（ナイロン100℃の公演『パン屋文六の思案～続・岸田國士一幕劇コレクション～』）、緒川さんをイメージして脚本《ホン》を書いたりするんですか？

KERA　もちろん。僕の芝居は群像劇で、特に主役がいない芝居が多いので、ことさら緒川さんのための芝居というのはあまりないんだけれど、でも、舞台は当て書きが普通なんです。その役を演じる役者をイメージして書くのは一般的。僕の芝居には、近年は、緒川さんと犬山イヌコがいちばんよく出ているので、その2

「そういう意味で、緒川さんは、女優としても人間としてもすごく品のある人なんです」KERA

「女性って、喧嘩をしたとき、関係のない話を出してきて時空をゆがめますよね」岡村

人をイメージして書くことはしょっちゅう。だから、いろんな意味で、緒川さんは僕のミューズ。もしもいなくなったりしたら、いなくなっても人間は生きていくんだろうけれど、作品づくりは変わるだろうね。

岡村　僕は、KERAさんのような、お互いを刺激しあえる夫婦にすごく憧れがあるんですよ。ジョン・レノンとオノ・ヨーコはもちろん、最近では、ニューヨーク在住の日本人前衛芸術家夫婦（篠原有司男《うしお》・乃り子夫妻。13年、ドキュメンタリー映画『キューティー&ボクサー』が話題に）も素晴らしいと思いましたし。

KERA　ヤン・シュヴァンクマイエルもいい夫婦だったなあ。奥さんはもう亡くなったけど、奥さんと一緒に作品を作っていましたからね。

岡村　チェコの映像作家ですよね。ストップモーションアニメとかすごく個性的な映像を撮る巨匠。

KERA　そういえば緒川さん、シュヴァンクマイエルのアトリエに行ったことがあるんです。チェコアニメが大好きで。

岡村　へえ！　面白いなあ！

KERA　そう、面白い奥さんなんですよ（笑）。欠点があるとすれば、お金に無頓着なことかな。それは、僕ら2人ともなんだけど。買い物で浪費するとか、そういうことじゃなく、請求書とか忘れちゃうんです。で、家の電話がよく止まるという。

岡村　あははは（笑）。

KERA　お金がたくさんあってもさしてうれしくはないし、少ししかなくても別段焦らない。そういう意味での無頓着。

岡村　サクセス魂がないってことですか。もっと稼いで！みたいなことは言わないんですか。

KERA　ない。皆無。自分のやりたいことを実現するために、っていうのはあるけれど。たとえば、レコーディングにしても舞台にしても、もう少しお金があれば、ここがもうちょっとこうできるのに、ってことはままあるじゃない。すると緒川さんが、「じゃあ、自分でお金出してやっちゃえばいいんじゃない？」って。そういうのは男前なんです。

岡村　いい奥さんですね。たとえそれが実現しなくても、そういう一言で気分がラクになりますもんね。

KERA　晩婚のいいところって、「どうにでもなるよ」って考えられるところだと思うんです。若い頃ってやたらに焦るじゃない。先が見えてないから、少しでも可能性を見いだしたなら、それを良い方向へもっていこうと必死になる。もしもそういう時期に僕らが出会っていたら、続かなかったかもしれない。僕は50歳を過ぎ、緒川さんは40歳を過ぎ、いまは脂ぎった野心はない。それが晩

婚のいいところかなって。だから、僕にとって、緒川さんは「妻」である以上に、「いちばん仲のいい友だち」という要素が大きいんですよね。

岡村　買い物って一緒に行きます？

KERA　買い物……かあ。買い物はあんまり一緒に行かないな。

岡村　え、東急ハンズに一緒に行ったりしないんですか？

KERA　ハンズ（笑）。まあ、だいたいのものはアマゾンで買うし。あとね、緒川さんは知らない間に僕へのプレゼントを買っていたりするんですよ。彼女はそういうのが上手。

岡村　へえ！

KERA　僕はプレゼント探しが苦手でさ。どこで何を買ったらいいのかまったくわかんないの。アマゾンで買うしか能がない。しかも、僕はパソコンが苦手だから、彼女に手伝ってもらわないと買えない。

岡村　それだともはやプレゼントではないですね（笑）。

KERA　ねえ。緒川さんは、いつどこで買ってんだろう。不思議。

岡村　いいなあ。ステキだなあ。

KERA　ステキでしょ。でも、こういう話が活字になって、5年後に読み返したとき、寂しい状況になってたらイヤだなあ（笑）。

結婚するなら親友と。

Kera

Hair&Make-up: Yuka Kurihara (KERA)

STEP UP

(16)

尊敬と信頼が夫婦には大切なんです。

VS 小山明子

映画界の世界的巨匠・大島渚監督が亡くなって1年（2013年1月15日死去。享年80歳）。先日、彼が50年以上前に撮ったドキュメンタリー『忘れられた皇軍』（63年）を初めて観た第二次世界大戦で日本兵として戦い、失明した韓国人を追ったノンフィクションだった。大島渚は反骨の監督。僕にはそんなイメージがある。反面、妻である女優の小山明子さんとは仲むつまじく「おしどり夫婦」と呼ばれていた。小山さんは、50年以上にわたり異能の夫を支え続け、監督が病に倒れてからは17年間におよぶ介護生活も経験された。半世紀にわたる夫婦の愛の歴史をお聞きしたいと思う。

こやま・あきこ≫ 1935年千葉県生まれ。女優。55年にデビュー。60年に映画監督の大島渚氏と結婚。96年に大島監督が脳出血で倒れ以来17年間の介護を全う。現在は介護の講演活動も行い、大島監督に勧められて始めた執筆活動でエッセイストとしても活躍。

小山　大島の若い頃に似てるわ！

岡村　え!?　僕がですか？

小山　岡村さんほどハンサムじゃないんだけれど。背が高くて、細くて、スーツをパリッと着こなして。助監督時代の大島によく似てるわ。

岡村　そうでしたか。光栄です。

小山　撮影所って、慌ただしい現場ですから、みんなどぶねずみ色なんです。でも彼は、背広を着たり、白いトックリのセーターを着たり、とにかくおしゃれだったの。大島は、「いちばん身分が低いポジションだったから、あえてそうしていた」と言っていましたけれど。

助監督と新人女優の出会い

岡村　出会ったのはいつ頃ですか？

小山　１９５５年です。当時、私は女優デビューをした直後でした。デビュー2本目の映画『新婚白書』（55年／堀内真直《まなお》監督）の助監督が彼だったんです。

岡村　つまり、出会った頃は小山さんも大島さんもお互いに駆け出しだったと。

小山　そうです。彼は京都大学を出て、松竹に入社したばかりの助監督でした。（注：当時は映画監督になるには映画会社に就職するのが普通。女優も映画会社専属で、小山さんは松竹専属の女優としてデビューした）

岡村　ということは、大島さんの名声に恋したわけではないと。

小山　助監督さんとお付き合いしていたわけですから。これからどうなるのか、まったくわからない身の上でした。

岡村　でも大島監督は魅力的だったと。

小山　彼は際立っていたんです。ファッションもそうですが、礼儀正しくて頭脳明晰、自分の意見をはっきりと言う人でした。だから、とっても生意気な助監督なのね（笑）。周囲に敵も多かったでしょう。あと、彼は脚本《ホン》を書ける人だったんですね。同人雑誌なんかも出していましたし。当時は、そういう助監督さんはなかなかいなかったんです。

岡村　お付き合いはどういうキッカケで始まったんですか？

小山　最初は、助監督と女優、ただそれだけの関係でした。で、私は、3本目の映画で京都の太秦撮影所へ行ったんです。撮影って、当時はだいたい1カ月くらいかかってたのね。だけど、私は横浜育ちで、京都は知らない街。あげく、現場は、私ひとりが東京から来た人で、あとは全員京都の人。とっても心細い思いをしていたんです。しかも私は、女優になりたくてなったわけじゃない。スカ

「今日は結婚がいいものだって、それを伝えたくて岡村さんに会いにきました」小山

「半世紀にわたりチュッチュするのが日課だったなんて。その仲良しぶりは驚異的です」岡村

ウトされてたまたまこの世界に入っただけ。だから「早く帰りたい」ってそればかり思ってたの。そうしたら、たまたま大島が、ほかの組の撮影で京都にやってきた。地獄に仏じゃないけれど、「やれやれ、やっと知ってる人に出会えた」って(笑)。

岡村 大島さんに救われたんですね。

小山 彼は京都育ちですから「京都は僕の街です。案内しましょう」と誘ってくれたんです。

岡村 それが初デートですか。

小山 そうなの。琵琶湖へ行って2人でボートに乗って、そして、南禅寺で湯豆腐を食べました。

私からプロポーズしました

岡村 お付き合いが始まって何年目かに大ゲンカをされたとか。

小山 3年ほど経った頃だったかしら。大ゲンカをして、その後1年、口も利かず手紙も出さない時期があったんです。でも、ある日、大島から一通の葉書が届いたんです。「僕もやっと監督として一本撮れることになりました。誰よりも先にあなたにお知らせしたくて」。読んだ瞬間、「ああ、この人と結婚するわ」って。

岡村 小山さんからプロポーズをされたそうですね。

小山 喫茶店で言いました。「私、あなたのお嫁さんになることにしたわ」って。彼はびっくりしてましたね。「てっきり、違う人のところへお嫁にいくと言われると思った」って(笑)。

岡村 でしょうねえ(笑)。

小山 やっぱり、助監督の身分のままでは結婚できなかったんです。うちはサラリーマンの家庭で、家族がみんな反対していたんです。明日をも知れぬ映画界の男のもとへ嫁にはやれないと。

岡村 映画監督って、栄枯盛衰もあるでしょうし、才能があっても運に恵まれない場合もありますもんね。

小山 しかも当時は、助監督から監督になるのに10年はかかるといわれていました。でも彼は、入社5年目、28歳で監督になって。当時としては異例の出世だったと思います。だから、彼が映画を一本撮ることになったら結婚しようと私は秘かに心に決めていたんです。

岡村 立ち入ったことをお伺いしますが、そもそも、なぜ大ゲンカをしたんでしょうか?

小山 詳しくは言えないわ(笑)。要するに、長すぎた春だったんですね。私は、結婚前に男女の関係になるのがイヤだったの。男としては求めるのはあたりまえ。でも、私はそれはイヤだった。50年以上も前のことですから、いまとは倫理観が違うんです。だけどそれ以上に、私が忙しかった。年に10本映画を撮っていました

から。デートするヒマもなかったんです。それはもう、日本映画全盛期ですから仕方のないことでした。

家庭ではメロドラマでいきたい

岡村　そして、長い春の末にご結婚されて。

小山　60年に結婚しました。大島は、『愛と希望の街』(59年)で監督デビューを飾り、『青春残酷物語』(60年)で(日本映画監督協会の)新人賞をもらったので、私の家族も認めてくれたんです。神田の学士会館で式を挙げました。でもその直前、社会党の浅沼委員長の事件があって(注:浅沼稲次郎暗殺事件。10月12日、日比谷公会堂で17歳の右翼少年に刺殺された)、大島の映画『日本の夜と霧』(60年/安保闘争をテーマにした作品)が公開4日目で上映中止になったんです。それで、松竹と大もめになって。結婚した途端、彼は会社を辞めてしまったんです。

岡村　新進気鋭の監督と女優の結婚は前途多難なスタートだったんですね。

小山　順調にいけば、彼は松竹の監督として、どんどん映画を撮る立場になるはずだったの。だから、私は、結婚したら女優をやめるつもりでいたんです。小さなお家でエプロンをつけて夫の帰りを待つ奥さんになろうと。それが私の憧れで理想だった。ほら、そういう歌があったじゃない。小坂明子さんの「あなた」って。

岡村　ああ、「あなたの帰りを編みものしながら待ってるわ」みたいな歌ですね。70年代に流行った。

小山　そうそう、あれをやりたかったの。だけど「あなた」は失業しちゃったの(笑)。ですから、大島が松竹を辞めてしまったので、私も松竹を離れ、日活など他社の映画に出るようになりましたし、テレビのお仕事もするようになって。

岡村　本当はやめたかった女優業を続けざるを得なかったと。

小山　赤坂の1Kのアパートで新婚生活をスタートしたんですが、もう、毎晩のようにお客さんがやってきました。作家に映画関係者に新聞記者に……。大島は、仕事がないから、ずっと家にいるわけでしょ。私はせっせと仕事へ行く。疲れて帰ってくると、家にいろんな人がいるの。そして、大島が、「腹が減った。めし!」って言うわけね。なんでこんな人と結婚したのかしらって(笑)。

岡村　その光景、目に浮かびます。

小山　一升瓶ゴロゴロで、毎晩酒盛り。私は帰ってくるなりせっせとお料理。そして大島は、仲間たちと議論を始めるんです。映画、政治、思想、とてもアカデミックな議論なんです。でも、私はその輪には入れない。入っていけなかった。私は大学を出ていないので、難しい議論ができないんです。だから、あるとき、大島に

「新婚生活は小さなアパート。大島のもとには毎晩大勢の仲間が集まり議論してたわね」小山

「僕は大島監督といえば和服のイメージです。着物をよく着ていらっしゃいましたよね」岡村

言ったの。「あなたは結婚相手を間違えたんじゃない？　ちゃんと議論ができる女性と結婚すればよかったのに」って。そしたら、「僕は家庭ではメロドラマでいきたい。だから、あなたと結婚したんです」って。

岡村　家庭はメロドラマ！　いいセリフですねえ。

小山　私は、女は大学へ行かなくてもいいという時代に育ったので、学歴コンプレックスじゃないけれど、本当はもっと勉強したかったという思いもあったんです。すると大島が、「あなたは、松竹撮影所という立派な大学を出たじゃないですか。学歴を卑下することはありません」って。

働く妻を支える夫

岡村　「メロドラマの家庭」では大島さんはどんな夫でしたか？

小山　大島というと、テレビで「バカヤロー！」って怒鳴るイメージがあるじゃない（笑）。でも、家ではとってもやさしいの。私に声を荒らげることは一切なかった。しかも、彼は私のおしゃべりによく付き合ってくれたんです。藤沢（神奈川県）に家を建ててから、東京から遠いですから、私が仕事からもどるまで、彼は書斎でお酒を飲みながらずっと待っていてくれるんです。で、私は、家でお夜食を食べながら、大島相手にその日の出来事をおしゃべりする。とりとめもない話をずっと。それを彼はずっとニコニコしながら聞いてくれるんです。

岡村　へえ！　妻の話を夫は聞かないってよく言いますけれど。

小山　世間の夫婦はそうみたいですね。でも、大島は違うの。彼が言うには、「あなたは寄り道をせずに真っ直ぐ家に帰ってくる。働く女にははけ口がない。だから、僕は話を聞いてあげるんだ」と。働く女として、それはすごくありがたかった。彼は働く女性が好きだったんです。「あなた自身が輝くために女優を続けなさい」と私の背中を押してくれて支えてくれました。だからこそ、私はいままで女優を続けることができましたし、女優であることに誇りをもつようになったんです。最初はやめたいやめたいって思っていたのに（笑）。

岡村　昔は、小山さんのほうが稼いでいたから、口さがない人たちに「大島は小山のヒモだ」なんて言われることもあったとか。

小山　ひどいわよねえ（笑）。彼は、独立プロ（独立プロダクション。大資本の映画会社に所属せず、企画から資金調達まで含めて自前で映画製作をする組織）で撮っていましたから、資金集めに大変苦労したんです。ですから、ある時期まで、私の仕事で支えていたのは事実なんです。でも、だからといって、私のほうが偉いとか、そんなことを思ったことは微塵もありません。私が稼ぐお金より

彼の才能に価値があるんです。どんな状況であろうと、私が心底尊敬するのは大島。大島あってこその小山明子。その思いは彼が亡くなるまで終始一貫していました。

果たしてくれたロマンチックな約束

岡村　結婚していちばんうれしかったことは何でしたか？

小山　やっぱり、大島が自分の信念を貫き、日本を代表する映画監督になってくれたことです。婚約時代、大島はこんな手紙をくれたんです。「あなたが好きです。生涯私が創るすべてのものは、あなたと一緒に、そしてあなたに捧げる」「いつか世界に通用する監督になって、君をカンヌ（国際映画祭）に連れていく」

岡村　かなりロマンチックですね。僕は、大島さんというと反骨の監督というイメージがあるんです。『忘れられた皇軍』に象徴されるような。

小山　もちろん、仕事は反骨の人です。『青春の深き渕より』（60年／脚本）というテレビドラマもそうでしたし、『白昼の通り魔』（66年）、『絞死刑』（68年）、『新宿泥棒日記』（69年）、『少年』（69年）……映画も全部そう。大島は差別を一切しない人。常に弱者の側に立ってものを考え、表現する人でした。

岡村　そして、ロマンチックな約束もできる人なんですね。

小山　「家庭はメロドラマ」ですから（笑）。しかも、そのロマンチックな約束を、彼は見事に果たしてくれたんです。『絞死刑』で初めてカンヌに招待されてから、『愛のコリーダ』（76年）、『愛の亡霊』（78年）、『戦場のメリークリスマス』（83年）、『マックス、モン・アムール』（87年）、『御法度』（99年）。計6回もカンヌへ一緒に行きました。大島は夢物語で終わらせなかったんです。それは私の誇りでもあるんです。

岡村　有言実行だったんですね。素晴らしい。

小山　こんなことがあったんです。『マックス、モン・アムール』を撮ったときのこと。フランスで撮影したんですが、撮影時期がちょうど結婚25周年の銀婚式の頃で、私は仕事をやりくりして1週間の休みをとり陣中見舞いに行ったんです。そのとき大島が、「いまは撮影が忙しくて25年のお祝いができないから」って、朝、1合のごはんを大島自ら炊いてくれたんです。ホテルの小さなキッチンで。炊飯器なんてないからお鍋でね。

岡村　ほお！　いい話だなあ！

小山　心の底からうれしかった。この年代の男って台所仕事はしないんです。大島だってごはんを炊いたことなんてないの。だけど、私のために一生懸命ごはんを炊いてくれた。わざわざ練習して炊いてくれたの。何をもらうよりもうれしいプレゼントでした。

「〝戦メリ〟で大島のファンになった女の子たちから、いまもプレゼントが届くの」小山

「あなたたちはママの大事な宝物。でも、ママが愛してるのはパパ。誰よりもパパが好き」小山

誰よりもパパを愛してる

岡村　そして、大島さんが病に倒れられたのは、96年のことだったそうですね。

小山　『御法度』の撮影に入る前、脳出血で倒れました。いったんは、映画を撮ることができるまでに回復したんですが、その後、少しずつ悪化していって。介護は17年続きました。

岡村　17年……。辛かったですよね。

小山　私は受け入れたんです。すべてを受け入れることにしたんです。もちろん、最初はパニックになりました。4年間うつ病も患いました。でも、体が不自由になってしまった大島を、私が拒否してしまったら前に進めない。それを受け入れ、私がどう生きるのか、それがいちばん大切なことだと気づいたんです。第一、いちばん悔しい思いをしているのは彼本人です。頭脳明晰で、議論が好きで、映画を愛して。そんな彼が思うことを言えなくなってしまった。映画を撮ることができなくなってしまった。どんなに悔しいだろうと。そう思うようになってから、全部引き受けることができるようになったんです。

岡村　小山さんの著書にありましたが、大島さんを介護するようになって初めておむつ交換を経験されたと。息子さんたちのおむつ交換は、忙しくて経験されたことがなかったと。

小山　そうなんです。息子たちが小さかった頃、家には、大島の母が同居していましたし、お手伝いさんもいました。私は仕事が忙しく、息子たちの世話ができなかったんですね。だから、亡くなった大島の母の遺影に言いました。「あなたには私の息子たちのお世話をしていただきましたが、いま私は、あなたの息子のお世話をさせていただいています」って。

岡村　順番がめぐってきたのだと。

小山　そうなの。しかも、私は息子たちには常々こう言っていたんです。「あなたたちはママの大事な宝物。でも、ママが愛してるのはパパ。誰よりもパパが好きだから」って(笑)。

岡村　うわ、素晴らしいなあ！

小山　うちはずっとそういう教育なんです。仕事から帰ってくると、息子たちの前でも平気でパパにチュッチュ(笑)。息子たちもそういう私の気持ちはよくわかっているんです。だから私、「子ども命」なんて思ったことがないの。ずーっと「パパ命」。

岡村　素晴らしい！　逆のことを言う人は多いですけども。子どもは無償の愛で、夫なんてどうでもいい。

小山　うちはそうじゃないの。「尊敬するパパがみんなを守ってくれる、だから、大島家ではパパがいちばん偉い」。それがうちのあ

り方なんです。それは、大島が死ぬまでそうでした。病で倒れても、「パパは偉い」。それは、息子たちの子どもたち、大島が倒れてから生まれた孫たちにもそう教えました。「じいじは偉いのよ」って。家長制度じゃないけれど、車椅子であろうと、寝たきりになろうと、しゃべれなくなろうと、大島家では大島がいちばん偉いんです。それはずっと言いつづけていましたね。

なんでもない日常に幸せはある

岡村　いまあらためて夫婦とはどういうものだと思いますか。

小山　私はいま79歳で、大島が元気なうちに50年の金婚式も迎えることができました。ですから、夫婦を全うできたと思っています。私は、人間って、夫婦が単位だと思っているんです。親子ではなく夫婦。もちろん、自分が産んだ子はかわいいですし愛してます。でも、彼らもやがては結婚し、自分の家庭をつくります。うちの息子たちもそう。ですから、岡村さんもずっと独身でいちゃだめ。結婚してほしい。結婚して、家庭をつくり、子どもが生まれ、次の世代へとつないでいく。それが人間の営みなんです。

岡村　小山さんのお話を伺って、ホントにそうだと思いました。しかも、介護は誰もが直面しうる課題ですし。

小山　こんなことがあったのね。大島の介護がこの先何年続くかと思ったとき、もしかすると私が先に死んでしまうかもと思って大島に言ったんです。「もしも私が先に死ぬことになったら、パパも一緒にいく?」って。そしたら、「いかない!」って(笑)。

岡村　すごい。最後まで生きることに執着していたんですね。

小山　そうなの。人間ってどんな境遇になっても生きていたいん

「逆のことを言う人は多いですけども。子どもは無償の愛で、夫なんてどうでもいい」岡村

「大島の最期のとき、私は手を握って言ったんです。『パパ大好き』って」小山

です。生きているのが無意味であることは絶対にないんです。ただ、こうも思うんです。大島が亡くなって3カ月ぐらい経ったある日、レストランで老夫婦の姿を見かけたんです。ご主人がビールを飲み、奥さんがスパゲティを食べている、なんてことのない光景です。でも、それを見たとたん、私は涙があふれ出たんです。「ああ、私が本当に望んでいたのは、大島とこんな日々を過ごすことだった。それが私にはできなかったんだ」って。それまでは、介護が私の幸せだと、ずっとそう思い続けていました。もちろん、17年の介護生活は後悔していません。とっても充実した日々でした。でも、夫がビールを飲み、妻がスパゲティを食べる、そんな幸せを感じられる時間をもっと過ごしたかったたって。

岡村　ささやかな幸せですよね。

小山　なんでもないことに幸せはあるんです。だからこそ、岡村さんも結婚して、それを体験してほしいと思うの。結婚はいいことばかりじゃないけれど、意義のあることだから。

岡村　大島さんが翻訳をした『ベストフレンド　ベストカップル』（ジョン・グレイ著）の後書きに、大島さんはこんな感動的な一文を寄せているんです。「妻は変わることなく私を〝評価〟し〝信頼〟してくれた。男として女性から与えてほしいものを全部くれた。そのおかげで、私は少しずつ彼女の望むものを与えることができるようになった」。これってもう、まさしくなんです。僕もこんなふうに思える人と出会いたいんです。

小山　大丈夫。きっと出会える。

岡村　どんな女性をおすすめしますか？

小山　明るい性格の人がいいと思うわ。あと、家で待つ人じゃなく、お仕事をしてる人もいいと思う。そして、自分を心底尊敬してくれる人。それがいちばん重要かもしれないわね。

岡村　そして、年をとってもチュッチュができる人ですね（笑）。

小山　大事よ（笑）。私は最後までスキンシップは欠かしませんでした。大島の最期のとき、私は手を握って言ったんです。「パパ大好き」って。「パパも私のことが好きだったら握りかえして」って。そしたらちゃんと握りかえしてくれましたから。

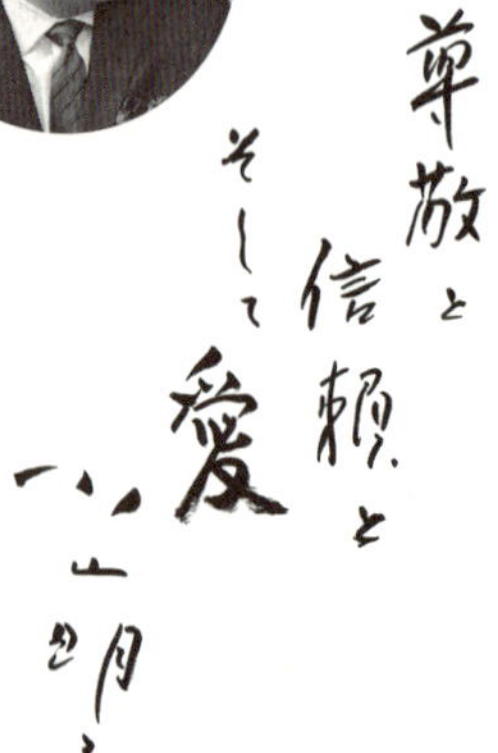

STEP UP

(17)

結婚とは自分を知ること。

VS 夏木マリ

歌手として俳優として、さまざまな表現の可能性を追求していらっしゃる夏木マリさん。パートナーはパーカッショニストで音楽プロデューサーの斉藤ノヴさんである。おふたりは、公私ともに刺激し合い、支え合うクリエイター・カップルだ。「人生の後半」で知り合い、2007年頃から「フランス婚」というカタチでの事実婚となり、2011年に入籍されたという。「成熟した大人の恋」とはいったいどういうものなのだろう。おふたりの出会いから、結婚を決断された理由、現在の生活ぶりにいたるまでのさまざまな話を聞くうちに、夏木さんの意外な一面を僕は知ることになった。

なつき・まり≫ 歌手・俳優。東京生まれ。1973年、デビュー。93年、自身のクリエイションによるコンセプチュアルアートシアター『印象派』を発表。2015年11月、文化の奉納として清水寺「経堂」にてパフォーマンスライヴ『PLAY×PRAY』を開催。

「表現者は孤高であるべきというけれど、僕は普通に結婚して幸せになりたいんです」岡村

夏木　岡村さんはなぜ結婚しないの？　あえてしないの？

岡村　あえてしないわけではないんです。結婚はしたいんです。してみたいんです。

夏木　じゃあ、結婚について、どういうイメージをもっていらっしゃいます？

岡村　家庭をもって、子どもをつくって。ホント、ごくフツーのよくあるカタチをイメージしますね。

夏木　世の中には、いろんなカタチの愛があるじゃない。異性愛、親子愛、母の愛、兄弟愛……。

岡村　同性愛もありますね。

夏木　神様を信じる愛もあるわね。いろんな愛があると思うけれど、結婚における愛って、個人と個人の愛が結びつく、という先入観がある。でも私、結婚してわかったんだけど、結婚は技術と知識だと思う。

私の辞書に結婚の文字はなかった

岡村　技術と知識！

夏木　相手を知るための技術、自分を知るための知識、それが結婚には必要なのかもしれないなって。

岡村　なるほど。

夏木　私はずっと、ひとりでわがままに生きてきたから、このままひとりで生きていくんだと思っていたし、お墓も高野山に決め、ひとりで死んでいくための用意もしてた。だから、人生の後半で結婚するなんて青天の霹靂だったの。ましてや、私が誰かと一緒に住むなんて。

岡村　それまでは誰かと同棲するという経験もなかったと？

夏木　ないんです。ノヴさん以前に出会った人たちとは、結婚のケの字も思わなかったから（笑）。

岡村　ケの字も。

夏木　自分のことがよくわからなかったからだと思うんです。自分のことがわからないから、相手を受け入れることもできない。だから、「この人と一緒に暮らせるかしら？」って考えたときに、「でも、この人の趣味とここが合わないわ」ってなっちゃうともうダメ。女って、何かひとつ気になってしまうと、相手のアラがいっぱい見えてしまって、すべてが嫌になってしまいがちなのね。「その電話のかけ方、好きじゃないわ」「あの靴の趣味、ダメ」（笑）。そうするともう、お箸の持ち方まで気になっちゃう。でも、ノヴさんにはそれがまったくなかった。

岡村　嫌な部分が見当たらなかった。

夏木　それがどうやら結婚らしいの。周囲の人に聞くと、みんな

そうだって言うんです。それが「結婚する」という意思の表れだと。私も人生を重ねて、若い頃よりは少しばかり自分のことがわかってきた。だから、この人を受け入れてもいいかな、って思えたのかもしれない。自分のなかに他者を受け入れるキャパシティができたのかなって。そういうタイミングだったと思うんです。

岡村 じゃあ、以前は、結婚したいとはまったく思わなかった?

夏木 思わない。私の辞書に結婚の文字はなかった。

岡村 夏木さんは恋多き女性、勝手にそんなイメージを抱いてました。同棲の経験もないのは意外です。

夏木 わがままだから(笑)。恋の経験は多くないんです。とにかく、他人が自分の空間に入ってくるのがイヤだった。そりゃ、ボーイフレンドがたまに家にやってくるとか、そういうことはありました。でも、靴の脱ぎ方、箸の上げ下げ、どうもそういうのが気になっちゃう。

岡村 潔癖症だったりしますか?

夏木 美意識の問題。他人とは美意識を共有できないと思ってたんです。だから、私も岡村さんみたいに、なぜみんな結婚するのかがわからなかった。理解できなかった。周囲の人が結婚するたびに聞いてたのね。「なんで結婚するの?」。そしたら、だいたいみんな「ラクなのよ」って言うわけね。「自然なのよ」って。でも、いざ、自分が結婚をしてみれば、ホントにそんなカンジね。私は、事実婚を経ての結婚・入籍ですが、私にとってはまず、「一緒に暮らす」というのが大きなハードルだったんです。それはつまり、私にとっては「結婚」と同義なんです。

岡村 ノヴさんとの生活はかなり勇気のいることだった。

夏木 でもね、「よし、暮らそう!」って意気込んでそうしたわけではなくて、フェードインしていったカンジだった。抵抗感なくスッと入っていけたのがよかったんです。

岡村 ということは、ノヴさんと出会うまでは、自分のやりたいことを捨ててでもこの人と一緒にいたい! と思える人とは出会わなかったんですね。

夏木 ないです。自己愛が強かったから(笑)。だから、結婚してみて初めてわかったんです。結婚って、ある意味「隣人愛」。人のために生きるということなんだなって。たとえば、「え? いまそれをするの?」ってことがあるじゃない?「いま私、本読んでるんだけど」っていうときに、ちょっとした相談をされたり。若い頃の私は、それには一切付き合えなかった。自分のことで精いっぱい。自分が世界の中心だったから。でも、いまは、「どうしたの? 聞いてあげるわ」って本を閉じることができる。年を重ねると、仕事も自分のためだけではなく、人のためだったりするじゃない。結

「私はひとりでわがままに生きてきた。このままひとりで生きていくんだと思ってた」夏木

「結婚して初めて自分を知るのね。自分ってこういう人間なんだなって」夏木

婚も同じだなって思ったんです。

岡村　相手を思いやるのが結婚なのだと。

夏木　人間はもともと孤独です。結婚したからといって孤独がなくなるわけではないし、2人でひとつになるわけでもない。孤独な2人が、お互いを思いやりながら一緒に暮らしていく。それが愛するということであり、それが結婚じゃないかなって。

彼のセンスに惚れました

岡村　入籍はいつされたんですか？

夏木　2011年です。震災のあった年。よく、震災婚なんて言われましたけれど、全然関係ないんです。

岡村　なぜ入籍を？

夏木　やっぱり事実婚とはいっても、家族のつながりが出てきます。彼の母も90歳になりますし、家族を大事にするという意味で、ちゃんと入籍したほうがいいなって。それもやっぱり周囲のため、隣人愛というか。自己愛だけじゃ結婚はできないのね。

岡村　出会いはいつ頃だったんですか？

夏木　結婚記念日もよく覚えていないので、あんまりよく覚えてないんですが（笑）。私たちは、ジビエ・ドゥ・マリというバンドをやっていて、そのレコーディングでノヴさんと一緒にスタジオ作業をするうちに、音のタイミングや好きな音のチョイスが似ていたり、LRのバランスが似ていたり、くだらない話だけど、出前で注文する食べ物が似ていたりとか、そういうことが重なって、あれ？って。ノヴさんの存在が気になるようになったんです。

岡村　じゃあ、少しずつ、だんだんと惹かれていったんですね。

夏木　そもそも最初のキッカケは、私がセルフプロデュースするコンセプチュアルアートシアター『印象派』に参加してもらったとき。「パダン・パダン」というエディット・ピアフのシャンソンがあって、それを歌うときにパーカッションを入れてもらおうと思ったのね。サビのところで、「パダン〜♪」って歌ったときに、ブレイクがあって、そこに音を入れてもらおうと。そしたら、ハーモニックホースっていう楽器をひゅるりと回して「ヒューッ」って音を出したの（笑）。「いいわあ！」って。惚れた。その音のセンスが好き。こういうセンスの持ち主なら、私の好きな世界観をわかってくれる。それからときどき一緒にライヴをやるようになって。意気投合してバンドも結成して。1〜2年、一緒にバンド活動をしたあとに、ああ、やっぱり彼は素晴らしいなって。で、私から声をかけました。

岡村　夏木さん自身から？

夏木　人生の残り時間は短いですから。積極的にいきました。

岡村 いままでとは違う恋でしたか。

夏木 私は、いろんなフィールドで仕事をさせていただいているんだけど、いちばん好きなのはやっぱり音楽なんです。音楽のフィールドで私の好きなセンスを提示してくれたので好きになったんだと思います。

岡村 ノヴさんといると感性が豊かになる、磨かれるということもあるわけですか？

夏木 あります、もちろん。いまも、すごく鍛えられてます。ノヴさん、一緒に住み始めたときに、私がお風呂場で鼻歌をうたってたら、リビングから飛んで来て言ったんです。「ピッチが悪い！」って（笑）。

岡村 あはははは（笑）。

夏木 いい気持ちでお風呂入ってるのに、ピッチを気にしなくちゃいけないの？って（笑）。以来、鼻歌は気をつけてますけど。

夫婦は愛を示し合うのが大事です

岡村 じゃあ、ノヴさんと出会ったのは50代後半だったんですね。

夏木 人生の後半、終末に向かっているときに彼と出会って。良かったなと思っています。孤独死にならないから（笑）。

岡村 夏木さんは、自己愛が強かったとおっしゃったけれど、どのようにして相手を思いやろうという心境に至りましたか？

夏木 お互いにわがままで偏屈なので、「若い頃に出会ってたら、きっと別れてるね」って笑いながら言うことがあるんだけど、やっぱり、年齢を重ねたからというのはすごく大きい。

岡村 おふたりで映画を観たり、ライヴに出かけたり、食事に出か

「人間ってスキンシップが大切なんだなって最近よく思うんです」岡村

「人生の残り時間があまりないなと気づいてから、初めて『愛したい』と思った」夏木

けたり、そういうことはされますか？

夏木　もちろん。でも、2人で映画に行った、コンサートに行った、2人で同じ時間を共有した、楽しんだ、だから愛してるよね、っていうのは錯覚だと私は思うんですね。何もない空間で、2人でちゃんと向き合えるのが夫婦の理想の姿じゃないかなって。もちろん、どこかへ出かけて楽しむことはいいことです。ディズニーランド、映画館、どんどん行っていいんです。子どもがいれば子どもと遊んだり、子どものことで会話をするのもいいと思う。でも、第3のコンテンツを借りて愛を確かめ合う、2人じゃないものを媒介にして夫婦であることを確かめ合う、それは本当は違うと私は思う。何にもないところで、2人きりで向き合ったときに、相手を愛おしいと思えるかどうか。いまはまだ結婚のルーキーなので、そう思っています。

岡村　愛情確認はされますか？　ハグをしたりとかそういうのはされますか？　というのも僕、最近よく思うんです。人間同士ってやっぱりスキンシップが大事だなって。体に触れて体温を感じることは大切だなって。だから僕は、男でも女でも、軽くハグをしたり、ちょっと肩を触ったり、握手をしたり、そういうことをよくやるように心がけているんです。そういう意味でも、「好きだよ」とか「愛してるよ」ってパートナーにもちゃんと言葉に出すことも大事じゃないかと。

夏木　ノヴさんはよく言ってくれます。私はそれに慣れました。

岡村　ほお！

夏木　私たちは2人とも若くはないので、私が家にいて、彼が仕事へ出かけるというとき、「もう二度と彼と会えないかもしれない」と思って送り出すんですね。

岡村　え、そんなあ！

夏木　だっていつどこで倒れるかもわからないじゃない。彼も私もロクマル世代なんだから（笑）。だから私は、必ず彼を玄関まで見送るんです。だから、結婚って努力が必要なの。ひとりだったら、そんなこと気にせず自分の好きなように暮らせばいいじゃない。だけど、夫婦は違う。愛を示してあげる、言ってあげる、その努力は絶対に必要なんです。

岡村　なるほど。

夏木　そりゃ、めんどくさいな、しんどいなって思うことだってあります。「もうちょっと寝ていたいわ」っていうときでも、必ずガウンを着て玄関まで行って「いってらっしゃい」。だって、これが最後の挨拶になっちゃうかもしれないじゃない。もう若くないの、私たちは。

岡村　深いなあ。

夏木　だから、そういう日々を積み重ねて「自分を知る」。結婚してみて初めて自分を知るんです。「ああ、私ってめんどくさがり屋なんだな」「人ひとりも見送れない女だったんだな」って。

岡村　昔はそういったことは？

夏木　しない。そんなことは考えもしなかった。そもそも、私は「愛されたい」と思う女だったから。

岡村　「愛したい」じゃなくて。

夏木　「愛されたい」。ずっとそう思って生きてきた。男と女はそこが違うと思うんだけど、男の場合は、「愛したい」じゃないとダメじゃない。

岡村　そうですね。

夏木　でも、この先、人生の残り時間があまりないなと思うようになってから、初めて「愛したい」と思った。そのときに「愛された」のね。

岡村　それがノヴさんだった。

夏木　だから結婚に至ったんだと思うんです。だから、年をとってから結婚するのもいいことだなって思いますよ。

葛藤を経てかっこいいロクマルへ

岡村　若い頃、結婚したいと思ったことは一度もないとおっしゃいましたが、なによりも仕事を優先していたということですか？

夏木　とにかく、自分のことで精いっぱいだったんです。私、何かひとつやるごとにすごく時間がかかるタイプの人間なんですね。私は歌手としてこの世界でスタートしましたが、売れない時代があったんです。そして、誘われるままに演劇を始めて。演劇の基礎がないのにやりはじめてしまったんです。演劇はそこから10数年続けるわけですが、だんだんと友だちも疎遠になっていって。みんな電話さえしてこなくなったんです。「あ、舞台やってんの？じゃあいいわ」って。

岡村　演劇にのめり込んでしまったんですね。

夏木　友だちとも音信不通になるくらい。私はとっても不器用なんです。演劇を始めたら演劇。寝ても覚めても演劇。とにかくそれに一生懸命になってしまう。それにしか時間が使えなくなってしまうんです。

岡村　じゃあ、その間の恋はどうだったんですか？

夏木　もちろん、好きな人はいました。でも結局、そこもうまくはできないんです。仕事と家庭を両立できる女性を心底尊敬していましたね。

岡村　そうなんですか。音楽、演劇、舞台パフォーマンス、すごくいろんなことをやっていらっしゃるから、ものすごく器用な方な

「結婚したからといって2人がひとつになると思ってしまうとそれは破滅への道」夏木

「僕も幸せに安穏としてしまうことに恐怖を覚えてしまうタチなんですよね」岡村

のかなと思ってました。

夏木　本当は、シンガーとして歌だけでやっていきたかった。でも、若い頃は、そこにものすごく才能があるわけではなかったので、あっちこっちで試行錯誤を繰り返していたんです。そして、演劇にのめり込んで。演劇という空間は、なまけものの私にはすごくいい空間だった。自分を鍛えるのによかったんです。でも、ある時期、集団でやることに疲れてしまった。集団と交わることが苦手な私がそこにいたんです。それで、みんなと少し距離を置いて舞台をやろうと思い立ったんです。プロデュース、演出、脚本、とにかくなにからなにまで自分でやってみようと。そして始めたのが『印象派』という舞台なんです。いまから21年前の1993年。そこから初めてやる気になった、ようやくプロフェッショナルになれたということなんです。それまでの歌や演劇は『印象派』のための準備期間だったのかなって。

岡村　そういった葛藤を経て、いまの夏木さんがいらっしゃる。年齢を重ねてのご結婚も含め、ステレオタイプではない女性の生き方のお手本になっているように感じますね。

夏木　表現者としては常にコンプレックスがあったんです。日本はかわいいものしか受け入れない「子ども文化」ですから。でも、これからの日本は、マチュアな成熟した女性が3人に1人の時代になるんです。ロクマルを超えたいま、私たちの世代が輝いていれば、30代40代の女性たちが「上にはもっと素敵な先輩がいるんだから、頑張ろう」って思ってくれるんじゃないか、ひいては、素敵な女性が多くなっていい日本になるんじゃないかと。ロクマルになったときに思ったんです。私は、過去も未来も関係なくいまを生きているんだけれど、人間って60歳で生き変わるって聞いたとき、ちょっと立ち止まってそんなことを考えたんです。だから、ふっきれたのは、ロクマル前後ですよね。元気で、健康であればシワもあっていいって(笑)。日本って、ロクマルが過ぎると終わりみたいなのがあるじゃない。特に映像の仕事をやってると思います。魅力的な役がない。なので、ここは頑張らなくちゃって。いまはそれが大きなモチベーションになっていますね。

「幸せだ」と言えてしまうんです

岡村　クリエイティブと結婚の共存って、難しくはないですか？

夏木　ちょうど5年前ノヴさんと付き合っていた頃『印象派NÉO』を再スタートして、6月にそれ以来の『印象派』(『印象派NÉO VOL.2 灰かぶりのシンデレラ』)を創るんです。結婚後初めての。もしかしたら幸せ感たっぷりかなという、恐怖感は確かにあります。ライヴって演者の生き様がどうしても出るでしょ。

岡村　実は僕もなんです。僕も幸せに安穏としてしまうことに恐怖を覚えてしまうタチなんですよね。

夏木　アーティスティックにやっていくなら、自分を追い込んで不幸でいるほうがいいかも。

岡村　でもやっぱり、人間として幸せに生きたいですもん(笑)。

夏木　というか、自分自身の私生活が充実していなければ、世の中に対応できる作品にはならないと思う。不幸を糧にするとアーティスティックなものは確かに出来上がるかもしれない。でも、ものすごくマニアックな作品になってしまうんです。世の中に迎合するわけじゃないですが、世の中とうまく付き合いながら、折り合いをつけながら作品を作らなくちゃいけないのかなって。それは結婚後のいまの私の課題ですね。

岡村　でも、「幸せ感たっぷり」と言えるというのが素晴らしい。

夏木　そうなんです。幸せだって言えてしまうんです(笑)。

岡村さん
今を生きた時、
結婚したくなるよ!!
夏木マリ

Hair&Make-up: TETSU (natsuki_hair_SEKIKAWA OFFICE), Yoshiyuki Wada (natsuki_make-up_SIGNO)　Cooperation:ANN DEMEULEMEESTER collection blanche/Pred PR, HYSTERIC GLAMOUR, Christian Louboutin, YOSHiKO CREATiON

STEP UP
(18)
結婚するなら見た目で選べ!?

VS 吉本ばなな

作家の吉本ばななさんは事実婚のままパートナーとともに家族をつくり暮らしているという。「結婚をしない」という選択は、自立した女性ならではの強い生き方であると僕は思う。ばななさんの小説、『キッチン』や『うたかた／サンクチュアリ』『TUGUMI』などでは不思議な家族模様が描かれていたけれど、彼女の結婚観はどのように築かれたのか。僕とばななさんはデビュー時期も年齢もほぼ同じなので、そのあたりのことを同級生感覚で聞いてみたいと思う。今回の対談は彼女の行きつけの本屋さんで行われた。下北沢にある趣味のいいセレクト書店だ。気になる本が並んでいる。

よしもと・ばなな≫ 1964年東京生まれ。87年、「キッチン」で海燕新人文学賞受賞。『TUGUMI』や『アムリタ』など数多くの話題作を執筆。海外での評価も高く、諸作品は海外30数カ国で翻訳、出版されている。他の著書に『サーカスナイト』『ふなふな船橋』など。

吉本　通い慣れたお店で撮影して対談って、なんか不思議な感じ。

岡村　ここにはよくいらっしゃるんですよね？

吉本　常連さんです。

岡村　下北沢にはもうどのくらいお住まいですか？

吉本　10年くらいかな。地元は千駄木（文京区）なんです。

岡村　谷根千《やねせん》（谷中、根津、千駄木周辺のこと）ですか。

吉本　そう。学生の頃には、浅草ＲＯＸでバイトしてたことがあるんです。

あの頃僕らは若かった

岡村　あ、その話知ってる。ＲＯＸにあった糸井重里さんがオーナーの店でバイトしてたんですよね。変わった名前のお店でしたよね、なんでしたっけ？

吉本　「孔雀茶屋」。お茶とお団子のお店。「バイトやらない？」って糸井さんに誘われたんです。

岡村　デビュー前のことですか？

吉本　デビュー後もしばらくは。4年ぐらいバイトしてました。

岡村　僕はね、ばななさんが糸井さんのお店でバイトしてたちょうどその頃、ここに住んでたんです。初めての一人暮らしが下北だったんですよ。

吉本　デビューした頃ですか？

岡村　ですね。最初は、吉祥寺にあった〝クリエイターが集う部屋〟に転がりこんだんです。美大生とかミュージシャンとか、いろんなジャンルのクリエイターが集う部屋だったんですが。

吉本　なにそれ！　面白い話！

岡村　当時、ばななさんのことがみんなの話題にあがっていたのをよく覚えてます。文壇デビューしたばかりのばななさんをみんなすごく気にしていたし、ものすごい才能が出てきたってみんな褒めていたし。影響されて、僕もばななさんの本を読みました。

吉本　そうなんだあ！

岡村　あれは確か、ＹＭＯが〝散開〟（解散）する前のことでした。

吉本　ええーっ！　そこまで昔の話？　もうちょっと後じゃない？　私、デビューしたの、ＹＭＯ「後」です、たぶん。（注：ばななさんのデビュー作『キッチン』が出版されたのは87年。ＹＭＯの〝散開ライヴ〟が行われたのは83年。なので「後」です）

岡村　B.Y.だと思うなあ。A.Y.？

吉本　あはははは（笑）。ビフォーＹＭＯ、アフターＹＭＯ？

岡村　だって僕、東京に来たとき、ＹＭＯはまだ解散してませんでしたよ。『サーヴィス』（83年）って最後のアルバムが発売中でしたもん。

「僕、初めての一人暮らしが下北だったんですよ」岡村

「両親に、『籍だけは入れないほうがいい』ってすごく言われて」吉本

吉本　ＹＭＯが基準だよね（笑）。

「面白い人」とのパートナーシップ

岡村　ばななさんはいま、結婚というカタチはとらず、パートナーとお子さんと一緒に暮らしているそうですが、ばななさんにとっての「結婚」ってどういうものなんですか？

吉本　もともと、うちの家庭がややこしかったんです。

岡村　家庭環境が？

吉本　ややこしいというか、うちの親（父は詩人で思想家の故吉本隆明氏。母は俳人の故吉本和子氏）のようなめんどくさい関係はイヤだなって。だから、20代の頃、「私は普通の結婚がしたい！」って、当時付き合ってた人と結婚しようと思って、親に言ったんです。「結婚したいんですけど」って。そしたら、父も母も個別に私に言ってきたんです。「籍だけは入れるもんじゃない」

岡村　へーえ！

吉本　この人たち変わってるなあって（笑）。「なんで？」って聞いたら、「抜くときに大変だから」。

岡村　すごいことをおっしゃる。

吉本　両親は駆け落ち婚だったんです。父と母が出会ったとき、母は既婚者で、母の旦那さんが、なかなか籍を抜いてくれなくて相当困ったと。だから、「籍だけは入れないほうがいい」ってすごく言われて。

岡村　離婚するとき大変ですもんね。

吉本　でも、それってなんかおかしいですよ。「まず、離婚前提で話をしてませんか？」って（笑）。そういう家庭環境だったので、漠然と抱いていた「結婚のカタチ」みたいなものはそこで完全に打ち砕かれてしまったんです。

岡村　じゃあ、「結婚を夢見る」ようなことはなかったと。

吉本　そもそも、子どもの頃から結婚に夢は抱いていませんでしたけれど、その一件で、「結婚はむりだ」ってあきらめた。

岡村　でも、誰かを好きになったら、一緒にいたい、同棲したいって思うじゃないですか。

吉本　一緒に住むのはいいんです。でも、結婚＝安定、結婚＝扶養や責任、そういったことが「結婚」だとするのならば、「男の人に養ってもらう」という考え方は私にはない。それが結婚をしない大きなひとつの要因になっているでしょうね。

岡村　男性に守ってもらいたい、寄りかかりたいという考え方がばななさんにはないと。

吉本　ないです。まったくない。それはもう、ゼロ歳からいまに至るまで、そういう考え方は皆無です。

岡村　経済的に自立すべしと。

吉本　なんか気持ち悪いんです。人のお金で生活するとか、そういうことが。そういう意味では「男っぽい思考」なんだと思います。

岡村　女性って、男性に頼りたいというよりも、この人に尽くしたい、この人のサポートをしたい、そういう献身的な気持ちを抱く人もいるじゃないですか。その部類でもない？

吉本　そういうことをされたら相手がイヤだろうな、と思ってしまうタイプですよね。

岡村　じゃあ、執筆を1年ぐらい休んででも、この人と一緒にいたい、そういう思いにも至らないと？

吉本　あります、もちろん。でも、私がそんなことをしたら相手に断られるのが常で。「重い」って言われちゃうんです。「存在自体が重い」って（笑）。でも、いま一緒に住んでる人には、断られなかった。だから一緒にいるのかもしれない。「なんで私と一緒にいるの？」って聞いてみたら、「ひとりでごはんを食べるのがイヤになったから」ぐらいのことだったので。

岡村　いまのパートナーの方とはどのくらいご一緒に？

吉本　14年ぐらいですね。

岡村　そもそもは恋愛から始まったわけでしょ？

吉本　いや、違うんです。

岡村　違う？　恋愛感情ではない？

吉本　だから、長続きしてるのかもしれない。

岡村　というと？　どういう感情で一緒にいるんですか？

吉本　私はやっぱり女性ですから、女性の恐ろしい部分をイヤというほどよく知ってるんです。男の人たちが、「ああ、こんな女の人にダマされちゃうんだ」っていうのをずっと見てきて。だから、そういった、女性特有のワザみたいなものに引っかからない人がいいなと思ってて。

岡村　女性特有のワザ？

吉本　女って、男を振り向かせるためにいろんなワザを仕掛けるじゃないですか。そういうことに引っかからない男の人がいいなって思ってたんです。そしたら、彼は、ホントに無頓着。すごい人だなって。

岡村　女性には興味がないような？

吉本　理科系の人でそういう人っているじゃないですか。

岡村　いい意味で鈍感なタイプ？

吉本　ノーベル賞を取るようなタイプ（笑）。この研究さえできるなら、あとはどうでもいい、なんにもいらない。そういう人なんです。

「浮気されたら「うわー!」ってなります？ それとも冷静でいられるほうですか？」岡村

「そりゃ『うわー！』ってなります。なって『ん…マジっすか』って静かに考える」吉本

岡村　どういうご職業の方ですか？

吉本　ロルフィングっていう、アメリカ発祥の身体調整をしてます。

岡村　体を治す人なんですね。

吉本　そう。スポーツ選手のパフォーマンスを上げたりだとか。とにかく、ロルフィング一筋。日々研究。仕事柄、半裸の女性と部屋で2人きりになったりするじゃないですか。でも、人間のことは「骨格」でしか捉えてない。美しい人が来たからテンション上がるとか、そういったことが一切ないんです。それよりも「骨格が」（笑）。骨格のことしかアタマにない。ああ、こういう人っているんだなって。気が楽になったんです。彼と出会って。

岡村　じゃあ、それまでの恋人とは対極にいるような人だった。

吉本　いちばん最初に結婚しようとした人は、ものすごくモテる人だったんです。度を超えたモテ山モテ夫（笑）。最初は、そういう部分を面白がってたんだけど、なんだか疲れ切ってしまって。こんなことが一生続くのはかなわんなと。

岡村　ばななさんのインタビュー記事を読んでいたら、「自分の生活が整っていないと小説が書けない」とおっしゃっていて。「生活が整ってないなと思うと別れてきた」と。

吉本　そうなんです。夜中にめちゃくちゃ酔っぱらって帰ってきて家のモノを割りまくるとか、そういう人も困るなーって。もうちょっと早い段階でそれに気付けよって自分にも思うんですけど（笑）。

岡村　チャレンジングな人とお付き合いされてますねえ（笑）。

吉本　私、面白い人が大好きなんです。ていうか、面白ければなんでもいい（笑）。面白い人の面白い部分を見てるのが好きだから、「見てよう」って思って一緒になるんだけど、あまりにもその面白さが勝ると、生活がだんだんと成り立たなくなってくる。執筆にも差し障りが出てくる。で、別れる。それを繰り返してきたんです。

岡村　ばななさんにとっての「面白い人」ってどういう人？

吉本　私が「この人、面白い！」と思えればそれでいいんです。自分だけが面白がって、他人にその面白さがなかなか理解されない、そこがまた面白いんです。

息子の成長で知る「男の子の過程」

岡村　子どもをもつのはどうですか。

吉本　それはもう１００％素晴らしいものです。もちろん、子育てで自分の時間を拘束されてしまうので、私のような性格だと発狂しそうになることもあります。でも、それを超えて余りあるほどの面白い存在なので、子どもを生んで良かったって。ホントにそ

う思います。

岡村　じゃあ、いまは子どもが「面白い」の対象だと?

吉本　面白くてしょうがない。うちは男の子なんですが、素っ頓狂な性格であきないんです。

岡村　息子さんが生まれたことで、男性に対する幻想が壊れてしまった、含みをもった感じで男性を書けなくなった、ともおっしゃってましたね。

吉本　そう。困っちゃいました。

岡村　なぜですか?

吉本　男の子の「過程」がわかったから。「なんだ、こんな簡単なことだったのか」と(笑)。世の中のもう一つの面を見たというか。

岡村　ミステリアスだった部分がなくなってしまった?

吉本　男の人のいちばん素晴らしい部分って、ある方がおっしゃってたんですが、「ゲロを吐くまでブランコに乗ってしまう」ところだと思うんです。

岡村　突き詰めてしまう部分。

吉本　そこは、私が男性っていいなって憧れる部分なんですね。あと、やせ我慢とか。これはキツいと思っても、男性はやせ我慢ができるじゃないですか。そういう力は女性よりもものすごくあるなって。

岡村　女性はやせ我慢はしないの?

吉本　しません。女性は調整するんです。なんだかんだいって、上手く調整できるんです。

岡村　生き物として、母としての本能がそうさせるんですか?

吉本　だと思う。女性は育児を持続させなければならないから。バタンと倒れて済むものじゃない。そこは男と女の大きな違いだと思う。

岡村　男性は、女性と出会うと、この人とキスしたらどうなるかと考え、女性は、この人と生活をしたらどうなるかと考える、ともいいますね。

吉本　だから、ちまたの女性たちが男性を振り向かせるためにやることが実を結ぶのは、こういうことなんだっていう男性の仕組みが、息子を育ててみてわかっちゃったんですよ(笑)。ほら、よく女性誌で特集されるじゃないですか。「そんなことで引っかかるわけないじゃん」って思うけど、「ああ、引っかかるんだな」って。息子でそれを実感したんです。だって、網タイツをはいてるときのほうが言うこと聞くし、手料理でコロッとダマされるし。ビックリしちゃった。こんなちっちゃい頃からそうなんだって(笑)。

岡村　かわいらしいじゃないですか。いまおいくつですか?

吉本　11歳。

「『月がきれい』ってメールを女が男に送るのは、同じ時間に同じものを見て!ってこと」岡村

「そんなメールは困ると男は言うけど、僕は上手に返事ができる。女性性が強いのかな」岡村

岡村　11歳の段階で、網タイツと手料理に引っかかる。

吉本　ううん、もっと子どもの頃から。5歳くらいからそう。キツく叱ると言うこと聞かないんだけど、優しく色っぽい声で「こうしたほうがいいんじゃないのぉ?」って言うと、「ハイッ!」ってもう、バカなんじゃないかしらって(笑)。

歴代元カレとは仲良し?

岡村　とある記事を目にしたんですが、ばななさん、ご家族でハワイへ出かけられましたよね。

吉本　ええ、2年ほど前に。家族みんなで。母と姉も一緒に。

岡村　その旅行には、ばななさんの元カレも同行されたと。

吉本　そうそうそう(笑)。

岡村　あの、それって、一体どういう状況なんですかね?

吉本　母は元カレが大好きだったんです。ハワイでギターを弾いてもらいたいから連れてきてって。

岡村　それって、いまのパートナーは、妬《や》いたりしないわけですか?

吉本　ないですね。その元カレのあとの元カレにいたっては、うちの実家でバイトしてますから(笑)。

岡村　元カレもいろいろいる(笑)。

吉本　元カレにもいろんな歴史があるんですよ(笑)。

岡村　ということは、歴代元カレとは恋愛がなくなってもそれぞれお付き合いを継続されているんだ。

吉本　そうですね。

岡村　そのたびのニューカレは嫉妬したりはしないんですか? 元カレがいろいろと登場してくるわけですよね、そのたびに。

吉本　まあ、「いるから仕方ないな」と思ってるみたい。

岡村　男がそれをやると大変なことになりますよ。修羅場になります。ていうか、ばななさんの歴代元カレのなかには、ヒリヒリするような恋愛もあったでしょうし、辛い別れもあったと思うんです。それを超えても付き合えるってことですか?

吉本　自分のなかで切り替えたんでしょうね。その人との辛い思い出のようなものは切り捨てて、面白い部分だけを残して。「別の角度からこの人の面白さを見ていよう」っていう(笑)。そういう気持ちです。

岡村ちゃんは素っ頓狂な結婚を!

吉本　それにしても、岡村さんはなぜそんなに結婚したいの? だいたい、ものを作ろうって人間が、なんで結婚なんてする?って。私は正直いってそう思うんです。特に、岡村さんの音楽って、

エモーションの爆発じゃないですか。目の前に「これはもうたまらない！」って女性が現れたら、とりあえず、すべて投げ打つよ！ってなれるほうがいいじゃないですか。

岡村　うーん……。たとえばね、僕に彼女がいて、もしも子どもができたなら、子どもを社会的にオフィシャルな存在にしてあげたいから、結婚するんじゃないかと思うんです。相手を大事にしたいという愛ゆえに。

吉本　もしも私が男で、子どもができたなら。岡村さんが言うように、私も結婚するかもしれない。でも、私は女だから。だから、子どもができても私は結婚はしない。する気もないです。これからも。

岡村　入籍をする気もない？

吉本　だいたい、入籍って何なんですかね？　ものを作る人間は、創作の環境を守ることが生涯の使命だから、結婚なんてしなくていいと私は思う。こういうことを言うと、「結婚しない」＝「愛と思いやりがない」と言われるけれど、そこをリンクされると困るんです。愛と思いやりがあるから結婚する、責任をとる、それは絶対に違うと思うんです。

岡村　でも、いまの世の中、コンサバティブな方向に向かってますよね。若い世代は結婚願望が高まっているというし、結婚はするものという同調圧力みたいな雰囲気さえあるし。

吉本　だからこそ。私たちのような人間は、「そんな世の中、違うんじゃないの？」というのを、一瞬でもいいから、ガツンと知らしめるために存在しているのだから、社会の模範にならなくていいと思う。枠を外れていてもいいじゃないかって。

岡村　もちろん、僕にもそういった気概はあります。でも僕は、ばななさんほど強くないのかもしれない。女、母、作家という3つのパートがあるとすれば、ばななさんは作家の度合いがすごく強い。でも僕は、とびきりいい仕事ができるなら、一生結婚しなくてもいい、とは思っていない。いまはね。昔はそう思ってたんです。でもいまは、なにもかもを犠牲にしてものすごくいい仕事をするよりも、いままで僕が手に入れることができなかった結婚、子ども、家庭を手に入れたい。自分が思い描くほど、そこに大した価値はないかもしれない。でも、経験してみたい。いまはそんな気分なんです。

吉本　ならば、岡村さんは、結婚相手を見た目で選んでほしい！

岡村　見た目で選ぶ？

吉本　そう、見た目だけで。

岡村　見た目だけで選んだら大変なことになるでしょ？

吉本　大変になってほしい！

「子育ては自分の時間を食われるけど、恋愛で仕事をすっぽかすくらい身のある食われ方」吉本

「クリエイティビティも刺激されるんです。だから、おすすめします。子どもはぜひ」吉本

岡村 なんすかそれ！ 僕に『火宅の人』になれと(笑)。

吉本 『火宅の人』とも『死の棘』とも違うパターンで(笑)。メロメロになる女性と一緒になって、もめたり安らいだり。そして、ものすごい作品を作ってほしい！

岡村 いやいやいや、白髪が増えちゃいますよ、そんな人と結婚すると。

吉本 そんな、白髪なんて染めればいいんですよ!!

岡村 あははは(笑)。

吉本 とにかく、素っ頓狂な人と一緒になったほうがいいと思う。で、素っ頓狂な子どもをもつ。岡村さんは、日本の社会に圧縮される必要はまったくないんです。もちろん、平穏な結婚生活を送りながら作品を創作できる人もいますけれど、大半は、結婚でクリエイティビティをすり減らしてしまうんです。だからこそ、岡村さんには、クリエイティビティを中心に結婚を考えてほしい。

岡村 とにかくミューズを探せと。

吉本 ミューズってなかなか見つかるもんじゃないけれど。でも、そこは用心深くいってほしい。

岡村 女性の手練手管にダマされないように(笑)。

吉本 網タイツと手料理にダマされないように(笑)。

おのれを

信じて!!

よしもとばなな

Hair&Make-up: Tsukushi Ichikawa (yoshimoto)

STEP UP
(19)

結婚が想像できない人と一緒になる。

VS 鈴木おさむ

放送作家の鈴木おさむさんが森三中の大島美幸さんと結婚されたとき、僕は正直「企画」だと思ってしまった。面白いことを追求する者同志、人生を賭けた壮大な企画に挑んでいるのではないかと。しかし。僕の穿《うが》った見方に反し、2人の「愛」はどんどん本気度を増していった。おさむさんは、ことあるごとに「妻を愛してる」と臆面もなく発言されるし、大島さんをモデルにした小説『美幸』も上梓、背中には「美幸」とタトゥーも彫った。僕にはとてつもなく不思議な話。おとぎ話のように思える。交際0日から始まった夫婦は、一体どんな経緯で「愛してる」にたどり着いたのだろう。

すずき・おさむ≫ 1972年千葉県生まれ。放送作家。テレビ番組の構成のほか、舞台、作詞、映画脚本、小説なども多数手がけている。主な著書に『ブスの瞳に恋してる』『芸人交換日記〜イエローハーツの物語〜』『ハンサム★スーツ』『美幸』『名刺ゲーム』など。

「40代独身は僕の周りに結構います。今田耕司さんとか。志村けんさんも独身ですよ」鈴木

岡村　結婚何年になりましたか？

鈴木　もう12年が過ぎました。僕が30歳、妻が22歳のときに結婚したんです。

岡村　倦怠期とかってありました？

鈴木　ないです。

岡村　浮気の虫が騒ぐとかは？

鈴木　まったくないです。結婚した瞬間、そういう気持ちは全部捨てましたから。

岡村　へえ！

交際0日から始まった夫婦生活

鈴木　そもそも僕、結婚なんてしないと思ってたんです。19歳でテレビの世界に入って、比較的早くからいろんな仕事をさせてもらえるようになって。25歳のときには完全に調子コイてました。だから、女の子に関しても、きれいなコが大好きで、付き合っては別れるの繰り返し。二股三股みたいなこともやってました。

岡村　仕事も華やかでモテるゆえに不実な交際を重ねていたと。

鈴木　そうなんです。で、結婚前に付き合っていたのがモデルの女の子だったんです。美人で、スタイルが良くて、性格もすごく良くて。でも、彼女と結婚したとしても2年ぐらいで別れるだろうなって思ったんです。

岡村　それまでのルーティンで考えると、また別に好きな人ができてしまうんじゃないかと。

鈴木　はい。たとえ子どもができたとしても離婚するだろうなあ、というシミュレーションができてしまっていたんです。だから僕は、結婚なんてしないと思っていたんです。で、ちょうどその頃、森三中の大島美幸が、『ダウンタウンのガキの使いやあらへんで!!』に出て、〝おっさん〟という設定で、上半身裸でサウナに入る企画をやってたんですよ。

岡村　僕、観ました。覚えてます。キョーレツでしたよね（笑）。

鈴木　めちゃくちゃ面白かったんです。それまで女芸人さんで裸にチャレンジした人って何人かいたんですが、僕の感覚では笑えたことがなかったんです。でも、彼女は違ってた。女芸人さんの裸で僕は初めて笑ったんです。この人は、芸人としても人としてもリスペクトできるなと。で、その後、若手の芸人さんが集まる飲み会で彼女と初めて会って。会ってみると案の定、腰が低くて、生真面目で、人の目をまっすぐ見れない人で。ふと、「この人とずっと一緒にいたらどうなるんだろう？」って思ったんです。「もしもこの人と結婚したら」と。でもなんの想像もシミュレーションもできなかったんです。

岡村　なんだか『進め！電波少年』の企画みたいですよね。「この人と結婚したら一体どうなるかわかんないからやってみよう！」みたいな(笑)。

鈴木　でね、「結婚しよう！」って言ったんです、その場で。言えばみんなが笑うっていうのもわかってたし、大島も「いいっすよ！」っていうノリでしたし。それを毎週会うたびに言ったんです。そうしたら、森三中の村上知子が「毎週結婚しようって言ってますけど、結局、ブスをバカにしてるんですよね」って言ったんです。「ホントは結婚するつもりもないくせに、そんなことを言うのはやめてもらえません?」って。「親に挨拶に行こうとも思ってないくせに。そもそもおさむさんにはきれいな彼女がいるじゃないですか」。その言葉がすごく悔しくて。で、その次の日、モデルの彼女とは別れました。

岡村　うわ、すごいなあ！

鈴木　そして、その次の次の週ぐらいに、栃木県に住む大島の親に挨拶に行ったんです。

岡村　ご両親に「お嫁さんにください」と。

鈴木　そうです。でも、2人だけで行くのも怖いんで、仲のいい芸人さんを連れて行って。長女だし、行ったらぶん殴られると思ってたんです。すると、家に入るなり、お父さんが膝をついて、「娘をもらってくれてありがとうございます！」って(笑)。その日に婚姻届にサインをしました。

岡村　へぇ〜！

鈴木　それから、部屋を探したりして新居の準備をいろいろやったりして。婚姻届を出しに行った日の夜、初めてふたりっきりになったんです。

岡村　へぇ…ぇぇぇーっ!!!

鈴木　そうなんです。それまでふたりっきりになったことなんてなかったんです。で、奥さんの最初のひとことが「気まずいね」。

岡村　あははは(笑)。

鈴木　そこからのスタートなんです。

結婚して初めて「愛」を知る

岡村　おさむさんの結婚って、さっきも電波少年的と僕は言いましたが、人生を賭けた壮大な企画のように思えるんですね。恋とか愛ではなくて。

鈴木　最初はそんなノリもあったかもしれません。でも、いまは、めちゃくちゃ奥さんを愛してます。自分のなかでの優先順位をいえば、20代は仕事が第1位でしたけど、結婚してからは完全に奥さんが1位です。

「松本人志さんが結婚したとき結構ショックだったんです。志村さんは最後の砦ですね」岡村

「ある種、愛玩的な感じが含まれていたりしません？」岡村

岡村　言い切りますねえ。

鈴木　結婚してようやく気づいたんです。ああ、オレはそれまで人を愛したことがなかったんだなって。

岡村　僕、そこがすごく不思議なんです。面白いことを追求する一環としての結婚が「愛してる」になったということが。それって壮大な「聞いたことのない話」だなって。

鈴木　僕の実家は父が経営するスポーツ用品店なんですが、あるとき、1億円の借金があることがわかったんです。僕が調子コイてた25歳のときに。突然銀行に呼ばれたんです。あなたのお父さんには借金があるから返してくれと。結果、それを全額返すことになるんですが、でも、そのときはもうダメだと思ったんです。お笑いの仕事をやってるのに1億円の借金を背負うだなんてムリだと。すると、ある番組のプロデューサーさんが「その話を会議で発表しようよ」と。番組の会議で話してみたら、みんなが笑ってくれたんです。で、ふっと軽くなったんです。もちろん、それで借金が消えるわけではないので、究極の現実逃避ではあるんです。でも、この世界って不幸な話を笑いに変えることができるんだなって。そう思ったときにすごくラクになって。で、30歳になる頃、借金のゴールが見え始めて。でも、不思議なもので、それまでとんでもなく重かった荷物がなくなりかけると、「あれ？　これから先、自分は何を目標にすればいいんだろう」って思っちゃったんです。そんなときに妻と出会って。

岡村　新たなる目標が「未知なる人との結婚生活」になったと。

鈴木　彼女とだったらホームレスになっても大丈夫と思えたのも結婚へのスイッチになったと思うんです。

知らない扉を開けてくれる妻

岡村　そこからどんな経緯で「愛してる」に至ったんですか？

鈴木　まず、一緒に暮らすようになったとき、奥さんは僕のことを「おさむさん」って呼んで、僕は奥さんを「大島」って呼んでたんです。すると、しばらくして奥さんが、「私は美幸だから〝みーたん〟と呼んでくれ」と。僕のことは「おさむだから〝むーたん〟と呼ぶ」と（笑）。罰ゲームだと思って1週間やってみたら、僕が奥さんに甘えることができるようになったんです。膝枕とかしてもらったり。それまで僕は、女の子に甘えるタイプではなかった。でも、呼び方を変えたらできるようになったんです。

岡村　先輩後輩的だった2人の距離がそこでグッと一気に縮まったと。

鈴木　そうなんです。で、結婚して半年ほど経ったあるとき。散歩していたら、奥さんがトイレに行きたいと言いだしたんです。で

「妻は僕のパートナーであり、リスペクトすべき山のような存在なんです」鈴木

も、なかなかトイレが見つからない。民家で借りることもできない。いよいよこれはもうヤバいとなったとき、道端に、古新聞の束が積んであって。「ここでするしかない!」って奥さん、そこで野グソをしたんですよ(笑)。

岡村　マジですか(笑)。

鈴木　僕は、奥さんは芸人さんだから、それも面白ネタのひとつになるからいいじゃんって思ってたんです。でも、その日の夜、ベッドで横になってる僕のところに彼女がピョンと飛び乗ってきて、僕の腕をギュッと抱きしめて、ホントに恥ずかしそうな顔をして言ったんです。「今日は野グソしちゃってゴメンね」

岡村　あははは(笑)。

鈴木　そのとき、この人はなんて可愛い人なんだろうと。ものすごく愛おしさを感じたんです。

岡村　ちょっといじわるな聞き方ですけど、それって、ある種、愛玩的な感じが含まれていたりしません?

鈴木　いや、それだと見下してる感じじゃないですか。逆なんです。妻は僕のパートナーであり、リスペクトすべき山のような存在なんです。芸人としても人間としても僕は常に奥さんを見上げている感じなんです。

岡村　心底尊敬していらっしゃる。

鈴木　奥さんに教えられることがすごく多いんです。たとえば、彼女は中学生時代にひどいいじめに遭っていたんですが、僕はいじめられた経験がないので、いじめられていた人の気持ちはわからないんです。で、あるとき、リビングで、奥さんに名前を呼ばれたのにふざけて無視してしまったことがあったんです。僕はそこに他意はなかったんですが、その無視した数十秒間に、奥さんが尋常じゃない量の涙を流していたんです。「お願いだから、それは絶対にやめてほしい」と。そこで初めていじめられていた人の気持ちを知るんです。そういった、僕が、それまで気に留めたことのなかったことに、いちいち気づかされていったんです。

岡村　大島さんは、自分の知らない、見えてなかった扉を開けてくれる存在なんだと。

鈴木　まさしくそうなんです。たとえば、奥さんはプレゼントの天才で、僕が欲しいと思っているジャストのものを必ずプレゼントしてくれるんですが、結婚して最初のクリスマスに、僕が「好きなものを買ってあげるからデパートに行こうよ」って言ったら、奥さんは「いらない」って言ったんです。「欲しいものなんてなにもない」と。で、それから1週間ぐらい経って、奥さんが言ったんです。「あのときは非常に悲しかった」と。「そもそも、欲しいものを買ってやる、なんてプレゼントじゃない。プレゼントというのは、相手

「うちの夫婦はオナラを嗅ぎ合います。その瞬間に幸せを感じるんです。愛おしいなって」鈴木

のことを思い、何をあげたら喜ぶだろうかと考え、自分もテンションを上げるのがプレゼントなんだ」と。「ワクワクしないんだったら、そんなのプレゼントじゃない！」と。そう言われて、あ！っと思ったんです。確かに、自分が番組を作るときっていつもそうじゃないかと。どう作ったらみんなが喜んでくれるか、楽しんでもらえるか、面白がってくれるか、それをいちばんに考えて番組を作るわけじゃないですか。僕はそういうことを考えて女性にプレゼントをしたことなんてなかったなと。それを考えたらすごく恥ずかしくなって。そしたら奥さんが、「これからの1年間、私の一挙手一投足を見逃すな」と。「私の誕生日に何をあげたら喜ぶかを考えてくれ」と。

岡村　すごい！

鈴木　そうやって、自分がいままで怠けていた部分や気づかなかった部分をすごく教えられるんです。それが、どんどん愛おしさになってくる。だから僕は、奥さんのことをしょっちゅう抱きしめたり、キスをしたりするんですけど、愛おしさのマックスになると勃起するんですよ（笑）。

岡村　五木寛之先生が提唱していた「スローセックス」的な。

鈴木　「ポリネシアンセックス」とかね（笑）。とにかく、愛おしいと思うだけでセックスはできるんだというのが、すごくよくわかったんです。しかも、セックスやエロスを飛び越えた先に愛はあるんだなって。

妻が死んだら僕も死にます

岡村　僕、愛がどういうものなのか、いまだによくわかんないんです。愛って無償のものだと思いますか？

鈴木　いや、愛は、ギブ&ギブじゃなく、ギブ&テイクだと思います。与えてもらったら返すものだなって。

岡村　さっきの大島さんのプレゼントの話じゃないですが、自分はこれだけの思いでこうした、だから、自分の与えた愛を返してもらいたい、そう思うことは誰にでもあると思うし、僕にもあったりするんです。でも、人間同士なので、すれ違いや心のボタンの掛け違い、タイミングが悪い、そういうこともある。だから僕は、「愛は無償のもの」と思わないとストレスがたまってしまうんじゃないかと思うんですね。

鈴木　そこはやっぱり、話し合うということだと思います。僕らは、最近ちょっとスレ違ってるなと少しでもそう感じた瞬間、話し合うことにしてるんです。奥さんがガッと僕と向き合い軌道修正するんです。シーツをグッと引っ張って戻すみたいに。

岡村　とことん話し合うんですね。

鈴木　僕たちは、世の中の夫婦が恋人時代に経験するであろうことを体験せずに夫婦になってしまったので、結局、そういったことも含めて、いろんなことが楽しいし、発見の連続なんです。それが僕たちにはすごくいいことだったなと思うんです。

岡村　日々新鮮な驚きに満ちている。

鈴木　そうなんです。あと、せっかく赤ちゃんができたのに残念な結果になったり、そういった不運に見舞われるたびに結束がどんどん強くなっていった部分もあって。で、結婚してから7年目に神前で式を挙げたんです。それは僕たちにとってすごく良い経験になったんです。

岡村　流産がきっかけで結婚式を？

鈴木　結婚当初は、「結婚式なんて必要ないよ」って挙げなかったんです。でも、流産を経験して、奥さんが言ったんです。「神様の前で結婚式を挙げないと神様が夫婦だと認めてくれないんだよ」って。そうやって一つ一つ話し合って、積み上げていってる感じなんですね。

岡村　倦怠期はなかったとおっしゃっていましたが、倦怠を感じるヒマさえなかったということですね。

鈴木　そういう部分でいえば、奥さんは、『世界の果てまでイッテQ！』って番組で月イチで海外に行って結構激しいことをやってたんで、僕はハラハラすることが多かったんです。

岡村　大島さん、かなり体当たりのロケをされてましたもんね。

鈴木　僕もテレビの人間だからよくわかるんですが、ケガとか事故も十分あり得るし、ましてや、海外は危険な場所が多いじゃないですか。何日も連絡がとれなかったりすると、最悪の事態を本気で考えてしまうんです。ああ、どうしよう。奥さんがいなくなったらどうしよう。死んでしまったらどうしよう。毎月1回それを考えさせられ続けたんです。で、もしも奥さんがいなくなってしまったら。僕は自殺するだろうなっていうのがいまの僕の答えなんです。

岡村　えっ？　本気ですか？

鈴木　はい。妻が死んだら僕も死にます。妻がいなくなったら僕が生きている理由はもうないんです。

岡村　えっ……。

鈴木　もちろん、子どもがいれば別です。なんとか生きる方向を考えますし、子どもの存在は僕が生きる理由になります。でも、子どものいない現時点では、それが僕の答えなんです。

岡村　究極のギブ&テイクですね。

鈴木　それはたぶん、自分の存在意義なんですよね。

岡村　存在意義は妻にあるのだと。

「愛する伴侶がいなくなればとてつもなく悲しくなるのはよくわかる」岡村

「岡村さんは、自分の知らない扉を開けてくれる、別次元に生きる女性と結婚してほしい」鈴木

鈴木　そうです。

岡村　でも、存在意義は仕事にもあるんじゃないですか？　バリバリの売れっ子放送作家じゃないですか。

鈴木　結局、仕事においては、自分の代わりなんていくらでもいるんです。悲しい話ですけれど。だから僕は、なにかしらをちゃんと残して死にたいな、とは思ってます。そのためにも、僕らの赤ちゃんがほしいし、赤ちゃんがいれば、どっちかが先に死んでしまっても、そこに生きる理由を見いだせると思うんです。

岡村　いま、大島さんは休業されて子づくりに専念されていて。

鈴木　今回、奥さんが妊活することになって、女の場合は女という気持ちが絶対的に勝つんだなと思っていたんです。2度の流産ですごく傷ついたけれど、やっぱり赤ちゃんが欲しい。だからすっぱり仕事はやめる。女なんだなと。でも、休業して1週間ぐらい経った頃、もしも子どもを出産することになったら「ヘルメットカメラを被って出産したい」って奥さんが言いだしたんです。バンジージャンプなんかのときに被るカメラ付きのヘルメットを。僕が撮るよって言っても、ヘルメットカメラじゃなきゃダメだと言うんです。「出産は、出川哲朗さんには絶対にできないリアクションだから」って。

岡村　ものすごいプロ根性（笑）。

鈴木　芸人は一生芸人なんです。女は女が勝つなんて勝手に思い込んでいましたが、そうじゃない。奥さんはやっぱり芸人さんなんです。

（注：２０１５年６月、夫妻に待望の第一子が誕生）

岡村ちゃんは女子高生と結婚を！

岡村　僕に結婚をすすめますか？

鈴木　おすすめしないです。

岡村　え!?　だっておさむさん、結婚して幸せになったとずっとおっしゃっているじゃないですか！

鈴木　いま、日本では3組に1組が離婚しているらしいんですね。でも、33％が離婚しているのなら、離婚を考えている人を含めれば、50％まで膨らむと思うんです。そうすると、結婚してものすごく幸せだといえる夫婦なんて10％に満たない。僕は、たまたま奇跡的にその10％枠に入っているだけなんです。運良くいい奥さんとめぐり逢えて12年夫婦をやってるだけ。そうじゃなかったら絶対に離婚してるんです。だから僕は、結婚が幸せだとは思わないんです。

岡村　奇跡的な出会いがない限り結婚に幸せはないのだと。

鈴木　だから、岡村さんが結婚するのなら、16歳の女子高生が

いいと思います(笑)。相手のことがわからなすぎて、余計なことを考えられなくなる人がいいんじゃないかって。

岡村　じょ、女子高生!?

鈴木　岡村さんも僕も10代から仕事をしてるから、ある部分はすごく特化しているけれど、開いてないところは開いてないじゃないですか。でも僕の場合は、ありがたいことに、奥さんがそれを開けてくれているんです。僕の使わない脳みその部分をポンポンと開けてくれる。40歳を越えてもこんな気持ちがあるんだと気づかせてくれるんです。だから岡村さんも、自分の知らない扉を開けてくれる、別次元に生きている女子高生と一緒になればいいと思うんです。

岡村　まあ、僕が真剣に恋に落ちるのなら、16や17でも……。

鈴木　それじゃダメです。自分で選んではダメ。「この人と結婚しなさい」って第三者から指名された女子高生と結婚するんです。人から勧められた、勇気ある女子高生と夫婦になって刺激的な人生を送るんです。

岡村　それって、電波少年的な企画そのものじゃないですか!

鈴木　やっぱり、岡村さんって変人じゃないですか(笑)。だから、安易に普通の結婚をしてほしくないし、するべきではないと僕は思います。

岡村　はあぁぁぁ(大きなため息)。

岡村さん
16才の女子高生と
結婚した方がいいです!
鈴木おさむ♡

STEP UP

(20)

人生の後半を考えて結婚すべし。

VS 松尾スズキ

2014年5月1日、松尾スズキさんは自身のツイッターにこんな文章を掲載した。《今日午後12時過ぎ、普通自動車免許を持った一般の女性と入籍しました。そこそこ歳が離れているので、生命保険を組み立て直すところから始めて行こうと思っています。よろしくお願いします》。松尾さんらしい入籍報告である。僕は松尾さんから直接メールで知らせていただいたので、さっそくお祝いの言葉を送った。すると、「僕には結婚のコツやレシピがあるのでうまくいきます」との返事が。そう、松尾さんは再婚である。結婚にコツやレシピがあるならぜひとも教えてほしいのだけど。

まつお・すずき≫1962年福岡県生まれ。「大人計画」主宰。作家、演出家、俳優、映画監督、脚本家。88年、「大人計画」を旗揚げ。演劇界を代表する劇団に。小説家としても知られており芥川賞候補にも選出。2015年、『ジヌよさらば〜かむろば村へ〜』を監督。

岡村　2年前に松尾さんと初めてお会いしたとき、『GINZA』での対談だったんですが（12年7月号）、僕は、松尾さんがなぜモテるのかが知りたくてお会いしたんです。で、あの対談をきっかけにこの連載は始まったんです。モテとは何か、恋とは何か、愛とは何か、結婚とは何かを考えてみようと。

松尾　なんでそんなに人の結婚が気になるんですか（笑）。

岡村　それはいつも質問されることなんですけど、結婚をしたことがないからなんです。結婚しそうになったこともない。なんで僕にはそれができないのかと。

松尾　僕は、前の結婚が終わって7年、ずっと独りでしたけど、その間、結婚したいとは思わなかったですね。

岡村　じゃあ、なんでです？　前の結婚とは何が変わり、どうして再び結婚を決意されたんです？　なぜ入籍されたんです？　2度目は事実婚を選択する方も多いですけど。

松尾　その答えは明確で。嫁は僕より相当若いわけです。そうすると、最終的には彼女が僕の面倒をみることになるだろうし、僕がポックリと逝ったとしても、著作権やらなにやら、そういったためんどくさいこともスムーズに渡せるようにしたいなと。

岡村　責任感ということですか。

松尾　というか、僕の余生を考えた結果といいますかね。やっぱりね、面倒を見てもらいたいというスケベ心があるんですよね（笑）。

岡村　何歳離れているんですか？

松尾　20歳です。僕が51なんで、彼女は31。一緒にいるとだいたい親子と間違えられますよね（笑）。

人と血縁関係になるのは革命的

岡村　どうやって出会われました？

松尾　まあ、公共の場所で、と言っておきましょうか（笑）。

岡村　好きになったきっかけは？

松尾　最初は、結婚を前提にとか、そういったことはまったく考えてなかったんですけど、何度か会ううちに、「気が利く人だなあ」と。彼女といると安堵感があるんです。家に帰れば、僕がやるであろうことを事前に段取っておいてくれますし。

岡村　リラックスのできる人？

松尾　ですね。一緒にいるときは、僕はずっと冗談を言ってるんで、それに飽きずに付き合ってくれるし、ずっと笑っててくれますし。

岡村　笑いのツボが似てますか？

松尾　似てます。僕はバラエティ番組が好きなんですけど、彼女

「結婚は何かを引き受け何かをあきらめることでもあるから、まずはそれを決めないと」松尾

「僕は、相手の何かを引き受けられても、何をあきらめるべきかがまだよくわからない」岡村

はもともとそういうのを観る人ではなくて。でも、僕が観ていると、「バラエティって面白いね」って入ってきてくれて。

岡村　一緒に笑い合えると。

松尾　「テレビは観ない」っていう人がいるじゃない。そういう人も別に嫌いじゃないんだけど、日常生活に入ってしまうと、僕はどうしてもテレビを観てしまうわけだから、そこが合わないと辛いですよね。

岡村　奥さんと家で和んでるときの松尾さんって、どういうカンジなんです？　甘えたりするんですか？

松尾　めちゃくちゃ明るいです。常に笑いのネタを探してるカンジです。

岡村　軽いスキンシップとかも？

松尾　岡村さんもそうだと思うけど、僕も結構寂しがり屋なんで、女の人の二の腕とかを触るのが好きなんですよ。それを、飲みの席とかで隣にいる子にもついやっちゃうときがあって。嫁に「それは違うんじゃないかなあ」って怒られました(笑)。

岡村　僕、松尾さんが入籍されたとき「おめでとうございます」ってメールしたんですけど、そしたら松尾さんから「結婚はオススメですよ」って返事が来て。「僕には結婚の経験もあるし、コツやレシピもあるからうまくいきます」って。それってどんなコツやレシピなんです？

松尾　ちょうどその頃、小保方(晴子)さんがものすごく騒がれてたんで、それにひっかけて「コツやレシピがあります」って書いたんでしょうねえ。

岡村　あははは(笑)。な〜んだ！

松尾　だから、まあ、1回目の結婚もそれはそれで楽しかったんですけれど、それを経て一皮剝けたというか。古い皮が剝けたなという感覚はあります。人と新たに血縁関係になるというのは革命的なことですから。「女の子の二の腕触ったでしょ！」とか、そういった小競り合いもしょっちゅうあるわけですけども(笑)。

メディアを通じて愛していると伝えたい

岡村　2人の間での約束事って何かあったりしますか？

松尾　それはあんまりつくらないようにしてるんですけど、僕は、女性に関して信用を置かれてないところが若干あるんで(笑)、女性と2人で飲みにいくのは控えてほしいとか、そういうことは言われますね。

岡村　でも、仕事上やむを得ない場合もあるんじゃないですか？

松尾　それは説明報告してます。

岡村　「オレの仕事は女優と2人っきりになることもあるんだ！」

ってぶっちぎったりしないんだ。

松尾 それは言いました。女優さんだけじゃなく、女性の担当編集者とかもいるわけで。そういう仕事上の付き合いもあるんだからと。そこはかなり話し合いましたね。

岡村 徹底的に討論するんですか？

松尾 もめ事の種類にもよりますけど、これは仕事に関することですから。というか、岡村さんが事あるごとに「松尾さんはモテる」とかそういうことを言ったりするから、それを嫁が真に受けちゃうんですよ！

岡村 だってセクシーだもの。僕の中では、松尾さんとリリー・フランキーさんは2大モテ男（笑）。九州男児、モテる、エロい。それが松尾さんとリリーさんの共通項。

松尾 まあ、リリーさんとは似てるって言われますが……ってそんなにモテませんってば！ そんなふうに言うから嫁が余計な心配をしてしまうんですよ！ しかもエロい仕事をやろうものなら、ものすごく理論武装しないと、自分の欲求を満たすためにやるんじゃないかと思われちゃう。

岡村 あらら（笑）。

松尾 もちろん、自分のエロのためにもやりますよ。やるんですけど、でもそこは仕事です。噛んで含めるように説明するんです。

「僕の中では、松尾さんとリリー・フランキーさんは2大モテ男」岡村

岡村 好きだよとか愛してるよとか、口に出して伝えてますか？

松尾 ふふふふ。まあ、マメに伝えるようにはしています。というか、いままでこういった話を公の場ではしたことがなかったんですが、これからは積極的に言っていこうかなと。雑誌媒体とかでこういったことを発言することで、嫁の信頼を勝ち取ろうというね（笑）。メディア戦略です。メディアを使って愛していると伝えようかなと。

岡村 メディアを通じてアイラブユーを。

松尾 人づてで伝わるとより良い結果を生むんですよ。

岡村 じゃあ、奥さんにプレゼントってしたりしてますか？

松尾 あんまりしないんですけど、でも、婚約指輪というものを人生で初めて買ったんです。最初はサプライズで買おうとしたんだけど、でも、あれってサイズが違うとやり直しになっちゃうじゃない。なので、しょうがないからサイズを聞いて確認して。で、ひとりで買いに行くのは怖いから、そのときたまたま一緒にいた（漫画家の）天久聖一を連れていって。なぜか中年男2人で指輪を選ぶという展開になったんですが（笑）。

ふたりで「松尾スズキ」をつくる

岡村 誤解やいらぬ心配を説き伏せ、メディアを使って愛を伝え、

「究極は、岡本太郎と岡本敏子の関係だと思いますけど」松尾

婚約指輪も買って（笑）。ホントに奥さんを大事になさっているんですね。それはヒシヒシと伝わってきます。

松尾　大事にしないと、大事にされませんからねえ。

岡村　もともと、女性をすごく大事にされますよね、松尾さんは。

松尾　基本的に、尊敬しようと思って女性と接しますから。仕事も結婚も尊敬できない人とはムリですから。

岡村　たとえば、奥さんのどんなところを尊敬していますか？

松尾　きちんとしてるところですね。毎朝8時にはちゃんと起きるとか、そういった自分がもってないスキルをもっていてくれるところです。

岡村　運転免許をもってるとか？

松尾　明日行く場所をちゃんと地図で調べて道順を確認しておくとか。そういうのは大事だなって。

岡村　いままではそういう女性とは出会われなかった？

松尾　「表現をする人」と付き合うことが多かったので、表現をしない一般女性ってこういうカンジなんだと初めて知ったというか。いろんなことがちゃんとできるんだなって。

岡村　大人として、社会人として、きちんとした「能力」がある女性なんだと。

松尾　やっぱり、人生の後半になってくると、支えてくれる人が身近にいるというのは大事なことなんです。僕は、これからもまだまだ作品を作っていきたいし、それをフォローしてくれる人は絶対に必要だなって。

岡村　確かにそれは大事ですよね。

松尾　究極は、岡本太郎と岡本敏子の関係だと思いますけど、そんなことを言うと「私は敏子なのか！」って嫁に怒られそうなんだけど（笑）。（注：岡本太郎と岡本敏子は養子縁組をしていたので法律上は夫婦ではない）

岡村　そういえば松尾さん、テレビドラマで岡本太郎を演じていらっしゃいましたもんね（ＮＨＫ『ＴＡＲＯの塔』11年）。もしかして、それも結婚のきっかけになったりました？

松尾　太郎と敏子の2人で「岡本太郎」をつくるという、その関係はいいなと思いました。それに倣ったわけではないけど、2人で「松尾スズキ」をつくればいいじゃないかって。

岡村　それ、名言だなあ。

松尾　僕の場合、「松尾スズキ」は芸名だから、そういう感覚をもちやすいんですよ。岡村さんは本名だから難しいと思うけど。だって、「岡村靖幸はこうだから」って言われたりするのはイヤでしょ。「岡村靖幸はこんなことしない」とか。

岡村　それは無理です（笑）。

松尾　僕は、書いたものはいちばん最初に彼女に見せるんですね。書いたものを見せたいと思うかそうじゃないかって大きいと思うんです。

岡村　以前、この連載で、坂本龍一さんにお会いしたんですが、坂本さんも同じことをおっしゃってました。曲ができるといちばん最初にパートナーに聴いてもらい批評をしてもらうんだと。だからパートナーとは「陰と陽」の関係なのだと。やっぱりクリエイターにとって理解者たるパートナーがいるというのはとても心強いことなんでしょうね。松尾さんの奥さんって、もともと松尾さんの作品のファンだったりするわけですか？

松尾　ええ、そうなんですよ。

岡村　じゃあ、完璧なる理解者だ。僕ね、この対談を始めて20回目ですけれど、毎度毎度、いろんな人にいろんなことを言われるんですよ。前回は、鈴木おさむさんに「女子高生と結婚したほうがいい」と言われ、その前は、よしもとばななさんに「素っ頓狂な女性と結婚したほうがいい」と言われ。小山明子さんだけでしたね。「結婚は添い遂げることが大事。岡村さんも結婚して幸せになって」とおっしゃってくれたのは。ほとんどの人が言うんです。「クリエイティビティに影響する結婚はダメ。でも岡村ちゃんは破天荒な結婚を」って（笑）。

松尾　僕もね、いままでずっと「素っ頓狂系」が多かったんですよ。元嫁も相当な素っ頓狂でしたから。

岡村　素っ頓狂系だと絶対に「陰と陽」にはなれませんよね。

松尾　でもまあ、自分の作品づくりや表現という面においては、どういう人と結婚しようとも、ある種の枷《かせ》にはなってしまうと思いますから。たとえば、さっきも言ったエロい仕事。僕は、次に映画を撮るならものすごくエロいものを撮りたいと考えていて。でも、そういうことに嫁はすごく抵抗感を示すんです。とはいえ、やるんです。やるんだけど、そういう作品を作ったとき、嫁がどう反応するかはすごく気になるところなんです。

岡村　小山明子さんって大島渚監督と50年以上連れ添われたわけですが、大島さんって、めちゃくちゃエロな作品を撮ってたじゃないですか。過激な性描写がわいせつ事件にもなった『愛のコリーダ』（76年）とか、人間とチンパンジーが恋に落ちる『マックス、モン・アムール』（87年）とか。

松尾　あれはエロというより、相当なアブノーマルですよ（笑）。

岡村　だけど、小山さんはそんな夫を金銭面からなにからしっかりと支え「夫の才能は私の誇り」とおっしゃっていた。僕はもう、小山さんのお話に心底感心したし、痛く感激したんです。

松尾　うちの嫁、アブノーマルは難しいだろうなあ。なんたって、

「素っ頓狂な人に耐えられる体力があるなら、そっちも一度は経験してみるべき」松尾

「もう50も目の前なんで、その自信はまったくないです」岡村

好きな映画は『かもめ食堂』(06年)ですからねえ。

落ち着かない恋愛は若気の至り

岡村　松尾さん、前回の対談で、僕に風俗嬢と付き合うことをすすめたんですよ(笑)。覚えてます？　「癒やし系の風俗はいい。天使みたいなやさしい人がいるから」って。対談のあと、おすすめの店も教えてくれて。僕はもちろん行きませんでしたが。

松尾　あの店もう潰れちゃったからなあ……ってあのねぇ、蒸し返さないでくださいよ。僕は風俗はもう二度と行かないんです。絶対に。断じて行きません。マジです。声を張って言います。行・き・ま・せ・ん・か・ら！

岡村　……変わりましたねえ。

松尾　いや、だから、ホントに行ってないんです。でもね、風俗店のホームページだけは面白いからよく見るんですよ。でね、あるとき、嫁がネットで検索していて履歴でそれが出てきちゃった。「まだ行ってるの!?」ってもう激怒ですよ。「いやいや、行ってないから！　風俗嬢を頭の中で育ててるだけなの！　脳内でマネージメントしてるだけだから！」

岡村　あはははは(笑)。

松尾　なので、天地神明に誓って風俗は行きません。ホントです。

岡村　じゃあ、今回はどういう女性を僕におすすめします？

松尾　世話をしてくれる人。

岡村　こういう女性はやめといたほうがというのは？

松尾　素っ頓狂な人。

岡村　あはははは(笑)。

松尾　そりゃね、素っ頓狂な人に耐えられる体力があるなら、そっちも一度は経験してみるべきだとは思う。

岡村　もう50も目の前なんで、その自信はまったくないです。

松尾　結局、素っ頓狂を受け入れられるかどうかは体力なんです。

岡村　若さゆえですよね。

松尾　そう。振り回されて、ハラハラして、そわそわしてっていうのはね。

岡村　落ち着かない恋愛ですよね。

松尾　ちょっと目を離したすきに家でよからぬことをしてるんじゃないかと心配して、それをまた「好き」と置き換えてしまう。僕も昔はそんな苦い恋愛をしましたけど、いまとなっては、よくそんな中で作品を書いてたと我ながら感心します(笑)。

人生初の結婚式を挙げます

岡村　今回の結婚がゴールだなということは感じてますか？

松尾　そうですね。結婚って、エゴイズムというか、自分のものにしたいというからには、自分のものを差し出さなければならないなという、等価交換じゃないけれど、そういう側面もあるじゃないですか。でも、前回の離婚から7年経って、かなり自由に遊んできたからもういいでしょう、というのは正直ありました。

岡村　お付き合いから含めると、奥さんとはどのくらいです？

松尾　1年半ぐらいですかね。

岡村　まだそのくらいですか。じゃあ、スピード婚だったんだ。

松尾　だって急がないと、僕の年齢が年齢なんで。親に会いにいける風貌のうちに、っていうのはありましたから。しかも、彼女は3人兄弟の末っ子なんだけど、お兄さんといっても、明らかに僕よりも年が下ですし。会って苦笑いみたいなね（笑）。

岡村　ほう。奥さんのご家族にはキッチリご挨拶されたんですね。

松尾　そりゃそうですよ！

岡村　相手の家とのお付き合いって苦ではないですか？

松尾　苦ではないです。むしろ、僕の家族はもうほとんどいないので、新しい兄弟ができるというのはとても興味深いんです。彼女のお父さんとも年齢が近いわけですし（笑）。だから、前回は結婚式とかそういったことは何もしなかったんですが、今回はしてみようかなと。なので、10月に式を挙げるんですよ。

岡村　ええっ！　そうなんですか！

松尾　岡村さんもぜひ来てください。というか、岡村さんの名前はすでにリストに入ってますけども（笑）。

岡村　ぜひ。もちろん行きます。

松尾　だからいまはもう、新郎新婦入場で、平場から出るのか階段から出るのかで悩んでるところでね。

岡村　あははは（笑）。しかし、式を挙げるなんて意外だなあ。松尾さんって作品がパンキッシュだから、無頼派だと思ってたんです。でも、そういった毒を食らわば皿までみたいな「松尾スズキ」と、誠実に愛を育む「松尾スズキ」が同居している、そのギャップが松尾さんの魅力であり、モテる部分なんでしょうね。

松尾　いままでは、思うがままにいかないのなら、せめて「型」というのを破りたいと走ってきたんです。成人式にも出てないですし、そういうものはすべて「FUCK！」だと。でも、50を過ぎて、「逆に型にはまってみよう」と思ったんです。日常のモラルにはまってみることで、頭の中の反モラルみたいなものが活気づくこともあるんじゃないかなって。

岡村　それを経ての、平場から出るのか階段から出るのか（笑）。

松尾　横から出るのかスモークも出るのか（笑）。僕が一体どこから出てくるか楽しみにしていてください。それを見れば、岡村さ

「結婚式を挙げるなんて意外。作品がパンキッシュだから、無頼派だと思ってた」岡村

「日常のモラルにはまってみることで、頭の中の反モラルが活気づくんじゃないって」松尾

んも何か意識が変わるかもしれませんよ。

岡村　そうかも。僕の結婚したい欲がグンと高まる予感はします。

松尾　しかし、結婚式の準備ってホント大変なんですよ。まさに、昨日、式場に行ってパンフレットを見てきたんですけど、選ばなきゃいけないものがたくさんありすぎて。式のムードはどうするのか、クラシックで厳かなのか、ラフでエンジョイなのか。席に立てる名前プレートはどうするか。引き出物はどうするのか。そういった細々とした項目がマニュアル化されてビッシリ並んでて。マークシート方式で選ばなくちゃいけない。式場の人もいろいろ言ってくるんだけど、まったく頭に入ってこなくてね。「顔色悪いけど大丈夫？」って嫁に心配されましたよ（笑）。

岡村　式をしようというのは松尾さんの提案なんですか？

松尾　そうです。

岡村　すごいなあ。誠実だなあ。

松尾　誠実であることの説得力を帯びたいんですよ。岡村さんが僕が遊び人とかモテ男とか言うから（笑）。

岡村　しかし楽しみ。奥さんがどういう人なのかも楽しみだし。

松尾　かわいい人です。僕は、とっても美人だと思ってます。

岡村　アツアツじゃないですか。

松尾　そりゃもう、毎朝ごはんを作ってくれる人に出会うのに50年かかったわけだから。

岡村　ごちそうさまです。

山城新伍の最後を見よ!!

松尾スズキ

STEP UP
(21)

無茶をするために結婚するんです。

VS 田村 淳

僕の抱く田村淳さんのイメージはお笑い界の“軍師”。城や戦国ものが好きというイメージが強いからなのだが、番組で、数カ月や半年、ときには1年という年月かけて企画を練り、壮大な「イタズラ」を仕掛けたりする様は“軍師”そのもの。聞けば、彼が好きな“軍師”は諸葛孔明とのこと。そして、「イタズラとはいえ、策を立ててそれがうまくいったときは何とも言えない至福のとき」と笑う。そう、ズバ抜けたバイタリティと勝負強さ、頭の回転の速さがあってこその淳さんなのだ。おっと、結婚の話を聞かなければ。独身を謳歌していたはずの淳さんがなぜ結婚を決意したのかを。

たむら・あつし≫ 1973年山口県生まれ。93年より、相方・田村亮とともにロンドンブーツ1号2号で活動開始。テレビ朝日系『ロンドンハーツ』、フジテレビ系『淳・ぱるるの○○バイト!』、TOKYO MX『淳と隆の週刊リテラシー』などレギュラー多数。

「めちゃめちゃナンパしてましたから。ナンパしない日がないくらい」田村

田村 最近の「人生ゲーム」ってルールが複雑になってるなあ。「歩きスマホで枝に躓《つまず》く、ボルダリング大会で優勝」だって。へえ、いまっぽいんだね。

岡村 「生命保険に加入すれば半額に」というコマもありますよ。

田村 僕はいま、リアルに生命保険に入らなくちゃいけなくなってるから。

岡村 結婚すると責任が伴いますもんね。銀行の口座とか通帳の管理とかはどうされているんですか？

田村 全部奥さんに渡してます。

岡村 え、ホントに？ 分けてないの？

田村 奥さんは奥さんで自分の口座を持ってるとは思うんですけど、僕のは全部預けてます。

岡村 すごいなあ。淳さんって散財したりはしないんですか？ 仕事以外に何をするのが好きなんですか？

田村 うーん……。好きなことは全部仕事につなげちゃってるからなあ。生配信（ネットストリーミング）は、お金を生み出してないので、仕事じゃないとしたら生配信がいちばん楽しいかなあ。あとは、散歩ですね。

岡村 散歩ですか。どの辺りを？

田村 僕はお城が好きなので、江戸城の、皇居の周りをよく散歩するんです。夜中の皇居って、だ〜れもいないカンジがすごくいいんです。江戸城を独り占めしてる気分になって。

岡村 お城めぐりは奥さんと一緒に？

田村 女子ってお城が好きじゃないんです。石垣の積み方とか説明するんだけど、全然興味ないみたい（笑）。

20代は恋愛観がぶっ壊れてた

岡村 昔、淳さんの髪がまだ赤かった頃、東京に進出されて、１本目か２本目かの深夜番組を僕はたまに観てたんです。渋谷かどこかの街に出て、道端に自転車が放置してあったりすると、「これカギかかってないじゃん。もってっちゃおうよ」とか、相方の（田村）亮さんを熱いサウナに入れて「人間はお好み焼きになれるのか実験してみよう」ってかつお節をまぶしたりして（笑）。

田村 ものすごく昔です、それ（笑）。

岡村 すごく攻撃的で、やんちゃで、ワイルドなイメージで。

田村 ガサツなイメージですよね。

岡村 その後、一般人の女の子の家に乗り込んでって浮気調査をするって番組やってたでしょ。

田村 「ガサ入れ」ね。（注：１９９７年〜２００２年にテレビ朝日系深夜枠で放送していたバラエティ『ぷらちなロンドンブーツ』

の名物企画）

岡村　あれ以降、淳さんは、「女ってホントはこんなにズルいんだよ」っていうような番組をずっとやってる印象が僕にはあって。それはなぜなのかなってずっと思っていたんです。もしかしてそういうトラウマが淳さんにあったりするのかなって。

田村　実はあるんです。高校3年生のとき、大好きだった彼女に浮気されたんです。しかも、彼女が他の男とキスしてるシーンを目撃してしまって。そこから女性不信が始まって、恋愛観がねじ曲がっちゃったんです。当時から、東京で芸人になりたいって思ってたんで、東京で有名になることで、浮気した彼女を見返してやろうって。その原動力はものすごいものだったと思います。

岡村　なるほどねえ。

田村　いま思えば、ですよ（笑）。そのためだけに東京に来たわけじゃないんですけれど。

岡村　実は、僕もまったく同じ体験をしてます。高校生のときに。

田村　振られちゃいましたか。

岡村　絶対に見返してやるって、僕も思いましたね、ええ（笑）。

田村　だから、東京にやってきて、女の子と付き合うようになって、今度は、その子に仕返しじみたことをしてしまうようになっちゃったんです。女の子をきちんと扱わなくなったんです。「ちゃんと付き合ってやるもんか」と。当時、僕と遊んでた女の子たちはいい印象ないでしょうね。

岡村　二股、三股とかも？

田村　誰かと付き合ってるという感覚がなかったんで、「なんでお前に縛られなきゃいけないんだよ」と。恋愛観は相当ぶっ壊れてました。ハタチから30歳ぐらいまでの10年間、まともな恋愛はしてませんでしたから。女性への不信感を渋谷という街にぶつけてたような気がします。

岡村　渋谷にぶつけてた（笑）。

田村　もう、めちゃめちゃナンパしてましたから。ナンパしない日がないくらい。ナンパに対する女性の寛容さがだんだんとなくなっていくのも肌で感じていましたからね。

岡村　女の子が変容したんですか？

田村　「ナンパされるのは恥ずかしいけどついて行っちゃおうかな〜」っていう時代から、「ナンパする男についていく意味がわかんなーい」みたいな時代へと変わっていって。貞操観念がだんだん厳しくなっていく感じを目の当たりにしたんです。

岡村　ナンパがめちゃできてたのって、ルーズソックスの時代？

田村　90年代半ば、アムラーだらけの頃。厚底&ギャルメイクの。

岡村　いま、ナンパは冬の時代？

「こっぴどく振られて『絶対に見返してやるって』僕も思いましたね、ええ」岡村

「女子の気持ちはいまだに全然わかんない。だからこそ、女子と話をするのが楽しい」田村

田村 キャッチセールス以外でナンパする男子を見かけないですよ、いまは。

岡村 合コンはやってました？

田村 僕の時代は、合コンも1日3セット、4セット、自分が仕切ってやってました。先輩に命じられて。そこで、司会術みたいなものが身についたっていうのはあるんです。

岡村 ほー！

田村 しゃべってないのは誰だとか、とにかく女子には全員気を使わなきゃいけない。容姿に関係なく。気を悪くさせると、きれいな子も一緒に帰っちゃうんで（笑）。どんな女子ともまんべんなく話をして、「どう、この会楽しい？　気になった男子がいたら言ってね」と必ず声をかけて。

岡村 面白い！　そこからいまの司会術が編み出されたんだ。

田村 そうなんです。僕の司会術は合コンで鍛えられたんですよ。

1990年代は渋谷でナンパの日々

岡村 じゃあ、合コンをたくさん仕切ったおかげで「女ってこうだ」というのもわかったと？

田村 でもね、どれだけ合コンを仕切っても、女子のデータは取れてないんです。もともと、自分がデータをもとにどうこうするタイプではないんですが、結局、僕が取っていたデータは、「男子って、こういうときにこういうことすると喜ぶんだよね」っていうことだったんです。

岡村 逆のデータですか。

田村 だから、番組で、僕が女子のふりをして男子を騙すメールを送ったりするんですが（テレビ朝日系『ロンドンハーツ』の名物企画「マジックメール」）、そうすると、「女子の気持ち、よくわかるんですね」って言われるんですけど、僕は、女子の気持ちなんてまるでわかってないんです。男子の気持ちがよくわかってるだけなんですよ。

岡村 女の子がこういうことをすると男の子が喜ぶ、という。

田村 こんな男子にはこんなメールを送ると落ちるとか、そういうデータを蓄積しているだけ。だから、女子の気持ちはいまだにわからないんです。

岡村 そうかあ！　意外だなあ。

田村 だからこそ、女子と話をするのが楽しいんです。女子のことが全然わかんないんで。

岡村 女の子に対するいろんな哲学をもってるんだと思ってた。

田村 ただ、話の面白くない女子とは、話をすぐに切り上げますけどね（笑）。

歩きスマホは躊躇《ちゅうちょ》なく注意します

岡村　しかしね、「マジックメール」とか「ガサ入れ」とか、観てるとなんだかこう苦しくなってくるんですよ。人間の黒い部分が見えるというか(笑)。人間って醜いな、愚かだなって、すごく考えさせられるんです。バラエティだけどドキュメントでもある。ドキュメントバラエティですよね。

田村　僕が向いているのはそういったドキュメンタリーだと思います。それこそ、本来は、芸人は舞台の上で芸を磨くとか、そういうことに力を注がないといけないのに、僕は、全然そっち側に感覚がふれないんです。〝ナマい〟ほうが好きなんです。(笑福亭)鶴瓶さんがやってる『家族に乾杯』ってＮＨＫの番組がありますけど、僕はそういうのがやりたいんだなって、最近強く思いますね。

岡村　人が好きなんですね。

田村　好きです。だから、ツイッターですぐ人を集めちゃうんです。最近はコンプライアンスとかで厳しくなってしまったんですが、いまいちばん好きなのは、夜中の2時に、一人で散歩するのを生配信することなんです。「徘徊おじさん」ってタイトルでやってるんですけど。深夜に町を出歩いてる人って、意味深ですごく面白いんです。話しかけると。

岡村　観ました。ホームレスを集めて討論会もやってましたよね。

田村　上野でやったんです。ブルーシートを敷いて3時間ぐらいみんなで酒盛りして。こういうことってテレビでは絶対にできなくて。ホームレスの人生相談みたいなことをやったんですが、「明日から何かやろうって気分になれたよ。ありがとう」って言われてうれしかったですね。彼らも、ちょっとした歯車が狂ってそこにいるだけなんです。むしろ、ピュアに生きているからこそホームレスになってしまうんです。そういうリアルを知ることができるのがドキュメンタリーだと思うんです。

岡村　ホントに人が好きなんですね。

田村　こないだ、久々に電車に乗ったら、乗ってる人全員スマホを見てることに驚愕しちゃって。

岡村　そう。最近はみんなそう。みんなスマホ見てますもん。

田村　ホームでも、すれ違う人すれ違う人、みんなスマホを見ながら歩いてて。だから一人ずつ注意していったんです。「歩きスマホだめですよ」

岡村　度胸あるなあ！

田村　全然言います。でも、変人扱いですよ、僕。「うるせえなあ！」って。

岡村　物怖《ものお》じはしないわけですか。

「僕、そもそも結婚不適合者だと思ってたんで」田村

「でも結局、一生一緒にいられる相手を探していたんです、いま思えば」田村

田村　しないです。ぐいぐい入っていきます。ムッとされたり怒られたりしたら、「ああ、ここまで踏み込むと怒られるんだな」って。僕、人との距離を計ってそれを知るのが好きなんです。だから、岡村さんとバーで初めて会ったときも、だいぶ距離を詰めたはずなんですけど(笑)。

岡村　かなり詰められました(笑)。

彼女は100%支えてくれる人

岡村　雑誌のインタビューで、結婚するまでは誰とも長く続かなかったとおっしゃっていましたが。それはいまおっしゃっていた理由もひとつあるかとは思うんですが、具体的にはどういう部分がダメでしたか?

田村　自己主張がきちんとできる人が僕は好きだったんです。

岡村　激しい恋愛になりませんか?

田村　恋愛のドキドキ感って、自己主張のぶつかり合いにあると僕は思っていて。「オレはこうしたい」「アタシはこうしたい」そういう部分が刺激的だなって。でも、最初はドキドキしているからこそ折れ合ったりできるけど、ドキドキがなくなってきたとき、どっちの意見を優先するのかというのがしんどくなるんです。

岡村　淳さんとか、松本人志さんとか、みんな一般の女性と結婚されたじゃないですか。いろいろ浮名を流しても、結局、落ち着くのは普通の女性だったりする。やっぱり、お互いに自己主張のある表現者というのは、難しいものなんですか?

田村　僕が１００%支えるほうに回れるのなら、それもアリだと思うんです。でも、僕にそのジャッジは下せないんです、やっぱり。僕にはもっとやりたいことがあるし、表現したいこともある。１００%人を支えるって、自分のことを極力ゼロにしないと支えられないんです。僕の場合、その真逆の人が現れたので、「ああ、これでいいんだ」と。「自分のスタイルを何ひとつ変えなくてもいい、大丈夫だ」と。だから結婚に踏み切れたんだと思うんです。僕、そもそも結婚不適合者だと思ってたんで。

岡村　ということは、そういう方とはいままで出会わなかった?

田村　もともと、女子に対して支えてほしいとか、そんなことは求めてなかったですから。それよりも、自分の食べたいものをちゃんと言える人が好きだったんです。自分の意見をちゃんと言えて、やりたいことをやる。そういう人が好きだったんです。

岡村　奥さんはどういう方ですか?

田村　ノホホンとしてます、パッと見は。でも、芯がすごく強い人。その芯の強さが自分のための強さではなく、「この人を私が支えるんだ」という僕に対する強さというか。それが、最初はイヤで別れ

てるんです。

岡村　そうそう、以前、奥さんとお付き合いされたのにお別れしてますよね。

田村　この人といると、自分の個性とかもまるまる吸収されてしまってオレがなくなってしまうんじゃないか、という恐怖があって。最初に別れたときは、ホント、そのまんまの理由を伝えて別れたんです。

岡村　なぜもう一度お付き合いを？

田村　旅をするのがもうイヤになったんです。「オレ、何回同じことをやってんだろう」って。「何度これをやれば気が済むのか」

岡村　でもこういう考え方もあります。結婚せずに女性を渡り歩く旅を続けることで、常にフレッシュな刺激を受けられるという。

田村　結局、僕はそうじゃなかったんです。というか、一生一緒にいられる相手を探していたんです、いま思えば。結婚不適合者だと思いながらも。

岡村　そして、一度は手放したけれど、やっぱり彼女が必要だと。

田村　自分がありのままでいられる唯一の女性が彼女でしたから。

岡村　じゃあ、浮気ももうしない？

田村　言いきれませんけど（笑）。でも、うちの奥さんは、「それがあなたに必要なのであれば」と許してくれちゃう気がするんです。そんなことを聞いたことはないですけど。でも、彼女はそういう人なんです。

岡村　すごく寛容な人なんですね。

田村　とにかく、人のことを悪く言わないんです。悪く言ってるのを聞いたことがない。人の感情みたいなものがすぐ憑依《ひょうい》する人なんです。あるとき、僕が家に帰ったら、ＡＫＢの総選挙を彼女が観ていて。ベスト16に入った子たちが一人ひとり泣きながらコメントしてたんですけど、それを観ながら彼女も泣いてましたから。僕からすれば大したコメントでもないんですよ（笑）。でも、彼女たちの気持ちになっちゃうんですよ。

岡村　ピュアな人ですね。

田村　ピュアです、すごく。

岡村　そういう方とどうやって出会われるんですか。こういう世界にいるとなかなか出会えないでしょ？

田村　友だちに紹介されて知り合ったんです。僕のひと目ぼれです。話してみたら、いままでに付き合ったことのないタイプだなって。その友だちに、「淳さん、結婚するなら絶対こういう人だよ」って言われたけど、「お前にオレの何がわかるんだよ」とずっと思ってて。でも何年か経って、「言ってたことの意味がようやくわかった」と言いましたけど。

「淳さんが結婚されたときわりとショックだったんです。結婚して安定するんだなって」岡村

「岡村さんも結婚して『結婚してんのにこんな歌うたうんだ』ってのを見せつけてほしい」田村

岡村　最初に出会われたのはいつ頃だったんですか。

田村　6〜7年前。そこから1年付き合って別れて。そういう歴史です。

岡村　じゃあ、昔はお互いに発信しあうカップルに憧れていたけれど、いまは、淳さんが発信するから伴侶にそれを受け止めてもらうんだと。

田村　受け取り方のうまい人っているじゃないですか。聞き方のうまい人、相づちのうまい人。彼女はそれが絶妙。心地いいんです、一緒にいて。

毎月18日には結婚生活を確認

岡村　どういうタイミングで結婚を決意されましたか?

田村　7月18日がプロポーズした日なんですが、朝起きてプロポーズしたんです。2回目の付き合いが始まったときから、結婚する意思はずっとあって。自分の気持ちが高まったときにプロポーズできるといいなと思ってて。たまたま朝起きて、彼女が台所に立っている姿を見て、「ああ、いま言うのがいちばんいいな」と。寝癖のまま。指輪を用意してとかそういうのは全然なく。「おはよう」を言う前に、「結婚してください」と。彼女はキョトーンとしてました。僕は全然忘れてたんですが、それがたまたま、僕らがいちばん最初に出会った日だったらしく。運命って僕は全然信じないんですけど、そういうこともあるんだなって。

岡村　7月18日は一生忘れられない日になったわけですね。

田村　忘れません。だから、毎月18日には確認するようにしてます。「結婚生活、異常ないですか?」と。すると奥さんが、「異常ないです」って敬礼しながら言うっていう(笑)。

岡村　微笑ましいですね。

田村　月に1回、聞いてあげられる日を決めるのはいいかなって。

岡村　喧嘩とかはします?

田村　したことないです。だいたい、言葉を荒らげるということも彼女はないですから。彼女はすごく友だちが多くて、人生に問題を抱えている人が彼女のところによく相談に来るんです。相談というか、彼女は「うん、うん」って話を聞くので、癒されるんだと思うんです。ストレスがたまるから、人の話ばっかり聞かなくていいんだよって言うんだけど。

岡村　ホントに聞き上手なんですね。

田村　聞き上手で、ポッと本質を突く一言が上手い。黙って聞いていながらも、突然ポーンと石を投げる。投げるタイミングも絶妙なんです。

結婚したからこそ無茶をしたい

岡村　僕はね、松本さんや淳さんが結婚されてショックだったんです。ああ、安定に入ってしまうんだなって。寂しさを感じたんです、実は。

田村　でもね、僕は、いまからもっと無茶してやろうと思ってます。結婚を維持しつつ、無茶できる大人になりたいんです。「コイツ結婚してんのに大丈夫?」っていう存在になりたいなって。勝新太郎さんみたいな、ああいう豪快な存在になるのが究極です。だから、岡村さんも結婚して、「この人、結婚してんのにこんな歌うたうんだ」みたいな部分を見せつけてほしいんです。

岡村　じゃあ、結婚しましょうかね。

田村　岡村さんを100%支えてくれて、刺激的な言葉を、岡村さんがいい頃合いで受け取れるタイミングで投げかけてくれる、そういう人。ハードルは相当高いでしょうけれど。でも、そういう人と出会えなかったら結婚しなくていいです。

岡村　お子さんは欲しいですか?

田村　欲しいです。子ども大好きなんで。いつか子どもができたなら、生まれた瞬間に言おうと思ってます。「オレは、お前のためには生きないよ」って。

岡村　あはははは(笑)。

田村　もちろん、大事にするし、大切に育てるけれど、僕は自分のために生きるので。そう決めてるんです。

岡村　お子さんは、男の子と女の子、どっちが希望ですか?

田村　女の子。できれば娘は2人欲しい。女の子に囲まれる生活がしたいんです。奥さんはホンワカした人なので、僕に似た娘たちに厳しいことを言われて生活したいんです(笑)。

岡村さんへ
結婚とは
糧と枷ですよ。
田村淳

Styling: Mami Tomita (tamura)　Hair&Make-up: Tomoko Hotta (tamura)
Cooperation: TSUMORI CHISATO (A/T), FRAPBOIS

STEP UP (22)

結婚は人間の本能なのです。

VS 西村賢太

作家の西村賢太さんと初対面する。僕は彼の著書の熱心な読者ではないのだが（芥川賞受賞作『苦役列車』や対談集『薄明鬼語』は拝読。他にインタビュー記事や出演されたドキュメンタリー番組も拝見）、彼の文章や発言から、いまや稀少な存在となった作家らしい作家であるのがよくわかる。歯に衣着せぬ発言から“無頼派”と呼ばれることも多いが、生活のすべてを執筆に捧げる求道者だと僕は思う。1967（昭和42）年生まれの西村さんは現在47歳。僕の2歳下だ。40代後半独身男の「結婚観」をぜひ訊《き》きたい。まずは、結婚したいと思ったことがあるのかどうなのか、そこからだ。

にしむら・けんた≫ 1967年東京生まれ。作家。2004年、『文學界』で商業誌デビュー。特異な私小説で注目を集め、『苦役列車』で10年下半期の芥川賞受賞。近著に『無銭横丁』『小説にすがりつきたい夜もある』『痴者の食卓』『東京者がたり』などがある。

岡村 いままでに結婚しようと思ったことはあるんですか？

西村 ないです。

岡村 一回も？

西村 一回もないです。

岡村 これっぽっちも？

西村 一度だけ同棲をしたことはあるんです。34歳から1年間だけ。でも、そのときも、結婚したいとかこれっぽっちも思わなかったですね。

女性のほうから近づいてくるんです

岡村 最近、彼女がいるって雑誌のインタビューかなんかでおっしゃっていましたよね。

西村 あ、もう終わりました（笑）。

岡村 え、終わっちゃった？

西村 あはははは（笑）。

岡村 あはははは（笑）。

西村 小説が多少売れるようになってからは、女性のほうからですね……。

岡村 寄ってくるようになった？

西村 ええ。でも結局、物珍しさから「どんなもんかな」ってくるだけなので、すぐに終わってしまうんです。ありがたいことに。

岡村 ありがたいことにね（笑）。

西村 あははは（笑）。

岡村 小説を書くようになったのはいつ頃からでしたか？

西村 36歳からです。同人雑誌に小説を載っけたりするうちに商業文芸誌に転載され、という経緯ですね。

岡村 ティーンエイジャーの頃から本好きだったそうですね。

西村 知とは無縁の育ちですが、本を読むのだけは好きでした。

岡村 それがずっと積もり積もってようやく36で筆を執ったと。

西村 自分だったらもっとうまく書けるかもしれないなと。

岡村 西村さんは、自身の著書やインタビューで、家庭の問題や学歴などから、自分はマイノリティであり、それに対する怒りや葛藤が小説の世界に向かわせたともおっしゃっていますけれど。

西村 昔はそれがコンプレックスでした。でも、年とともに、だんだん面の皮が厚くなったといいますかね。どこかで一回すべてをあきらめているんです。何をやってもどうしようもないんだから、微調整を試みるより、このままでいたほうがいいなというふうにはなっていきました。

岡村 書き始めることである種、そのストレスから解放されたと。

西村 自分を発表できる場を得たということは大きかったですね。

「なぜ僕は結婚できないのか。結婚とは一体何か。それがずっと疑問なんです」岡村

「結婚とは何かなんていままで考えたこともなかった。僕は結婚に不向きですし」西村

岡村　10代20代の頃は、探偵小説やミステリー、ハードボイルド小説がお好きだったそうですが、いまの西村さんの作風は私小説ですよね。

西村　推理ものの中に、私小説作家の田中英光関連の本があったんです。英光の生涯を取り入れたミステリーだったんですが、それで興味をもちまして。試しにその作家の私小説を読んでみたら、推理小説以上に自分の気持ちにヒットしたんです。

岡村　すごく影響を受けたと。

西村　27、28の頃までどっぷりで。当時は、小説ばかり読んでましてね。音楽は聴く道具がなかったので、ラジオしか聴いてなかったんですが、そのなかで、岡村さんの「愛の才能」（96年）という曲を偶然耳にしまして。ものすごく衝撃を受けました。

岡村　ありがとうございます。

西村　当時、川本真琴さんが歌ってたじゃないですか。だから、最初は、川本さんが自作した曲だと思ってたんです。とんでもない天才が出てくる時代になったなと。後にそれは岡村さんの作曲だと知りまして。

岡村　音楽といえば、西村さんは、稲垣潤一さんの大ファンでいらっしゃる。繊細な音楽が好きなんですね。

西村　そうなんです。演歌好きに見えるとよく言われますが、演歌はまったく範疇ではなく。中学生の頃からシティポップスが好きなんです。

岡村　稲垣さんのコンサートは全部行かれるんですってね。

西村　いやいや、もう（笑）。

岡村　僕、西村さんと稲垣さんの対談番組を観ました。ＮＨＫの。

西村　あの対談はうまくしゃべれなかったんです。緊張しちゃいまして。

岡村　そうですか？　西村さん、「あのときのライヴの2曲目と3曲目はいりませんね」と忌憚なく発言されていましたが（笑）。

西村　いやいやいや（笑）。後日、なんて失礼な発言をしてしまったのかと深く反省しました。

恋愛中も傍観者の自分がいる

岡村　話を戻して、結婚したいと思ったことはいままで一度もないと。じゃあ、これから先はどうですか？

西村　もう思いません。20年ぐらいまえ、伴侶が欲しかった時期に出会いがまったくなかったものですから。

岡村　20代の頃は結婚したかった？

西村　ええ、若い頃は。それからずっと独りでいることに慣れてしまったので、現在の生活をわざわざ変える必要もないなと。経

済的にも扶養者がいると大変ですし。岡村さんはなぜ結婚しなかったんですか?

岡村 なんででしょうねえ(笑)。40を過ぎると、社会的にも結婚が必須条件のようになってくるじゃないですか。でも、僕はそこからは外れてしまった。なぜ外れてしまったんだろうと。外れたままで大丈夫なのかという危機感があるというか。

西村 え、危機感をおもちですか?

岡村 あります。僕が尊敬するミュージシャンは、みんな結婚して作家活動をしているんです。ジョン・レノンしかり、桑田佳祐さんしかり。

西村 しかし、このまま独身でいて困ることといえば、アイツは同性愛者じゃないかとか、そういった偏見の目で見られるのがうざったいぐらいで。それを気にしなければ独身でいるほうがラクじゃないですかね。

岡村 じゃあ、なぜみんな結婚するんでしょう? なぜみんなラクじゃないほうを選択するんでしょう?

西村 うーん。寂しい……のかなあ。

岡村 結婚すると、最初はお互いに新鮮ですよね。でも、刺激はどんどん摩耗していくものなので、次第に馴れ合いになってくる。性的にもね。

西村 確かに。

岡村 それでもみんな結婚をする。大いなる馴れ合いがその果てにあるとわかっていても結婚するんです。

西村 考えてみれば、江戸時代から、もとい、太古の昔から「結婚」は続いていることですもんねえ。

岡村 しかも、太古の昔から与太郎もドン・ファンもいたんです。でも、結婚をせずに次から次へといろんな女性を渡り歩く人は異端なんです。

西村 岡村さんはドン・ファン・タイプ、ですよね?

岡村 いやいや(笑)、全然ドン・ファンなんかじゃないです。

西村 とっかえひっかえの末に結婚できなかった、わけではないんですか?

岡村 違いますって(笑)。僕は、恋愛経験が少ないんです、残念ながら。太古の昔から、男と女がつがいとなり家庭を築くという文化が連綿と続いているということは、そこになにかしら重要な意味があるからだと思うんです。だから僕は結婚してその意味を知りたいんです。

西村 なるほどねえ。

岡村 たとえば、結婚がテーマの小説で印象的なものってありますか?

「結婚をせずに次から次へといろんな女性を渡り歩く人は異端なんです」岡村

「結婚は子孫を残す本能。そこを疑問に思わないよう人間はできているのかも」西村

西村 どうでしょう。昔の通俗小説では、たとえば、菊池寛の「結婚二重奏」や「真珠夫人」や、どこかの令嬢が貧しい青年と結婚してという甘ったるいのはあったりしますが。でも、そういった結婚に至る話よりも、伴侶と死別したことをテーマとした小説のほうが多い気はしますね。

岡村 なるほど。

西村 それは、裏を返せば、結婚することの意味に、先人の小説家たちはあまり重きを置いていないからでしょうね。結婚は当然であり、「するもの」であるという感覚でいたからなのか。結婚は子孫を残す本能というところでもありますから、そこを疑問に思わないように人間はできているのかもしれませんよね。

岡村 結婚は本能だと。

西村 僕も「人はなぜ結婚するのか」なんぞ、岡村さんに言われるまで考えたこともなかったですし(笑)。

岡村 結婚を肯定しますか、それとも否定しますか?

西村 肯定はしません。小説を書くようになってからは、僕にとって結婚や家庭といったものは足手まといで不必要なものになったんです。ですから肯定はしない。でも、積極的に否定をするわけでもないです。

岡村 じゃあ、恋愛に翻弄されることはないんですか?

西村 それも……ないですねえ。

岡村 恋愛で涙したこともない?

西村 いやいやいや……。その、35のときに、さっき言いました同棲をしていたときにですね、相手が男と逃げちゃったんです。あのときだけは、変な涙がでましたよね。あの涙はなんだったのかと、それは研究してみたいと思いますけれども(笑)。

岡村 それは、彼女のことを相当好きだったからですか?

西村 最後のほうはいさかいばかりだったので、好きという感情はもはやありませんでしたね。

岡村 でも涙してしまった。

西村 悔し涙とも違う、自分を憐れむ涙でもない。なんだったんだろうかと。でもそのときに、これは小説のネタになりそうだとは思いました。

岡村 そこが小説家たる所以《ゆえん》なんです。恋愛をしていても、常に冷静な目をもっている、傍観者であり作者である自分自身がいる。

西村 僕の場合はいます。岡村さんもそうではないですか?

岡村 作詞をするときは僕もそうです。でも、恋愛中は入り込んでしまうので、クールダウンしてからじゃないと書けません。あるいは、その恋が終わってから思い起こし研ぎ澄まして、という。

西村 すべてがなくなってから、ですよね(笑)。自分の中で完全

に消化して浄化して、客観的に振り返らないとまともなネタにはなりません。

孤独死は怖くない!?

岡村　西村さんは、芥川賞をとられてから、いまの文壇では稀少な〝無頼派〟を担っていらっしゃるんだと思います。でも、それを演じる西村さんもいるのかな、という印象を僕は受けるんです。

西村　それはもう、職業とか創作とか関係なく、すべてに対して自分を偽って接していますよね。たとえば、本当の僕はものすごく短気です。でも、そこは社会と関わる人間ですから、本来なら絶対に許せないことでも、すぐには怒るまいと(笑)。そういう偽りはあります。

岡村　相当我慢しているんですか?

西村　我慢してます。だから、だいぶ親しくなると暴言も吐きますし、馬鹿にしたことを言われれば手も出てしまう。そこがダメなところなんです。47にもなって自分の感情を制御できない部分がある。自己愛が強くて幼稚といいますか。それで女性にも愛想を尽かされるのがいつものパターンだったりするんです。

岡村　風俗も行くとおっしゃっていますが、そこで恋におちたりはしませんか?

西村　それはもう、痛い目にさんざん遭いましたんでね(笑)。最初は、話が通じて心を通わせられる相手だと信じて接していたんですが、いかんせん、風俗嬢はだまし方が酷《むご》い(笑)。全員がそうだとは言いませんが、これはもうこりごりだと。

岡村　昔、ハードボイルド作家の生島治郎さんが書いた『片翼だけの天使』っていう私小説がありましたよね。中年期を迎えた生島さんがピュアなソープ嬢と出会い結婚するという。ああいったおとぎ話はないわけですか?

西村　僕はありませんでした。でも結局、生島さんもその後、離婚して寂しい最期を迎えられたそうですし。

岡村　そうでしたか。

西村　ですから、結婚をしないと待っているのはそこだという。僕もなんとなく自分の末路は予測できているんです。自業自得といえばそれまでですが、それでも孤独死はちょっとキツいなと思うので、老いたら体が動くうちに有料老人ホームに入るか、隣人と薄い壁でつながっているような昔ながらの古いアパートに独居しようと。いま住んでいるマンションはオートロックで鍵も堅牢なんです。うちには誰も訪ねてきませんから、編集者の電話がなければそれまでで、発見されなければずっとそのままなんです。もしここで死んでしまったらという不安はあります。具合が悪いとき

「〝無頼派〟を演じる西村さんもいるのかな、という印象を僕は受けるんです」岡村

「僕はね、孤独死は全然かまわないんです」岡村

はよく考えるんです。

岡村　僕はね、孤独死は全然かまわないんです。

西村　ええっ！　そうなんですか！

岡村　それよりも僕が怖いのは、結婚にリアリティを持てないことなんです。結婚が人間の本能だとするならば、僕は欠落しているのかもしれないと。そもそも、自分の遺伝子を残すというのは、動物として最重要項目のはずじゃないですか。

西村　僕自身は、自分の遺伝子を残すことに賛成できないんですね。いままでロクなことをしてきませんでしたし、変な性癖もある。親もまともではなかった。負の連鎖を子どもに引き継がせるのは酷ではないかと考えてしまうんです。

岡村　寂しがり屋ですか？　それとも大丈夫なほうですか？

西村　自分でもどっちだかよくわからないんです。何十日に一回、無性に寂しいと思うときはあるんです。

岡村　小説を書くということは、人とつながりたい、人に素晴らしい小説だと思ってもらいたい、そう考えているわけで、芸術家でありエンターテイナーなんです。それは常に他者を意識して書くということで、自己満足のマスターベーションではない。ということは、「人がどう思おうと関係ねえよ！」という自分本位のスタンスではないわけですよね。

西村　おっしゃる通りです。小説を発表している限りはそうです。ただ、若い頃に一匹狼でいるのがカッコイイと思ってやっていたんですが、気づいたら周りに誰もいなかったという（笑）。それがずっと続いちゃっているという部分もあるんですよ。

岡村　致し方なく無頼派に（笑）。

「サポートされるなんぞ考えたことがないです」西村

西村　だから、無性に寂しくなると、話をする友だちなんていませんから、書くか音楽を聴くかで気を紛らわせているんです。

岡村　小説を書いているときがいちばん幸福ですか？

西村　いまはそうです。書ける状況であれば、他のことはどうでもいい。毎月一編、雑誌に文章を載せることができれば。その腕が落ちなければ。この状況のままでいいんです。

岡村　「クロスロード」っていう伝説があるんですよ。その昔アメリカに、1920〜30年代に活躍したロバート・ジョンソンという黒人のブルース歌手がいて。彼はギターがものすごく上手くて超絶テクニックの持ち主だった。人々は「アイツは十字路で悪魔に魂を売り渡して、それと引き換えに天才ギタリストになった」と噂し、十字路に立つと悪魔に契約書を渡されるという伝説が生まれた。西村さんにはそういう気持ちってありますか？　ものすごい小説が書けるなら悪魔と契約してもいいと。

西村　そりゃあ、僕はすぐにサインしちゃいますねえ（笑）。もう二つ返事で。何のためらいもなく。

岡村　ほ〜！　やっぱり西村さんは求道者タイプだ。

西村　岡村さんはサインしません？

岡村　昔の僕はサインしました。でもいまは、音楽さえできればいいとは思わないんです。バランスよく生きていきたい。ささやかな幸せがほしい。恋もしたいし、テレビを観て笑いたいし、お酒も呑みたいんです。

西村　酒もダメですか？　悪魔に酒だけは許してもらいたいなあ（笑）。

ファンと結婚するべし!?

岡村　どんな女性が好きですか？

西村　タイプは特にありませんが、僕の小説を読まない人がいいですね。たまにお付き合いしたりするのは、僕の本を読んでくださって、手紙をくださって、というパターンが多いのですが、それが僕の中でイヤなんです、結局。「ファンです」って近づいてくる人には精神的なところで不純なものを感じてしまうんです。

岡村　言わんとすることはよくわかります。でもね、僕の周囲の人たちは、「ファンと結婚するべきだ」と言うんです。なぜならファンは自分の最大の理解者だからと。

西村　う〜ん。

岡村　年を重ねると、悲しいかな若い時分とは状況が違うわけじゃないですか。体力的にも精神的にも。そうすると、僕らのような人間が仕事に集中するためにはいろんな面でのサポートが必要となってくるんです。そんなとき、パートナーが自分の理解者であ

「小説家になってからお付き合いした人は、誰一人として家に入れたことがない」西村

るかそうでないかで大きく違ってくると。特に、西村さんのように、部屋に籠《こ》もって表現活動をする人は。周囲のクリエイターはみんなそんなふうに言う。だから、僕も自分をサポートしてくれる理解者は必要なのかなと思うんです。

西村　はぁ。サポートされるなんぞ考えたことがないです。僕は、家庭的なことをされるのがイヤなんです。

岡村　インタビューでもおっしゃっていましたね。創作のための独特な空気が西村さんの部屋にはあるので、他人にその空気を乱されるのがイヤだと。求道者ゆえの潔癖症ですよね。

西村　潔癖症です。僕は自室の布団の中で執筆をするんですが、家に人を入れるのがイヤなんです。誰かが立ち入ってしまうと、空気が元にもどるまでに何日もかかってしまうように思ってしまいますし。だから、小説を書くようになってからお付き合いした人は、誰一人として家に入れたことがないんです。

岡村　家に入れろと言われません？

西村　断固突っぱねます。あんまり突っぱねるんで、疑われたこともあります。死体でもあるんじゃないかと（笑）。第一、いま３ＬＤＫに住んでいますけれども、部屋がすべて本や資料で埋まっているんです。そういった状況を考えても、結婚は自分には不必要なものだなと。

岡村　西村さんは、お金が入ると古書を集めてしまうんですよね。藤澤清造の著作もすべてコレクションされているんでしょ？

西村　藤澤清造しかり、好きな作家は系統立てて雑誌から何から全部集めているんです。何もかも全部集めないと気が済まない。すべて自分の手元に置いておかないと気が済まないんです。それを全部抱えたまま、万が一何かあってもそれを持って逃げられるわけもないのに（笑）。

岡村　散財するのは本だけですか？

西村　本だけです。あとは、稲垣さんのＣＤですね（笑）。

男女が通る道はいまも昔も同じ

岡村　最後に、西村さんは、昔の小説に詳しいのでお聞きしたいんですが、昭和初期と現在を比べると男女のコミュニケーションの仕方は大きく変わりましたよね。メールも携帯もなく、あの人はいま何をしているのかと思いを馳せ、相手を慮る時間のあった時代の小説と、いま何をしているのかすぐにわかってしまう現代の小説では、描かれる恋愛も違うのかなと。昔の小説を読むとみんな我慢してるように感じるんです。「ちぇっ」とか言いながら（笑）。文明が変わったことにより、人々のメンタリティも恋愛も変わってしまったように僕は思うんですが。

西村　僕は変わってないと思います。道具立てが変わっただけで。

岡村　根源的な部分は変わらないと。

西村　根ざすところというか、行き着くところというか、通る道は同じだと思うんです。だから、昔の小説を読んでも古さを感じない。道具立てが古くても、書いてあることが古びてないのはそこじゃないかと思うんです。ただ、昔と決定的に違うことがあるとすれば、最後の最後に離婚するというパターンが若干多くなっていることかもしれません。そういう意味でも、「結婚が人生の墓場」ではなくなっているのかなと。とはいえ、年をとってから離婚して、果たしてその先に何があるのかというのは、非常に興味深いところで。そうすると、「一体なんのために結婚するのか」という岡村さんの疑問に帰ってくるのかもしれませんよね。

岡村さんの
イメージが大きく変わりました!!
西村賢太

STEP UP

(23)

結婚とは相手にコミットすること。

vs ピーター・バラカン

ブロードキャスターとしてラジオやテレビで活躍するピーター・バラカンさん。ロック史をリアルタイムで体感し、ソウルやブルーズといったブラック・ミュージックを愛する音楽愛好家としても有名だ。僕にとってのピーターさんは毎週欠かさずに視聴していた『CBSドキュメント』の司会者であり、1980年代はYMOの英語詞を担当していたというイメージも強い。ピーターさんがイギリスから日本にやってきたのはいまからちょうど40年前。日本で結婚されて30年以上が経つという。どんなふうに出会い、結婚に至ったのか、国際結婚の良さ、難しさ、いろいろお聞きしてみたいと思う。

ピーター・バラカン≫1951年ロンドン生まれ。ブロードキャスター。音楽番組や報道番組のDJや司会として活動。主な著書に『ラジオのこちら側で』『わが青春のサウンドトラック』『魂ソウルのゆくえ』『ぼくが愛するロック名盤240』などがある。

「僕、小さい頃ロンドンに住んでたことがあるんです」岡村

岡村　ピーターさんはロンドン生まれのロンドン育ちで。

バラカン　そう、ロンドンっ子です。

岡村　僕、小さい頃ロンドンに住んでたことがあるんです。

バラカン　そうですか！　いつ頃？

岡村　１９６９年から3〜4年。ちょうどビートルズの解散前後でした。４歳から小学校低学年ぐらいまでいて。子どもながらに、ビートルズは異常な人気があることに気づきました。あと、サッカーが国民的スポーツなんだと知りました。

バラカン　いろいろ覚えてますか、当時のことは？

岡村　もちろん覚えてます。ピカデリーサーカスの映画館で『オリバー！』（68年）とか『チキ・チキ・バン・バン』（68年）とか『女王陛下の００７』（69年）を観たなとか。あと、子どもたちの自転車のハンドルがみんなチョッパーだったなとか。

バラカン　チョッパー!?　そうか。69年は、『イージー・ライダー』イギリス公開の年だったから、子どもたちにもチョッパーが流行ったんですね。当時僕は、ちょうど大学に入った頃で、あれが子どもたちにまで浸透していたとは知らなかった。

60年代のロンドンとジョン&ヨーコ

岡村　69年というと、日本では東大安田講堂事件（新左翼の学生たちが東大の安田講堂を占拠した事件）があり学生運動が頂点を迎えた年だったと思うのですが、ロンドンの大学はどうでしたか。

バラカン　僕が入った頃はピークを過ぎてました。いちばん盛り上がったのは、68年、パリの五月革命（パリを中心とした労働者と学生による反体制運動）のとき。ロンドンでも、アメリカ大使館前のデモが暴動に発展しましたね。

岡村　五月革命は世界中の学生に衝撃を与えましたもんね。

バラカン　僕は、ロンドン大学のＳＯＡＳというカレッジの日本語学科に通っていたんだけど、中国語学科の連中は、英語で「リトル・レッド・ブック」といわれた『毛沢東語録』をみんな持っていて。あれを片手に士気を高めて、僕らのようなノンポリ学生に「バカヤロー！」なんて叫んでた学生もいましたね。

岡村　ピーターさんは、いちばん豊かな音楽経験をしてきた世代ですよね。しかもロンドンで体感してきた。

バラカン　そりゃもうラッキーでした。僕の10代は61年から71年までで、ロンドンがいちばん元気な時期に思春期を過ごしていたんです。

岡村　ビートルズやローリング・ストーンズが世界を席巻したブリティッシュ・インヴェイジョンの時代に。

バラカン　だから音楽が大好きになった。でもね、当時は子ども

「生まれて初めて観たコンサートは、ビートルズのクリスマス・コンサート」バラカン

だからお小遣いが少ない。なかなかレコードが買えない。買えないからラジオをしょっちゅう聴いていました。ヒット曲はだいたいラジオでかかってたから。ラジオ好きになったのもこの頃。

岡村　海賊放送（60〜70年代、海上から無免許で放送していた〝脱法〟放送。イギリスのサブカルチャーを牽引）ですか？

バラカン　そうそう。レイディオ・キャロラインとかレイディオ・ロンドン。BBCでは放送されないロックはだいたい海賊放送で聴いていましたね。

岡村　ライヴもよく行きましたか？

バラカン　生まれて初めて観たコンサートは、ビートルズのクリスマス・コンサート。それが12歳のとき。母と弟と3人で行ったんです。あの頃、〝パッケージ・ツアー〟（60年代初頭のイギリスのステージ興行で何組もの出演者が共演するスタイル）が主流で、ビートルズもストーンズもチャック・ベリーもキンクスもホリーズもそれで観たんです。

岡村　原体験にビートルズやストーンズがあることとつながるんですが、あの時代、ジョン・レノンとオノ・ヨーコって、ショッキングでインパクトのあるカップルだったじゃないですか。2人でヒッピーみたいな格好をして、ジョンはジーザス・クライストみたいに髪を伸ばしヒゲを伸ばし、おばあさんみたいな丸メガネをかけて。

バラカン　丸メガネ、マネしました。

岡村　僕もです。全然似合いませんでしたけど（笑）。僕は当時、小学生だったんで、ヨーコと出会ってからのジョンの変わりようが理解できなかったんです。まず、オノ・ヨーコの良さが理解できなかった。彼女は前衛芸術家でアヴァンギャルドな表現活動をしていたけれど、僕にはまったく意味がわからなかった。

バラカン　小学生には難しい（笑）。

岡村　ジョン＆ヨーコの『ウェディング・アルバム』（69年）を聴いても、「ジョ〜ン！」「ヨ〜コ〜！」ってお互いの名前を叫んでるだけでしたし。

バラカン　僕、あれを一度も聴いたことがないです（笑）。

岡村　しかも彼らは、アルバム『未完成、作品第1番〜トゥー・ヴァージンズ』（68年）をはじめすぐヌードになったり、「ベッド・イン」（ジョン＆ヨーコの平和活動パフォーマンス。69年）したり。僕はものすごく心を乱されたんです。ジョンはヨーコと結婚した途端に理解できない人になってしまった。大好きだったジョンを、天才ジョンを、ヨーコは一体どうしてくれたんだと。僕の思春期にものすごく影響を与えたんです。オノ・ヨーコって何だろう、結婚って何だろうと。いまに至る結婚に対する疑問もそこで生まれ

「男って、臆病な生き物だったりするからね」バラカン

たんだと思うんです。ピーターさんは、当時の2人をどう思っていましたか？

バラカン　2人が付き合い始めたのが66年なんですが、そうすると僕が15歳の頃。当時、イギリスのメディアでは、ヨーコさんは必ず非難されていたし、悪く報道されていた。だから、圧倒的に多くのイギリス人がそうだったように、僕もただの高校生だったから、彼女に対してネガティヴなイメージしかもっていなかった。ずっと。でも、2人のニューヨークでの生活を撮ったドキュメンタリーを観てイメージが変わったんです。

岡村　『ジョン・レノン、ニューヨーク』（10年）ですよね。僕も観ました。

バラカン　あれを観て、ヨーコさんの存在の凄さにはじめて気づいたんです。ジョンにとってどれだけヨーコさんが必要だったかがようやくわかった。今年、ヨーコさんが来日したときにラジオでインタビューする機会があって、彼女と初めて会って。そのときにその話をしたんです。ヨーコさんのことを最近になってようやく肯定的にとらえることができるようになりましたと（笑）。やっぱり、物事はいろんな角度から見ないと見誤ってしまうし、特に男と女のことは、彼や彼女の立場に立たないと本当のことなんて誰にもわからない。他人からは想像もできないようなつながり方をしますからね。そういう意味でも、結婚ってつくづく不思議なものだと思います。

岡村　しかも、相手のパーソナリティまで変えてしまう結婚もありますから。

バラカン　ヨーコさんに聞いたら、ジョンはビートルズでもっともっといろんなことをやりたかったそうなんです。でも、自分がどう見られるかを常に意識しなくてはいけなかったから、いつも遠慮して、我慢していた部分がいっぱいあったと。彼女が果たしたいちばん大きな役割は、ジョンに対して、「人がどう思うかなんて関係ないから、自分のやりたいことをやりなさい」と勇気づけたことだったと思うんです。女の人の役割って、往々にしてそれが大きいと思う。男を支え、男がもっている能力を発揮させる空気をつくり、その土壌をつくる。男って、臆病な生き物だったりするからね。

ピーターさんの結婚前夜

岡村　ピーターさんが日本に来られたのは何年でしたか？

バラカン　74年。ちょうど40年前。23歳になる直前でした。

岡村　そもそも、なぜ大学で日本語を勉強したんですか。

バラカン　いつも聞かれる質問ですが、ウィキペディアに書かれ

「基本的に僕はすごくオクテです。好きな子の前では何も言えなくなる」バラカン

ていることは間違ってるのでここで訂正します（笑）。そもそも、僕は、なにがなんでも大学に行きたかったわけじゃなかった。とはいっても、18歳で働きたかったわけでもないです。当時の大学は、よっぽどの金持ち以外は全員タダで行けたんです。じゃあ、受けてみようかなと思いました。しかも、イギリスの大学は、最初から専門の勉強をはじめるので、大学に入る前に何を専攻するかを決めなくちゃいけないんです。僕には特に「これをやりたい」というものもなく。強いて言えば語学が好きだった。子どもの頃からラテン語や古代ギリシャ語を勉強していたし、難しい言葉や死語になった使い道のない言葉を学ぶのが好きだったでしょうね。でも、さすがに大学に行ってまでそれをやるのはどうかなと思って、じゃあ、親父がポーランド人だからポーランド語はどうかと考えたけれど、特に興味はない。母親がイギリスとビルマ（現ミャンマー）のハーフだからビルマ語はどうかとも考えたけど、これもまったく使う機会がなさそう。じゃあ、何語がいいかと考えたとき、いろいろと出た中でふと、日本語という提案に理由もなくピンときました。

岡村　特別な理由もなく日本語を。

バラカン　僕はめんどくさがりだし、深く考えないタイプなんです。漢字、平仮名、片仮名、日本語には3種類も文字があるなんて

何も知らずに決めました。軽率すぎて、当時の自分にあきれるぐらいですよ（笑）。

岡村　学生時代って、モテました？

バラカン　女の子の友だちは多かったし、女の子と遊ぶのも好きでしたが、基本的に僕はすごくオクテです。好きな子がいると、そ

「いいなあ、社内恋愛」岡村

の子の前では何も言えなくなるタイプ。誰とでもすぐに仲良くなるタイプでもないですから、パーティに行くと、レコード・プレイヤーのところに直行して、どんなレコードがあるかをチェックして、好きなレコードを並べて順番にかけて勝手にＤＪを始めるという困った奴でした（笑）。パーティで嫌いな音楽がかかるとイヤだったから。

岡村　じゃあ、大恋愛の経験は？

バラカン　学生時代は、ずっと片想い（笑）。ガールフレンドは時々いましたが、深い付き合いをした人はいなかった。

岡村　卒業してすぐ日本ですか？

バラカン　ロンドンのレコード屋の店員をやってました。1年ぐらい。でも、労働時間は長い、給料は安い、ガールフレンドと出会う機会もない。このままだとどうなるかなと暗くなり始めたとき、日本のシンコー・ミュージックが人材を募集している広告を見て、そこから道が開けたんです。

岡村　シンコーではどんな仕事を？

バラカン　著作権管理です。海外の楽曲の出版権を取る仕事でした。

岡村　日本に来たのが74年ということは、イギリスではバッド・カンパニーのファーストが出た頃ですね。

バラカン　日本では、ニューミュージックの時代が始まって、ユーミンがまだ荒井由実だった頃。僕が出会ったいちばん最初の日本のヒット曲は、ダウン・タウン・ブギウギ・バンドの「スモーキン・ブギ」（74年12月発売。70万枚の大ヒット曲）。僕のよく知るブルーズと似ていて、しかも、ポール・バターフィールドの「シェイク・ユア・マニー・メイカー」みたいな曲だったから、おお、日本人もこういう音楽をやるんだなって、すごく安心しました（笑）。

岡村　奥さんの吉田真弓さんとはどうやって出会われましたか。

バラカン　同じ職場で知り合ったんです。僕が入って2年後に新卒の新入社員で入ってきて。その1年後に付き合い始めたから、77年からです。

岡村　いいなあ、社内恋愛（笑）。

バラカン　部署は違いました。真弓は『ヤング・ギター』という雑誌の編集部にいました。付き合い始めたとき、彼女は22歳、僕は26歳。付き合いだしてからすぐに一緒に暮らし始めたんです。僕らはそれを秘密にしてたんだけど、すぐに会社にバレてたらしくて（笑）。

岡村　全然秘密じゃなかった（笑）。

バラカン　僕は、絶対に遅刻をしない人間なんです。早く起きて、早く準備をして、早く家を出る。でも、彼女はギリギリに起きて、

「好きな女性と1年間も連絡のつかない場所へ離れ離れになったら、僕は耐えられない」岡村

遅刻ギリギリで家を出る。待ってるとイライラするから、僕はいつも先に家を出る。だから、別々に出社してたし、会社に入るタイミングも違う。みんなにバレるはずはないと思っていたけど、すぐにバレてたらしい（笑）。

岡村　あはははは（笑）。

バラカン　僕は、結婚に対して不信感をもっていました。親の仲が悪かったんです。小学3年ぐらいの頃から毎日ケンカしてたし、家庭内別居が続いていたし。僕が大学に入った頃に離婚しました。だから、家庭が円満ではなかったので、結婚は期待してなかったし、「一人の女性に対して生涯愛し続けるなんて約束するのはあり得ないでしょ」って思っていました。彼女ともずっと付き合っていたけれど、結婚は意識してなかったんです。

岡村　じゃあ、どういうタイミングで結婚という選択を？

バラカン　付き合って3年ぐらい経った頃、真弓が突然ロンドンへ留学したいと言い出したんです。僕と付き合う前から留学を考えていたらしく、1年間ロンドンに留学して英語を習いたいんだと。え、このタイミングで？　なぜ？　って。

岡村　結婚しようと思ってたのに？

バラカン　というより、その頃、つまらないことで毎日毎日ケンカばかりしていたことがあって、ああ、これはもう別れたほうがいいのかなと思うこともありました。彼女はあまり覚えてないんですが（笑）、僕はよく覚えています。留学すると言い出したのは、そんなことのあった直後。「え？　ちょっと待ってよ」と。

岡村　梯子《はしご》を外された感じですね。

バラカン　僕はすごく抵抗したんだけど、どうしても行きたいと。あまり抵抗したら本当に別れることになると思ったから、「わかった」と。「行くんだったら、お互いに縛らないことにしよう」と。「帰ってきたときにお互いにまだ気持ちがあるのなら、また付き合おう」と。

岡村　不安じゃなかったですか？　好きな女性が一人でロンドンにいるなんて。僕だったら耐えられない。

バラカン　そこはもう信じるしかありませんから。でもね、彼女は1年の留学を経て、ずいぶん変わったんです。札幌で生まれ育ち日本の中だけで育った女性が、25歳でロンドンへ行って生活して。自分の国を客観的に見たことで変わったんです。彼女が言っていたんですが、それまでの自分は親が敷いたレールの上を走ってきただけで、自分では何も決めてこなかったと。初めて海外に出て、初めて自分でいろいろと決断しながら生きてみて、初めて解放されたんだと言っていました。自己責任という発想を初めてもったんだと。

岡村　自立した女性になったと。

バラカン　そう。だから、ロンドンから帰ってきて、僕との付き合い方もずいぶん変わったんです。僕もそれをすごく感じて。81年の春に戻ってきて、ほぼすぐに「結婚しようか」って。僕から言ったと思う。

岡村　しかし、離れていた間は寂しかったでしょう。メールも携帯もない時代ですもんね。

バラカン　国際電話はべらぼうに高かった時代だから、ときどき手紙を書くぐらい。たぶん、1年間で2回ぐらいしか電話で話してないと思う。そのうちの1回が、80年12月8日。彼女から夜中に電話がかかってきた。大事件でも起こらない限り電話なんて来るはずもないからビックリした。「どうしたの？」って。そしたら、「ジョン・レノンが撃たれて死んじゃった」って。そのとき、日本にはまだそのニュースは伝わってなくて。呆然としたのをよく覚えてます。

国際結婚は大変です

岡村　国際結婚ってどうですか？

バラカン　時々けっこう大変です。普通の結婚も他人同士で大変なのに、国の違いも加わってくる。たとえば、日本の「常識」というものがあるでしょ。英語だと「常識」は「コモン・センス」と訳すけれど、「コモン・センス」は、世界中の人々が共有できる感覚を意味する。でも、日本人の「常識」は、日本でしか共有できない感覚のことだし、日本人同士だと何も言わなくても通じる、以心伝心的な部分を「常識」という。僕はイギリス人だから以心伝心なんて信じてない。だから、思ったことはちゃんと言う。そうすると彼女は、「なぜそんなわかりきったことをいちいち口にするんだ」と言ったりするわけです（笑）。

岡村　考え方の根本が違うんだ。

バラカン　社会的背景によるカルチャー・ギャップもある。日本人の女性は、何か決断するときは男性に委ねるという感覚があるから、真弓も最初の頃はそうだった。でもイギリスでは、60年代から女性解放運動が進んでいたし、僕が大学生の頃には男女がどんな話題でもタブーなく話し合っていた。だから日本に来たとき、女性がまったく主張しないことにすごくビックリしたんです。日本も80年代以降は変わりましたが、そういった部分もイギリスと日本では10年ぐらいのギャップがある。だから、国際結婚では、お互いの国の文化に興味をもち理解するのは大前提だし、僕らの場合は、意見が食い違うたびにとことん話し合いました。時間はかかるけれど、お互いが思っていることを正直に語り合うと解決策

「国際結婚では、お互いの国の文化に興味をもち理解するのは大前提」バラカン

「結婚して良かったのは子どもができたとき。夫婦の絆がさらに強くなったから」バラカン

は自ずと見えてくるんです。

岡村　話し合いは夫婦に大事ですか。

バラカン　大事です。笑いひとつとっても違いますから。たとえば、僕は、ロンドン育ちなので、笑いの感覚がモンティ・パイソン的なんです。

岡村　ブラックでシニカルで。

バラカン　そう。イギリス人同士だと、シニカルなジョークの応酬は全然普通。でもそれは、同じ英語圏のアメリカ人にさえ通用しないこともある。昔、アメリカ人の友人に「これ以上きみとは付き合えない」と絶縁されたこともあるぐらい。だから真弓も、付き合い始めたときは、「なぜそんなひどいことを言うのか」ってよく言いました。「すごく嫌な気分になる」と。そうすると、僕もとっさに出るジョークを抑えなくちゃいけない。最初はフラストレーションが溜まるけれど、アメリカ人に通じないものが日本人に通じるわけもなく、よっぽどのモンティ・パイソン好きじゃない限りわかってもらえない。

岡村　じゃあ、日本の笑いについてはどう感じていたんですか？

バラカン　それがね、70年代のお笑いは普通に受け入れたんだけど、80年代の漫才ブーム以降は笑ったためしがほとんどない。皮肉屋の僕が言うのも不思議でしょうが、毒舌が意地悪にしか聞こえないことが多いです。だから笑いはホントに難しい。なかなか国境を超えない。いまだにイギリス的な笑いは女房には１００％は通じてないと思う。子どもたちはわかってくれるけど。

岡村　お子さんとは英語で？

バラカン　０歳のときから子どもたちとは英語です。だから、子どもたちとはフラストレーションなく十分皮肉を言い合えますね（笑）。息子はもう27歳で、娘は24歳ですが、集まるともうバカなことの言い合い。涙が出るほど抱腹絶倒です。

夫婦は親友であるべき

岡村　僕に結婚はすすめますか？

バラカン　一人の人にコミットできるという心境をもてるのであればすすめます。僕も結婚を否定的に考えていたときは、うまくいかなくなったら別れればいいやと、自分の親の姿を見てもそう思っていた部分があった。でも、結婚すると決めたとき、そんなことを考えていた自分がすごく無責任に思えた。相手にコミットするからには、「一生をこの人といる」という決断はしなくちゃいけない。やっぱり、結婚は恋愛とは違う。こう言うと寂しい感じに聞こえるかもしれないけれど、「恋人」ではなく「１００％信頼しあえる人」、ある意味、妻や夫は親友のような存在であるべきだと

僕は思うんです。

岡村　ピーターさんと真弓さんはお互いの感性は似てますか？

バラカン　似てます。生きる上での価値観はすごく似てる。逆にそうじゃないとやっていけないと思う。善悪の価値観、社会問題や政治に対する考え方、美意識。結婚後に四柱推命でみてもらったとき、「あなたたちは兄弟星です」と言われたんです。一緒にいると兄弟のように見えると言われることもよくあるし。もしかしたら、本能的に、お互いに合うものを感じたのかもね（笑）。

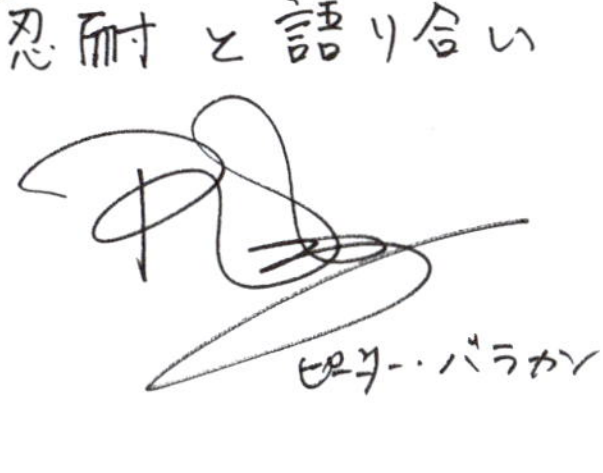

STEP UP
(24)

いい加減だから結婚できるんです。

VS 田原総一朗

ジャーナリストの田原総一朗さんがテレビディレクター時代に撮っていたドキュメンタリー番組が僕は大好きだ。田原さんの「取材手法」は当時(1960〜70年代)からちっとも変わっていない。「さあ、どうするんだ君は」と相手に問題を突き立て、興奮させ、冷静さを失わせる。それはいま『朝まで生テレビ』などの討論番組で政治家に切り込む姿と同じであり、田原さんの一貫したドキュメンタリズムなのだと思う。そんな田原さんは、離婚したことはないが不倫したことはあるというユニークな結婚歴をおもちだ。80歳を迎えてからの恋も含め、今回は僕が切り込んでみたいと思う。

たはら・そういちろう≫ 1934年滋賀県生まれ。ジャーナリスト。87年より『朝まで生テレビ』の司会を担当。近著に『私が伝えたい日本現代史』『日本人と天皇』『80歳を過ぎても徹夜で議論できるワケ』『起業のリアル』『もう国家はいらない』など。

岡村　結婚したいとずっと思ってるんです。結婚して子どもをつくり家庭をもちたいと。でも僕は、今年50になりますが結婚できないままでいる。この人という相手に出会えない、というよりもまず、結婚とは何かがよくわからない。大いなる疑問が結婚の前に立ちはだかっているんです。

田原　それは岡村さんが真剣に考えすぎなんじゃないかな。

岡村　そうですかね。

僕はいい加減な男なんです

田原　結婚はいい加減じゃないとできないと思う。だって、男と女が完全にフィットするかどうかなんてわからないじゃない。だから、結婚してる人たちはほとんどいい加減だと思うね。いい加減なところでフィットしたと思い込むわけ。僕もそう。いい加減だから幅があるんですよ。岡村さんはたぶん、完全にフィットしなきゃだめだと考えるから幅がすごく狭いんだと思うね。

岡村　じゃあ、結婚ではなく事実婚や同棲でいいじゃないかという考え方についてはどう思われますか？

田原　僕は古い世代です。昭和一ケタ生まれで今年81になりますから、基本的に男女平等ではないんです。男尊女卑という意味じゃなくてね。つまり、僕がものごころついた頃、日本は男女平等ではなかった。夫が妻子を養うのが義務という家父長制だった。だから、男が女性と付き合うときには、責任をもたなくちゃいけなかった。責任を全うするために結婚しなければならなかった。だから「男は責任をもつ」のだと。自然とそう考えてしまうんです。でも、男女平等の社会になれば、そんなことは思わなくていい。男が全責任を負う必要はない。そうすると、結婚の必要性を感じなくなり事実婚でいいとなる。そこが違うんだと思う。

岡村　昔と比べると、女性の就業率が上がり、給料が上がり、社会的地位も上がり、結果、女性が結婚に関して妥協や我慢をしなくなり、未婚率、離婚率も高くなった。それは、男女平等の結果でもあると。

田原　僕が結婚した頃は、男女雇用機会均等法もなければ男女共同参画社会でもなかった。第一、女性が一般企業に就職しても仕事はお茶くみです。総合職では働けなかった。だから、女性にとっての安定は結婚だった。でも、いまは違う。男女平等が基本にあるし、女性は総合職で働ける。だから、男と女が一緒に暮らすというのは、言ってみれば、趣味の世界に近づいてるんじゃないかと思う。フランス料理を食べるのか日本食を食べるのか、そのくらいの度合いになってきていると思うね。

岡村　昔は経済的な安定が結婚の意義だったけれど。

「男が全責任を負う必要はない。すると、結婚の必要性を感じなくなり事実婚でよくなる」田原

「未婚率、離婚率も高くなった。それは、男女平等の結果でもあると」岡村

田原　それが10割。その頃と比べれば、いまは愛が大事になった。男女平等がもたらしたのは実は愛だと思う。つまり、現代の女性は、経済的安定ではなく愛だけで結婚ができるようになったし、結婚するしないも自由に選択できる。だから、僕がいまの時代の若者だったら結婚できないと思う。僕は二度結婚をしたわけだけど、二度とも受け身なんです。女性のほうが強い。女性の言う通り。論争しても僕が負けちゃうわけ。責任をもつという古い考え方から結婚したけれど、いまなら結婚できなかったと思う。だいたい、テレビの現場でも、この女性は面白くて魅力的だと思うと、ほとんど結婚していない。あるいは離婚している。男性からするとそういう女性は怖いんだと思うね。だから、女性もいい結婚相手を見つけるのもなかなか難しいんじゃないかな。岡村さんだけじゃなく、女性も悩んでるんだと思うね。

岡村　男もつらいけど女もつらいのよ、と(笑)。

とことん話し合える女性が好き

田原　そういう意味でも、結婚は、趣味の領域にこれからどんどん入っていく。男女平等を突き詰めていくとどうしてもそうなるからね。

岡村　どういう女性が好みですか?

田原　男っぽい女性が好み。色気で迫られるのは苦手だね。

岡村　ショートカットの?

田原　長い髪の女性を好きになったことはないなあ(笑)。

岡村　二度のご結婚というのは……。

田原　最初の女房が病気で亡くなって、その後結婚した2番目の女房も病気で亡くなってね。

岡村　亡くなられた2番目の奥さまはとても活発な女性だったそうですね。家で論争をしたり、田原さんが出演する番組についての意見を忌憚なく言ったりとか。

田原　遠慮なく言う人だったから。彼女はね、僕が書いた原稿も真っ先に読む。書いた端からどんどん読んでいく。で、どんどん手直ししていくわけ。アナウンサーだったから、「書き言葉ではこういう言い方はしない」と言葉の使い方に非常に厳しかった。僕は文章がヘタクソだから。

岡村　ほお。頭の良い、批評眼をもつ女性が好きなんですね。

田原　そういう女性が好きだね。

岡村　田原さんは、そういう奥さまがそばにいたことで、裸の王様にならなかったし、批判する人が必要だったともおっしゃっていましたね。

田原　そうね。

「話がフィットするのが大事。安倍晋三からISILまでいろんな話ができる人が好き」田原

岡村 疲れないですか、そういう人と一緒にいるのは。

田原 なんで疲れるの？

岡村 だって、番組で神経を使ってピリピリして、家に帰ったら帰ったで忌憚のない意見が待っている。ゆっくり落ち着きたいと思いません？

田原 僕に休みは必要ないんですよ。

岡村 休まないんですか？

田原 休日というものがない。日々、人と会って話をするか、こうして対談するか、そうでなければ原稿を書いているか資料を読んでますよ。よく、日曜日は何してますかと聞かれるけれど、僕にとって日曜日も木曜日も一緒。唯一休日といえるのは1月2日だけ。毎年、大晦日は『朝まで生テレビ』をやるんだけれども、番組が1月1日の朝に終わるでしょ。午後家に帰って夜からは娘夫婦や孫たちと一緒にホテルに泊まるんです。そこで2泊する。1月2日はお寺とお墓参りをやるわけね。仕事はしない。仕事をしないのはこの日だけ。

岡村 じゃあ、何もかもストップしてぼんやり過ごしたりは……。

田原 好きじゃない。好きじゃないし、そうする必要がない。昔、松本清張という作家がいたけれど、彼はやたらに本を書く人だった。清張さんに「疲れたときはどうします？」って聞いたら、「邪馬台国や昭和史の研究をやるんです」と言った。僕も似てると思う。休むってことはないですよ。必要がない。読んでる本に飽きたら別の本を読む。

岡村 でも、家でも論争するのはイヤじゃないんですか？ 意見が食い違ってピリピリするでしょ？

田原 もっと言うとね、僕はピリピリしない。『朝まで生テレビ』でもピリピリしない。緊張しないのね。だからね、僕は酒を飲まないんだけど、普段から緊張しないから酒を飲む必要がない。結局、論争が楽しいのね。困難なことや矛盾があると、むしろ面白がるわけ。やっぱり僕はいい加減。無責任なんですよ（笑）。

岡村 噂によると、いま恋をしていらっしゃるそうですね。

田原 学生時代の同級生にね。

岡村 どんなお付き合いを？

田原 話し合うのがメイン。集団的自衛権から安倍晋三からISIL《アイシル》（イスラム国）から……。

岡村 映画、小説に至るまで？

田原 フィーリングがフィットするから幅広く話し合える。要するに、何でも話し合える女性が好きなんです。男と男は、やっぱりどこかライバル心があって自分の弱みを見せないし本心を話さない。でも、相手が女性だと全部話し合えるんです。

「家でも論争するのはイヤじゃないんですか？　意見が食い違ってピリピリするでしょ？」岡村

岡村　田原さんは以前もおっしゃっていましたね。男と男、女と女では話せないことがたくさんあると。亡くなられた2番目の奥さまは、とってもモテる人で、ボーイフレンドもたくさんいて、田原さんは非常にヤキモキしたと。でも、それが逆にいい刺激になったと。「負けないぞ」と発憤したんだと（笑）。

田原　頑張らないと、とね（笑）。

2番目の女房は同志でした

岡村　いままでの人生を振り返って、いろいろな恋愛を経験されたと思うんです。というか、田原さんは相当モテたでしょ？　ジャーナリストってモテる印象がありますから。タイプは違いますが、筑紫哲也さんとか。

田原　彼はすごくモテる人。モテてモテて困ってた（笑）。僕なんかとはまったく違う世界の人でしたから。

岡村　田原さんもでしょ？

田原　いや、僕は全然モテない。まったくモテない。ホントにモテない。最初の女房と、2番目の女房と、いまの彼女と。それ以外はないですよ。

岡村　じゃあ、恋愛や性に翻弄されたようなことは？

田原　僕は強いほうじゃないから。

岡村　性欲が？

田原　食欲、性欲があまりない。若い頃から。セックスしたいから付き合うとか、そういうのは一切ない。ただ、僕はいい加減だから、ほとんどの場面で緊張はしないんだけど、唯一恋愛は緊張できる面白みがある。振られたらイヤだとか、嫌われたらイヤだとか、そういう緊張感があるでしょ。そこは面白いと思う。

岡村　恋愛で冷静さを失ったり、悲しくなったりとかは？

田原　女房が亡くなったときは悲しかった。2番目の女房が亡くなったときはこれからどうしようかと考えたりもした。評論家の江藤淳さんは、奥さんが亡くなった後に自殺をしてしまいましたからね。

岡村　亡くなられましたね。妻亡き後の自分は形骸でしかないと。

田原　その気持ちはよくわかったし、僕もそういう気持ちになった。2番目の女房は同志だったから。でも、実際にいなくなったら、ここは僕の無責任さなんだけども、意外にやっていけるものなんだなと。

岡村　寂しがり屋ですか？

田原　寂しがり屋です。だから、いろんな人によく電話をかけますよ。

岡村　僕も一緒です。寂しがり屋だと聞いて安心しました（笑）。

日本の結婚もフランス化する

岡村　話はもどりますが。田原さんの最初のご結婚はいとこの方だったんですよね？

田原　そうです。学生時代に伯母の家に下宿していて。その伯母の娘でした。だから、いとこ。年は向こうが3つ上だった。とにかく、僕に親切にしてくれるところから始まって。好きになったひとつの原因は、伯母に結婚を反対されたこと。伯母と、伯母の長男である僕のいとこも結婚に大反対した。僕の親父が伯母の弟で、弟の息子を預かりながら自分の娘を押しつけたと思われるのがイヤだという気持ちがあったと思う。でも、反対されるとどんどん強まった。結婚したいという気持ちがね。

岡村　そうして劇的に結ばれても、熱が冷めればマンネリ化するのが結婚というものでもありますよね。

田原　やっぱり、相手と話し合う話題をつくるべきだと思う。新しい話題を。こういう話をすると相手が楽しんでくれるんじゃないか、興味をもってくれるんじゃないか、それは常に思ってましたよね。新しい問題提起をしなきゃいけないと。

岡村　相手が楽しめる話題を。

田原　そこは努力しなくちゃいけない。でもそのとき、こっちが興味をもつ話題に、相手も興味をもってくれるかどうかが問題。そこが合致するかどうか。そこが好きになるポイントだと思う。僕らのような仕事だと、日常的にいろんな女性と知り合います。こっちが興味をもつ話題に相手が興味をもってくれなかったらそれで終わり。でも、相手もいろんな話題に興味をもってくれると関係性がどんどん深まる。2度目の結婚は完全にそうでした。

岡村　ボーイフレンドがたくさんいるモテモテの奥さまですね。

田原　彼女は日本テレビのアナウンサーで、僕は彼女が司会をやっていた番組の構成者の一人だった。こんなことやろう、あんなことやろうと企画を出すと、彼女は非常にのってきた。意見がフィットするわけね。フィットするから、じゃあもっと会って話をしようかとなった。だから、彼女の肉体的などこかに惚れたとか、そういうことではないんです。

岡村　とにかく話をしていて面白い。それが重要なんですね。

田原　基本はフィットすることだと思う。それが高まっていく。僕にとっての恋愛とはそういうこと。話し合うことが目的なんです。話し合いたい、もっと話し合いたい。そうすると、会う頻度がどんどん高くなる。電話が1時間2時間になる。じゃあ一緒に住もうかという話になる。

岡村　最初の結婚生活の途中でそういう関係になってしまったと

「自分に余裕がないとき、恋人に忌憚のない意見を言われてしまうと僕は落ち込むなあ」岡村

「僕はボーッとしたりするのが好きじゃない。休みは必要ないんですよ」田原

いうことですよね？

田原　しょうがない。フィットしちゃったわけだから。無責任でとっても悪いことだと思うけど。

岡村　いわゆる不倫ですよね。

田原　お互いに家庭があるもの同士でね。悪いことだと思っていたし、罪悪感も抱いていた。でもそういう恋って一種の業だと思う。どうやっても止められないんだよね。

岡村　離婚しようとは？

田原　まったく思わなかった。女房から離婚しようと言われればそれはしょうがないとは思ったけれど、僕は離婚したいとは思わなかった。変な話だけど、逆に女房を大事にしなくちゃいけないと思ったね。

岡村　奥さまはご存じでしたか？

田原　わかってた。でも、女房はわりと合理的な女性で。そのことでヒステリックになることはなかった。そりゃ、女房もずいぶん抑えてたと思います、もちろん。だからすごく気を使ったんです。悪いのは僕だから。彼女と再婚したのも女房が亡くなって5年経ってから。再婚する気はなかったんだけどね。

岡村　なぜ5年目に再婚を？

田原　それは彼女に言わせれば、僕の体調が心配だったからだと。しょうがないから結婚してやるか、という感じだったんじゃないかな。

岡村　波瀾万丈ですね。

田原　だから、神経質に考えすぎると結婚はできない。僕みたいにいい加減じゃないと。でもね、これからは男も女もどんどん結婚が難しくなっていくと思うね。だから、日本もフランス化するとは思う。事実婚が多くなっていくんじゃないかな。フランスも、大統領のフランソワ・オランドは事実婚だもんね。

岡村　しかも、フランスは出生率が上がっているそうですね。

田原　フランスでは、必死で育児をする必要がない。出産からすべて社会全体で育児をするシステムだから。

岡村　そうなんですか。

田原　女性は出産後、最長3年間仕事を休むことができるわけ。それは国が保障する権利で、しかもそれを選ぶことができる。3年間育児に専念することもできるし、休まず働きたい場合は保育所に預ければただで面倒をみてくれる。ゼロ歳から面倒をみてくれるからね。

岡村　国が育児ケアをするんですね。

田原　要するに、日本では、育児は男性もやるんだという風潮にいまようやくなってきたけれども、フランスではそれも過ぎて、社会

が育児をすべきだとなっているわけ。

岡村　妻でも夫でもなく。

田原　そう。男女格差をなくそうとしていけば、そうなるのが必然です。女性にとって、妊娠、出産、育児はとっても重い。特に、育児は決定的だと思う。日本では、妊娠出産休業（14週）、出産後は育児休業で1年は仕事を休むことができるんだけど、でも、1歳で育児が軽くなるわけではない。どんどん重くなっていく。ここで日本の女性は仕事をあきらめてしまうんです。で、子どもが3歳になり保育所に預けることができるようになって、再び働けるようになると、多くの場合は、今度は非正規雇用になってしまう。そんな社会で出生率が上がるわけがない。フランスのように、社会全体でいかに子どもの面倒をみるかという方向になっていかざるを得ないと思うね。

『資本論』を読み直しています

岡村　男女平等社会になると、より愛が大事になってくると田原さんはおっしゃる。僕は愛というものがどういうものなのか、いまひとつわからないんです。たとえば、愛にはいろいろなカタチがあります。親子の愛、男女の愛、あるいは同性同士の愛、宗教の愛もある。宗教については、どう解釈していますか？　田原さんは宗教を信じますか？

田原　特定の宗教や宗派はないけれど、でもやっぱり、神みたいな存在はあっていいと思ってる。僕はね、努力すれば報いられると思ってるし、報いられないのは努力が足りないからだと思ってる。それは昔から日本で言われている「おてんとさまは見ている」と

「男女平等社会になると、より愛が大事になってくると」岡村

「『資本論』にまったく書いてないのが愛の世界なんです」田原

いうものでね。そういう考え方はあったほうがいいんじゃないかと思ってる。つまりね、僕みたいな能力のない人間が、この年まで現役でやっていられるというのは非常にありがたいことで、それはやっぱり、努力したから報いられたんだ、おてんとさまが見ていてくれたからだと思ってるわけね。

岡村　その根本には、強力なコンプレックスがあるとおっしゃっていましたもんね。

田原　ホントに僕には能力がない。だって就職試験は全部落ちたんだから。朝日新聞、ＮＨＫ、ＴＢＳ、全部落ちました。平凡出版（現マガジンハウス）は受けなかったけど、受けたらたぶん落ちたと思う。そこでやっと入れてもらえたのが岩波映画社。そこが僕の出発点だからね。

岡村　だからこそ発憤した部分もあったわけですか。

田原　落ちたところで仕事をするのは楽しいじゃない（笑）。

岡村　人はどこで逆転するかわかりませんもんね。

田原　逆転とは言わないけど。

岡村　じゃあ、田原さんにとっての愛ってどんなものですか？

田原　難しいね。愛というのは、計算できないものですよ。僕はいま、マルクスの『資本論』を読み直しているんだけれども、『資本論』で世の中のほとんどの問題が解説できる。でも、『資本論』にまったく書いてないのが愛の世界。

岡村　愛については書かれていない。

田原　書いてない。

岡村　どうしてまた『資本論』を読み直しているんですか？

田原　『資本論』は19世紀後半に書かれた本で、資本主義が発達すると「人間がモノとして扱われるようになる」ということが書かれている。事実、20世紀前半のロシアでは、モノとして扱われた労働者による革命が起こり、資本家が殺され、ソ連という国ができた。だから日本では、革命が起きないよう労働者を非常に大事にした。人を雇えば終身雇用。給料は年功序列。リゾート施設をつくり福利厚生もやる。倒産したときのために雇用保険にも入る。万全を期したわけ。そして20世紀の終わりにソ連は崩壊した。革命はもう起きないことがわかった。左翼もいなくなった。すると世の中がどうなったか。マルクスのいう「人間がモノとして扱われる」世界にどんどん近づいていった。『資本論』の最後でこう言っている。資本主義が発達すると反雇用の世界がやってくる。つまり、非正規の派遣社員が増えるということで、いまの日本を予言していたわけ。さらに、給料は出来高制になるとも予言していて、それはいま自民党がやろうとしてるホワイトカラーエグゼンプションなわけだ。世の中がどんどんマルクスの言う「露骨な資本主義」になってきた。じゃあどうすりゃいいのか。だから『資本論』を読み直している。それは僕だけじゃなく、マルクスの祖国ドイツでもブームでね。いま、世界中で『資本論』が読み直されているんです。

岡村　なるほど。

田原　そこで理屈をいうと、マルクスが書いていない唯一のことが愛だったと。それが非常に面白いなって。

岡村　マルクスを読めば、愛の形のようなものが逆に浮かび上がってくるのかもしれませんね。

田原　そうかもしれないね。

岡村さんには
相手をドキドキさせる
魅力がある。
田原総一朗

自信をもち人を信用すれば、結婚は必要ない。

VS 堀江貴文

ここは東京・六本木。ホリエモンこと堀江貴文さんとお会いした。彼の女性観といえば、過去に物議を醸した「女は金についてくる」という挑発的な発言である。あらためてその真意を問うと、「僕はそんなことは一言も言ってないんですよ!」と真っ向から否定した。彼が言いたかったのは、「仕事で成功体験を積み重ねることで自信がつき、やがては女性を口説くこともできる」ということであり、「女は〜」はその話を要約した編集者がつけた見出しだったのだと。彼と初めて話をしてみて、僕は実に好印象を抱いた。「自信をもって生きる」という信念を貫く真っ直ぐな人なのだと。

ほりえ・たかふみ≫ 1972年福岡県生まれ。実業家。ライブドア元代表取締役CEO。2000年代のIT業界を牽引し時代の寵児となる
現在は宇宙開発事業にも取り組んでいる。近著に『ゼロ』『我が闘争』『あえて、レールから外れる。逆転の仕事論』など。

岡村　六本木にお住まいですよね？

堀江　いや、僕、いま家ないんです。

岡村　え？

所有することをやめたらサッパリしました

堀江　ホテルに住んでるんです。東京にいないことも多いんで。家をやめると気持ちいいですよ。

岡村　いつ家をやめたんです？

堀江　1年半ぐらい前ですね。

岡村　モノはどうされました？

堀江　全部捨てました。最低限のものだけ残して。だからいま、自分の所有物は服ぐらいです。

岡村　パンツはどうするんですか？

堀江　自分では洗わないっすよ（笑）。ホテルでクリーニング、それか捨てるか。下着類は使い捨ての方がコストがかからないです。東南アジアに行けばTシャツとかむちゃくちゃ安く買えますから。よっぽど気に入ってるもの以外は捨てますね。

岡村　じゃあ、いまは相当シンプルに暮らしていらっしゃるんだ。

堀江　できれば、レンタルサービスが欲しいと思ってるんです。

岡村　洋服の？

堀江　パンツから靴から着るものを全部レンタルできるサービス。自分の好みを登録しておくと週1で段ボールが届いて、1週間分の服が入ってて。着終わったら回収してクリーニングも勝手にやってくれる、そういうサービスがあったらいいなって。

岡村　服のことを考えるヒマがあったら別のことをしたい？

堀江　いや、考えるのはいいんです。ただ、買いたくないんです。所有したくない。家もなにも、すべてのものがシェアでいいかなって。ホントに気に入ってるモノだけを、トランクに入る分だけを持っていればいいじゃないかって。最近は、エアビーアンドビー（注：Airbnb　世界中の人々と部屋を貸し借りするインターネットサービス。世界１９０カ国超、３万４０００以上の都市に１００万件以上の登録物件がある）をもっと活用しようと思ってるんです。1月にオーストリアの田舎町へスノボに行ってきたんですけど、エアビーで部屋を借りて。すごくいい部屋だったんですよ。（と、iPhoneの写真を見せる）

岡村　ほお〜。素敵ですねえ。

堀江　３ＬＤＫで1泊2万円。友だち何人かと一緒に泊まって、みんなで食事も作って。このサービスを利用するだけで十分暮らせちゃいますよ。「エアビーで1年間住んでみた」っていうコンテンツいいなあ。売り込もうかなあ（笑）。

「結婚したいなんて人生で一度も思ったことありませんよ。なんで結婚したいんですか」堀江

「のっけからそれを言いますか（笑）」岡村

お金ではなく人を信用するべきなんです

岡村　結婚したいと思うことは？

堀江　ありません。

岡村　子どもがほしいとかは？

堀江　僕、息子がいるんで、男の子じゃなく女の子がいれば楽しいだろうなとは思いますけど。でも、自分の子どもはもういらないですね。友だちの子どもの成長を見守るだけでいいかなって。

岡村　友だちの子どもを可愛がる？

堀江　僕の周りって、続々と結婚して、続々と子どもをつくってるんですよ。そういう友だちと付き合ってると、家族ぐるみで遊ぶからもちろん子どもも一緒だし、向こうも僕を覚えてくれるようになる。とりわけ可愛がったりはしませんけど、〝たまにフラッとやってくる伯父さん〟という立場でいいのかなって（笑）。

岡村　寅さん的な感じでね（笑）。

堀江　僕は、ファミリーの概念をもっと拡張してもいいと思ってるんです。実際、親よりも仲のいい友だちや彼女のほうが一緒にいる時間も長いし付き合いが濃いじゃないですか。それってもう家族だと思うんです。

岡村　拡張した堀江ファミリーに子どもがいればいいのだと。

堀江　僕はひととおり経験したんです。結婚も子育ても。結婚なんて必要ないと思っていたし、いまもそう思ってますけど、経験しないとエラそうなことを言えないと思ったんで経験してみたんです。産まれるときは出産にも立ち会いましたし。

岡村　経験してみてどうでしたか？

堀江　もちろん、子どもは生物としてはすごく可愛いですよ。でも、ウザいときが多いですから、育てるのはめっちゃ大変。しかも自分への愛情が全部子どもにいっちゃいますし。

岡村　堀江さんにも向けられるべき奥さんの愛情が、ということですか。

堀江　母親にとって、子どもは自分のことだけを見てくれる存在なんです。だからどうしてもそうなっちゃう。で、お父さんはお金だけ稼いでくれればいいとなり、セックスもさせてもらえなくなる。そうなったのも一因ですもん、離婚したのは。

岡村　でも、一般的な家庭ってそういうものだといいますよね。子どもができると夫婦はお父さんとお母さんになり、セックスは家には持ち込まない。それはわりと普通だと。

堀江　だけど、不倫だの浮気だの、結婚してるのに外でそんなことをするなんて非常にリスキーだしめんどくさいじゃないですか。セックスがないなら夫婦でいる意味はない。そう思ったから僕は離婚したんです。

岡村　でも夫婦やカップルって、子どもがいようがいまいが、何年か経つと刺激は摩耗してしまいますし、セクシュアルな気持ちも落ち着いてくるでしょ。人によっては、セックスを超えたところに結びつきを感じるようになるとも言いますし。

堀江　僕は、セックスレスなのに一緒にいる理由がわからない。

岡村　システム上一緒にいることを選択する場合もあるでしょ。

堀江　結婚制度って、以前は合理的なシステムだったんです。人間の生存のためのシステムだったので。でもいまは、そんなものは必要ないんです。合理的な観点からも。もちろん、人間が猿だった時代はそんなシステムはなかったわけでボス猿がメスを独占していたでしょ。狩猟採集民も一夫一婦ではなかったし。

岡村　そうすると、事実婚でいいじゃないかと。この対談でよく話題になるのはそこなんです。結婚のシステムが現代のわれわれにはもうそぐわないんだと。でも、法律で縛るのはナンセンス、結婚をやめよう、そういう考えを突き詰めていくと、極端にいえば「誰とやってもいいじゃない」となってしまうと思うんです。それはどう思いますか？　彼女が堀江さんだけじゃなく、他の人ともデートしたりセックスしたりする。家や服のように恋愛もシェア化してしまったらどうします？

堀江　そうなるとまあ、しょうがないですよね。

岡村　浮気されても平気ですか？

堀江　浮気という明確な事態に遭遇したことがないので何ともいえないんですけど。でもまあ、そういう場合は、オレが情けないんだなって思うしかないですよ。

岡村　彼女を責めない？

堀江　彼女のことが好きならば、彼女のプライオリティナンバーワンになるべく努力をする。それを常に心がけるべきだと思ってますから。

岡村　常に自分を高めておけば女性もついてくるはずだし、うまくいかないときは内省するんだと。でもね、それは強い人特有のものの考え方です。人間は強いばかりではないし弱ってしまうときもある。多くの人はそうです。だから結婚があるんじゃないかって思うんです。

堀江　僕は、そういった弱さって、結婚に限らず、人の生き方すべてに関わってることなんじゃないかなって思うんです。特に日本人の場合は。結局のところ、自分に自信がないというのは人を信用してないってことなんです。だから僕は、そんな生き方をしたくないなって思うんです。自分に自信をもって生きていきたいし、人を信用して生きていきたい。

「自分の子どもはもういらない。友だちの子どもの成長を見守るだけでいいかなって」堀江

「金こそが自分を助けてくれると思ってる人が多すぎます」堀江

岡村　自分を信じ、人を信じる。

堀江　たとえば、20代の女性編集者に「老後に年金をもらえるかどうか不安です」って相談をされたんですが、僕はそれを聞いてあきれたんです。あなたが年金をもらえるとしてもあと40年も先のこと。なぜそんな先のことを心配するんだと。そんなことより、い

まはまだ20代で若いんだから、まずは一生懸命働くことが重要で、働くなかで自分への自信をつけ、人との関係をどんどん築き、信用を高めていくべきじゃないのと。要は、年金の心配をするというのは、お金の心配をしているということなんですよ。「老後誰にも助けてもらえないだろうからお金だけを頼りに生きていくのよ」と思ってるってことなんです。あなたは金しか信用しないの？と僕は思う。だから結局、結婚もお金なんです。一人で強く生きられない、不安だ、だから結婚したい。それは、人を信用しているのではなく、金を信用しているからなんです。金こそが自分を助けてくれると思ってる人が多すぎます。それってどうなの？って僕は思うんです。

岡村　なるほど。

堀江　第一、お金ってそんなに信用できるものではないですよ。お金の信用の源泉って人と人との信用から成り立っているわけで、先にありきは、人と人との信頼関係。お互いが信頼し合い、初めてお金が成立する。米ドル紙幣に書いてあるじゃないですか「In God We Trust」って。だから、「自分が弱ったときは絶対に誰かが助けてくれる」という自信をもって生きなくちゃいけないと思うんです。

岡村　もちろんそうなんです。そうなんですけど、みんな不安なん

です。確実な何かがほしいんだと思うんです。それは人によってはお金かもしれない。精神的な安定かもしれない。

堀江　だからといって結婚するのは逃げじゃないですか。ホントにそれが幸せかというとそうじゃない。

岡村　あー、難しい問題だ。

プライドが離婚を阻む

堀江　世の中の夫婦って、社会的な義務関係において結婚が成り立っているのが半分ぐらいだと思うんです。

岡村　昔はもっと多かったですよね。家のための結婚も多かったでしょうし、経済的な理由もあったでしょう。

堀江　いや、社会通念上のほうが大きいと思う。昔も今も。社会人として結婚しなくちゃいけないとか、離婚は恥ずかしいとか。自分のプライドの問題だと思うんです。そっちのほうが多いと僕は思うんです。

岡村　プライドを守るために結婚し、離婚もしないと。

堀江　結婚を全うしないと社会の脱落者であると見なされてしまう、そういう意識が離婚を思いとどまらせていたし、いまもそういう部分は全然あって。プライドがあるからこそ、いまも半分ぐらいは離婚を思いとどまっていると思いますけどね。

岡村　潜在的離婚欲求は高いと。

堀江　だっていま、結婚したカップルのうち3分の1は離婚するじゃないですか。でも離婚って難しいんです。僕も経験者だからわかるんですが、離婚はすごく大変。非常に喪失感もある。だからみんな、相当なミスマッチが発生したとしても我慢してしまうんです。うちの親もそうです。別居はしていますが離婚はしてない。本人たちは本当は離婚したいんです。自由に生きたい。でも離婚しない。そういう人はいっぱいいるんです。社会通念上、別居もできず一緒に住まなくちゃいけない夫婦はたくさんいる。で、そのうち片方が病気になって寝たきりになり、いやいや介護をする悲劇が起こる。それって幸せなんですか?って。

岡村　非常に難しい問題ですよね。じゃあ、どうなれば理想ですか?　老後を考えれば、自分がいつどうなるかもわからない。そういう不安もあるから、結婚しなくちゃ、離婚を我慢しよう、となるわけでしょ。

堀江　理想論をいえば、寝たきりになるという前提をやめましょうよ、ということになるんです、僕の場合は。寝たきりの老後にならないよう足腰を丈夫に保つ努力をいまからしましょうよと。足腰さえ丈夫であれば、立って歩くことさえできれば人間どうにでもなるんです。

「多くの人は堀江さんのようには強くない。だから結婚があるんじゃないかって思う」岡村

「弱いのは自分に自信がなく人を信用してないから。僕はそんな生き方をしたくない」堀江

コンテンツとしての子育て

岡村　いくつかくだらない質問をしてもいいですか？

堀江　どうぞ。

岡村　人をすぐ好きになります？

堀江　そうっすね。

岡村　切れ目なく恋人がいます？

堀江　間隔が……あいてることはないですねえ（笑）。

岡村　じゃあ、人間として種の保存は最重要項目だと思います？

堀江　そうじゃないと思います。人間は、完全にゲノムから超越していますから。ミームといいますけれど、知の遺伝というのができるようになっているので。人類はいま、知的生命体と知的生命体じゃないものがクロスオーバーする時期に差し掛かっていると思うんです。

岡村　知の遺伝とは、次世代に情報を残していくということですよね？

堀江　そろそろ人間は、そこも超越してしまうのかなと思いますけれど。

岡村　フェイスブックを見ていると、運動会でうちの子が1位になった！　とか、子どものためにこんな可愛いお弁当を作りました！　とか、そういう子育てブログをみんなよく書いていますけれど。ああいうのってどう思っていますか？

堀江　まさにそれは、インターネットミームなんです。SNSで情報を共有し拡散する、いまはそういう社会なんです。たとえば、ポッキーって、11月11日の「ポッキーの日」にめちゃくちゃ売れるんです。昨年の11月11日は過去最高の売り上げだったんですが、なぜかわかります？

岡村　なぜだろう。

堀江　みんなブログのネタに買うんです。ツイッター、インスタグラム、フェイスブック。お祭りに乗っかりたくてみんな買うんですよ。

岡村　そうなんですか。

堀江　それはいまのマーケティングのトレンドで。だから、こういうことを言うとものすごく批判されるんだけど、子育てもコンテンツだと思うんです。子どもって、平凡な日々を送る多くの人々にとっては人生に潤いを与えてくれる存在なんです。子育ては非常に驚きでイベントなんです。しかも子どもには夢がある。スポーツ選手だったら、12、13歳で頭角を現すでしょ。たった10年かそこら育てただけで「うちの子が世界選手権に出場した！」みたいなことが起こり得るわけです。

岡村　なんだか育成ゲーム的ですけれども。つまり、子育ては平凡な日々の退屈しのぎでもあると？

堀江　いや、生きがいです。白いキャンバスにイチから自由に絵が描けるわけですから、夢を託す親はすごく多いんです。だからこそ、習い事ビジネスが儲かる。親からすればある意味、投資でもあるんです。でも、お金を出すのは田舎のお祖父ちゃんだったりするんですけどね（笑）。

恋愛は結局女性主導です

岡村　恋愛で達観したことって何かあります？

堀江　一人に夢中にならないこと。まあ、なっちゃいますけど。

岡村　夢中になるとダメですか。

堀江　生活のすべてがもっていかれますから。だから恋愛もリスク分散しないとダメです。一人の女性にコミットし過ぎないようにするというか。踏まれても大丈夫なように。

岡村　恋愛相手に知性は求めます？

堀江　求めないです。

岡村　見た目が重要？

堀江　ていうか、見た目も必須条件の一つだということで。

岡村　でも、見た目は美人じゃない、好みでもない、でも一緒にいるとなんかいい、落ち着く、みたいなことってあるでしょ。

堀江　いやいや、タイプじゃない人とは一緒にいなくていいと僕は思っちゃいますよね。だいたい好みじゃない女性とセックスできます？　僕はできませんね。

岡村　でも、容姿だけで選ぶと薄っぺらい人になりません？

堀江　人間なんて、そんな大した生き物じゃないですよ。

岡村　あ、そこには期待しない？

堀江　じゃあ自分はどうなんだ？ってことです。僕だって大して厚みのある人間じゃない。人のことはとやかく言えません。

岡村　どういう女性が好きですか？

堀江　もう40を超えてるんで、相手に合わせて生きたくないじゃないですか。僕のノリと合う人がいいですよね。なかなかいないんですけど。

岡村　ノリが合うっていうのは？

堀江　僕はいろんなことをやりたい人間なんで、相手もそれに全部付き合ってほしいんです。ご飯を食べるのが好きだからたくさん食べてほしいし、お酒もたくさん飲んでほしい。音楽が好きだから一緒にライヴやクラブに行ってほしいし、旅行にいけばいろんなことをやるからそれにも全部ついてきてほしい。マリンスポーツも、ゴルフも、スノーボードも。

「結婚しないんだったら僕はもっとモテたいんです。ジェームズ・ボンドぐらいモテたい」岡村

「少しでも振り向いてもらえるキッカケをつくりたいから、僕はいろいろやってるんです」堀江

岡村　彼女と一緒に楽しみたいわけですね、すべてのことを。

堀江　そのほうが楽しいですもん。すぐ「そんなのつまんない」とか「めんどくさい」とか言う人いるじゃないですか。そういうのは嫌いですね。面白いねって、何にでも興味をもってくれる好奇心旺盛な人がいいです。知識なんて何もいらないので。

岡村　でも、それに全部ついて来られるというのは、相当センスのいい子じゃないとムリですよね。

堀江　センスは重要。基本、靴がダサい子はダメですよ（笑）。

岡村　僕ね、いつも思うのは、生きる上でセンスは重要だということなんです。たとえお金をたくさん持っていても、それを使って楽しむには体力や健康状態はもとより、センスも必要じゃないですか。美味しいものを美味しいと味わえるセンスが。だから結婚も、結婚を楽しむセンスが必要なのかなって思うんです。

堀江　でもまあ、この人と一生過ごすんだと無理矢理一人に限定しなくても。ライフスタイルに合わせて、というのでもいいんじゃないかと思いますけどね、僕は。

岡村　え？　堀江さんは、シチュエーションに合わせていろんな女性と並行してお付き合いするんですか？

堀江　そんなことはしませんよ。それだと炎上します（笑）。つまり僕が言いたいのは、なぜみんなコレと決めて生きようとするのかが僕にはわからないんです。人生はグラデーションじゃないですか。その時々で出会いがあり別れがある。なぜゼロかイチなの？　なぜそんなにデジタルに生きるの？って思うんです。

岡村　それはやっぱり、話がもどりますけれど、みんな不安があるからなんじゃないですかね。そりゃもちろん、堀江さんのように自信をもって人生を送ることができれば別です。そうじゃない人は圧倒的に多いわけで。

堀江　岡村さん、ホントは結婚したいと思ってないんじゃないですか？

岡村　いや、結婚しないんだったら、僕はもっとモテたいんです。ジェームズ・ボンドぐらいモテたい（笑）。でも僕はモテないんですよ、全然。

堀江　そんなね、モテ度からいえばスーパーサイヤ人クラスです、岡村さんは。モテるに決まってますよ！

岡村　いやいやいや。

堀江　それに比べれば、僕なんて全然モテません。よくわかったのは、自分に興味のない女性は絶対にダメだということなんですよ。女の子って、そういう部分はテコでも動かない。振り向かない人を振り向かせるのは絶対にムリ。1ミリでも興味をもってもらえればなんとかなるんですが、まったく興味を抱いてもらえないと

絶対にダメ。けんもほろろ。結局、女性主導なんだなって。

岡村　われわれは女性にいいようにされてますよね（笑）。

堀江　だからなんです。だから、全然興味をもってくれない人に少しでも振り向いてもらえるキッカケをつくりたいと、僕はいろいろやってるわけです。

岡村　スノボに行ったり？

堀江　大事です。最近、音楽もやってて。僕、生バンドでカラオケのできる店の常連なんですが、そこで「堀江さん、ギターやれば？」って言われて半年ぐらいギターを習ったんです。そうしたら結構弾けるようになって。自分が歌うために弾くのがデフォだったんですが、そのうちお客さんの伴奏を頼まれるようになって。下北のカフェで弾き語りをやったり、やついいちろうさんのフェスでトーク&ライヴをやったりしてるんですよ（笑）。

岡村　いろいろやってますねえ。

堀江　一度きりの人生ですからね。

岡村さんは
本当に結婚したいの
だろうか??
堀江貴文

自分の人生に責任をもつために結婚がある。

VS ミッツ・マングローブ

ミッツ・マングローブさんのブログを読んだ。すると昨年末のエントリーに「結婚しようよ」というタイトルのエッセイがあった。彼女は、最近になってふと結婚について考えるようになったと言い、同性愛者としてどういうスタンスで「結婚というもの」に対峙するのか素直な言葉で書かれていた。この対談と併せてぜひ読んでほしい。ところで、対談のあと、渋谷区議会に同性カップルを「結婚に相当する関係」と認め証明書を発行する条例案が提出されるというニュースが流れた。果たして世の中は動くのだろうか。初対面のミッツさんとの対談は歌舞伎町のカラオケバーにて行われた。

ミッツ・マングローブ≫ 1975年神奈川県生まれ。女装家、歌手、タレント。現在、『5時に夢中!』(TOKYO MX-TV)、『ヒルナンデス!』(日本テレビ系)などレギュラー番組多数。音楽ユニット「星屑スキャット」としても活躍中。

「結婚というものを中心に社会も経済も人間関係もすべてが回っているんだなって」ミッツ

ミッツ　え、岡村さんって今年50歳になるんですか？

岡村　そうなんですよ。

ミッツ　じゃあ50年の人生で、結婚の概念みたいなものを捉えた上で、その先の人生を描く、みたいな経験ってありましたか？

岡村　若い頃はないです。結婚は切実ではなかったし。でもいまは、結婚したいし、家庭ももちたいんです。

ミッツ　いままで、あえて結婚しなかったわけではないの？

岡村　違います。たまたまそういう巡り合わせがなかったというか。振り返れば、なぜあのとき結婚しなかったんだろう、みたいなことは思ったりしますけれど。

ミッツ　じゃあ、結婚というものはずっと意識下にはあった？

岡村　ありました。

世の中は結婚を中心に回ってる

ミッツ　そこなんです。結婚の概念があるかないかで全然違うんだなって、最近気づいたんです、私は。

岡村　ミッツさん、ブログにそう書いていらっしゃいましたね。結婚というシステムの中に自分の立ち位置がないことに気づき悶々としてしまったと。

ミッツ　そう。結婚というものを中心に社会も経済も人間関係もすべてが回っているんだなって。特に日本の世の中の9割はそれでできているんだなということに、本当に最近気がついて。ロンブーの（田村）淳さんの結婚特番を観て思ったんです。

岡村　確かに。いろいろと考えさせられる結婚式でしたよね。僕もインパクトを受けましたもん。

ミッツ　あの結婚式って、結婚に対していろんなスタンスをとっている芸能人が集まってたんです。結婚して幸せな人、結婚したけど何かしら不安のある人、結婚したくてもできない人、結婚したかったけどあきらめちゃった人、結婚できるけどあえてしない人、離婚をした人、何回も結婚した人。いろんなスタンスの人がいたんだけれど、「私、どれにもあてはまんないな」って。

岡村　結婚に対して自分がどんなスタンスをとればいいかわからないと。

ミッツ　それまで考えたこともなかったんです、結婚について。だから、あ然としちゃったんです。「ああ、こんなにも、結婚を主軸に世の中は回っているんだ」って。

岡村　マジョリティはそうですよね。

ミッツ　そこにまったく意識がなかった。私、よくね、「アタシもう40を過ぎたし、結婚をあきらめたから、ミッツさんと同じなんです」って言われたりすることがあるんだけど、「それって全然違

「同性婚が認められたら結婚しますか？」岡村

う！」と思うんだよね。結婚できないからあきらめようとか、独りで生きていこうとか、そういうことじゃないんです、私は。まず、結婚自体を考えたことがないし、そういう心の境地にも至ってない。こういうと被害者意識が強すぎる言い方になっちゃうんだけれど、私は同性愛者で、結婚を夢見たりしたとしても同性同士では結婚はできないんです、いまの日本では。

岡村　それについてはどう思っていますか？　海外では多くなってますよね、同性婚が認められている国は。

ミッツ　そもそも結婚制度というのは、子孫繁栄という本能的な部分に基づき成り立っている制度ですから、繁殖機能のあるオスとメスに見合う制度なのは当然で、その意味もよくわかるんです。男女のためのシステムだなと。でもいまは、男女間でも子孫繁栄のためだけではない結婚もいっぱいある。そうなると、オス同士メス同士でも別にいいんじゃないって。そういうことすら考えたことがなかったんです、つい最近まで。

岡村　それすらも。

ミッツ　ロマンチックな気持ちだけで、おセンチな部分だけで、結婚とかなんとか言ってんでしょって。そう思ってた。結婚という制度にこだわらなくても、当人同士の気持ちがあれば別にそれでいいんじゃないって。でも、結婚は紙切れってよくいうけれど、紙切れというのはつまり法的な保障を得るということで、自分たちだけでなく、自治体だとか国だとか、そういった社会が関わってくるのが結婚だと。それはつまり、その先の人生に責任をもつための、もたなければならないと感じるための、すごく大きなキッカケや理由になるんだな、と気づいたんです。

「結婚しない」というスタンス

岡村　ミッツさんは恋をするとどうなりますか？　恋におぼれたりするほうなんですか？

ミッツ　ガーッと相手にのめり込んでしまうほうですね。だから相手には求めない。求めたらホントに鎖でぐるぐる巻きにして部屋に置いとくぐらいだから、極端な話（笑）。

岡村　相手を束縛したいタイプなんだ。

ミッツ　本当はね。だから、相手にそれが伝わるのが怖いから、「全然平気ですよ」っていう顔をしちゃう。

岡村　相手に対して重荷にならないように努めると。

ミッツ　そんなそぶりをちょっとでも見せたら一瞬で嫌われるだろうなって。そういう恐怖心が常にあって。

岡村　尽くすタイプですか？

ミッツ　尽くします。でも、料理をしたり掃除をしたり身の回りの世話をかいがいしくすることに夢を抱くような一般的な花嫁願望はなくて。私は相手を「養いたい」って思うタイプなので、尽くして、さらに、オス的な、外に出て働いて経済を支えるという。

岡村　尽くして養う！　マッチョな男はダメですよね。オレが稼いでオマエを食わしてやる的な男は。

ミッツ　だからマウントを取り合うんです。男って、結局そこのプライドで成り立ってるところがあるから。だけど、「私のほうが稼ぎあるじゃん」「私のほうが自活能力あるんだよ」っていうところでね(笑)。

岡村　じゃあ、優しい男性が好き？

ミッツ　いえ、強気の男性が好き。根っからヒモ体質の男とか、養われて当然みたいな男にはまったく惹かれない。「オレが食わしてやるから」ってところを、「なに言ってんのよ。ムリしなくていいから」って(笑)。

岡村　おお～！

ミッツ　そうやって男のプライドをペキッてへし折ってるんだと思う。だから続かない。だいたい何カ月かすると「もうムリです」って逃げられちゃうのね。そういうのはよくないなって思いつつも、私も男だから、そこのプライドは譲れないんです。

岡村　最長長続きしてどのくらい？

ミッツ　ゲイ同士の恋愛って、おセンチなものも含めて、未来を見据えた恋愛をしたがるんです。一生一緒にいようね、一緒に年取っていこうねっていう。そう言っちゃうことの楽しさも含めて恋愛しているところがあって。若い頃はそんな恋愛を2年ほどしたこともあります。でもいまは、その辺に落ちてるノンケの男を

「結婚しません。同性婚が認められたうえで、『結婚しない』スタンスを取りたい」ミッツ

「『結婚は正しい』。世の中が結婚ファシズムに走ってる気がしてならないんです」岡村

拾い食いするのが多いんで(笑)。

岡村　「ノンケの男を拾い食い」。パンチラインだなあ(笑)。

ミッツ　ゲイの人が私はまずもうムリ。ゲイって男同士の世界だから、私みたいにあからさまに女装してますってスタンスを隠そうともしない人間は、恋愛を放棄していると見なされるんです。

岡村　僕の知り合いにもゲイはいるんですが、彼の恋愛事情を聞くと、その日その日の相手を見つけてという、非常に享楽的な感じなんですね。

ミッツ　それって、男ならば誰にでもある嗜好性ですよね。しかも、ゲイはオス同士の世界だから、より肉体的な快楽に走るというのは当然のことで。私もその傾向はあるほうだと思います。そのほうが楽ちんだから。相手の名前を聞かなくていい、性欲さえ発散できればそれでいいっていう。だから、恋愛と肉体的な快楽を一緒に求めようとすると、同性愛者には制度や保障もないぶん将来を描きづらいんです、いまの日本では。それも享楽的になる理由のひとつとしてあります。現実として。

岡村　認められたら結婚しますか?

ミッツ　結婚しません。だからこそ、同姓婚が認められてほしいんです。性的マイノリティの社会的地位が一般化されたうえで、「私は結婚しない」というスタンスを取りたいんです。

岡村　じゃあ、仮に同性婚が実現して、ものすご〜く夢中になれる相手に出会ったとしても「しない」と言い切れます?　相手にどうしても結婚してくれと言われたら、もうミッツさんが縛りたくてしょうがない相手からプロポーズされたなら。

ミッツ　うーん。そこまでどうしても結婚したくないという強固な理由もないから、あり得るのかもしれない。

岡村　いまはまだ結婚にピンときてないだけで、そういう場面がくれば考えることもできると。

ミッツ　しょせん絵空事でしょって思いが強いから、いまは。ただ、テレビを観ていると、「ゼクシィ」のCMがよく流れるじゃないですか。「プロポーズされたら、ゼクシィ」みたいなキャッチコピーで、いろんな人がプロポーズするCM。去年、あれをずっと観ていて、ホント世の中の人たちって、いつかはどこかでプロポーズをするとか、プロポーズを受けるとか、プロポーズに失敗するとか、そういう場面が人生に一回はあるんだろうなと思うと、なんで私にはないのかなと思ったんです。で、たまたまその日、部屋にいた男の子に、「結婚してください」って言ってみたんです。その経験がないまま死ぬのがすごくイヤで。

岡村　どうなりましたか?

ミッツ　一笑に付されました。「言ってみたかったんだったら、言

ってよかったんじゃないの」って(笑)。

岡村　その気持ちはね、僕はすごくよくわかる。淳さんもそうだし、松本人志さんの結婚でも思ったけど、どんなに破天荒でも、どんなにやんちゃでも、普通に結婚をするし、家庭を築く。そういう現実を目の当たりにして、僕はものすごく焦燥感を煽られたんです。じゃあ、結婚していないいまの僕は間違ってるの？　そのラインからまったく外れている僕はダメなの？　二子玉川で家族連れのショッピングができない僕はイケてないの？

ミッツ　いまは、それが世の中の「正義」になってるんですよね。

岡村　そう。結婚することがいかに正しく、ママになることや、イクメンになることがいかに正しいか。誤解があることを恐れずに言うならば、世の中がどんどん結婚ファシズムに走ってる気がしてならないんです。

ミッツ　しかも世の中は勝手に勝負をつけるんです。「結婚してるあんたは勝ち、結婚してないあんたは負け」って。

岡村　でもね、焦燥感を煽られる反面、そんなのはただの幻想だとも思う。両方思うんです。僕はね、最近よく思うのは、幸福であればそれでいいじゃないかということなんです。幸せの基準って千差万別でしょ。ある人にとっての幸福は結婚し子どもをもつことかもしれない、でも、ある人にとっては享楽的な恋愛をし続けることかもしれない、金儲けすることかもしれない、夜な夜なSMバーに行くことかもしれない。どうであれ、その人自身が幸福であればそれでいいじゃないかと。

ミッツ　だから、欲しいんだったら得られる肩書みたいなもんでしょうね、「既婚」というのは。とりあえず既成事実として婚姻することはできますから。岡村さんはもとより私だってできるんです。私ね、フェミニストの田嶋陽子さんに言われたんです。「だったら女と結婚すればいいじゃない」って(笑)。

岡村　コロンブスの卵的な発想で(笑)。

ミッツ　そうなの。結婚制度に乗っかれないというのは、男同士で考えているからであって、世の中には、結婚したくなくても結婚してる女なんていっぱいいるんだし、好きな人同士で結婚してる男女だけじゃない。「そんなに結婚制度にオフィシャルで巻き込まれたいと思うんだったら、女と結婚すればいいんじゃないの」。そうだわって。目からウロコだった。

岡村　じゃあ、女性と結婚して結婚に巻き込まれてもいい？

ミッツ　いえ、すでに結婚には巻き込まれているんです。結婚について考えているという時点で。ただ、自由奔放に生きてきた私が、性的な意味で我慢をして、女性と一緒に住んだりする必要はないわけですから、結局そこに意識はいかないんだけど。でも、結

「『ノンケの男を拾い食い』。パンチラインだなあ」岡村

「ノンケはゲイが抱く最大のファンタジー。みんな普通の男と恋愛をしたいんです」ミッツ

婚制度をいかに有効活用するのかということは考えたことがあるんです。前にね、うちの弟夫婦が離婚しそうになったんですよ、子どもがいるのに。離婚すると言い出したとき、のちに相続の問題が発生したとき、子どもたちが母親側へいってしまうと子どもたちは法律的に不利益を被るから、それはかわいそうだと。そうはならないように、かつ、この夫婦を法律的に夫婦じゃなくす方法はあるのかと考えたとき、義妹に「じゃあ、弟と離婚してとりあえず私と結婚する?」って言ったの(笑)。

岡村 おお!

ミッツ 「私の籍はまったく未使用だし、使い道もないんだから、この籍を使ってくれることは全然かまわないから」って。でも結局、弟夫婦は離婚しなかったからそんな心配も杞憂に終わったんですけど。だから、権利は平等にあるんです。同性愛者やオカマが結婚できないわけじゃないんです。

結婚は男の人生の節目

岡村 じゃあ、いまの時点で、結婚とはどういうものだとミッツさんは理解しているんですか?

ミッツ 人生の節目なんだと思います。淳さんじゃないけど、年貢の納め時っていうか、一回腹をくくって、そこからさらに自分を奮い立たせるために、自分の背中を自分で押す意味合いで結婚があると思うんです。だから、ゲイに年齢不詳な人たちがいっぱいいるのは、そういう節目がないのが大きいと思う。同窓会に行くと私は顕著に感じるんだけど、子どもがもう受験なんだとか、そういう儀式的な人生の節目は、普通に生きていると普通にあるわけで、まわりの人たちとそれを比較することで年齢を感じるんだと思うんです。それが2丁目にはない。せいぜい病気ですよ。老眼がきたとか(笑)。老いだけは平等にきますから。

岡村 そういえば最近、芸能人を筆頭に続々と結婚してるじゃないですか。イケメンといわれる俳優さんたちも。

ミッツ 彼らも、淳さんのように節目を感じたんでしょうね。でも、女にとって、モテ男の正妻の座につくというのは、戸籍上の配偶者の欄を誰が埋めるのかの戦いに勝つこと。こないだね、二枚目ですごくモテるだんなさんをもつ女性がこんなことを言ってたの。「結局、夫に言い寄ってくる女たちの最終目標は、配偶者の欄に自分の名前を入れること。だから私は絶対に離婚しない。死んでも譲らない、そういう強い気持ちさえあれば、どんなに浮気されようが結婚生活は続けられる」って。

岡村 うわぁぁぁ……。

ミッツ それが結婚制度の強み。あの欄に名前を刻むことがモテ

男と結婚する女のメリットなんですよ。
岡村　しびれる話ですね。

女装することで際立つ男性

岡村　どういう男性が好みですか？
ミッツ　知性とか経済力とか、そういうのは相手には求めません。
岡村　あ、先月の堀江（貴文）さんと同意見だ（笑）。
ミッツ　興奮させてくれる人がいいんです。性的に。そうすると、おのずと顔や体が重要になるんです。
岡村　やさしさとかは？
ミッツ　いらない。それを前提に人を判断しない。
岡村　センスが自分とはまるで合ってない人でもいい？
ミッツ　好きになった瞬間はそんなことは見えてないですもん。見た目と体つきとフェロモン的なものを動物的に関知するかしないか。顔じゃないの性格なの、とか、内面なの、みたいな意見、私は全然わかんない。まずは外見だと思うから。
岡村　非常に男っぽい考え方ですよね。じゃあ、自分のなかに女ゴコロがあると思うことってありますか？
ミッツ　女ゴコロはほぼ感じない。女々しさは感じますけど。でもそれは男の女々しさですから。
岡村　ミッツさんはいつごろ2丁目デビューをしたんですか？
ミッツ　19歳。大学に入ってから。
岡村　ゲイだという自覚はものごころがついた頃からですよね？
ミッツ　そう。5歳ぐらいの頃から。
岡村　少年時代の恋はあったんですか？　もともとノンケの人が好きでしょ？
ミッツ　ノンケって、ゲイが抱く最大のファンタジーなんです。みんな普通の男と恋愛をしたいんです。だから、ゲイの世界でも男は普通の男っぽく振る舞うし、そういう人がモテる。でも、それを突き詰めていくと、どんどん男のパロディになっていく。私は男のパロディはイヤなんです。そうすると、私のような女装する人間は端《はな》から土俵に上がる気もないと思われているから、普通のゲイにもなれない。だから、ゲイとしての恋愛には恵まれなかった。でもそれよりも、女装をすることのほうが優先順位が高かった。不幸なことに。
岡村　女装も19歳から？
ミッツ　そうです。最初は女装の趣味を隠して普通に男っぽくしてたんです。そうしないとモテないから。でも、2丁目にいるのになんで取り繕わなくちゃいけないんだと。で、女装して開き直ってみたら、ホント全然モテなくて（笑）。でも、女装したらしたで、

「私は100%男。女性って、どんな男性のなかにもあると思うんです」ミッツ

「私の場合、自分の中の女性にさえも女装をさせてる。女性のパロディだなって思う」ミッツ

普通のゲイよりも勝る特権ってなんだろうと考えたとき、ちょっと暗いところにいれば、酔っぱらったノンケの男が食えるんじゃないかっていう(笑)。

岡村　あはははは(笑)。

ミッツ　やっぱり、普通のゲイとしては生きられないという劣等感を抱えていますから、それを見返してやろうという気持ちも潜在的にはあるんです。いまさらゲイになびいてたまるもんかという意地がね。

岡村　やっぱ男性が強いなあ。

ミッツ　私は100%男です。女性って、どんな男性のなかにもあると思うんです。私の場合、自分の中の女性にさえも女装させているので、女性のパロディだなと思ってるんです。つまり、根源にあるものは男なので、体も心も頭も女装に転換させ、女性を強調すればするほど根幹の男性が際立っていくんです。

岡村　じゃあ、女性への憧れは？

ミッツ　結局「ごっこ遊び」なんです。小さい頃からごっこ遊びが大好きでその延長みたいなものなんです。そこに潜在的にあった、女々しさや女性っぽさ、〝らしさ〟ではなくあくまでも〝ぽさ〟ですが、それが女装するのに役に立ってるんです。

岡村　なるほどね。

ミッツ　だから、クッキーの型みたいなものなんです。男性という生地を女性という型でグッと押し込んでムニュッと出た、それが私なんです(笑)。

2人が自分を投影する曲は

岡村　最後に、歌が大好きなミッツさんに聞きたいんですが、この世界観や恋愛観が大好きという曲はありますか？　自己投影ができる曲は。

ミッツ　それはね、竹内まりやさんの「プラスティック・ラブ」。

岡村　うわ、同じだっ！　僕も大好き！　この曲を真っ先に挙げる人に初めて会った！

ミッツ　まりやさんの曲ってホントに大好きで、もしかして私のことを観察してるのかしらって思うくらい共感するんです。わかってるからそんなことを言われたくない！って思うくらいリアル。だから、すごく好きなのと同じくらい腹が立つ。よけいなお世話だよ！って(笑)。

岡村　僕もね、激しい失恋をしたときにこの曲が沁みたんです。歌の主人公も失恋して、次から次へと男を替えていくせつない内容でしょ。とがめないでね、私は傷んでないわ、上手に生きてるのよって。この歌詞には僕もグッときました。

ミッツ　もう、これはまさしく私の歌なんです、って言っちゃうのも悔しいぐらい。克明すぎる。

岡村　しかし、まりやさんって山下達郎さんと素敵な家庭を築いているじゃないですか。なのにこんなせつない歌が書けるなんて。その才能が素晴らしいですよね。

ミッツ　ずうずうしい才能だわ。大好きすぎてイヤになっちゃうんだけど(笑)。

結婚は「欲」の果て…

独り身は「憧れ」の果て…

Hair&Make-up: Mariko Sasaki (mittsu)

STEP UP

(27)

人との縁は輪廻するんです。

VS 横尾忠則

横尾忠則さんのアトリエは東京郊外にある。そこはとてもしんとした静かな住宅街で、アトリエの裏側には森が広がり遠くには富士山も見える。部屋に入るとエディット・ピアフのシャンソンが流れ、キャンバスに向かう横尾さんがいらっしゃった。来るニューヨークの個展に向け制作中だという。僕にとっての横尾さんはカルチャー・ヒーロー。時代に愛され時代に追いかけられているアーティストという印象だ。このアトリエにはアーティストやミュージシャン、作家、文化人、錚々《そうそう》たる人々が訪れているという。僕が敬愛してやまないジョン・レノン&オノ・ヨーコも足を運んでいる。

よこお・ただのり≫1936年兵庫県生まれ。美術家。グラフィックデザイナーとして活動後独立。72年にニューヨーク近代美術館で個展。その後もパリ、ヴェネチア、サンパウロなど各ビエンナーレに出品し世界的に活躍。エッセイや小説など著書も多数。

横尾　いろんな人にいろいろ聞いてたら結婚なんてできなくなるんじゃないの？

岡村　もはやそういう状況になりつつあるんです（笑）。

横尾　どんなことを言われました？

岡村　たとえば、田原総一朗さんは「いいかげんじゃないと結婚できないよ」と。多くの人は、子どもをつくったほうがいいと言います。坂本龍一さんも「結婚はしなくてもいいから子どもはいたほうがいい」と。

横尾　無責任なこと言うよね（笑）。結局みんな自分のことを言ってるんです。自分を正当化してるんです。やっぱりどっかで自分の選択は正しかったと思いたい。あなたはそれを聞いてどんな感想をもたれたの？

岡村　子どもは欲しいなと思います。

横尾　それはいちばんめんどくさいことですよ。

岡村　そうですか？

横尾　そうですよ。子どもをもつというのはひとつのカルマだからね。

20歳で結婚、六畳一間の生活

岡村　横尾さんはすごくお若いときに結婚されていますよね。

「なぜ20歳で結婚しようと？」岡村

横尾　1956年、ハタチで結婚したんです。ものごころつかないまんま結婚しちゃったからね。結婚してからものごころがついた。これは冗談じゃなくホントのことでね。

岡村　なぜ20歳で結婚しようと？

横尾　年齢のことなんか考えない。僕は一人っ子だから。一人で生活するのはめんどくさいし、誰かいたほうが話し相手にもなるし楽しいじゃないですか。あなたは神戸出身でしたよね？

岡村　ええ、生まれは神戸です。

横尾　当時僕は神戸新聞にいましてね。彼女は同じ建物にあった神戸新聞会館に勤めていたんです。

岡村　奥さまのほうから横尾さんにアタックされたとか。

横尾　ふふふ（笑）。僕も彼女には多少気があったし関心をもっていたんです。でもなんてったって僕はオクテですから。ウブなんですね。積極的に女性にアプローチする技術もないし勇気もない。そしたら幸い向こうから僕と会いたいと言ってくれた。だから、僕がスタンバイしてるときに向こうがアプローチしてくれたという感じですよね。

岡村　出会いはどんなふうでしたか。

横尾　その頃、僕といつも一緒にいる先輩がいたんです。その先輩と彼女が駅のホームでたまたま会ったので、チャンスと思って

「一人より誰かいたほうが話し相手にもなるし楽しいじゃないですか」横尾

僕を紹介してと彼女が言ったんです。お互いに見えないアンテナを張って、なにか送りあっていたんでしょうね。

岡村　横尾さんの好きな女性の条件が、ひとつは積極的な女性であること、もうひとつがグラマーな女性であること。その条件を満たしてるから結婚したと。過去のインタビュー記事にありましたけれど。

横尾　それとね、年上というのも条件に入ってた。僕は一人っ子で甘えん坊で来てるから。女性の扱い方なんてわからない。年上の女性に扱われてるほうが楽だもんね（笑）。

岡村　奥さまは何歳上ですか？

横尾　1つ上。昔はね、「1歳上の女房は金のわらじを履いてでも探せ」ということわざがあってね。だからといって1つ上を探したわけじゃないんだけども（笑）。知り合って1週間もしないうちに一緒に住んじゃった。入籍はその半年後で、結婚式はすぐにはできなかったから1年ほど経ってから挙げました。

岡村　そして横尾さんは東京へ来られて。東京での暮らしぶりは最初の頃は厳しいものだったそうですね。

横尾　神戸新聞を辞めた後、僕は、大阪のデザイン会社に就職したんです。そしたら就職早々に会社から「東京に進出するけれども一旗揚げたい者はただちに（大阪勤務を）辞退してほしい」と言われましてね。僕は東京で一旗揚げようとは思ってなかったけれども、東京へ行くチャンスもそうそうないから「じゃあお願いします」と。東京へ出てきて1カ月もしないうちにその会社は辞めちゃった。日本デザインセンターという、日本最強のグラフィックデザイナーたちが集結したデザイン会社ができて、そっちに目移りしましてね。だから、最初は夫婦2人で東京に来たんです。六畳一間のアパートです。その後すぐに僕の父親が亡くなり母親を引き取らなければならなくなった。その前後に子どもが生まれましたから六畳一間に4人。常に誰か一人外に出てないと暮らせませんよね。

岡村　その生活はいつまで？

横尾　東京に出たのが24歳だから、そこから1〜2年は六畳一間ですね。

岡村　でも、クリエイティブな気分を高めなくてはならないときに常に家族が一緒にいるわけでしょ。ものを作る上で集中できないということはなかったんですか？

横尾　置かれた状況のなかでなんとかするしかない。なんとかなればいいやと。だから当時はあんまり深刻には考えてなかった。深刻に考えるなら、出会って1週間では結婚しませんもん（笑）。女房は結婚するとすぐに仕事を辞めてしまったんです。辞めたら家計は大変になるけれども、僕はがんばらなきゃと思う。そうするとね、不思議と仕事が入ってくるわけです。会社勤めだったにもかかわらず、バイトみたいにイラストやデザインの仕事が入ってくる。拡張すると拡張に見合ったぶんだけ入ってくるもんなんです。不思議なことに。でもこれは自然の摂理なんでしょうね。僕はそう思う。

岡村　作品づくりにおいて奥さまの影響はあったりしますか？

横尾　芸術では作品づくりの衝動となる存在を「ミューズ神」といいますが、それは恋人かもしれないし奥さんかもしれないし誰か有名なタレントさんかもわからない。そういう意味で、女房の影響はないとはいえない。彼女は素人だから僕の仕事のことは何も知らない。だけど見えない力が湧いてくるんです。ただ、意見を言うような第三者がいるとめんどくさい。コーチみたいな人がいると、ああでもない、こうでもないと言われますから。アスリートにコーチがたくさんいるのは、スポーツにはルールや約束事があるからなんです。アートには約束事がない。制約もない。条件もない。すべてが放し飼いの状態なんです。だからコーチはいないし、いらないんです。自由にしてくれる存在がいい。でもいまになるとね、「ここはどうしたらいい？」って誰かに相談したいときはあるんです。「赤色がいい？　青色がいい？」って誰かに聞きたくなる（笑）。

岡村　わかります。そういうときは僕もあります（笑）。そういうときは奥さんに聞いたりするんですか？

横尾　そんなん絶対にしません（笑）。第一、女房は僕のクリエイティブに一切意見しません。もし僕に聞かれたとして、「青がいい」と答えたところで僕が反対するのを知ってますからね。岡本太郎は奥さんに聞いたりしてましたけども。

岡村　夫婦の危機に直面したことはあったりしますか？

横尾　それはある意味で、いつもあるといえばいつもある。アートそのものが危険な職業ですし、僕は危険を呼ぶのが好きなんです。安穏とした状況ではものは作れないからね。僕はね、クリエイティブ職というのは神が与えた最高の職業だと思ってるんです。そう簡単にはできない仕事ですし、そこに伴う辛さ苦しみも他の職業には代えられないものがあるし、苦しみには快楽や喜びもあるわけです。この職業に関わる人が最終的に求めているのは自由なんです。自由以外はない。お金儲けでもなければ、名誉や地位でもないんです。

クリエイティブの根幹にある「死」

岡村　横尾さんって、常に時代と一緒に興奮してきた印象がある

「夫婦の危機に直面したことはあったりしますか？」岡村

「それはある意味で、いつもあるといえばいつもある」横尾

んです。高倉健さん、藤純子（現・富司純子）さん、ビートルズといった時代のアイコンたちに惚れ込み、その惚れ込んだ熱に時代も感応してきた。そんなふうに僕は感じていました。そして横尾さんは、ご自分の身の回りのこと、たとえば、神秘体験だったりオカルト現象だったりUFOだったり猫だったりY字路だったり、最近だと健康のことだったり体のことだったり、プライベートで夢中になる事柄をも作品に昇華させてしまうでしょ。ものごとに熱中、熱狂することが横尾さんのクリエイティブの根源だと強く感じるんです。

横尾　僕は、プライベートと仕事の区別はないんです。趣味がそのまま仕事になってしまう。だからコレクションまでもが仕事になってしまうんですね。たとえば、滝のポストカードをコレクションした。その数が6万枚になった。「じゃあ、これを発表したら面白いやんけ」となる。毎年写真館で家族写真を撮影していた。これも何十年も撮り続けていればたまってきますよね。「これも発表したら面白いやんけ」となる。すべてがそうやって増幅していくわけです。生活全部がクリエイティブかといえばそうなんでしょう。でも、そんな偉そうなことも考えてないですよね。メシを食う、トイレに行く、風呂に入る、それも全部クリエイティブかという話になっちゃうとそんなたいそうなことは考えてない。クリエイティブは無意識の根幹にあるもので、そのことについてことさら考えるということはないんです。

岡村　自然なことだと。

横尾　そうです。それをいちいち考えてたら大変ですからね。

岡村　じゃあ、人生で、いろんな女性と戯れたいと思ったことはないですか。僕は横尾さんの作品には強烈なエロティシズムも感じるんです。いろんな女性を知りたい、見てみたいという性欲や好奇心、そういうものはあったりしますか？

横尾　そんなのないねえ。時間ももったいないしさ（笑）。そりゃピカソみたいな人はいますよ。いますけれど、僕は興味がない。しかもね、女性関係の多い人がエロティックな絵を描くとは限らない。芸術というのは妄想なんです。想像力、空想という言い方でもいいですが、作品は全部妄想だと僕は思ってるんです。

岡村　妄想であるがゆえに、ロジックを超え、既成概念を崩すから狂気にも似たパワーを横尾さんの作品に感じるんでしょうね。

横尾　やりたいことを徹底すれば狂気になるでしょう。僕の狂気というものを探っていくとすれば、「死」にたどり着くんだと思うんです。エロスよりも。僕は来年80歳になりますが、死は目の前に迫っているわけで、若い頃は幻想でしかなかった「死」が、だんだんと実体としての「死」となってきている。周辺の親しい人が死

んでいくのをみていると、病院の待合室で待ってるという気がしないでもないわけです。いつ自分の名前が呼ばれるかわからない。余命宣告をされた癌患者と同じ状態です。僕は癌を患っているわけではないし余命宣告をされたわけでもないけれど、自分の肉体が崩落に向かっている、滅亡に向かっている、そういう感じがあるわけです。そして癌患者のごとく「生きたい」と思う。それは若い頃からそう。20代の頃から老境を感じていましたから。

岡村 死を直接的に意識した作品もたくさんありましたもんね。

横尾 20代の頃は、遺作集を作ったり、新聞に死亡広告を出してみたり、自分が自殺してるポスターを作ってみたりしましたから。それはいまとそんなに変わらないんです。ロマンチックでそれをやっているんではなく、「僕はあと1年生きられるのかどうなのか」という思いが常にあるからなんです。

岡村 不安ですか？

横尾 不安です。生きることに対する不安。それが生きてる証拠なのかもわからないね。たとえば、田原総一朗さんは老境にいながら、老化も怖くないし、死に対しても関心がないって言うわけ。僕よりも年上で、死に近いわけだから、もっと死について考えてちょうだいよって言いたくなるんです。でも全然考えない。だから、田原さんはある意味すごく生きやすい。ポジティブ。あの人の死のヴィジョンは、『朝まで生テレビ』の最中に突然だまりこくってどうしたのかと肩叩いたら死んでた、っていうものだから。

岡村 田原さんらしい（笑）。

横尾 そのくらいしか考えてないの。遅れてる。でも、その遅れた感性を僕も欲しいわけ。僕は死に過敏になっちゃってるから。高倉健さんにしても、亡くなるちょっと前に電話があったんです。「お元気ですか？」って聞いたら、「はい元気です！」っていつものような大きな声でね。「また映画に入るんですか？」「はい準備してます！」って。それからまもなくの訃報でしょ。「ホンマかいな」と。健さんは多少、虚勢を張って元気だと言われたかもわからない。健さんの生き方も苦しいね。周囲の人にすごく気を使って。あれはあの人にとっての論理では自然体かもわかりませんけれど。とにかく、人の死は自分の死とつながってると感じるんです、この年になるとね。

岡村 死が怖いですか？

横尾 死の壁を越えた向こう側は怖くないんです。死に至るまでの、苦しいとか痛いとかそういうのがイヤなんです。眠ってる間に向こう側にいければ最高なんですよね。

岡村 コロリみたいな。

横尾 一切苦しくないコロリがいい。

「生きることに対する不安。それが生きてる証拠なのかもわからないね」横尾

「子をもつことがカルマだとすれば、子どもはいてよかったですか？」岡村

岡村　苦しむのがイヤだと。

横尾　それは誰でもイヤですよ。猫でも犬でもイヤですよ（笑）。だから、そういうことをみんな正直に言ってくれれば参考になるんですけど、言わない。死ぬのが怖いということをみんな言わないんですよ。

岡村　きっと見て見ぬふりをしてる人も多いんじゃないでしょうか……。

横尾　これ、結婚の話じゃないね（笑）。

子どもをもつというカルマ

岡村　冒頭で横尾さんは子どもはカルマだとおっしゃいました。それは具体的にどういうことですか？

横尾　カルマとはつまり業です。人間、誰しもが因果応報の業を抱えて生まれてくるんです。僕は絵を描くというカルマを抱えていますが、子どもをもつということもカルマのひとつ。たとえば、子どもが与えられていない夫婦っていますよね。これは問題が少ないわけです。子どもに関する問題がありませんから。つまり、そのカルマは今生においては解決済みということだから。でも子どもがいると問題は解決しない。子どもがいる限りそれはカルマであり続ける。だから、子どものいない夫婦は前世によっぽどいいことをした夫婦じゃないかと思いますけれども。

岡村　でも、子どもができないことに悩み苦しむ夫婦もいますよ。

横尾　そういう夫婦はあえて子どもを欲しがったり、もらったりしないほうがいいと思う。僕自身、子どものいない夫婦にもらわれたんです。たまたまこの程度の子どもだったから問題は少なかったと思うんですが。

岡村　溺愛《できあい》されて育ったんですよね。

横尾　僕がもらわれたとき、義父と義母はすでにおじいちゃんおばあちゃんでしたから。つまり、子どもがいなければ、その問題にかけるエネルギーを別のことにかけられるから、もっと凄いことができると思うわけ。子どもがいる以上、目をつぶってないものとすることはできませんから。

岡村　とはいえ、子どもがいてよかったと思われるでしょ？

横尾　子どもは修行。修行のためにはいてよかったと思います。子どもの抱えている問題を、こちらも抱えなくちゃいけませんからね。「もう学校に行きたくない」とか言い出したり、そういうことをね。

岡村　そうそう、お子さんは高校を中退されてしまったとか。

横尾　あるとき、子どもが絵を描いてきたんです。「面白いなあ。学校の先生は褒めてくれたんか？」「褒めてくれない」「なんで？

そんなバカなことあるか」。で、僕は学校に電話したんです。「うちの子どもの絵、なぜダメなんですか。僕はプロだから何が面白いか面白くないかはわかりますよ」って先生とケンカになって。「もうおたくのところへはうちの子どもは行かせません！」。それで子どもに、「おい、学校はやめたからもう行かなくていいぞ」って。2人ともそうですよ（笑）。

岡村　すごい！　それはもう、子どもの味方になってるということですよね。突き放すのではなく。

横尾　そりゃ真剣ですよ。僕はね、子どもがワーワー文句言ってくるのを聞くのがイヤなんです。「学校がイヤだ」とか「行きたくない」とか。そしたら、その問題を僕が解決すればその文句は聞かなくて済むんです。「じゃあ学校なんかやめちゃえ」と。それで解決したと思ったら、今度は「就職は？」とか言うわけね（笑）。そんなことの繰り返しです。一生かかってもこの問題は解決しないと思うね。

岡村　お子さんとゆっくり話したりするときはあるんですか？

横尾　車で送ってもらったりするときにちょこちょこ話をする程度。込みいった話なんて全然しない。「なんで和田アキ子は今年も紅白に出てるんか」とかそういう話だけですよ。

岡村　あははは（笑）。

横尾　「この前乗ったときも和田アキ子の話したよなあ。車乗るとなんで和田アキ子の話になるんや」。ここ3年ぐらいは和田アキ子の話です。なんでそんな話ばかりするのかはわからない（笑）。だから僕はね、絵以外のカルマはできるだけ抱えたくない。今生でカルマはできるだけ捨てていきたいんです。

岡村　死ぬまでに捨てたいんだと。

横尾　カルマは死ぬときにゼロになればいいんです。仏教の根本思想はカルマ。それを捨てるということの修行なんです。誰もがカルマをもって生まれてくるんです。言い換えれば、カルマのない人は生まれる必要がない。カルマと肉体は一致しているからね。だから、カルマをいかに解消するかが人生なんです。

出会いは偶然ではなく必然

岡村　輪廻転生は信じてますか？

横尾　当然あるでしょう。そういう関係がいまの関係に全部結びついてるんじゃないかと思いますから。だからもしかしたら、女房や息子や娘と、過去生《かこぜ》で会ってたかもわからんね。まったく因縁のない者同士が結びつくことはないと思ってるから。直接的な関係性はなくても、必ずその周辺にいたんだと思うんです。

岡村　じゃあ、結婚するのもあらかじめ決まっていた運命だとい

「修行のためにはいてよかった。子どもの抱える問題を一緒に抱えますから」横尾

「しかし岡村さん、もう一生独身でいればいいじゃない。そのほうがいい」横尾

うことですか。

横尾　僕は、偶然ってあり得ないと思ってる。すべて必然なんです。だからこの先、岡村さんが誰かと結婚されても偶然じゃない。その人と出会うまでの道筋もあるし、誰かを介してその人を知ったというのも、全部網の目の如く関係があるわけです。だから今日、このあと気持ちが高ぶり帰りの電車で誰かと恋に落ちれば、僕とこうして話をしたからという関係性が生まれるわけです。

岡村　そうすると横尾さんは僕の仲人になりますね（笑）。

横尾　そう、みんなつながってるんです。僕と女房もそう。あのとき、駅のホームで彼女が僕の先輩に声を掛けなければ一緒になってないし、いまの状況はない。そう思うと目の前にいる子どもたちが不思議でしょうがない。これがもし違う人と結婚していたなら、違う顔で違う人格の子どもになってるわけだし、そもそも子どもはいないかもわからない。そう考えると本当に不思議だね。

岡村　まず、自分自身がいること自体が不思議ですもんね。

横尾　しかし岡村さん、もう一生独身でいればいいじゃない。そのほうがいい。奥さんがいたら煩《わずら》わしいよ。

岡村　でも横尾さん、「結婚してよかった」っておっしゃってましたよ、過去のインタビューでは。

横尾　そのときは言ったかしらんけども、その1週間後はどう言うかはわからないよ（笑）。あなたは今年50でしょ？　せっかくここまできたんだからもう結婚はしなくていいんじゃないかと思いますよ。一生この対談を続けてはどうですか。一生をかけて結婚を探究する、というのは。

岡村　もう、ライフワークですね（笑）。結婚がわからないまま終わってしまいそうですが。

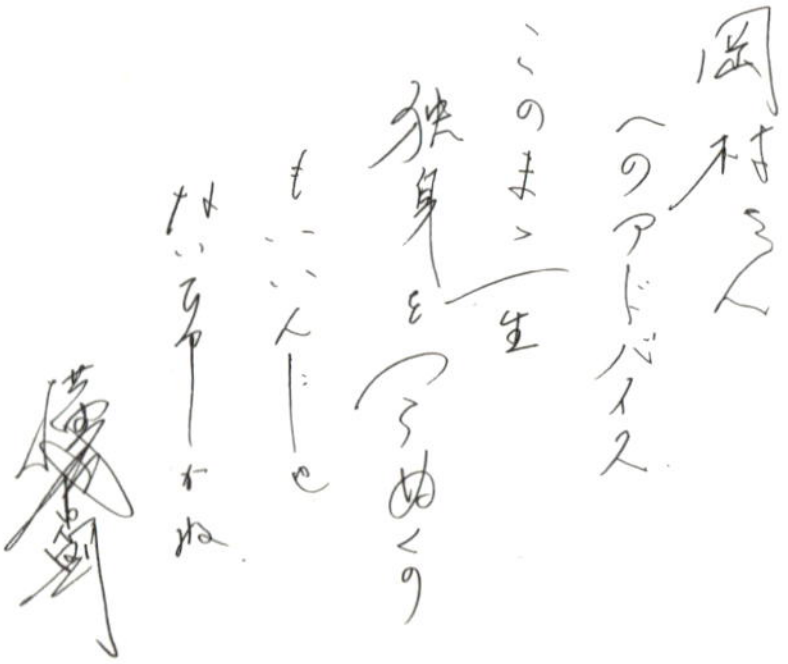

STEP UP

(28)

結婚すると新しい扉が開くんです。

VS Bose & ファンタジスタさくらだ

3年前、スチャダラパーのBoseさんとさくらださんの結婚のニュースが流れたとき、僕はその意表を突くカップリングにビックリさせられた。そして2年前、彼らには子どもが生まれ、Boseさんはイクメンぶりがフィーチャーされるようになり、さくらださんはユニークなママぶりでブログの人気者になっている。というか、Boseさんってこんな人だっただろうか？　斜に構えたラッパーだと思うのだが。結婚したことや子どもができたことが彼を変えてしまったのだろうか？　するとBoseさんは言った。「あえて、なんです」。あえて直球に子育てや結婚を楽しんでいるというのだ。

ぼーず≫ 1969年岡山生まれ。ヒップホップグループ「スチャダラパー」のMC。2015年でデビュー25周年を迎えた。最新アルバムは『1212』。ふぁんたじすた・さくらだ≫ 1985年東京生まれ。独創的なファッションで母・妻・タレントとして活躍中。

「僕は、結婚に関しては岡村ちゃんと似てました。同じような道を歩いてた」Bose

岡村　ユニット感があるなあ（笑）。

Bose　いつもなら隣には（スチャダラパーの）ANIがいて、ボケるANIを僕がツッコむのがパターンなんだけど、奥さんと2人でこういう場に出るとなると、いまいち僕がどういうキャラでいればいいかわからなくて。だから、そういう目線で北斗晶・佐々木健介夫婦をみちゃう。高橋ジョージがダメだった部分がよくわかるっていうか（笑）。

さくらだ　楽屋での反省会は気をつけないとね（笑）。

妻がツッコみ夫がボケる

岡村　結婚して何年目ですか？

さくらだ　4年目かな。

岡村　交際何年で結婚しました？

Bose　1年ぐらい。知り合って4カ月で一緒に住み初めたから。

岡村　早いなあ！

さくらだ　最初は結婚とかなにも考えてなくて。Boseさん、ちょうど引っ越しのタイミングだったみたいで、うちのすぐ近所に引っ越してきて。私のことが好きだから♡

Bose　ね、こういうこと言うから（笑）。この2人でいるときは僕がボケじゃないとダメなんです。

岡村　意外だなあ。Boseさんがボケにまわってるところ、僕は一度も見たことないですけど。

さくらだ　ぼっくん（Boseの愛称）、SKEの女の子たちに囲まれてライヴをやったことがあったんです。そのときカッコ良くやろうとしてるから、「それ、違うよ」って言ったんです。「SKEにとっては松崎しげるさんと同じ立場だよ」って。

岡村　容赦ないツッコみを（笑）。

Bose　いつも通りにラップをやるんだけど、どうやったらハマるのかがわからなくて。そしたら、「面白おじさん枠だから！」って奥さんに言われて「なるほど」（笑）。

岡村　でも、MCとしてその場をどう仕切りどうコントロールするかを常に考える、それがBoseさんじゃないですか。「でへ」ってボケたりする印象はまるでないですよ。

Bose　この年になると「面白おじさんで～す」ってなっちゃったほうがラクっていうのもあって。

岡村　いとうせいこうさんと同じだ！　Boseさんと同じラッパーで“天下のツッコミ師”のせいこうさんが、「若手がツッコんでくれるからラクになった」って言ってました。

Bose　年齢が上がってくると、いつまでもトンがったツッコミ師でいるのはツラいんです。せいこうさんもレキシの池ちゃん（池田貴史）にツッコまれるようになって柔らかくなったじゃないですか。せいこうさんを見てると、自分の少し先を行ってるんだなって思いますよ。

先輩として相談に乗りつつ恋人に

岡村　Boseさんは40歳を過ぎてからさくらださんと出会い、結婚されたわけですけれど。なぜそこで「結婚しよう」となったわけですか？

Bose　僕はホント、結婚に関しては岡村ちゃんと似てました。ある意味、まったく同じような道を歩いてたと思う。レコードとかゲームとか漫画とか自分の好きなものばっか部屋に集めて「ここに誰か入る隙間なんてない！」っていうのでずーっとやってきたから。でもなんだろう、その突破口をバリッと開けたのがなぜかこの人だったっていう。そういうことだけだったかもしれない。

岡村　前にBoseさんと話したとき、「結婚したのは震災の影響」って言ってたでしょ。それは心がグラグラしたってこと？

Bose　僕ら、出会ったのが震災後のコヤブソニック（小籔千豊主催の音楽フェス）だったんです。

さくらだ　5月。出会ったとき、私もBoseさんも、「上澄みの話はせずに本題から話そうよ」っていうテンションだったんです。

岡村　まどろっこしい駆け引きはナシで本音をさらけ出そうよと。

さくらだ　「こんな時代だし」って。

Bose　最初は、彼女に仕事の相談をされてたんです。「あやまんJAPAN」のこれからをどうすればいいだろうって。彼女たち、もとは宴会を盛りあげる〝おもてなし集団〟だったんです。観たことあります？

岡村　テレビで観ました。テンション高めの「飲ませ芸」（笑）。

さくらだ　知る人ぞ知る地下組織のレディースチームでしたから。

Bose　あやまん監督とルーキタエちゃんとうちの奥さんの3人がメインでテレビに出るようになったのは、うちの奥さんにわりとプロデュース能力があって策を練ったからというのも大きくて。当時、メディアで注目されてた時期だったけど、彼女は悩んでた。行き詰まってどうしようって。で、僕は、震災後というのもあったから、「この先自分がどう生きるかってことが大事じゃない？」っていうのがパッと出たんだよね。

さくらだ　ずっと信用していたことが揺らいだっていうか。当時私は24〜25歳ぐらいで、それまではいろんなことを純粋に信じてた部分があったけれど、震災後、ホント、自分の身は自分で守らなくちゃダメだし、人を信用しすぎるとこの先やっていけなくなるかもしれないっていう危機感をすごく感じて。そしたらBoseさ

「Boseさんがグイッと『本当の君はなんなの？』って覗いてきたんです」さくらだ

「あやまんJAPANは僕を『ハゲぽよ』って呼ぶんですよ!」Bose

ん、「そんなの、僕はそもそも誰も信用してないから」って。

Bose 仕事で誰を信じてどうすればいいとかそういった悩みは僕はだいたい経験してきたし。「そんなのまわりの大人はみんなウソつくに決まってんじゃん」っていう(笑)。

岡村 アドバイスしてあげたわけだ。

Bose あやまんJAPAN自体が面白いと思ってたし、ロックを感じてたし。ライヴを観に行ったら、若い人たちがたくさん集まってめちゃくちゃ盛り上がってて。ホント、ロックバンドみたいにカッコ良くて。その勢いが僕らと似てると思ったんです。アプローチは全然違うし下ネタなんだけど、僕らが若いときにやろうとしてたことと同じだなって。

岡村 さくらださんはもともとスチャダラパーが好きだったんでしょ?

さくらだ 大好きだったんです。10代の頃はライヴをよく観に行ってましたし。

岡村 どんなカンジですか? 憧れだった人とお付き合いができるというのは。

さくらだ 初めはもちろん、「付き合う」っていう発想はないです。私にとっては「スチャダラパーのBose」でしかなかったから。

岡村 ヤバいよねえ(笑)。

さくらだ ヤバいですよ(笑)。だから最初は、私もあやまんJAPANのキャラでしか接してなかったんです。

岡村 素の女じゃなく。

さくらだ そう。そしたら、Boseさんがグイッと、「で、本当はなんなの?」って覗いてきたんです。

岡村 「本当のキミはどうなの?」

Bose 「そういうのじゃないところで話をしようよ」

さくらだ 「え、この人はいったい何なの?」

岡村 やっぱそれ、最初からさくらださんを気に入ってたってことなんでしょ?

Bose まあ、気に入ってたのは確かですけど(笑)。だから、誰が嫌いとかそういうところでは気が合いそうだなっていうのはありましたから。

さくらだ のっけから、「で、誰が嫌いなの?」って聞いてくるっていう(笑)。普通、「誰が好き?」って話から始めるじゃないですか。

岡村 まずはブラック話から(笑)。

Bose というよりネガティブ話。「どうせダメだよ、そんなことやったって」ってそういうアプローチで話をしたほうが本音を出しやすいじゃないですか。「現実は厳しいものだよ。そこからどうするかだよ」ってことを話したほうがいいなって。

さくらだ　私も根がネガティブなんです。あやまんJAPANをやっていたのも、「どうせダメだろ」っていうところからのスタートだったし。

岡村　そもそもさくらださんは、どういう経緯であやまんJAPANに入ったんですか?

さくらだ　自分的にいろいろとしんどいときだったんです。大学をやめて、就職ができないとか、そういうのが重なって。でもなんとかして生きていかなくちゃいけない。そんなときにあやまんと出会って、未知の地下世界を知って(笑)。「でもやるんだよ」という底知れぬパワーに共感して一緒に遊ぶようになって。

Bose　どうせダメだけどやる。無駄だとわかっててもやる。「でもやるんだよ」。その芯の部分にある根本敬イズムが僕と似てて。だから、あやまんJAPANはパンクだと思ったし、この人と付き合ったら面白いだろうなと思ったんです。

さくらだ　でも、最初は付き合うどうこうって話はしなかったな。なんとなく仲良くなって、この人とはずっと飽きずにしゃべっていられるなって。

岡村　でもBoseさんはずっとシラフなわけでしょ?　お酒飲まないから。

Bose　飲まないです。

岡村　てことは、男女の関係になるのも酔いに任せてとはいかないじゃない。そういう人はどうやってムーディにするのかとよく思うんだけど。

Bose　ムーディ(笑)。

岡村　やっぱ「眠くなったね」みたいなカンジなんですか。

Bose　あははは(笑)。な〜に聞いてんですか。

さくらだ　私がBoseさんちに泊まりに行ったんです、最初は。でも、シラフでずっとこんな話をしてた。

Bose　朝までずっと。

さくらだ　ヤン富田さんの音楽を聴きながら。

岡村　ほー、ヤン富田さんですか!

さくらだ　そう。「ヤンさんは、ここがすごい!」って話を延々として。「音がひん曲がる瞬間があるんだよね」って。「わかる!　ここでしょ?」

岡村　マニアックだなあ。

Bose　そういう話が合う人って女子ではなかなかいないじゃないですか。やっぱ彼女はスチャダラ・チルドレンみたいな部分があるし、ある程度サブカルチャーを通ってるから話がしやすいっていうのもあるし。

岡村　ものの見方、考え方、面白がり方。ある意味、彼女は自分た

「誕生日プレゼントが〝ガキの使い〟DVDだったんですよ!」さくらだ

「結婚も子育ても絶対おすすめ。新しい経験が増えると新しい曲もできるはず」Bose

ちが敷いたレールに乗ってきた人だと。

Bose　こういう人を育てた一端は自分らにも責任があったりしますから（笑）。

岡村　で、ヤンさんを聴きながら「眠くなったね」と。

Bose　だ〜か〜ら覚えてないって、そんな細かい話は！

結婚で新しい価値観を得る

岡村　大ゲンカとかします？

Bose　そんなんはもう、しょっちゅうですよ。似てるところが多いぶん、すんごいぶつかるところもあるし。お互いにものを作る仕事をしてるし。

岡村　アーティストとしてカンに障るようなことを言われたり？

Bose　そりゃ「ＳＫＥの横でカッコつけてもしょうがない」みたいなことを言われるとカチンときます。だけど、的を射てると思わされることもやっぱりあって。彼女は僕よりも一回り以上年下で、僕らの目線より全然若いわけだし、彼女にはさらに若い友だちがいたりする。僕も一緒になってそういう子たちと遊んでると、若い子たちには世の中がこういうふうに見えるんだっていうのがわかる。「それ甘いよ」って否定する部分もありつつ「イケてるな」って思うこともあるわけで。普通にスチャダラパーをやってるだけじゃ絶対に会うことのない子たちですから。

岡村　フレキシビリティがあるなあ。

Bose　そこはやっぱり、この人と一緒にいるようになって広がった部分なんです。結婚して彼女の価値観が自分にボンとくっついたから。この目線で見ると全然違うんだなっていうのは新たな発見ですよね。

さくらだ　だいたい、「あやまんＪＡＰＡＮと結婚する」こと自体が人生をかけた大喜利だもん（笑）。

岡村　あははは（笑）。しかしBoseさん、結婚して子どもが生まれて、すごく幸せそうな写真とかをガンガンアップしてるじゃない、さくらださんのブログで。せいこうさんじゃないけれど、「ツッコミ師のBoseさんなのに、結婚して変わったのかな」って思ったんですが。

Bose　そこは変わったというより、「逆に」なんです。僕は世の中に対して常にズレたポジションでいたいんです。若い頃は、斜に構えて文句言ってるだけで面白かったけど、40歳50歳になってのそれは成り立たない。だとしたら、そのときと同じぐらいズレてることは何だろうと考えると、「いまヘラヘラすることかな」って。「子どもできました。かわいいですけど何か？」っていう。そういうヒネくれ方なんです（笑）。

岡村　あのね、悪いけど、そこはまったく伝わってこないです。伝わってきたのは「相当子どもが好きなんだな」ってことですよ。

さくらだ　それ正解！

ぼっくんが大切にしてたもの

岡村　ゲームやらなにやら、昔は貪るようにカルチャーを吸収してコレクションしたりしてたでしょ。そういった欲っていまはどうですか？

Bose　子どもができてしまったから物理的にそれを楽しむ時間がない。そういったごちゃごちゃしたものが遠い感じですよね。

岡村　サブカルライフではない？

Bose　まったくない。レコードも処分したし、本もCDも減らしたし、歌詞を書くのもiPhoneだし、漫画読むのもキンドルだし。昔みたいに本をダーッと積み上げてっていうのは不可能になったんです。

岡村　水道橋博士は「家には捨てられないビデオが山のようにあって、磁気のせいで家具や人がリニアモーターカーのようにやや浮いている」って言ってましたが（笑）、Boseさんはそれとはオサラバしたと。

Bose　僕もわりと最後の最後までビデオは粘って持ってました。

山田太一さんのドラマとか、ダウンタウンの『ガキの使いやあらへんで!!』とかはせっせとDVD化したりして。でも、最後はもう「これは一生観ないな」って決別しましたもん。

さくらだ　私、ぼっくんから〝ガキの使い〟のDVDをもらったんですよ。誕生日プレゼントで（笑）。

「結婚して子どもができて、『当たり前』を楽しむ勇気がなかったって気づいたの」さくらだ

「子どもはかわいい。2人でも3人でもほしいと思う」Bose

Bose　僕がいちばん大切にしてるものはなんだろうって考えたとき、93年、94年の〝ガキの使い〟だなと。

岡村　それ絶頂期！　いちばん面白かった頃だもん！

Bose　「僕がいちばん大切にしてるものをあげる」って言ってあげた（笑）。

さくらだ　「うわ〜、なにくれんだろう！」ってウキウキしてたら〝ガキの使い〟って。それかい!!

岡村　僕はBoseさんの肩をもちますよ。それは宝だもん。持ってなくちゃいけないんです。DVD化されてない回がたくさんありますから、ホント貴重なんです。

Bose　最高だもんね、あの頃のダウンタウンは。

岡村　ハラ抱えて笑ったもん。涙流して笑ったもん。あんなに笑えることはこの先死ぬまでもうないから。

Bose　ね、岡村ちゃんもそう言ってるじゃない。それをあなたにあげたんだから。誰にもあげたことがないんだよ？　僕の魂をあげたのと一緒よ？

さくらだ　えー！　じゃあ、岡村さんちも昔のぼっくんちみたいにモノがいっぱいある感じですか？

岡村　ないです。僕ももうやめました。ほとんど処分しました。

さくらだ　じゃあ、いつ女性が引っ越してきてもいいわけじゃないですか。

岡村　落ち着いたものですよ。

Bose　てか、そういう準備をしてるんじゃない？　無意識に。

岡村　確かに。してるのかも。部屋もきれいだし。いつも床拭きしてるんですよ。

Bose　いつでもお婿に行けるんだ。

岡村　準備だけは万端です。

Bose　僕もそうだったけど、このままモノに埋もれた生活を送り続けるのはもうダメだと思って、ごちゃごちゃしたものを片付けてから奥さんと出会ったんです。結局、部屋を片付けるというのは自分をオープンにできるかということじゃないですか。本だのビデオだのレコードだのがワーッと積み上がったまんまだとバリアを張ってるのと同じで。それがなくなったってことは、岡村ちゃんも結婚できるサインだと思うよ。

うちの子かわいいですけど、何か？

岡村　結婚はおすすめします？

Bose　おすすめする。絶対にしたほうがいい。僕がすごく思うのは、結婚することによって「開かれる扉」が世の中にはいっぱいあるということなんです。たとえば、わかりやすいところでは家を借りるとき。結婚する前までは「独身」ってだけで審査に通らないこともあったけど、「結婚してます」っていうと扱いがぜんよくなるんです。

さくらだ そう。結婚すると自分が変わるのではなく、周りが変わるんですよ。

Bose しかも、子育てする権利は、結婚して子どもをもってという状態にならなければ得られないわけで。その扉の向こうにはまた未知の楽しさがあって。もちろん子育ては楽しいばかりじゃない。9割方が大変。めんどくさいしイライラするし、何をするにも子ども中心、挙げ句、子どもは言うことを聞かない。

さくらだ でも、9割そうでも1割でも子どもが機嫌よくニッコリしてくれればそれで全部オッケーになっちゃう。そのギャップがたまらなくかわいい♡

Bose だからやっぱ写真撮っちゃうもん。天使の瞬間はシャッターチャンスだから。「家族3人で海行きました。砂浜最高! うちの子かわいい! 何か?」(笑)。

岡村 あのね、うらやましいなと思いながらそういう写真をたくさん拝見させていただきましたよ。40代独身男がタメ息つきながらブログを見てるんだって、ちょっとは意識してくださいよ!

さくらだ そんなあ(笑)。

Bose 子どもができて初めてわかったけど、自分ちだけじゃなく人んちの子どももかわいく見えるようになるんですよ。だから僕ら、2人目3人目が欲しいといま思ってるけど、アンジェリーナ・ジョリーがどんどん養子をもらう気持ちがわかる。自分の子どもじゃなくても育てたいって思うから。夫婦になって区役所に行くと里親募集の資料を渡されるんですけど、岡村ちゃんはその紙をもらったことがないでしょ。

岡村 ない! 渡されてない!

Bose そういう新しい扉がたくさんあるんです、結婚すると。

岡村 知らない世界だなあ。

Bose 岡村ちゃんもそうだろうけど、僕はいままでそういう多数派世界を避けてきたし、そうじゃないところで商売してきた。でも、世の中の大多数はそういう世界に属してる。それをあらためて認識したんですよ。

岡村 実は大多数がそっち側で幸せを謳歌していたんだと。

さくらだ いままでそういう世界に飛び込む勇気がなかったんだと思う。でも飛び込んでみたらやっぱ楽しい。だから、子どもが遊べる施設へ行くと、スチャダラパーもあやまんJAPANも知らない人たちが話しかけてくれる。新たな人たちとの交流がそこで生まれるのも面白いんです。

「実は大多数がそっち側で幸せを謳歌してるんだ」岡村

「Boseさんのイメージが広がったな。少年っぽさにプラスして子煩悩。なんか悔しい」岡村

岡村 子どもが自分に似てるなと思うことってあります？

Bose めちゃくちゃある。それこそ自分のイヤなところがすごく似てる。僕のガンコなところとかがね。

さくらだ たとえばごはんを食べる順番があって、その順番が違うと一切食べなくなったりするんです。それはぼっくんに似てるなって(笑)。

岡村 あ、泉昌之さんの『豪快さんだっ！』的なカンジだ(笑)。

Bose 逆に、ふざけすぎて限界までやっちゃう荒くれなところは奥さんの血で。そのハイブリッドだからすんごい我が強い(笑)。

さくらだ ちょっと心配ではあるんですけど。女の子だから。

岡村 そっか女の子か。もう、かわいくてしょうがないでしょ。

Bose＆さくらだ そりゃもう、か〜わ〜い〜ですよ〜！

岡村 キーッ!!

もう準備は整っていると思います。 Bose

まず、あやまんJAPANの試合から!! さくらだ

STEP UP

(29)

家庭という王国の王様は1人だけなんです。

VS 東村アキコ

東村アキコさんの漫画『かくかくしかじか』は、少女漫画家を夢見て美大を目指す少女が絵画教室でスパルタ指導の一風変わった先生と出会い、絵を描く行為を通して成長し、漫画家への道を歩むという、東村さん自身の『まんが道《みち》』的自叙伝である。僕はいたく感銘を受けた。漫画家となった東村さんはその後、結婚して子どもをもち、育児奮闘記をつづったエッセイ漫画『ママはテンパリスト』で脚光を浴びる。長らくシングルマザーであった彼女が2年前に子連れ再婚したという。さて。聞きたいことは山ほどある。どこから聞こう。対談場所に現れた東村さんは艶やかな着物姿であった。

ひがしむら・あきこ≫ 1975年宮崎生まれ。漫画家。99年、漫画家デビュー。2015年、『かくかくしかじか』でマンガ大賞受賞。主な著書に、100万部超のベストセラー『ママはテンパリスト』、能年玲奈主演で映画化された『海月姫』、『東京タラレバ娘』など。

「どんな結婚がしたい？ ドラマチック系？ 自分をキッチリ支えてくれる系？」東村

岡村 銀座の高級クラブのママのようないでたちで（笑）。

東村 『GINZA』ですから。テーマは文壇バーのママ。岡村さんはフランス帰りの文学者で（笑）。

岡村 じゃあ、アドバイスよろしくお願いいたします（笑）。

東村 ホントのことを言うと、さっきまでバタバタと原稿を描いていて。ジャージーで来るのはマズいなって。

岡村 着物は趣味ですか？

東村 漫画の仕事が超ヒマだったときに着付けの学校に通って。手に職じゃないですけど、美容室で着付けができる免状も持ってるんです。

岡村 ほお〜！

結婚の理想と現実は違うんです

東村 私、2回結婚してるんです。1回目は2カ月ぐらいですぐダメだと思って離婚しちゃって。その後、結婚はもう懲り懲りだなって5〜6年シングルマザーをやってて。仕事をしながらひとりで子育てするのは大変っちゃ大変ですけど、でも気楽に楽しく生きてきたんです。で、震災の後、ずっと飲み友だちだった男の人と再婚しちゃったんですね。

岡村 ご主人はアパレル関係だとか。

東村 漫画をモチーフとしたTシャツなんかをよく作ってる人で。漫画家の知り合いが多いし、漫画家の仕事をよくわかってくれている人。話も合うからいいなって。

岡村 息子さんとの相性もすごく良かったそうですね。

東村 家が近所だったので、締め切りが忙しいときに、「子どもを遊ばせましょうか」と来てくれていて。先に子どもがなついたんです。

岡村 恋に落ちる前に息子さんが仲良くなったと。

東村 最初は彼の名前もちゃんと認識してないくらい。2コ下なんですが、「呼べば来てくれる近所に住んでる便利なヤツ」みたいな（笑）。

岡村 あはははは（笑）。

東村 うちには漫画のアシスタントがたくさんいるんですが、その延長みたいなカンジだったんですね。

岡村 そこからなぜ結婚しようと？

東村 ふとまた結婚したくなって。でもね、いま、あんまりうまくいってないんですよ。

岡村 え、そうなんですか！

東村 やっぱ、理想と現実って違うんです。1回目で失敗したとき、私が悪いんですけど、仕事をもつ女って職場では男になる人がほとんどですが、私は家のなかでも男になってたんです。それで懲りて結婚はもうするまいと。だから、再婚して最初の1年ぐらいはおとなしく女のフリをしてたんだけど、2年目ぐらいから私の男の部分が出てきてしまって。平たく言えば「風呂上がりに裸で歩く」的なことなんですけど。女の自分がなくなって、いつものガサツな自分が戻ってきて。旦那は、「それじゃちょっと」という空気で2015年っていうカンジです(笑)。

岡村 でも、ご主人は、「子どもの面倒は全部僕が見るから」ってプロポーズなさったんでしょ。

東村 よくご存じで!

岡村 僕、インタビュー前にものすごく下調べをするんですよ。

東村 調査された通り(笑)、「育児と家事を全部やるから結婚して」って言われて、「よし登用!」って。

岡村 大恋愛の果てに結婚した、ということではないんですね。

東村 結婚って、「条件が合うか合わないか」だと思うんです。結婚後もいまと同じペースで仕事ができるのか、食事はどっちが作るのか、掃除は? 洗濯は? 子どもの面倒は? 結局、そこが合わないと一緒に暮らしてもうまくいかないんです。1回目は、恋に落ちてそのまま盛り上がって結婚してしまったんです。自分たちが映画の主人公みたいになっちゃって。完全に『トゥルー・ロマンス』(93年)症候群。ふたりでいれば無敵っていう錯覚に陥って結婚したから。2回目は、冷静に結婚後の生活スタイルを合わせられるかどうかを事前に聞いて、それが嚙み合うのならと決断したんですけれど。

岡村 恋だの愛だのではなく。

東村 でもね、やっぱり恋だの愛だのも必要だなって。そこが若干欠けてたかなって。反省してます。

岡村 夫婦仲が冷えてきてるの?

東村 いいえ、仲はすごくいいんです。友だちカップルですから。男の人って、40超えていい年になってくると、気が合って、オレの条件を全部のんでくれて、支えてくれてっていうので若い女性と結婚する人ってよくいるじゃないですか。岡村さんは、そっち系なのか、盛り上がって映画のような恋愛をして結婚に突っ込みたい系なのか、どっちですか?

岡村 どっち系でもいい。それで幸福であるなら。だから僕は、相手に対しても高望みはしない。この連載でずっと言ってることなんですけど、超ルックスのいい人がいいとか、家事をしてほしいとか、自分の身の回りの世話をしてほしいとか、細かい条件をのんでほしいとか、そんなことは一切言わないし、思ったこともない。心のやさしい人と出会いたい、ただそれだけなんです。

「何系でもいい。それが幸せであればいい。ただやさしい人と出会いたいんです」岡村

「結婚って、『条件が合うか合わないか』だと思うんです」東村

東村　じゃあ、結婚して、海外旅行へ行くとなったとき、旅行の手配は自分か彼女かどっちがやりますか？

岡村　彼女がやってほしいというのなら僕は全然やります。

東村　自分でできるタイプですか？

岡村　ニーズに応えます。

東村　事務作業もできると。

岡村　それを彼女が望むのなら。

東村　彼女がチャキチャキ仕切ってくれるのならそれでもいい？

岡村　全然かまわないですね。

東村　うちの場合、旅行の手配は全部私がやるんです。チケットからホテルの手配からなにからなにまで、全部私がやらなくちゃいけない。それが最近耐えられなくなってきて。とはいえ、旦那がやるとそれはそれで不満があって。「もっと安いチケットがあるのに！」とか（笑）。だから、今回私が呼んでいただいたテーマは、ハートマークぽわんぽわんの相手をとるのか、家庭がばっちり回る相手をとるのか、ということだと思うんですが、私の場合、両方経験してみた結果、どちらも物足りないなっていうのがすごくあるんです。

パパとママになってしまう危機

岡村　それって、東村さんが忙しすぎるからじゃないですか？ 人間、忙しいと余裕がなくなるでしょ。すると、相手のちょっとした言葉使いとか、生理的なこととか、許容できなくなっちゃうじゃないですか。

東村　そう。そういう意味では、私は0点。家庭では。締め切りのイライラをそのまま持ち込んじゃうし、服も脱ぎ散らかしちゃうし。忙しくないときはもちろん家庭のことをやります。でも忙しくなると全然ダメになっちゃうんです。

岡村　すごくワーカホリックでしょ。多作であることが漫画家としての目標だと公言されているし。

東村　仕事をしてないと落ち着かないし、漫画を描いてるときが楽しくてしょうがないんです。アシスタントもたくさんいるので、部活をやってるカンジなんです。文化祭の準備がず〜っと続いてるカンジなので、ず〜っと楽しいんです、私は。

岡村　しかも得意なんでしょ、そういうことを仕切るのが。小学生の頃から壁新聞づくりで才能を発揮して、この人にはこれを任せてみたいなプロデューサー感覚があるのだと。

東村　自分はあまり手を動かさず、人をおだてて差配するっていう（笑）。

岡村　もともと転校が多くて、転校生であるがゆえに、人の顔色

を窺うのが得意だし、この人はこういう人、あの人はああいう人と瞬時にカテゴライズして判断することができると。

東村 でもね、旦那だけはプロデュースできないんです。男って、女が「これやって」ってお願いすると、ムッとする人が多いじゃないですか。素直にやってくれないところがある。私は私で、自分の運や自分のいいところを全部仕事で使い果たして、スッカラカンになって家に帰ってくる。それも良くないんだと思うんです。でも、そこでなんとか離婚せずにいられるのは、共通の趣味があるからなんです。2人ともお酒が好きで、立ち飲み屋とか大衆酒場へ行くのが私たちの趣味なんですね。

岡村 いい趣味じゃないですか。

東村 ひとりじゃ淋しいから行かないし、仕事関係の人を呼んでまで行くほどの店ではないなというときに、すごく利害関係が一致して。赤羽とか立石とか野毛とかの大衆酒場によく一緒に行くんです。だから、大衆酒場に行くという部分だけでつながってる夫婦なんですよ(笑)。

岡村 スキンシップは？

東村 うち、まったくないんです。

岡村 え、いつから？

東村 結婚した直後から。だからそれが大問題！ 可及的速やかにどげんかせんといかん問題なんですよ！ 結婚する前はそれなりにだったんですが、結婚してからは子どもがいるから、子どもと暮らすようになった瞬間、パパとママになっちゃった。男の人って切り替えられないから、パパ役になるとずっとパパ役のままなんです。女の人はほら、「時には～娼婦のように～♪」で使い分けられるんだけど、男って1キャラしかできないんですよ！ だからもう全然パパとママ。「これじゃまずい」って毎日相談してるんです。「どうするんだ！」って。両親に子どもを預けてデートしたり旅行したりするんですけど、旦那が切り替えられない。恥ずかしいみたいなんです。

岡村 じゃあ、子どもがたくさんいるのにいつまでもアツアツの夫婦は？ どういうメカニズム？

東村 どうでしょう。でも、子どもをつくり続けているということは、常にセックスしてるということでしょ。やっぱり、そういう場合は専業主婦が多いから、家が王国のすべてということだとうまくいくのかもしれない。妻がバリバリ働いてる場合、外には別の世界があるということだから、そうすると王国が分かれてしまうんです。だから、岡村さんが結婚されるときは、岡村王国の妃を迎え入れるか、岡村さんがその女性の王国に入って女帝の執事的な立場になるか、どっちかでしょうね。王国の王様は1人じゃない

「僕は、相手に対して高望みはしないんです」岡村

「結婚した直後からパパとママになっちゃった。だからそれが大問題！」東村

とダメだから。

岡村　でもご主人は、「執事のように仕えます」ということで東村王国に入ったんじゃないんですか？

東村　そうなんです。うちの宮崎の両親も「アキちゃん、家事と育児をするって宣言する男は二度と現れないよ。これを逃したら次はもう来んばい」って（笑）。でも、いま思えば、そんなことは外注すればいいわけで。育児や家事が大変ならベビーシッターさんを雇えばいい話なんです。やっぱり私は九州女だから、男の人が家事をずっとやってると申し訳なくなってくるんです。結局、「やんなくていいよ」ってなってしまう。そういうことを平気でさせられる人ってすごいなって思っちゃう。好きでやる男性もいますけれど。

岡村　ジョン・レノンも4年間ぐらい子育てをしてましたよ。音楽活動を休んで。でも、いい人じゃないですか、それだけやってくれるのは。

東村　ものすごくいい人なんです。

子育ては恐怖の連続でした

岡村　子どもをもう1人、2人欲しいとは思いませんか？

東村　いやもう、私は1人で十分。子育てって恐怖の連続なんです。喜びや楽しさよりも、恐怖のほうが圧倒的に多いんです。それはもう物理的な恐怖です。ベランダから落ちたらどうしよう、交通事故に遭ったらどうしよう、海や川で行方不明になったらどうしよう。毎日恐怖との戦いなんです。その恐怖の連続に耐えられないからもう1人とは思わないんです。欲しい欲しいと思って子どもをつくって、パラダイスを夢見て勢いで生んでみたものの、恐怖と戦いながらの子育てだったので、それをもう1回やるの？と思うと。

岡村　息子さんはいま何歳ですか？

東村　小学4年生です。だからなんとか一安心。1人でも怪我なく育っただけで超奇跡だと思ってますから。

岡村　なぜ子どもが欲しいと？

東村　当時は、好きな人と、この人と子どもをつくったら、もっともっとハッピーになる、絆が深まると思ったから。しかも、妊娠中はすごく楽しかったんです。人生でいちばん幸せなひとときだったかもしれない。

岡村　どうしてですか？

東村　子どもといちばんの蜜月なんです。自分のなかにいるから自分のものでもあるし、自分のなかだけで完結できる、いちばん近い他人というか。こっちの勝手なイメージだけで夢が広がるとい

「ジョン・レノンも4年間ぐらい子育てをしてましたよ」岡村

うか。この子は将来こうなってああなって、って。子どもと一緒にピクニックに行ったらこんなお弁当を持って行くのよ、みたいな（笑）。だから、あの幸せを味わえるのなら妊娠はもう1回してみたいなとは思います。

岡村　妊娠するだけならいい？

東村　産むときの快感もあるんですが、妊娠中は〝幸せホルモン〟が出るという説もあって。すごく充足感に包まれるんです。

岡村　なぜこんなことを聞くかというと、男性って、この人と家庭を築くと思ったとき、経済的な余裕がある、精神的な余裕もある、仕事も順調である、そういったいくつかのチェック項目があって、それをクリアすると「子どもが欲しい」ってなる場合がほとんどだと思うんです。でも女性はもっともっと本能的な部分で子どもが欲しい、子孫を残したいと思ったりするのかなって。

東村　私は漫画家だからだと思うんですが、漫画家ってほぼ全員、間違いなく、マイナス思考でネガティブなんです。多面体の悪い部分から考えていくというクセがあるから。漫画家だけじゃなくストーリーを考える人ってみんなそうだと思うんですが、ハッピーなイメージだけでものごとを見ることができないんです。ひねくれているからなのか、すぐ悲惨なイメージを描くクセがあって。だから、本能的に子どもが欲しいという女の人は、私からするとモテる人。モテる人はそもそもストーリーを考える必要がないので本能で生きられるんです。私はやっぱり、本能を制御して生きるのが作家だと思っているし、ストイックなほうがカッコいいという憧れがあって。だから、私が尊敬する少女漫画家の先生は、みんな独身なんです。お子さんもいらっしゃらないんです。

「でもやっぱり私は九州女だから、男の人が家事をやるのは申し訳なくて」東村

岡村　結婚経験もない人が多いと？

東村　独身貴族の方はたくさんいらっしゃいます。縛られない生き方をされていてすごくかっこいいんです。

岡村　たとえば、○○先生や○○先生のような大先生は、イメージとして、僕が勝手に抱くイメージですけれど、もう、少女漫画界の仙人のような方々だったりしますよね。

東村　ていうか、神です。現人神。

岡村　でも、神々しい存在の彼女たちも、10代20代30代の頃はもっとドロドロしていたんじゃないかとも思うんです。あそこまで素晴らしい作品をクリエイトできるというのは、彼女たちのなかの女性としてのポテンシャルもものすごくあるはずなんです。とはいえ、メスの本能をあらわにできる女性とは違うし、そうはならなかった。それは作品を生みだすことにすべてをかけているからなのかもしれない。でも、東村さんはそうじゃない。いつも恋してそうな生々しさを感じてしまいますが。

東村　エッセイ漫画家なので。日常のことしか描きませんから。だから、そういったクリエイティブな面を考えるのなら、やっぱり結婚しないほうがいいと思うんです。

岡村　僕は結婚しないほうがいい？

東村　するならフランス方式ですね。いろんな恋人と子どもをつくって、「パパだよ」ってときどき会う、そのほうが縛られないし、岡村さんにはいいような気がしますけど（笑）。だいたい、戸籍というシステムがおかしな制度としか思えないですから。

岡村　でもね、システムはどうであれ、僕はやっぱり結婚の経験がないから、結婚はしてみたいんです。

東村　結婚って、結局、日常の延長なんです。なにも変わらない。ただの日常が淡々と続くだけなんです。

岡村　じゃあ、なぜみんな「結婚」「子ども」って言うんです？

東村　洗脳されてるからだと思います。国家と『ゼクシィ』に。

全然ナンパします

岡村　気になる男の人がいたりすると、自分から積極的にいきますか？

東村　全然いきます。日常的に全然あります。居酒屋の店員とかナンパしますもん。もちろん、ヘンな意図はまったくないですよ。誘って一緒に飲むだけです。店先で小籠包つつんでる中国人とか、「あの子かわいいじゃん！」ってなると、ガラスをコンコンって叩いて、「飲み行こうよ、それいつ終わる？」「うっす、ありがとうございます」って（笑）。

岡村　へえ！　積極的ですねえ。

東村　私も今年40歳になるので、そこから先に何かがあるわけじゃない。でも、若い男の子とそうやって飲むのが好きなんです。しかも、うちのアシスタントの女の子たちって、みんないい年なのに相手が誰もいないから、いい人紹介してあげなくちゃって。そういう責任感もあって若い男の子ネットワークを広げてるんです。で、つい声をかけちゃう居酒屋の店員ってだいたい劇団員だったりするから、だいたいくっついてくる。公演チケットを売りたいから。「劇団員でしょ？」「そうっす」(笑)。居酒屋で愛想のいい子は劇団員。川柳みたいですけどね(笑)。

一生忘れられない初恋の人

岡村　ひとつ聞きたいことがあって。東村さんと絵画教室の恩師との交流を描いた自叙伝漫画『かくかくしかじか』はものすごく感動したんです。ラストは涙も出ました。でもすごく気になったのは、東村さんの学生時代のボーイフレンドのことなんです。

東村　西村君！　結局、私、西村君が大好きなんです、いまも。いまだに「あの人だったらなあ……」って思いながら寝てるんですよ(笑)。

岡村　男前だし、やさしいし、エゴイスティックじゃないし、すごくいい彼氏だったじゃないですか。

「僕は結婚しないほうがいい？」岡村

東村　そうなんです。たぶん、彼をずっと引きずってるからこうやってグチグチ言ってるんだと思うんです。永遠の初恋の人だから。人生にもしもはないけれど、西村君と結婚してたら絶対にうまくいってたと思うんです、すべてにおいて。だから、やっちゃったなって思うんです。失敗したなって。でも、それが人生だからしょうがないなって思うんです。

岡村　何度か離れ離れになるじゃないですか。そこで、「絶対離れたくない！　一緒にいる！」ってならなかったのはなぜ？

東村　やっぱり漫画のほうが勝っちゃっていたんです。自己顕示欲が強いから。「漫画で一発当ててやる！」っていう気持ちが強かったから。西村君のことは大好きだし、一緒にいたかったし、結婚しようと思ってた。でもそれよりも、「漫画家になりたい！」っていう欲求が強かった。お嫁さんに納まりたくなかったんです。漫画という絶対的にやんなきゃいけない使命を勝手に負っていたんです。「ここからどうのし上がるか」が当時の私には大事だった。だから仕事をとってしまった。いま思えば、付き合いながらでもできたんです。そのときはバカだったからそんなふうには考えられなかったんです。

岡村　一緒に暮らしていたのに。

東村　そう。大阪時代に2〜3年一緒に住んでたんです。でもそ

「東京に来て、仕事だけが残った。恋に関しては余生を過ごしてるんだなって」東村

のとき、「東京に来い、東京に来い」って編集者に何度もしつこく誘われて。で、東京に出てきて、そのまま楽しくなって自然消滅しちゃったんです。

岡村　僕は考えられないと思ったなあ。もったいないですよ。あんなにいい人を逃すなんて。

東村　完全に逃しました（笑）。結局、私は自分が好きなんです。恋愛至上主義じゃないんです。恋に溺《おぼ》れたこともないから、ラブストーリーも描けない。離婚してボロボロになっても仕事ができてしまうんです。その根底には、さっきも言ったネガティブ思考というか、誰と付き合おうが、どうせ別れると思ってる部分もあって。だから恋の部分は、『かくかくしかじか』の時代に全部置いてきてしまったんです。東京に来て、仕事だけが残った。恋に関しては余生を過ごしてるんだなって。

岡村さん…
結婚はおすすめしないけど…
でもそれでもしたいんなら…
4回くらいはしてみて下さい!!!
1回じゃ何も分からない! それが結婚!!!
東村アキコ!!!

STEP UP

(30)

お前のために生きると思うことが大切なんよ。

vs 鮎川 誠

世界でも類を見ないロックカップル、シーナ&ロケッツの鮎川誠さんとシーナさん。ロックレジェンドとして尊敬するおふたりであり、YMOが参加したデビューアルバム『真空パック』(79年)はいまだその輝きが失せないロックの名盤だと僕は思っている。いつかこの対談にご夫妻で登場いただきたいと考えていた。40年以上に渡り仲むつまじくいられる秘訣をお聞きしたかったのだ。しかし今年2月14日、シーナさんは帰らぬ人となってしまった。10年ほどまえ、シーナ&ロケッツの曲のリミックスを担当したことがある。鮎川さんは「覚えてるよ。ありがとうね」とおっしゃってくれた。

あゆかわ・まこと≫ 1948年福岡生まれ。ミュージシャン、ロックギタリスト。70年、バンド「サンハウス」を結成。78年、シーナ&ザ・ロケッツ(現在の表記はシーナ&ロケッツ)として活動を開始する。シーナさん亡き後も音楽活動を精力的に行っている。

「シーナさんはカッコいい女性。エイミー・ワインハウスの何十年先を行くカッコ良さ」岡村

鮎川　でも、僕らの結婚の話なんてなんの役にも立たんけん（笑）。僕は岡村君に偉そうに話をする資格なんてないんですよ。結婚自体は本当になりゆきでしかなかったからね。

岡村　でも最後まで仲むつまじくていらっしゃいましたよね。

鮎川　僕たちは2人でひとつだったから。ずっと2人の世界だったんよね。出会ったときからずっと。それは間違いないんですね。

出会った翌日から同棲開始

鮎川　僕らは福岡県の出身で。出会ったのは博多やったけれども、僕は久留米の生まれで、シーナは北九州の若松ちゅうところでね。僕は当時「サンハウス」ちゅうバンドをやってて。それ以前の話をすると、1960年代は「ダンスホール」がうようよやったんです。いまはライヴハウスちゅうけれども、昔は「ダンスホール」ちゅうて、「ハコバンド」ちゅうダンスホール専属のバンドがノンストップで音楽を切れ目なく生演奏するスタイルやったんです。僕は学生の頃からそのハコバンの仕事をやってて。でも70年代に入ると、ダンスホールは閑古鳥が鳴くようになってしまった。そやけ、ダンスホールの生き残りのメンバーで自分らの大好きなブルースを好きなだけやろうちゅうて作ったバンドがサンハウスやった。お店は、流行りの音楽やお客さんに合わせた音楽をやってほしいんだけれど、僕らは聞く耳も持たずに好きな音楽だけをやりよったんよ。レッド・ツェッペリンやジミ・ヘンドリックスがインスピレーションの源で、ローリング・ストーンズやらキンクスやらヤードバーズやら、それまで聴いてきた60年代の音楽と、そこから新しく出てきた僕ら世代のミュージシャンたちが、コマーシャリズムと関係なくブルースをたっぷりやるのに憧れてて。僕らもそういうバンドの仲間入りがしたかった。なんとかブルースを素材に自分たちの音楽を作りたいち思うてね。そんなある日、お客さんが2〜3人いるかいないかの最終ステージのとき、ホールのドアがバッと開いて女性がひとり入ってきたんよ。僕らは好きな音楽しか演奏せんちゅうても、そこはバンドマンだから客の入りはすごく気になる。そやけ、みんな演奏に没頭しよっても、ドアがギッて開く音がすると本能的にドアの方向を見てしまうんです。すると、ブルーのパンタロンスーツを着た大人っぽい女性が、いつもダンスホールに来る常連とはルックスの違う人が入ってきて。それで、ステージの右側あたりに座ったんよね。僕は見てないふりして全部見てた。「あの人誰だろう」ち。「オレたちを観にきたんか、たまたま来たんかどっちやろ」ち……オレとシーナはそんなんして出会ったけれど、ものすごく長くなるけんね。出会いの話だけで2時間はかかるよ（笑）。

岡村　いや、もっと聞きたいです（笑）。というか、その出会いだけでも映画のようにドラマティック。シーナさんのそのヒップでカッコいい姿がまざまざと脳裏に浮かびますから。

鮎川　うん、それはもうカッコ良かったあ。シーナは抜群やったもん。で、端折《はしょ》るとね、ダンスホールは最後に必ず「螢の光」を演奏してジャ～ンち終わる。そしたら、その女の人は帰っていってしまった。「はあ～帰ってしまったなあ」ちシュンとなって。そしたら、店の外に出た僕らのドラマーが「マコちゃーん！」ち僕を呼んで。「マコちゃんと話したいちゅう人がひとり下で待っとるよ」ち。そんときピンときた。「やった！　あん女の人が呼んでる」ち。もうドキドキした。でも、「なん？」ち平静を装って会いに行ったら、彼女のほうから「お友達になってほしい」ち言うてくれた。そやけん、「ふ～ん」ち（笑）。なんも言われんかったんよ、ドキドキしてたから。心ん中で「うわ～」ち思いながらも、なじみの喫茶店にぶら～と歩いて行って。で、「なんしよっと？」ち聞いたら、「夏休みで」ち彼女は言うたんやけど、そんとき、彼女が学生やとは、ましてや高校生やなんて全然思わんかった。大人と思うとった。「東京へロックを観に行ってた」ち言いよって、「琵琶湖でも大きな野外フェスを観て、京都でもライヴを観てきた」ち。そんで、「家に帰る途中に博多に寄って、たまたま来てみたら、あんたたちのバンドはものすごい良かった」ち褒めてくれてね。ダンスホールで音楽のことを話す人なんてまずいなかったから、「ほんとね！」ちものすごくうれしくて。そんで、ツェッペリンが好き、ストーンズが好き、ボブ・ディランは『ナッシュヴィル・スカイライン』の「レイ・レディ・レイ」が好きと彼女は言うて。「あんたものすごい音楽が詳しいね」ちなって。そのまま僕の下宿に行ったの、一緒に。そんときは、もうひとり僕の友達も一緒におったから誘いやすかったのかもね。

岡村　え、出会ったその晩に？

鮎川　そんな、なんもせんよ（笑）。音楽の話をもっとしたかったけん。朝まで3人でロックの話で盛り上がって、そのままうちに泊まって。次の日「どうすると？」ち聞いたら、「部屋借りたい」ち話になって。「いいアパート知ってるよ。バンドマンばっかり住んでるアパートがあるから」ち言うて。そしたら、ひとつだけ部屋が空いてててね。その日から一緒に住みだしたんです。

岡村　そのとき鮎川さんは大学生だったんですよね？

鮎川　そう。九州大学に行ってたけれど、あんまり行ってなかった。学園紛争で占拠されてロックアウトされてたちゅうのもあって。そもそもバンドをやりたくて九大に入ったんです。バンドをやるちゅうのは、近所の目がまだまだ辛い時代やったんです。髪

「シーナほどカッコいい女性はおらん。シーナの歌とオレのギターが合わされば最強よ！」鮎川

「僕たちは2人でひとつだったから。ずっと2人の世界だったんよ」鮎川

を伸ばしたりすると「あんやつは不良」と指をさされる。でも大学に入れば免罪符になる。思い切りロックをやれるち思ってね。

岡村 でも、シーナさんはまだ高校生だったんですよね、当時は。

鮎川 彼女はウソついて19だの20だの言ってたね。本当は17やったのに。まだ高校3年の途中で。僕は22。23になる頃だったかな。

岡村 で、そこからずーっと一緒にいるわけですよね。

鮎川 ずーっと一緒やった。とにかくもう、ずっと一緒にいられることがうれしくてね。

岡村 すごいなあ！

鮎川 一緒に住み始めたのが71年だから44年間。でも、こなんして彼女との別れがね、思いがけん別れがきてしまって……。僕たちにはこれから楽しみがいっぱいあったんよ。まだ行ったことのない街の、行ったことのないクラブで、会ったことのないファンとロックの話をしながら僕らの音楽も聴いてもらおうって。もうずっとずっと楽しみは先まであるち2人とも信じてた。こんな急な別れがくるとは思わんかった。

結婚はせからしか

岡村 倦怠期はなかったんですか？

鮎川 ないねえ。いっつも仲良かった。そりゃ些細な言い合いはしょっちゅうあったよ。でも、それで2人の関係がおかしくなるとか、そんなんケンカは一回もしたことなかった。

岡村 そんな夫婦、なかなかいません。普通の夫婦でも稀なのに、しかも、夫婦で一緒にロックもやってて。

鮎川 最初からバンドを一緒にやってたわけじゃなかったから。

岡村 シーナ&ザ・ロケッツは78年から始められたんですよね。

鮎川 そやけ、出会った当時はシーナじゃなくて悦子。僕らサンハウスのファン第1号やったけん「エッコちゃん」ち言われてみんなに可愛がられて。とにかくエッコはカッコ良くて、ロックが好きで。彼女は若松の商店街で生まれ育って。お父さんやお母さん、じいじばあば、ご近所のみなさんにとっても可愛がられて育った子なんです。子どもの頃から3軒隣のレコード屋さんにいりびたって、音楽が友達になって。ツェッペリンやらオーティス・レディングやら、ラジオで聴いたらすぐにレコード屋さんに行って「あれかけて、これかけて」ちリクエストしては踊って。そんな彼女やったから。ロックがよくわかっとるから、カッコ悪くなりようがなかったんよ。

岡村 同棲生活はどうでしたか？

鮎川 楽しかったよお。もう、毎日が新しかった。毎日音楽の話をして。ジョン・レノンとオノ・ヨーコさんの『サムタイム・イン・

ニューヨーク・シティ』の曲を一緒に歌ったりして。エッコは歌うのもすごい好きやったんよ。でも、だからといって彼女と一緒にバンドをやるなんて思いもしなかった、そんときは。彼女もそんなことは考えてなかったからね。僕はバンドマンやし、最高の仲間がいる。サンハウスの5人でブルースをやることしか頭になかったんですね。

岡村　そして、鮎川さんがサンハウスでメジャーデビューしたのが75年。ということは、一緒に暮らし始めて4年くらい経った頃。

鮎川　そこで僕らの初めての事件が起こるわけです。それまでは、一緒に音楽を聴いて、音楽好きな仲間が集まって、楽しく暮らしてるだけやった。お互い無責任で、好きなだけ一緒におればいい、それがすべてやったし、それで良かった。エッコはオレんことをものすごい世話してくれるし、好いてくれとうし、オレもエッコのことがものすごい好きやった。それ以上はなんもいらんかった。「結婚やらせからしいね」ち言ってね。「せからしい」ちゅうのは福岡ではいろんな意味で便利な言葉でね。「めんどくさい」ちゅうことですけど、「結婚とかそんなんはどうでもいいよね」ち言いよったんです。

岡村　システムなんてどうでもよくて、2人で愛し合っていればそれでいいと。

鮎川　その通り。一緒にさえいられればそれでよかった。どうなろうとも2人は一緒ということだけはわかってたから。そんで、いよいよ僕らサンハウスもファーストアルバムが出ることになった。そんとき、エッコのお腹に子どもがおるっちゅうことがわかって。そしたら両家が心配して飛んできてね。どうなるかと思うたけども、和気あいあいと話は進んで。僕たちは隣の部屋でお茶を飲みながら、「なんかいろいろと決めてくれよるみたいよ」「まあ、言うた通りするさ」ちゅうカンジでね。そしたら、結婚式の日取りもバンバン決まって。結婚式もひな壇に上った人形みたいに並ぶだけ(笑)。僕たちはロックのこと以外はなんも自分たちでしきらんかったよね。

義理の父の言葉が転機になった

岡村　で、双子の娘さんがお生まれになった。

鮎川　そう。若松のエッコの実家で出産して、双子で大変やからしばらくそこにおるちゅうことになって。「マコちゃんもこっちきて一緒に住んだらいいやない」ちなって。居候を始めたんです。そこからサンハウスをやりに博多まで通ってたね。

岡村　でもそのうち、サンハウスが解散になってしまったじゃないですか。鮎川さんはシーナさんのお父さんに「いつまでも未練

「僕たちはロックのこと以外はなんも自分たちでしきらんかったよね」鮎川

「家のことは、シーナはオレには一切させせんかった。それは彼女のプライド」鮎川

2014年撮影の2ショット。(撮影:鋤田正義)

がましくやるんじゃない。自分の音楽が通用するのかどうなのか、東京で勝負してこい」と言われたそうですね。

鮎川　エッコのオヤジに言われたね。

岡村　その話ってものすごくドラマティックだと思うんです。だって、これをお父さんが言うと言わないとじゃ鮎川さんのその後がまったく違いますもん。

鮎川　僕たちは、東京に行くのを拒んでたバンドのクチなんです。「東京？　なんね。日本だけぞ東京行かんとロックができんレコードも出せんちゅう国は」ち言うてね。「博多でやろう」ち決意のもとでやりよったから、その信念を曲げて東京に出るちゅうのは、すごくカッコ悪いと思うとった。そやけ、オヤジの言葉が僕の背中を押したの。「博多で君たちはとても人気がある。あんたのギターもホントによか。好いとるわしは。でも、はっきりさせんか。東京しかないぞ、はっきりさせる場所は」ち。そんときの僕は、仕事にありつくかどうかの瀬戸際やったんです。サンハウスも解散したから稼ぎもなくなって。子どもが生まれてシーナの実家に肩身の狭い思いでおって。ミルク代も出してもらう生活で。そういうときやったから、オヤジの言葉は勇気をくれたんです。「自分の小さなメンツとか見栄とかにこだわってる場合じゃない」ち。とにかく仕事にありつきに行くしかない。作曲でもアレンジでもなんでもやる、スタジオミュージシャンの仕事がくればギターも弾くと。エッコも「頑張って。行ってからヒットでもすりゃいいね」ち送り出してくれて。

岡村　波瀾万丈ですね。

鮎川　で、東京では作曲の仕事をいくつかやってくれち言われて。そのうちの一曲が「涙のハイウェイ」ちゅう曲で、若い女性シンガーのために作ったんです。電通やなんやらがやってきて、この曲は来るべきイベントでタイアップになってどうちゃらこうちゃ

らと僕のわからん話をしよって。そんなんしてたら、突然若松からエッコがやってきた。その間1週間くらいのことやったけど、毎日ソワソワして落ち着かんエッコにオヤジが言ったらしいんです。「お前はマコちゃんのそばにいるのがよかっちゃろう」ち。今度はエッコに「お前も東京に行ってこい。子どもたちの面倒はわしらが見ちゃるけん」ち言ったんです。

岡村　素晴らしいお父さんだなあ！

鮎川　そんで「涙のハイウェイ」のレコーディングをやろうちゅうとき、それを歌う予定の若い女性シンガーがスタジオにいたエッコに話しかけたらしいんです。「この歌はノリが違うから私には歌えない。あんたのほうがカッコええし歌えるかもしらん」ち。そん人はエッコの歌なんて聴いたこともないのに。それで、なんかかんかでエッコが歌うことになって。エッコは完璧に歌ったのね。誰ふうでもない歌で。で、帰りのタクシーん中で、「自分の歌ったレコードを聴いてみたい」ち彼女が言ったんよ。「レコード針をのせて自分の歌を聴いてみたい」ちポンて言うた。で、「ああ、オレが東京に来た目的はコレだったんだ」ちその瞬間閃《ひらめ》いた。それで「シーナ」という名前を急いでつけた。「よし、じゃあ、ロックと悦子を足して、ロケッツちゅう名前のバンドで行こうや！」。ロケッツのスペルは「C」を「K」に替えてROKKETSで「世界にひとつしかないロケッツで行こうぜい！」ちゅうてね。

岡村　それはつまり、シーナさんが相当イケてたと。

鮎川　イケてたあ。ものすごくイケとったね。

岡村　だって普通、奥さんが急に「歌いたい」って言い出したら、「なに言い出すんだよ！」って思うじゃないですか。「男の仕事場に顔出してなんだよ！」って。

鮎川　ほんとやねえ(笑)。

岡村　でも、それでも「これはイケてる！」と思えたというのは、シーナさんが妻であることをも超越した存在になったということですよね。

鮎川　シーナの歌声はオリジナルそのものやったんよ。そりゃ、ヨメさんに「お前が歌え」なんて、そんなんロックの世界ではありえんちゅう思いはあったの、正直。ジョン&ヨーコやアイク&ティナ・ターナーはいるけれど、それは超人の世界のことで、僕らのことではないと。でも、そのとき「そうするべきだ」ち僕は思うた。

岡村　で、その後の成功を受けて、九州の子どもたちを呼び寄せ東京で一緒に暮らすことになって。でも、家族がそろうのはうれしいけれど、それはそれで大変じゃないですか。家のことをやらなくちゃいけない、音楽も作らなくちゃいけない。しかも、3人目

「治るち思ってた。『ロックしよったら癌を吹き飛ばすかもしらん』ち」鮎川

「お前のために生きる、あなたのために生きる、そういう人と出会うことが大切なんよ」鮎川

の娘さんも生まれたでしょ。

鮎川 そりゃ生活は大変やったね。

岡村 家事の分担とかは？

鮎川 家のことは、シーナはオレには一切させんかった。それは彼女のプライド。そういう部分は九州女なんやろうね。いっつも僕を立ててくれてたし、「ロックするけ、家庭がおろそかになるのは好かん」ちよく言いよった。ロックは彼女の誇りやったから、シーナ&ザ・ロケッツの看板しょって授業参観も行きよった。革ジャン着て赤い口紅つけてハイヒール履いて。子どもたちも「今度はこれを着てきてね」「サングラスしてきてね」ちリクエストをようしよったよね。

岡村 カッコいいなあ！ じゃあ、お子さんたちに文句言われることはなかったわけですか？ 「ギターの音がうるさくて寝られない！」とかの不満は？

鮎川 娘たちは、夜中にドアをバッと開けて「何がロックね！」ち癇癪《かんしゃく》起こすことはたまにあったね(笑)。

オレとシーナは2人でひとつ

岡村 夫婦円満の秘訣は何でした？

鮎川 秘訣とかを考えんことが良かったと思う。それに、僕らは同志と思うとった。男と女よりも、ロック好きの同志なんよね。「お前、この曲知っとったん？」ちゅうことから始まってるから、そもそもは。しかも、シーナはいつも褒めてくれるんよ。「いい曲やねー！」。オレも「いい歌できたねー！」ち。そうやって一緒に喜び合ってずっと暮らしてきた。そやけ、最高のコンビやった。シーナの歌とオレのギターが合わさると最高で最強になるからね。シーナ&ザ・ロケッツを始めた頃にある人が言ったんです。「君らは力合わせて2人でいればなんでもできる！ なんでも乗り切れる！」。その言葉はずっと僕らの胸に残ってて。だからしょうもないことで、自分の我《が》やらはったりせんで、シーナを大切にしなくちゃだめだちいつも思いよった。そりゃね、つまらん口げんかはよくあるんよ。「せからしか～ほたっとってくれ」ちゅうのはね。でも、そっから先は、僕、ぐるーち回るんよ。「でも、オレを見つけてくれたのはこの子」。「オレを有頂天にさせてくれよるのもこの子」。そやけ、僕らは2人でひとつ。シーナが幸せならオレも幸せなんよ。

岡村 なのに、シーナさんが思いもよらない病気になってしまって……。

鮎川 過信しとったね。もう僕らも60を越えとったけど、「2人とも強いね、疲れもこんね」ち言いよったのに。全然、思いもしなか

ったんよね。

岡村　癌が突然わかったんですよね。

鮎川　うん、突然やった。でも治るち思ってた。「ロックしよったら癌を吹き飛ばすかもしらん」ち。「癌も一緒にロックするやろう」ち信じとったけん。

岡村　最後の最後までステージに出られていましたもんね。

鮎川　「座ってでもロックする偉大な先輩もおる。私もそうして歌いたい」ち言うて。歌はすごかったよ、最後まで。ステージにいることが彼女の望みやったから。僕のギターで歌いたい、ロケッツで歌っていたいって……。でもね、僕には娘が3人いる。シーナはここにおるち思ってこれからも生きていくし、演奏もする。僕たちはずっとシーナ&ロケッツ。シーナはずっとずっとステージに、歌の中に生きてるんです。

岡村　思い返してみると、シーナさんはどんな人でしたか?

鮎川　正直者やったし、働き者やったし、親思いやったし、子ども思いやったし。うぬぼれて言うわけやないけど、ホントにオレんことをずっと好きでいてくれて、オレんことを愛してくれた。結局、趣味が合うとかそんなんはどうでもいいんです。お前のために生きる、あなたのために生きる、そういう人と出会うことが大切なんよ。それが短かろうが長かろうが、そういう人と出会えることが最高なの。僕はそげん思う。シーナを失って初めて思った。「オレはシーナだけを愛しシーナのために生きてきたからいままで生きてこれたんだ」ち。「オレはこれから誰のために生きればいいやろか」ち。……本当のことを言うとね、ダンスホールでシーナと出会ったとき、バンドのメンバー全員がシーナにひと目ぼれしてたんよ。「螢の光」が終わってから、「あの子はオレに惚れてた」「いやオレだ」ちバンドのみんなで話しよった。でもシーナはオレを選んでくれた。「選んでくれてありがとう」ち心の底からそう思う。

岡村　なぜ、シーナさんは鮎川さんを選んだんでしょうね。

鮎川　ジョン・レノンみたいな丸メガネをかけとったから。

岡村　カッコ良かったんですね。

鮎川　バンドマンはカッコ良くないとダメやけんね(笑)。

結婚とは
俺とシーナは最高だ!
と思って生きる事だ
鮎川誠
2015

結婚とは何か？　僕はまだまだ考え続ける。

僕は問い続けた。

なぜ結婚したんですか？　なぜ同棲じゃだめなんですか？　なぜ何度も結婚するんですか？　なぜ結婚したくないんですか？

読んでいただければわかるとおり、ゲストの答えはもちろんさまざまだった。結婚したほうがいいよという意見、事実婚でいいよという意見、子どもは絶対にもったほうがいいよという意見、結婚なんて意味がないよという意見。どの意見にも深く頷《うなず》くものがあり、自分がどのパターンに当てはまるのか、当てはまるべきなのか、その答えを出すのは難しい。でも、結婚したい気持ちは確実に高まった。

なかでも、非常にうらやましく感じたのは、クリエイティビティの面で支えてくれて、刺激を与えてくれるパートナーをもつ方々である。ジョン・レノン＆オノ・ヨーコのような結婚が僕の究極の憧れである。表現者として、そういう関係性を築ける相手と出会ってみたいものだと心底思った。

反面、「なぜ僕は結婚できないままなんだろう？」という焦燥感にも似た思いも日増しに強くなっていった。ミュージシャンでも小説家でも芸術家でも、リスペクトする人々はみな結婚している。少なくとも僕が憧れる人は全員そうだ。その結婚生活が幸せであるかどうかはさておき、みんな一度は結婚を経験している。しかし僕はいまだ経験がない。最初にも言ったが、結婚の条件なんてないし高望みもしていない。劇的な出会いを夢見ているわけでもない。

「僕に結婚をおすすめしますか？」という質問も全員に投げかけてみた。これも意見はさまざまだった。絶対におすすめするという意見、おすすめしないという意見、そして、「岡村ちゃんは普通の結婚をすべきではない」という不穏な意見。いや、待ってください。僕はただただ「普通の結婚」を経験したいだけなのだ。心穏やかに楽しく生活のできる相手と出会い、結婚し、そしてできれば子どももほしい。そう、子どもを育ててみたいというのは、このインタビューを通して強く思うようになったことのひとつでもある。だから僕は、波瀾万丈なんて望んでいない。そんなふうに言うと、「じゃあ、すぐにでも結婚できるよ」とも言われる。そうなんだ。それはよくわかっている。じゃあ、なぜ僕は結婚しないのか……。堂々巡りである。

「結婚への道」を探究する。それがこの本の出発点だ。しかし僕は、真理に近づくどころか、「結婚への道」の迷宮に完全にハマってしまったように思う。いみじくも横尾忠則さんがおっしゃった。「このまま一生をかけて結婚を探究すればいいじゃない」。そうなりたくはないのだが。

クエストはまだまだ続くのである。

2015.9.16

岡村靖幸 結婚への道

2015年10月20日 第1刷発行
2019年 2 月 1 日 第4刷発行

著者　岡村靖幸
発行者　片桐隆雄
発行所　株式会社マガジンハウス
〒104-8003 東京都中央区銀座 3-13-10
受注センター Tel. 049-275-1811　GINZA 編集部 Tel. 03-3545-7080
印刷・製本　株式会社千代田プリントメディア

Printed in Japan　ISBN978-4-8387-2818-3　C0095

"What's the most important thing in a marriage?"

Yasuyuki Okamura